Du vent

DU MÊME AUTEUR

CHEZ LE MÊME ÉDITEUR

Derrière la colline, roman, nouvelle édition, 2014
Des feux fragiles dans la nuit qui vient, roman, 2010
Le Couteau de Jenůfa, roman, 2008
L'Architecte du désastre, nouvelles, 2005
Ours toujours, roman, 2005
Les Lieux communs, roman, 2002 ; rééd. Espace Nord, n° 317
Derrière la colline, roman, 2000 ; rééd. Espace Nord, n° 277
De secrètes injustices, roman, 1998 ; rééd. Espace Nord, n° 255
Manière noire, roman, 1995 ; rééd. Espace Nord, n° 234

AUX ÉDITIONS DU CASTOR ASTRAL

Soit dit entre nous, je suis un ours, prose, 2013
La Nuit d'Ors, théâtre, 2013
Poussières d'histoires & bribes de voyages, poèmes, 2003

En collaboration avec Claude Renard

AUX ÉDITIONS MONS 2015

Les Anges de Mons, roman graphique, 2013

AUX ÉDITIONS ESTUAIRE

Un goût de biscuit au gingembre, roman illustré, 2006

Xavier
Hanotte

Du vent

ROMAN

Belfond

Belfond | un département **place des éditeurs**

place
des
éditeurs

à Hubert Lampo
parti dans une trop grande discrétion

AVERTISSEMENT

Les amateurs d'Histoire romaine férus de cartésianisme peuvent fort bien se porter immédiatement aux chapitres 6, 10, 13 et 18 de cet ouvrage qui en contient plusieurs.

Ce n'est évidemment ni un conseil ni, surtout, une obligation.

L'auteur

Un soir, il inventa l'histoire d'un conteur des anciens temps.
Celui-ci traversait des péripéties extraordinaires :
ses récits se matérialisaient autour de lui,
l'événement qu'il inventait avait lieu aussitôt,
il suffisait qu'il prononçât le nom d'un objet
pour que cet objet fût là, sur-le-champ,
même si c'était un objet fabuleux ou imaginaire.
En revanche, toutes les réalités concrètes de la vie
n'étaient pour lui que le déroulement d'un ruban
sur lequel serait inscrit le texte d'une histoire.

Marcel BRION, *La Ville de sable*

J'aimerais vivre éternellement,
peut-être parce que je n'ai jamais assez vécu,
et je n'ai jamais assez vécu
parce que j'aurais aimé vivre éternellement.
C'est un cercle vicieux auquel succombent tous les plumitifs,
les scribes et les écrivains.

Josef ŠKVORECKÝ, *L'Ingénieur des âmes humaines*

1

Mais où diable étaient ses idées ? La lente procession ferroviaire jusqu'à la côte l'avait décidément fatiguée. Par souci un peu mesquin d'économie, elle avait pris le train des permissionnaires, dont les innombrables arrêts, y compris en rase campagne, mettaient à l'épreuve les nerfs des voyageurs les moins impatients. Elle avait donc choisi d'abréger l'ultime étape de l'expédition en faisant l'impasse sur le tramway. Pour le remboursement de la course entre la gare et l'hôtel – une somme exorbitante vu la brièveté du trajet –, elle avait failli oublier l'indispensable reçu. Une jambe déjà hors du taxi, Bénédicte Gardier se tourna vers le chauffeur.

Dans le regard de l'homme collé au rétroviseur, elle surprit une lueur d'intérêt. Il lui fallut un instant pour comprendre. Le faux cuir du siège accrochait le tissu de sa jupe, hissant l'ourlet à mi-cuisse, juste assez haut pour titiller la curiosité d'un mâle qui, dans le genre, avait pourtant dû en voir bien d'autres.

Elle eut vite fait d'y mettre bon ordre, mais ne put réfréner un sourire. Impeccablement coupé, le nouvel uniforme de sortie l'avantageait. La veste cintrée affinait encore une taille déjà bien prise. Quant aux discrets parements de couleur, ils ressortaient sur le sergé anthracite de l'ensemble et sertissaient avec élégance les insignes noirs de la cavalerie. En outre, le passepoil ponceau de la jupe accentuait la courbe de ses hanches, un peu comme la couture d'un bas à l'ancienne le galbe d'un mollet.

« Vous pouvez me faire une fiche ? »

Le chauffeur pouvait. Elle prit le reçu, le glissa dans une poche de son manteau, qu'elle jeta sur ses épaules sans passer les manches. Ensuite, elle salua l'homme, empoigna sa valise et sa serviette posées sur la banquette, referma la portière d'un coup de coude et suivit des yeux la berline qui s'éloignait.

Une nuit rapide descendait sur la ville, où les vitrines des magasins brillaient déjà de tous leurs feux. Soufflant du large par-delà les dunes du front de mer, le vent forcissait. Un fin voile de bruine ondulait au gré de ses fantaisies et humectait les trottoirs peu fréquentés, qu'arpentaient d'un pas résolu quelques passants pressés de changer d'air. Entre deux rafales mêlées d'embruns, des remugles portuaires de vieille rouille, d'eau morte et de mazout stagnant annonçaient la présence des docks. Au milieu de la chaussée, indifférentes au monde qui les entourait, deux mouettes en surpoids autopsiaient le cadavre d'un sandwich au thon sur la voie réservée du tramway côtier.

Bénédicte embrassa le décor d'un regard satisfait. De l'autre côté du boulevard maritime, l'hôtel dressait sa façade éclairée entre deux immeubles de bureaux éteints. Oubliée, la pension pour voyageurs de commerce à laquelle elle s'était attendue ! Au-dessus de l'entrée, quatre majestueuses étoiles flanquaient le nom par ailleurs banal de l'établissement. La jeune femme esquissa un nouveau sourire : sur le feutre noir de ses écussons de col brillaient le même nombre de corps célestes. De là à y voir un heureux présage, il y avait un pas qu'elle se hâta de franchir.

Malgré le temps pluvieux et la saison avancée, son arrivée se parait d'une touche d'enthousiasme vacancier. Dans cinq ou six jours, elle disposerait d'une chambre particulière dans l'enceinte du dépôt mais, d'ici-là, elle comptait bien profiter de l'aubaine que représentait pareil logement en ville. Elle retrouverait assez tôt la vie de caserne et ses routines. En attendant, place à cette nouveauté qui, déjà, piquait sa curiosité !

Avant de traverser, Bénédicte examina son reflet dans la paroi vitrée d'un abribus. Le long voyage en train avait imprimé quelques vilains faux plis sur son uniforme, mais c'était sans conséquence. La voiture de l'état-major passerait la prendre dans un peu moins de deux heures, juste à temps pour la fête de l'unité, à laquelle elle se réjouissait de participer. Même en calculant juste, cela lui laissait tout loisir de défaire sa valise, choisir un chemisier propre, défroisser sa jupe et donner à ses bottes un ultime coup de brosse – ce serait utile pour la droite, dont une trace de boue souillait le talon. Elle prendrait une douche ensuite, histoire d'estomper les fatigues du trajet. Pour une première prise de contact, Bénédicte tenait à se montrer sous son meilleur jour.

Maintenant qu'elle approchait du but, sa promotion lui inspirait une joie renouvelée. Car aussi subite qu'elle fût, son affectation au dépôt stratégique lui paraissait méritée. Elle constituait d'ailleurs, à son humble avis, le premier échelon vers des sommets encore insoupçonnés. Comme elle, son nouveau chef de corps faisait carrière dans la cavalerie. Cette fraternité d'armes était un avantage appréciable, dont elle se promettait d'user sans abuser. Avec un peu de chance et de persévérance, la troisième étoile de capitaine luirait vite à son firmament personnel.

Il faudrait juste éviter les faux pas. Cela tombait bien : pour une entrée en fonction, elle n'aurait pu rêver meilleur moment. Souvent, les petites sauteries entre militaires révélaient mieux les caractères que la patiente observation de leur quotidien. Dès ce soir, elle ferait le tri de ses meilleurs atouts.

Le hall de l'hôtel avait l'air désert. Mais à peine s'était-elle approchée du comptoir qu'une porte coulissait sur le côté, livrant passage à une réceptionniste stylée, au visage lisse et aux cheveux châtain clair noués en chignon. Un parfum lourd, à dominante florale, précédait l'apparition. Le sourire faisait sans nul doute partie de ses outils de travail, davantage peut-être que le tailleur bleu aux armes de l'hôtel, dont le tissu plissait aux boutonnières.

Comme aurait dit l'adjudant Carlier, commentateur caustique des défilés de secrétaires observables depuis le soupirail de son armurerie, la femme « remplissait bien son uniforme ». Elle n'affichait pourtant aucun embonpoint. Bénédicte l'estima d'ailleurs plus svelte qu'elle-même, dont la carrière sur le terrain avait constitué jusqu'ici le plus souverain des régimes. Du coin de l'œil, elle nota que l'employée portait elle aussi des bottes et, si c'en étaient, des bas noirs assez mal assortis à son tailleur. Mais l'ensemble demeurait classique en dépit de ces légers couacs.

« Lieutenant Gardier ? »

Se découvrir attendue coupa court aux réflexions vétilleuses de Bénédicte. Elle posa ses bagages au pied du comptoir.

« C'est bien moi. »

Le sourire de la réceptionniste s'élargit encore. Sans hésiter, elle décrocha une clef au tableau.

« Bienvenue à l'hôtel Moderne ! La chambre 307 vous attend. Je vous y rejoins tout de suite. Thé ou café ? »

Bénédicte ne sut d'abord que répondre. Tout en réfléchissant, elle remarqua les gants de son interlocutrice. Ils ressemblaient à la paire réglementaire qu'elle-même portait ce soir. Chez les civils, pareil détail vestimentaire signalait une volonté d'élégance un brin surannée, bien en phase avec le décor de l'hôtel où, dans le registre cossu, la modernité proclamée par l'enseigne se mâtinait de survivances *fifties* – temps révolu sinon lointain, où les hôtesses tirées à quatre épingles semblaient toutes échappées d'un salut au drapeau et, en règle générale, faisaient rêver les hommes pourvus d'épouses trop soumises ou trop respectées.

Bénédicte appréciait ces subtils décalages. Ainsi, aux cartes magnétiques en vogue dans l'hôtellerie, elle préférait les clefs qui ressemblaient encore à de vraies clefs. À l'anneau de la sienne pendait une rondelle métallique estampée du numéro annoncé.

« Thé », décida-t-elle enfin.

L'autre prit note.

« L'ascenseur est sur votre droite. Troisième étage, couloir de gauche. Vous verrez, c'est une chambre très cosy.

Il y a une jolie vue sur le boulevard. Et on aperçoit aussi la cathédrale.

— Pas la mer ?

— Hélas non. Ou alors depuis les combles, si vous y tenez. Mais ils n'offrent pas le même confort. »

La femme émit un petit rire.

« De toute façon, ce soir, elle est démontée ! »

Humour convenu. Bénédicte fit mine d'apprécier.

« Dans ce cas, inutile de la remonter pour moi ! La marine ne m'a jamais tentée. L'uniforme me va mal au teint : tout ce bleu…

— À qui le dites-vous ! »

Trop tard pour corriger le tir. Bénédicte toussota. Ça n'allait pas forcément de pair avec le grade, mais elle avait toujours eu l'art de vexer les gens sans le faire exprès. Pourtant, sur un nouveau sourire, l'employée lui tourna le dos, se pencha et tapota les touches de son ordinateur. Bénédicte entrevit la fermeture éclair de sa jupe, coincée à mi-chemin d'un objectif inatteignable. Les petites dents découpaient sous la ceinture, blanc sur bleu, un triangle isocèle de coton chiffonné. Sollicitées au-delà du raisonnable, les coutures du vêtement résistaient avec héroïsme aux pressions d'une anatomie très provisoirement contenue. Non, si problème il y avait, la couleur de l'étoffe n'était pas en cause.

L'autre se redressa, pivota sur ses talons et lui fit un petit signe de tête amical. Tout était en ordre. Le même sourire bienveillant ornait l'ovale sans défaut de son visage.

Un vrai masque, songea Bénédicte.

« Bon séjour chez nous !

— Merci ! »

Entre divers effets, la modernité avait éradiqué le prolétariat galonné des grooms et autres portefaix attachés au service de la clientèle. Bénédicte récupéra donc ses bagages et se dirigea vers l'ascenseur. Les roulettes de sa valise moulinaient sans bruit sur les dalles de marbre du grand hall. Seul le claquement sec de ses talons ponctuait une langoureuse musique d'ambiance, susurrée par d'invisibles enceintes.

L'hôtel lui plaisait. Il y régnait une atmosphère recueillie et feutrée, bienvenue en cette période de changements. Par avance, elle se réjouissait d'y établir ses quartiers provisoires.

Le troisième étage était en travaux. Les portes sans numéros y bâillaient sur des espaces démeublés, encombrés de seaux de peinture et de rouleaux de moquette. Bénédicte soupçonna une maldonne et faillit faire demi-tour, mais la normalité hôtelière reprenait ses droits après un coude. Dernière de cinq chambres apparemment rénovées – les chiffres de cuivre rutilaient sur les panneaux vernis –, la 307 barrait le fond du couloir. La série se poursuivait au-delà d'un sas coupe-feu. À côté de la porte, un volumineux chariot à linge bourré de draps attendait qu'on l'emportât. Elle introduisit sa clef dans la serrure, ouvrit.

Les rideaux étaient tirés. À gauche du chambranle, elle trouva l'interrupteur. Le plafonnier s'alluma par à-coups, révélant une pièce raisonnablement vaste, d'allure sévère mais confortable. Elle fit l'inventaire du mobilier : lit double, tables de chevet, garde-robe à portes coulissantes faisant office de miroirs, secrétaire à cylindre, chaise cannée et fauteuil club – tous sortis de la même menuiserie industrielle. Télévision, valet de nuit, scènes encadrées de pêche à la crevette, moquette et papier peint crème complétaient le tableau. Carrelée de beige, la salle d'eau attenante accueillait une cabine de douche, un double lavabo, une baignoire d'angle et un W.-C. Un peignoir de bain éclatant de blancheur pendait à une patère près du sèche-cheveux mural.

Bénédicte regagna la chambre. Écartant un rideau de la fenêtre, elle jeta un regard sur le boulevard en contrebas. La pluie s'était faite plus franche. À l'étroit entre les immeubles, le vent du large jouait des coudes, secouait les branches nues des arbres. Les passants se hâtaient, parapluies en bataille, têtes basses et cols redressés. Au loin, émergeant au ras des toits, la cathédrale illuminée levait un profil blême, spongieux, prêt à se dissoudre dans l'eau sombre d'un ciel sans étoiles.

Bénédicte bâilla, consulta son bracelet-montre. L'horaire était respecté, le programme établi. Elle donnerait d'abord un rapide coup de fer à sa tenue, se rafraîchirait ensuite, puis rangerait le contenu de sa valise dans la garde-robe. Impatiente de se mettre à l'ouvrage, elle se déganta, suspendit son manteau à un cintre et jeta son béret noir sur le secrétaire.

Avant de déballer son fer de voyage, elle s'assit sur le lit, testa la fermeté du matelas, qu'elle jugea satisfaisante. Sans véritable curiosité, elle ouvrit le tiroir d'une table de chevet. En plus de l'habituelle bible polyglotte, il renfermait un rouleau de chatterton et une pelote de corde – de quoi rafistoler sans doute les valises esquintées par les bagagistes rugueux de l'aéroport régional – ainsi qu'une trousse en similicuir, laquelle devait contenir un petit nécessaire à cirage. Elle se disposait à vérifier cette intéressante supposition quand on frappa.

Bénédicte repoussa le tiroir, alla jusqu'à la porte et ouvrit. Chargée d'un petit plateau, la réceptionniste attendait.

« Votre thé, lieutenant ! »

Bénédicte lui rendit la menue monnaie de son sourire.

« Ah oui, merci. J'avais oublié. »

Elle s'effaça devant l'employée qui mit le cap sur le secrétaire, écarta le béret et déposa son plateau d'un geste cérémonieux.

« Désirez-vous autre chose ? »

Sûre du contraire, Bénédicte se donna l'air de réfléchir. Dans l'attente d'une réponse, la réceptionniste prit le béret, l'épousseta sommairement du dos de la main, le remit en forme et l'accrocha au valet de nuit. Si l'on oubliait un instant sa tenue étriquée, qu'on eût dite empruntée à une sœur cadette, c'était à l'évidence une personne méticuleuse, limite maniaque. Elle gagna la fenêtre, ferma le rideau d'un coup sec.

« Ça souffle, dehors ! Le vent se lève. À mon avis, il va y avoir tempête en mer. Vous êtes arrivée juste à temps… »

Elle se prépara à sortir, mais se ravisa.

« Vous devriez goûter votre thé. Il a peut-être trop infusé ? »

Bénédicte songea à la congédier. Mais elle craignit de manquer aux usages et, d'ailleurs, le voyage lui avait donné soif. Sous couvert de se montrer obligeante, elle souleva la théière et emplit la tasse, qu'elle porta à ses lèvres après y avoir noyé une dosette de faux sucre. C'était un Earl Grey très parfumé.

Pendant ce temps, avec la courtoisie un peu obséquieuse des professionnels de l'hébergement, l'autre s'était mise à pérorer. Bénédicte l'écouta d'une oreille, ponctuant son discours de hochements de tête polis et de sourires à l'avenant. Au programme, rien que du classique : le climat de cette fin d'automne peu propice au tourisme hors-saison ; le marasme préoccupant qui régnait dans un secteur hôtelier déjà mal en point ; les trop rares militaires de passage dans l'établissement pourtant proche d'importantes installations…

« C'est si vrai que, la vôtre mise à part, toutes les chambres du troisième sont libres. Autant dire que vous serez au calme ! Abstraction faite des bourrasques, bien sûr. À propos, ne baissez pas le volet mécanique : il grince au moindre coup de vent… »

Tout s'expliquait. Pour accepter de financer pareil cantonnement, le fourrier de l'escadron avait dû obtenir une sacrée remise sur le tarif des nuitées. Ainsi, chacun y trouvait sûrement son compte. L'orgueil flambant neuf de la jeune femme en prit un coup, mais l'enthousiasme initial tint bon.

Bénédicte avait bu son thé. Elle allait mettre un terme à ce monologue sans réel objet, lorsqu'un vertige devança ses mots.

La chambre se mit à tanguer.

Elle respirait avec difficulté. Passant un doigt derrière son col, elle voulut desserrer la lavallière. Le nœud de la cravate résistait.

« Quelque chose ne va pas, lieutenant ? »

Dans le ton de la réceptionniste, plutôt que de l'inquiétude, il lui sembla déceler les inflexions d'une sollicitude insincère, voire moqueuse. Trop occupée à réprimer une nausée, Bénédicte ne répondit pas. Une sueur malsaine lui coulait entre les omoplates et sur les tempes. Son cœur battait une charge désordonnée et sauvage. Autour d'elle, la lumière tremblotait.

Respirer un bon coup… Ouvrir la fenêtre, vite !

Chancelante, elle fit un pas, puis deux. Ses bottes pesaient des tonnes, ses jambes flageolaient. Sur la soucoupe qu'elle n'avait pas lâchée, la tasse vide cliquetait avec un bruit horripilant. La fenêtre lui sembla tout à coup lointaine, hors d'atteinte.

L'autre ne souriait plus, mais l'observait avec un intérêt manifeste. Sans quitter Bénédicte des yeux, elle entreprit de déboutonner la veste trop étroite de son tailleur. Libérés, les disques d'écaille bondissaient joyeusement hors de leurs carcans d'étoffe.

Au jugé, d'un geste maladroit, Bénédicte tenta de poser sa tasse sur le plateau. Elle y parvint mais, au passage, ébrécha le bec de la théière, dont un fragment alla rebondir sur la moquette.

« Mais qu'est-ce qui m'arrive !? »

L'autre avait jeté sa veste sur le lit, consultait sa montre. Elle se mit à défaire les manchettes empesées de son chemisier.

Sans succès, Bénédicte tenta de déchiffrer le nom inscrit sur la plaquette qui barrait le sein gauche de la réceptionniste. Alors seulement, elle aperçut, incongrue, la crosse du pistolet glissé derrière sa ceinture. La carcasse de l'arme gonflait une longue bosse le long de sa hanche, sous le tissu tendu de la jupe.

Perdant l'équilibre, Bénédicte partit en arrière, buta contre un obstacle. Le lit vint à sa rencontre autant qu'elle y tomba. Le matelas lui battit le dos, les lattes du sommier gémirent. Au-dessus d'elle, le plafond de la chambre se soulevait, prenait de l'altitude. Le visage de la réceptionniste vint s'y inscrire, trop large, trop proche, troué d'une bouche sombre qui s'ouvrait et se refermait, libérant des sons amortis, déformés, indistincts.

Bénédicte flottait en apesanteur, les bras en croix. Du fond de son hébétude, elle sentit qu'on la manipulait. Des doigts agiles déboutonnaient sa veste sans qu'elle pût faire un geste pour s'y opposer. Elle perçut un léger cliquetis, une pression sur son ventre, puis un relâchement. L'inquiétude la gagna. Sauf erreur, une main lui pelotait les fesses ! Mais, faute de la rassurer, le bref crépitement d'une fermeture éclair qu'on descendait la détrompa. Presque aussitôt, un objet froid, anguleux, avança le long de ses cuisses découvertes : la boucle de sa ceinture, dont l'ardillon tintinnabulait en sautillant sur le voile de son collant.

On lui retirait sa jupe !

Desserrée, la lavallière monta le long de son cou, escalada la pointe de son menton puis le bout de son nez, l'aveugla un instant avant de mettre le désordre dans ses cheveux.

Et voilà qu'à son tour, son chemisier s'ouvrait ! Les boutons sautaient l'un après l'autre, libérant la popeline qui glissait sur son ventre et les bonnets de son soutien-gorge.

Sa jambe gauche pendait hors du lit. Bénédicte songea que l'autre botte risquait de souiller la courtepointe. Tout à l'heure, en cherchant son taxi devant la gare, elle avait traversé par mégarde un terre-plein boueux. Elle aurait voulu s'en excuser. Mais si ses lèvres remuaient, aucun son ne les franchissait.

La voix de sa mère surgit d'un lointain passé :

« Bénédicte ! Combien de fois devrai-je te dire de te déchausser quand tu te vautres sur ton lit ? »

À côté d'elle, un autre poids fit bouger le matelas. Une main agrippa le col de sa veste, tira dessus. On la redressait. Sa tête et ses bras ballaient. Elle se retrouva assise au bord du lit, fermement maintenue. La légèreté de tout à l'heure s'était muée en une pesanteur oppressante. Lesté jusqu'aux plus fines extrémités, son corps amorphe se pliait avec zèle aux lois de la gravité universelle. Son menton comblait le creux d'une épaule, la bretelle d'un soutien-gorge imprimait son relief sur sa joue gauche. Un autre corps étayait le sien, l'empêchait de basculer vers l'avant. Elle en sentait la chaleur sur son torse, peau contre peau. Comme on dépiaute un lièvre, deux mains prestes tiraient ensemble par-dessus sa tête, d'un seul mouvement, sa veste et son chemisier, puis extrayaient des manches ses bras mous et sans force.

Aveuglée par un fouillis d'étoffes, Bénédicte ferma les yeux. Des frissons lui parcouraient l'échine. Un petit vent coulis folâtrait sur son dos nu. Pour un quatre étoiles qui se respectait, cet hôtel tolérait décidément trop de courants d'air ! S'en plaindrait-elle à la réception ? Bénédicte grimaça. Absurde et déplaisante, l'idée qu'on la déshabillait comme une poupée Barbie la vexait juste assez pour gâter le début d'euphorie qui lui engourdissait le cerveau. Elle avait envie de dormir.

Une main la repoussa sans ménagement. Elle s'affala en travers du lit. Le tissu rêche de la courtepointe lui grattait la peau du dos et des bras. Il embaumait le vétiver.

Dehors, le vent perdait toute retenue, giflait les toits des immeubles et pressait son mufle humide contre les vitres de la fenêtre, dont le châssis grinçait. La tempête approchait.

Puis, très vite, ce fut le black-out, et le silence presque apaisant d'une chute sans fin au fond d'un gouffre obscur.

2

Les coques des navires grincent contre la pierre usée des quais. Dans la nuit tombante, les équipages guettent le vent qui, obstinément, se refuse à souffler du sud, vers l'Italie et le nord de l'île. Je ne partage plus leur impatience. Si j'avais un jour conçu des rêves de gloire, mon Afrique paisible et fertile aurait éteint en moi toute soif de conquête ou de revanche. Vue depuis ses rivages austères, même Rome, patrie tant aimée de mes ancêtres, perd de son attrait. Non, plus j'y réfléchis, plus s'impose à moi la certitude suivante : bientôt va s'accomplir, avec ou sans mon assentiment, un destin mille fois réécrit avec les mêmes mots, les mêmes phrases. Au fond, qui ai-je tenté d'abuser sinon moi-même ?...

*

Note : pour la marque du soutien-gorge, vérifier avec Aurore. Triumph, Aubade ou Lejaby ?

3

La désagréable sensation de froid et la surprenante dureté du matelas contre sa joue, ses seins et ses genoux achevèrent de la réveiller. La couette avait dû glisser, ainsi que l'oreiller. Elle n'avait pourtant aucun souvenir de s'être mise au lit et cela l'ennuyait un peu. D'habitude, elle dormait en chien de fusil, pas ainsi sur le ventre, étirée de tout son long. Elle voulut changer de position, n'y arriva pas. Quelque chose clochait. Une force mystérieuse contrariait sa volonté.

Quand Bénédicte entrouvrit les paupières, les brumes du sommeil brouillaient encore sa lucidité. Elle tenait une sacrée gueule de bois. Quels épouvantables cocktails avait-elle ingurgités la veille ? Là aussi, la mémoire lui faisait défaut.

Levant la tête, elle crut que son rêve continuait. Devant elle, un duo insolite s'affairait. Une femme agenouillée se penchait sur une autre, allongée à plat ventre au pied du lit, au milieu de la chambre dont Bénédicte reconnaissait mal la disposition. Que fabriquaient-elles ici ? À quel jeu jouaient-elles ? Et surtout, qui leur avait donné la permission d'entrer ?

Absorbée par sa tâche, la femme agenouillée ne semblait pas se soucier d'une tierce présence dans la pièce. Quant à la femme couchée par terre, immobile, les mains ramenées sur les fesses, elle dévisageait Bénédicte avec une placidité confinant au désintérêt. Pour tous vêtements, elle portait un soutien-gorge noir, une petite culotte et un collant assortis. Également noires, des bottes en cuir gainaient ses mollets. Des stries claires et régulières sinuaient sur ses jambes, son torse et ses bras.

À côté d'elle, la femme agenouillée arborait un uniforme gris foncé identique à celui de Bénédicte. Il n'y manquait aucun insigne, aucun galon. En haut des manches, le Pégase de sable caracolait sur son écu d'or et les étoiles cuivrées brillaient par paire de chaque côté du col à revers.

À mesure que Bénédicte émergeait de l'inconscience, la nature des gestes de l'inconnue, économes et précis, gagnait en évidence et donnait un sens à la scène silencieuse qui se déroulait sous ses yeux. Utilisant une longue corde, la femme à genoux ligotait la femme allongée. Apparemment, elle achevait de lui entraver les chevilles. À chaque nœud, le cuir des bottes grinçait sous la pression du chanvre tressé.

D'abord incrédule, Bénédicte commença à comprendre ce qui se passait ici. Ensuite seulement, une pièce après l'autre, elle put assembler un puzzle de sensations qui, toutes, venaient confirmer son intuition et lever ses derniers doutes : ses mains retenues dans son dos, la torsion inaccoutumée de ses bras, ses cuisses pressées l'une contre l'autre, ses mollets croisés, contraints et, plus généralement, cette incapacité à se mouvoir…

Écarquillant des yeux effarés, elle reconnut son visage dans le miroir de la garde-robe ! La femme allongée en sous-vêtements noirs, c'était elle ! C'était d'elle que l'autre s'occupait !

C'était elle-même qu'elle ficelait ainsi !

Bénédicte se souvint de la tasse de thé. Elle n'avait pourtant remarqué aucun goût suspect. Encore eût-il fallu le chercher ! Toujours jeté en travers du lit, le tailleur bleu de la réceptionniste clamait son défaut de vigilance. Elle n'avait rien vu venir ! Cette femme l'avait droguée puis, avant même le knock-out, dépouillée de son uniforme, qu'elle avait revêtu.

Mais pourquoi ? Dans quel but ?

Plutôt que de creuser ces questions, une nouvelle fois, Bénédicte essaya de bouger. En vain. Sous l'effort, la corde bien serrée lui brûla les poignets, pinça un peu partout ses muscles bandés. Alors, prise de panique mais encore étourdie par le sédatif, elle gigota comme elle put, se tortilla sans méthode.

Peine perdue. Un réseau de liens maintenait son buste et ses bras dans un harnais étroitement ajusté. Des entraves aussi fermes bottelaient ses jambes. Pis encore, il lui sembla que plus elle remuait, plus sa liberté de mouvement diminuait !

« Ah, ah ? On sort déjà des bras de Morphée ? »

L'autre s'était relevée. Campée devant le miroir de la garde-robe, les poings aux hanches, elle toisait Bénédicte avec un air malicieux. À ses pieds, hébétée, celle-ci tenta de mettre de l'ordre dans ses idées. Scrutant son reflet entre les jambes bottées de son adversaire, elle fit un rapide point de la situation.

Ça se présentait plutôt mal. Un mince serpent grisâtre épousait au plus près les contours de son corps. Ses anneaux entrelacés, secs et durs, lui interdisaient le moindre mouvement autonome, des jambes aussi bien que des bras. Chaque fois qu'elle tentait de les déplacer, ses poignets liés tendaient plusieurs cordes passées sous son ventre et autour de ses hanches. Si elle tirait à gauche, l'emballage se resserrait à droite et vice-versa.

Bref, ficelée comme un rôti, elle pouvait juste onduler de tout le corps, à la manière des phoques – à ce détail près que la moquette de la chambre n'avait rien d'une banquise. Question température, c'était d'ailleurs une chance.

Aussi vain que les précédents, un nouvel effort acheva de l'en convaincre : quoi qu'elle fît, elle se trouvait à la merci de l'inconnue. De plus, en lui confisquant son uniforme, la laissant demi-nue, privée des attributs de son autorité, celle-ci lui infligeait une cuisante humiliation. Pas assez cuisante toutefois pour compenser le subit allègement de sa vêture. Il faisait plutôt frais dans la chambre. Bénédicte frissonna.

« Qui… êtes-vous ? » bredouilla-t-elle.

La femme se dispensa de répondre. Au lieu de cela, elle se pencha sur sa prisonnière, la saisit par les épaules et la retourna.

Ainsi empaquetée, Bénédicte bascula d'une pièce, perdit le miroir de vue. Ses paupières battirent : la lumière du plafonnier lui tombait droit dans les yeux. Ses mains liées dans le dos rendaient la position malaisée, l'obligeant à cambrer les reins, ventre en avant. De plus, un objet dur, légèrement saillant, lui agaçait la fesse gauche. Le fragment baladeur de la théière ?

« Que me voulez-vous ? »

Accroupie à côté d'elle, la femme posa un doigt sur ses lèvres.

« Chut, lieutenant ! C'est un secret ! »

Une bouffée de parfum picota les narines de Bénédicte. C'était bien le même que tout à l'heure. Par contre, les cheveux avaient changé – de coupe et de couleur. Le petit chignon avait disparu au profit de mèches lisses, régulières et d'un beau volume, dont les pointes laissaient découverts la naissance du cou et le col du chemisier. De châtain clair, la femme était devenue brune intense, comme elle. Sous la coiffure identique à la sienne, Bénédicte reconnaissait pourtant le visage de la réceptionniste, débarrassé de son agaçant sourire Colgate.

« Que... ? Qu'allez-vous faire de moi ? »

L'autre l'enjamba, troussa la jupe d'uniforme, fléchit les jarrets, cala le torse de Bénédicte entre ses genoux et s'assit sur son ventre. De la main gauche, elle lui saisit le menton.

« De vous ? Mais rien du tout, lieutenant... Dites A ! »

Deux doigts gantés tenaillèrent avec force les mâchoires de Bénédicte.

« Allons ! Aâââ ! » insista l'autre, prêchant d'exemple.

Bénédicte résistait.

« Ne soyez pas stupide, lieutenant ! Ouvrez la bouche ! »

La douleur l'emporta. Bénédicte obéit, desserra les dents.

« Hhhâââ... ? »

Avec un coupable retard, l'idée d'appeler à l'aide lui traversa enfin l'esprit. Mais avant qu'elle en ait eu le temps, une boulette de tissu forçait l'entrée de sa bouche et étouffait son cri.

« Au sec...mmmmhhh ???!!! Momûûmmmbfff... ???!!! »

Devant sa mine stupéfaite, la femme se fendit la pipe.

« Culotte à vous, réquisitionnée dans votre valise... Ça vous en bouche un coin, je vois ! Pas si évident, car vous portez des modèles du genre riquiqui. Mais a priori, vous n'avez pas non plus ce qu'on appelle une grande gueule. Ceci corrige cela... »

Avec fermeté, elle enfonça le bâillon improvisé. Mâchoires bloquées, force fut à Bénédicte de la laisser faire.

« Gmoummm !!... Mufuffff... !!! »

Un petit coin de tissu dépassait. Avant de le tasser derrière les dents de sa prisonnière, la femme en palpa la finesse.

« Sexy mais classe ! Jolie dentelle ! Dites donc, lieutenant, en inspectant votre barda, j'ai découvert que vous aviez un faible pour les dessous noirs. Ça me surprend. Votre amour de la cavalerie irait-il jusqu'à dicter la couleur de vos sous-vêtements ? J'avais aussi parié pour une lingerie moins raffinée. Comme quoi, les clichés ont la vie dure ! Mais je suppose que vous ne portez pas ce type de fanfreluche en opération ? À voir ce que vous cachiez ce soir sous l'uniforme, on pourrait hésiter ! Vous espériez conclure avec une huile, à la hussarde et au débotté ? Je vous savais ambitieuse, mais à ce point-là, tout de même... ? Heureusement pour vous, le collant sème le doute ! »

La femme partit d'un rire haut perché.

« C'est curieux, vous ne trouvez pas ? On imagine mal les militaires en dessous chics. Notez, je trouve ça dommage, car votre petit balconnet noir me plaît. Sous le chemisier blanc, c'est coquin, non ? Et sûrement peu réglementaire, j'imagine. Je l'aurais volontiers confisqué s'il faisait partie intégrante de la tenue. Il devrait m'aller comme le reste de votre garde-robe… »

D'un index badin, elle fit claquer une bretelle du soutien-gorge. Bénédicte écarquilla les yeux, fixa avec inquiétude les bonnets moirés de son Aubade tout neuf, qu'elle avait décidé d'étrenner aujourd'hui, avec le slip assorti, en l'honneur de sa deuxième étoile. Elle n'était pas loin de le regretter.

L'autre lisait dans ses pensées :

« Rassurez-vous, lieutenant, vous resterez décente ! Le prestige de l'armée est en jeu, n'est-ce pas ? Et comme je ne peux pas garantir la grandeur d'âme du chevalier qui vous délivrera, mieux vaut laisser *couverts ces seins qu'il ne saurait voir*. D'ailleurs votre soutif est déjà coincé dans l'emballage… »

La femme relâcha sa prise. Avec ses esprits, peu à peu, Bénédicte retrouvait l'audace, sinon les moyens, de protester.

« Monmmfff ?... Mûûmumm !... Mouhhh !!!!... »

La culotte lui encombrait la bouche comme une lessive le tambour d'un lave-linge. Sa diction s'en ressentait. Bénédicte secoua la tête avec rage, piqua un fard de contrariété.

« Bmômmm ! … Mmmmonffmuh… !!! »

Pour toute réponse, la femme lui tapota la joue.

« Tss, tss ! Bénédicte, vous me décevez ! En voilà des manières ! On ne parle pas la bouche pleine ! »

En prime, elle se payait sa fiole ! Là, c'en était trop. Bénédicte sentit se lever en elle un irrépressible vent de révolte. La moutarde lui monta droit au nez. Oubliant ses liens, elle tenta de se cabrer, de désarçonner la femme qui la chevauchait.

« Hummmpff !!! »

Attachée de la sorte, elle jouait bien entendu perdante. Pourtant surprise, l'autre n'eut aucune peine à se maintenir en selle.

Aussi, changeant de tactique, sans autre idée que celle de nier un instant une défaite déjà consommée, Bénédicte voulut assener à son ennemie des coups de genoux dans les reins.

Mais ces dernières semaines, vu l'abondance des tâches administratives associées à sa mutation, elle avait quelque peu délaissé l'entraînement physique. Ses abdominaux la trahirent. Le poids de l'autre, assise à califourchon sur son ventre, lui coupait le souffle et écrasait ses mains liées contre la moquette. L'objet dur coincé sous sa fesse l'incommodait. En outre, à chaque mouvement un peu brusque, les cordes bien serrées lui râpaient davantage la peau des cuisses, éraillant le voile noir du collant où une première échelle traçait son sillon laiteux.

Malgré ses contorsions, l'autre la maintint au sol et para ses coups. Elle attendait que Bénédicte se fatigue, riait de sa colère impuissante et goûtait fort le côté burlesque de la situation… Mais finit toutefois par se lasser. Surtout quand elle vit que Bénédicte tentait d'expulser son bâillon.

« Assez joué, maintenant ! »

D'une main, elle obtura la bouche du lieutenant, pinça ses narines entre deux doigts et lui plaqua la nuque contre le tapis.

« Quand vous serez calmée, faites-moi signe ! »

Privée d'oxygène, Bénédicte se figea, genoux en l'air, muscles des cuisses tétanisés. Elle n'avait pas anticipé ce tour de cochon, dont l'absolue déloyauté lui coupait bras et jambes – précaution presque superflue en la circonstance. Son cœur battait dans sa gorge, une panique animale la gagnait.

Affamée d'air, elle se débattit, tenta de mordre la main qui lui fermait la bouche. Mais ses dents ripaient sur le cuir du gant.

Déjà, elle faiblissait. Ses jambes entravées retombèrent. La moquette absorba l'impact de ses talons. Ses poumons brûlaient, les yeux lui sortaient de la tête.

« On redevient raisonnable ? »

En effet, au bord de la syncope, Bénédicte capitulait.

« La petite crise d'amour-propre est passée ? »

L'autre enfonçait le clou. Toute honte bue, Bénédicte opina du mieux qu'elle pouvait, actant sa reddition.

« Mh-mh !! » piaula-t-elle en guise de « oui ! ».

Satisfaite, la femme retira sa main.

Par les narines et la bouche, à travers le tissu léger du bâillon, Bénédicte aspira goulûment l'air de la chambre. Ses seins gonflèrent les bonnets du soutien-gorge. Elle ressuscitait.

« À la bonne heure. Finissons-en ! »

Avec un mouchoir, la femme lui essuya soigneusement les lèvres, éliminant toute trace de rouge, puis frotta ses joues pour en ôter le léger fond de teint. Ensuite, elle glissa une main sous la fesse gauche de Bénédicte, en retira l'objet qui la gênait depuis qu'elle gisait sur le dos. Il s'agissait d'un cutter. L'autre avait dû s'en servir pour sectionner la pelote de corde.

La lame sortit en cliquetant.

Le cœur de Bénédicte se serra.

« Mômmgnmmh !!?? »

Pour son bonheur, elle ne fut pas longue à se rassurer, comprit très vite ce qui l'attendait : de même que la pelote de corde, le rouleau de chatterton était sorti de la table de nuit. La femme s'en saisit, en tira une belle longueur, qu'elle trancha avec le cutter. Elle réitéra plusieurs fois l'opération, accrochant chaque bande à l'accoudoir du fauteuil club.

« Votre temps de parole est épuisé ! »

Malgré les grognements scandalisés de sa prisonnière qui, jouant du cou, tentait pour la forme de soustraire sa bouche à l'adhésif, la femme entreprit de lui sceller les lèvres. Appliquée à deux mains, une première bande mit une sourdine aux récriminations confuses du lieutenant Gardier. Aussitôt, les derniers semblants de voyelles disparurent de ses capacités locutoires.

« Mmmmm !!! »

Les autres bandes suivirent, que la femme colla avec davantage de soin, variant les angles et appuyant fort sur les bords. Bénédicte en eut bientôt la peau des joues inutilement retendue.

Elle s'était résignée, acceptait son sort.

« J'aurais dû commencer par là. Ça nous aurait épargné cet intermède un tantinet désobligeant pour vous. Mes excuses, lieutenant ! Croyez bien que je ne cherche pas à vous humilier, mais voilà, *mea culpa*, j'étais impatiente d'essayer le costume… »

La femme redressa l'échine, caressa les revers de la veste, en ôta une peluche importune. Puis elle tira sur les basques, jeta un coup d'œil au miroir.

« À propos, comment me trouvez-vous ? Fais-je honneur à votre chère cavalerie ? Je serais tentée de le croire, non ? »

Bénédicte arqua des sourcils perplexes.

« Mmm ?? »

La femme sourit avec indulgence.

« Oups, pardon, je suis distraite ! Avec un peu de chance, vos galants collègues m'en diront davantage ! »

Bénédicte eut droit à un clin d'œil.

« L'armée commence à me plaire. Entre nous, l'hôtellerie n'est pas un milieu pour moi. Je m'y suis très vite sentie à l'étroit… »

Pétrissant les joues de sa prisonnière, elle s'assura une dernière fois que le ruban lui couvrait hermétiquement la bouche.

« Notez que la marine me conviendrait aussi. Les loups de mer sont experts en nœuds et je m'y connais un peu… »

Du pouce, elle égalisa un pli dans l'adhésif, chassa une bulle d'air. Ensuite, avec la pointe de son cutter, prenant bien garde de la blesser, elle pratiqua à la hauteur des lèvres de Bénédicte une incision longue d'environ deux centimètres, dont elle repoussa les bords vers l'intérieur. La colle avait une saveur chimique légèrement écœurante mais ainsi, tout risque d'asphyxie était écarté. In petto, Bénédicte en éprouva comme un début de reconnaissance. L'inconnue ne lui voulait décidément d'autre mal que celui nécessaire à une mise entre parenthèses en bonne et due forme.

Celle-ci prit du recul, examina son travail d'un œil critique.

« Savez-vous que ce chatterton noir vous va à ravir ? Il est raccord avec votre lingerie et la couleur de vos cheveux ! Sans oublier les bottes et le collant. C'est d'un chic assez inattendu ! »

Son sourire découvrit des dents très blanches.

« Une chance pour vous qu'ils ne l'avaient pas en bleu marine. Puisque vous y tenez tant, votre teint de pêche n'en pâtira pas ! »

La femme se hissa sur ses jambes, rajusta la jupe qui avait tourné puis, du pied, comme elle eût déroulé un tapis précieux, replaça Bénédicte sur le ventre, face à la garde-robe. L'intéressée accompagna le mouvement avec une secrète gratitude. Elle préférait cette position, moins pénible pour ses mains et ses avant-bras. À nouveau, elle bascula, ses seins embrassèrent la moquette et la femme put reprendre son ouvrage là où elle l'avait laissé.

« Où en étions-nous, déjà ? »

Selon elle, il restait des nœuds à serrer par-ci par-là. Bénédicte faillit s'en étonner. Mais un coup d'œil au miroir lui permit de constater que pas mal de chanvre inutilisé traînait encore sur elle et autour d'elle. Sans illusion, tandis que la femme tirait sous son ventre une paire de cordes râpeuses, elle testa une fois encore l'efficacité du bâillon.

« Mmmm ! »

L'autre la gourmanda.

« Vous vous répétez, lieutenant ! Je croyais que dans la grande muette, le silence était une vertu ? »

Cette salope aime plaisanter, songea Bénédicte. Par contre, elle opérait avec un sérieux imperturbable et un savoir-faire évident. Le travail avançait vite. Nœud après nœud, Bénédicte se sentait plus à l'étroit, boudinée de toutes parts, des clavicules aux chevilles. Pour autant, à quelques désagréments près, la posture demeurait supportable.

« Mmmm !! »

Inutile de regimber, la messe était dite. À aucun moment, elle n'avait eu voix au chapitre et cela ne risquait plus de changer.

« Désolée d'avoir à vous traiter aussi… cavalièrement ! »

La femme riait de ses propres vannes, c'était agaçant. Aussi Bénédicte résolut-elle de feindre l'indifférence et, si possible, de garder son calme. La rébellion de tout à l'heure avait démontré la vanité de toute action irréfléchie. On ne l'y prendrait plus.

« Notez qu'à votre égard, j'aurais pu faire usage de moyens plus définitifs. Pour tout dire, vous m'occasionnez un surcroît de travail ! J'avais d'autres options, vous vous en doutez bien… »

Posé sur l'accoudoir du fauteuil club, le Beretta chromé en témoignait. Un silencieux était vissé au bout du canon. Bénédicte y puisa un réconfort très passager. Avant de quitter la caserne, comme le stipulaient les règles de sécurité, elle avait placé son Browning personnel à l'intérieur de la valise, chargeur ôté. Cela lui valait sans doute d'être toujours entière. Une explication à coups de pistolet eût tourné à son désavantage. Au stand de tir, avec ce genre d'outil, elle n'avait jamais dégommé qu'une troupe consentante de silhouettes en papier. Elle se défendait mieux au canon de 105 mm sous tourelle. Bref, autant dire que dans cet exercice particulier d'adresse et de rapidité, son adversaire possédait sûrement une pratique supérieure à la sienne.

Cela sans même tenir compte du facteur surprise qui, ce soir, avait pipé les dés en sa défaveur. Comment diable aurait-elle pu soupçonner pareil guet-apens et, a fortiori, le déjouer ? Quitte à faire mentir la météo du jour, ceci ressemblait fort à un coup de tonnerre dans un ciel clair ! Bénédicte éprouvait d'ailleurs toujours du mal à admettre que tout ceci lui arrivait *véritablement*. Mais puisque elle-même n'en avait plus la possibilité, la corde se chargeait de la pincer : à l'évidence, elle ne rêvait pas !

« Vous auriez constitué un déplorable dommage collatéral, vite oublié du reste, j'en ai peur. Surtout, je risquais d'abîmer votre précieux uniforme… Alors ce petit saucissonnage maison n'est qu'un moindre mal, vous en conviendrez avec moi, pas vrai ? Quant au soin que j'y mets, voyez-y une sorte d'hommage. J'ai lu votre dossier, figurez-vous. Il ne contient pas que vos mensurations. Remarquable ! Brevet commando, missions de maintien de la paix à l'étranger… Vous, au moins, vous ne faites pas carrière dans les antichambres de l'état-major. Une héroïne de bureaux, je l'aurais attachée avec les jambes de son collant ! Mais vous êtes d'une autre trempe, cela va sans dire… »

Elle s'interrompit pour confectionner un nœud de chaise, à travers lequel elle passa une corde doublée. Serra le tout. Aussitôt, Bénédicte sentit que ses poignets liés adhéraient au bas de son dos. Elle n'arrivait plus ni à les soulever ni à les mouvoir latéralement. Ses doigts impuissants trituraient de l'air. Du bout des ongles, elle parvenait encore à toucher l'élastique de son collant. Le reste demeurait hors de portée : autant dire qu'elle avait perdu l'usage de ses mains.

« Mmmmm… !

— J'ai presque terminé, rassurez-vous. À toutes fins utiles, je dois aussi vous préciser que nous sommes appelées à nous revoir. Vous m'attendrez ici, bien sagement. Si jamais je ne reviens pas, quelques courbatures demain matin, quelques marques par-ci par-là, et il n'y paraîtra plus. Sinon, en guise d'adieu, je vous offrirai une petite mise au vert, histoire d'égarer les recherches. Car on va vous rechercher, ça, je puis vous l'assurer ! Vous porterez le chapeau pour moi – ou plutôt le béret ! – jusqu'à ce qu'on vous retrouve, bien entendu… Pour les explications, je vous fais confiance. Soyez éloquente ! »

Nouveau nœud. Les coudes de Bénédicte se rapprochèrent sans se toucher. L'appareil de corde durcissait encore. Il lui sembla qu'un plâtre achevait de prendre autour de ses bras.

« Désolée, mais votre superbe uniforme va disparaître. Trop d'indices intimes risquent d'y traîner, et je tiens fort à mon incognito. Dans votre rapport, j'espère que vous mentionnerez mon sens de l'humour et de l'hospitalité. N'oubliez pas non plus de remplir le questionnaire de satisfaction, sur le secrétaire. La direction y tient. Pour votre peine, l'hôtel offre le stylo à bille ! Mais en attendant, je ne saurais trop vous déconseiller de jouer les reines de l'évasion. Vous risqueriez de vous faire mal pour des prunes. Sans compter que, si vous n'y touchez pas, mes petits nœuds constitueront votre meilleur alibi… »

Bénédicte fit celle qui n'entendait rien. L'air très absorbé, elle fixait la moquette comme si elle en comptait chaque poil.

« De toute façon, moins vous remuerez, mieux vous vous porterez. Mais puisque vous n'êtes pas obligée de me croire, et que vous êtes peut-être du genre à fayoter, je vous fais la totale. N'y voyez aucune perversion, juste de la prudence… »

Elle soupira, considéra Bénédicte d'un air marri.

« Pour votre confort, des menottes auraient été préférable. Ou des colliers de serrage – on en vend de très fiables en plastique, dans les magasins de bricolage et les jardineries. Mais ce type de matériel est traçable et encourage toutes les négligences. En fait, son emploi ne se justifie que lorsqu'il faut agir vite : les poignets, les chevilles et puis basta ! Or avec vous, j'avais tout le temps nécessaire pour un travail soigné… D'autres choisissent le tout adhésif, c'est affaire de goût. Moi, je suis de la vieille école : une pelote de corde coûte une misère dans n'importe quel supermarché, pour un résultat aussi satisfaisant, voire supérieur quand on sait y faire. C'est que je dois *vraiment* vous garder au frais durant quelques heures. Rien de personnel. Pas trop à l'étroit, j'espère ? »

Mi-amusée, mi-sérieuse, elle insinua deux doigts sous une des boucles qui solidarisaient les bras et le torse de sa prisonnière.

« Voilà que je cause boutique, dites donc ! »

Sur ce, la femme s'écarta. Pendant quelques minutes, Bénédicte l'entendit qui s'activait dans la pièce. Elle allait et venait, explorait le mobilier, déplaçait des objets. Les fermoirs de la valise cliquetèrent, de même que des cintres sur une tringle.

Tant que sa doublure traînerait dans les parages, Bénédicte décida qu'elle se tiendrait tranquille. Ainsi, elle espérait malgré tout sauver la face, préserver le peu qui subsistait de sa dignité.

« C'est presque fini. Je reviens... »

Un robinet se mit à couler dans la salle de bains. La femme y poursuivait son mystérieux manège. Enfin débarrassée de sa présence, Bénédicte jeta un nouveau coup d'œil au miroir.

Elle vit que plus aucun centimètre de corde ne traînait. Le corset de chanvre était lacé, et bien lacé. La femme avait mis une sorte d'art dans sa confection. Elle avait notamment veillé à la symétrie du réseau et croisé en savantes torsades les raccords principaux. Par endroits, on aurait dit un ouvrage de passementerie, ou la planche illustrée d'un manuel scout, au chapitre *Brêlage et nœuds*. La femme avait poussé le souci du détail jusqu'à couper les brins libres qui dépassaient, comme un jardinier consciencieux élimine les mauvaises herbes de ses plates-bandes.

De plus, elle avait fait un rapide ménage, car la chambre témoignait maintenant d'un ordre parfait. Sur le lit, la courtepointe bien tendue ne gardait aucune trace du tumultueux passage de Bénédicte, sa valise était rangée sur un rack à côté du valet de nuit et l'uniforme de réceptionniste avait disparu, ainsi que la théière ébréchée et le plateau. Seule la serviette ouverte bâillait sur le fauteuil, preuve que la femme en avait fouillé le contenu.

Le tableau peignait les apparences d'une normalité si paisible, si proprette que Bénédicte, piquée au vif, éprouva la nécessité quasi physique d'y poser une touche discordante. En l'état, cette chambre indifférente snobait sa présence ! Au mieux, elle métamorphosait la jeune femme en accessoire kitsch pour claque de série B, du genre peau de fauve ou bronze pompier. Or, entre la vénus coloniale porte-chapeaux et la lionne recyclée en descente de lit, Bénédicte n'était vraiment pas pressée de choisir !

Dans la salle de bains, l'eau coulait avec un fracas de cataracte. C'était le moment ou jamais de mettre à profit ce bref intermède solitaire. Dès que l'autre reparaîtrait, il serait trop tard.

Bénédicte se mit à donner des coups de reins, à envoyer des ruades dans le vide. Elle roula sur les flancs, puis sur le dos. Exécuta quelques abdominaux hétérodoxes, se cognant le front aux genoux. Ensuite, à court d'idées mais pas encore d'énergie, les épaules et la nuque arc-boutées contre le tapis, l'échine raidie, elle pesa sur ses talons et, travaillant du bassin, se hissa ventre en l'air, dans une figure de brouette à l'envers qui lui procura un début de crampe. Chaque effort lui arrachait des grognements d'ourse. La sueur lui piquait les yeux. Entre-temps, l'autre avait dû allumer le chauffage. Elle retomba sur les fesses, épuisée.

« Mmmmm… »

Ça ne servait à rien. Aucune corde ne glissait sur ses membres endoloris. La faute à un système de boucles ingénieusement reliées entre elles, agencées pour contrarier toutes les tractions, qu'elles fussent méthodiques ou désordonnées. En outre, le placement des liens utilisait les spécificités de l'anatomie féminine : dans son dos, des bretelles de chanvre réglées au plus juste empêchaient Bénédicte de mouvoir ses mains entravées sans qu'au même moment, une paire de cordes lui sciât les épaules et lui remontât les seins par-devant ; à l'opposé, via l'entrecuisse, deux cordes supplémentaires allaient accrocher les boucles nouées sur son estomac, dont elles augmentaient la tension. Le tout composait une authentique camisole de force – la toile écrue en moins – qui lui collait les bras au corps et les mains dans le creux des reins. Quant aux jambes, les liens assuraient trois niveaux de contrainte successifs, complémentaires et indépendants : à mi-hauteur des cuisses – où, bien serrés afin de ne pas glisser sur le collant, ils creusaient la chair rebondie comme des jarretières un peu trop étroites –, à la pliure des genoux et autour des chevilles – où ils imitaient avec succès la rigidité d'un étau à vis.

Avec ou sans jeu de mots, la femme connaissait les ficelles de son job. La conclusion s'imposait d'elle-même : dans l'immédiat, mieux valait renoncer à se libérer.

S'échapper, alors ?

« Mmmmm !!! »

Comment n'y avait-elle pas songé tout de suite ? Obnubilée par l'évidence de cette idée qui, soudain, lui laissait entrevoir une forme encore imprécise de salut, Bénédicte essaya de s'agenouiller. Presque étonnée, elle y parvint. Après une succession de déconvenues, ce premier succès faillit l'étourdir. Durant quelques secondes, elle s'immobilisa, tâcha de reprendre haleine.

Garder la tête froide…

Ficelée comme elle l'était, ramper l'épuiserait vite et ne lui permettrait pas de rallier l'objectif en temps utile. Non, pour envisager une suite, elle devait réussir très vite à se mettre debout. Après, en sautillant sur ses pieds, peut-être parviendrait-elle à atteindre la porte de la chambre, manœuvrer la poignée de la pointe du menton, puis gagner le couloir de l'étage. Il y avait cinq mètres. Certes, cette aile de l'hôtel était vide et personne ne volerait à son secours, mais tout à l'heure, en quittant l'ascenseur, elle avait aperçu le boîtier rouge d'une alarme incendie. Un coup de coude bien placé suffirait. Si elle agissait vite, elle pourrait déclencher sirène ou sonnerie avant que sa geôlière ne la rattrape !

À la première tentative, elle comprit alors qu'en lui entravant les jambes, l'autre avait croisé ses chevilles à dessein. Privée de bras pour faire balancier, difficile de tenir en équilibre sur un pied et demi, a fortiori de progresser par petits bonds. Même modeste, la hauteur de ses talons compliquait encore l'entreprise. Au passage, elle maudit l'exhaustivité de son dossier : connaissant sa pointure, l'autre n'avait même pas essayé de chausser ses bottes. Les sœurs de Cendrillon pouvaient en prendre de la graine ! Sur ses bas, c'eût été peut-être moins acrobatique.

Bénédicte tenta néanmoins le coup. Presque aussitôt, elle prit un retentissant billet de parterre. Genoux ployés, elle chuta en avant. Impossible de se rattraper. Son épaule droite alla cogner un coin du lit et la pointe d'une botte accrocha le fil de la lampe de chevet, qui eut le bon goût de ne pas l'accompagner dans sa culbute. Elle mâcha un juron derrière son bâillon.

« Mmmmm !!! »

Pour autant, Bénédicte refusa d'abandonner la partie, s'entêta, reprit l'opération depuis le début. Cette fois, elle tomba à la renverse et se reçut durement sur le coccyx. La douleur lui fit voir trente-six chandelles en technicolor.

À ce train-là, elle finirait par se casser quelque chose ! Et à force de les solliciter en tirant dessus à chaque mouvement, les cordes commençaient à lui faire aussi mal que si elle cherchait vraiment à s'en délivrer.

Bref, après cinq minutes d'une telle gymnastique et presque autant de gadins, elle dut s'avouer vaincue. Elle n'avait même plus le courage nécessaire pour ramper. Des larmes de colère lui montaient aux yeux, troublaient sa vision. Ses derniers espoirs l'abandonnaient. C'était foutu ! Encore heureux que l'autre semblait n'avoir rien entendu.

Mais que fichait-elle dans la salle de bains ?

Pour s'épargner d'humiliantes remontrances, tant bien que mal, Bénédicte regagna l'endroit d'où elle était partie. Il n'y avait pas loin mais ce dernier effort l'acheva. Il ne lui restait plus qu'à attendre. Qu'on en finît. Le plus vite serait le mieux.

Une fois encore, elle se demanda ce que pouvait bien fabriquer l'imposteur en jupons. Fignolait-elle son maquillage ? Bénédicte s'aperçut alors qu'entre-temps, la femme avait fermé la porte de communication. Dressant l'oreille, elle crut entendre qu'elle passait un coup de téléphone.

Comble du mépris : elle ne se méfiait même pas !

Jamais Bénédicte n'avait éprouvé un tel sentiment d'échec, de défaite totale et irréversible. S'y mêlait toutefois, à sa grande surprise, la découverte d'un insidieux soulagement. Car à ce stade, son sort ne lui appartenait plus. Jointe à la conviction qu'aucune faute véritable ne pouvait lui être reprochée, la conscience de son impuissance l'incitait à se laisser aller.

Une molle apathie s'emparait d'elle.

Il fallait résister à cette tentation mais, en même temps, s'abstenir de répondre aux provocations de l'inconnue. De fort bonne humeur, celle-ci avait rouvert la porte de la salle d'eau et fredonnait une chanson à la mode. Elle reparut bientôt, munie d'une épaisse cordelière blanche. Bénédicte mit quelque temps à reconnaître la ceinture à glands du peignoir de bain.

« Je vous trouve bien agitée, lieutenant ! Ceci devrait tempérer vos ardeurs. Question matériel, j'avais vu un peu juste… Mais nous allons d'abord faire une ou deux photos pour mes commanditaires, histoire de leur montrer que notre petite affaire progresse. Regardez par ici. Souriez avec les yeux… »

Une paupière close, le portable à bout de bras, elle cadra soigneusement, appuya sur le déclencheur. Par deux fois, le flash crépita. La femme vérifia ensuite les vues sur le minuscule écran de l'appareil, hocha la tête.

« Vous êtes photogénique ! À moi, maintenant. Un petit selfie en militaire, avec vous en arrière-plan… »

Elle orienta l'appareil tel un miroir de poche, se composa une mine martiale qu'elle effaça d'une grimace avant d'afficher un sourire. L'éclair du flash lui blanchit un instant la face.

Cette fois, elle écourta la procédure, pressa une touche.

« Et hop ! C'est envoyé ! »

Le portable disparut.

« Maintenant, la touche finale… »

La femme s'accroupit, démêla la ceinture, qu'elle faufila sous les aisselles de Bénédicte. Nouant une boucle autour de son buste, au-dessus des seins, elle croisa blanc sur noir les bretelles de son soutien-gorge. Bénédicte ne chercha pas à résister. Une traction s'exerça sur ses jambes, ses genoux plièrent, ses talons partirent à la rencontre de ses mains liées et restèrent suspendus en l'air. L'autre extrémité de la cordelière crissa sur le cuir des bottes, s'enroula autour des chevilles. Contraints par un second nœud, les mollets de Bénédicte frôlèrent l'arrière de ses cuisses.

Quand la femme lâcha tout, elle put laisser aller ses jambes, qui reculèrent d'un ou deux centimètres, immédiatement arrêtées. La cordelière vibra, émit un son mou, bref et grave, puis acheva de se tendre entre ses deux points d'ancrage.

« Mmmm ?? »

Couchée à plat ventre, bras et poignets attachés dans le dos, jambes entravées et repliées, Bénédicte était ligotée *à la crapaudine* – le terme légionnaire lui revenait, lointain souvenir d'une formation au combat rapproché et aux techniques d'immobilisation. (Il sortait, prétendait l'instructeur, du vocabulaire des maîtres queux, et désignait une manière de préparer pour la cuisson pintades et pigeons. À l'époque, tout le monde avait ri de bon cœur.)

En pratique – même s'il s'agissait ici d'une variante soft, privilégiant la contention du sujet plutôt que son inconfort –, c'était nettement moins drôle qu'en théorie. Ainsi harnachée, Bénédicte se retrouvait aussi libre de ses mouvements qu'une volaille ficelée sur sa lèchefrite. Prête à enfourner, thermostat cinq !

Et pour corser l'affaire, il y avait encore l'autre qui se marrait comme un jour de bizutage ! Décidément, se dit-elle, cette soirée prenait des airs de très mauvaise blague.

« Parfait ! Ça ira comme ça. Inutile de vous bander les yeux : le mieux est l'ennemi du bien, n'est-ce pas ? Vous voilà installée pour la nuit et, en plus, nous sommes dans les temps ! »

Sur le secrétaire, les chiffres rouges du radio-réveil confirmaient cette dernière constatation. La femme ouvrit la trousse qu'elle avait déposée sur le lit.

Plus que jamais spectatrice, Bénédicte nota que son uniforme lui allait beaucoup mieux que la tenue de réceptionniste – emprunt moins heureux, davantage improvisé, produit probable d'un fauchage en vestiaire. Non, se dit-elle, on ne l'avait pas choisie au hasard : leurs morphologies correspondaient. Les boutons de la veste tiraient certes un peu à hauteur des seins, que l'inconnue avait plus généreux, mais la jupe tombait avec élégance. En outre, elle avait chaussé des bottes à talons hauts parfaitement réglementaires, zippées sur l'intérieur du mollet, de facture civile comme les siennes mais d'une pointure supérieure.

Bénédicte s'étonnait juste que, pour son confort, elle n'eût pas réquisitionné un de ses chemisiers propres. Cela expliquait sans doute les effluves de déodorant qui saturaient l'atmosphère de la chambre. Avait-elle craint de commettre une bourde dans l'accrochage des insignes ?

Unique bémol à la partition, son collant noir captait la lumière ambiante avec des reflets plus satinés que les fournitures standard mises à la disposition des officiers subalternes. Au lieu de garder celui-là, elle aurait dû débarrasser Bénédicte du sien tant qu'il était intact, ou enfiler une des deux paires de rechange qu'elle glissait toujours dans sa valise avant de partir.

Avec dépit, celle-ci comprit pourtant que, même friand de jambes bien faites, le planton de service n'y verrait que du feu. Certaines femmes officiers aimaient introduire quelque fantaisie dans le détail de leur uniforme et, si leur solde le permettait, privilégiaient les accessoires de marque. Au dépôt 63, personne ne connaissait encore de Bénédicte autre chose qu'un signalement sommaire. Avec son casque de cheveux bruns coupés bien au-dessus du col, la femme ressemblait presque trait pour trait à la photo d'identité surexposée qui figurait sur ses papiers. Au crayon de maquillage, elle avait même reproduit son grain de beauté sur la pommette gauche. Et puisque aucun interrogatoire plus ou moins musclé n'avait eu lieu lors de leur bref échange de politesses, il y avait gros à parier qu'elle possédait tous les codes d'accès requis et maîtrisait leur utilisation.

À l'évidence, l'appareil militaire connaissait donc des fuites. Mais aussi, pour quelle obscure raison s'ingéniait-on ce soir à prendre la place d'un lieutenant fraîchement promu, attaché à une unité de support logistique ? En pensée, Bénédicte parcourut à nouveau son ordre de mission. L'habilitation associée à son poste ne prévoyait encore aucun accès prioritaire aux zones réservées du dépôt, ni le traitement de dossiers secrets. Les véhicules blindés qu'elle aurait pour mission de tester n'avaient rien de prototypes et provenaient tous de marchés publics.

Alors ?

Le mystère s'en épaississait d'autant, et la frustration. Car pour sa santé, Bénédicte ne concevait plus aucune crainte. On n'immobilisait pas ainsi, avec un tel luxe d'attentions, une adversaire promise à un sort funeste. C'eût été pure perte de temps. De même, pour la faire parler – mais de quoi ? –, on ne commençait pas par la bâillonner. Non, cela crevait les yeux, son rôle prenait fin ici. La partie continuerait ailleurs, sans elle. On l'avait poussée dans la case « puits » d'un jeu de l'oie dont les règles lui échappaient. Par conséquent, au prix d'un peu de patience, elle pouvait envisager son avenir immédiat avec un relatif optimisme.

La femme sortit un instant de la chambre, y rentra le chariot à linge, dont une roulette couinait. Bénédicte était prête à prendre les paris : en cas de retour d'expédition, comme annoncé tout à l'heure, l'autre l'évacuerait là-dedans, sans doute jusqu'au garage situé au sous-sol de l'hôtel. Assurément bien tardive, sa subite clairvoyance l'agaça. Tant d'indices s'étaient accumulés lors de son arrivée, dont elle n'avait su tirer profit ! Elle n'avait pas fini de payer cette inconséquence.

« Je dois vous laisser. Mais avant, je vais vous administrer une piqûre pour un bon gros dodo ! Le thé, c'était un avant-goût. Ainsi, vous n'aurez même pas le temps de vous ennuyer. »

La trousse du tiroir avait révélé son contenu. En lieu et place de la brosse attendue, l'autre brandissait une seringue.

Sur le fauteuil, en plus du Beretta et de la serviette, elle avait déposé le carton *Ne pas déranger* qui pendrait bientôt à la poignée, côté couloir. En outre, elle avait fouillé la valise de Bénédicte, mis de côté son Browning, son ceinturon et son étui. Elle savait donc qu'en zone militaire, selon les dernières consignes, le port d'arme était recommandé aux officiers gagnant leurs quartiers.

Puisqu'elle n'avait pas craint de se montrer à visage découvert, on pouvait en déduire qu'aucun service ne la connaissait autrement que sous un nom de guerre peut-être croquignolet. Avec un tel savoir-faire, elle devait coûter cher à ses commanditaires.

Tandis que l'autre préparait l'injection, Bénédicte fit une nouvelle tentative en vue d'améliorer sa posture. Elle avait revu ses ambitions à la baisse, mais l'immobilité forcée lui pesait. L'air de rien, en se trémoussant d'une hanche sur l'autre, elle prenait ses marques, s'installait dans ses liens comme on enfile laborieusement un jean neuf un peu trop près du corps, voire une taille en dessous. Elle agita les doigts, serra les poings. Le cou et les sourcils mis à part, rien d'autre qui ne fût contraint ou contrarié. La femme l'avait vraiment ficelée comme un colis postal ! N'y manquaient que l'adresse, le timbre et le coup de tampon. En se démenant, peut-être parviendrait-elle à basculer sur un flanc, mais là s'arrêtaient ses étroites perspectives, dont le bénéfice demeurait d'ailleurs douteux.

Au lieu de l'encourager, la présence du miroir rendait un verdict sans appel : quand elle se réveillerait, s'extirper de ces liens-là prendrait un temps infini. D'ailleurs, en aurait-elle seulement l'occasion ? Surtout, ses mains semblaient pour de bon hors jeu. Même en forçant, pas moyen d'effleurer, fût-ce du bout des ongles, les boucles qui maintenaient ses chevilles croisées l'une sur l'autre, ni celles qui soudaient ses cuisses en queue de sirène.

Vu son épaisseur peu propice au serrage des nœuds, la ceinture du peignoir constituait le seul point faible du dispositif. Les franges d'un des glands lui chatouillaient le dos entre les omoplates, près de l'agrafe de son soutien-gorge. L'autre balançait au-dessus de ses fesses chaque fois qu'elle remuait, tel un porte-bonheur ringard pendu au rétroviseur d'une voiture.

Quant à dénicher un objet coupant, encore fallait-il pouvoir l'atteindre et s'en servir. Dans la chambre, elle ne voyait rien qui y ressemblât, car l'autre avait escamoté son cutter. Et pour user ses liens, elle pouvait oublier le radiateur : la pièce n'hébergeait qu'un modèle électrique en tôle, dépourvu d'arêtes.

Tout ça n'annonçait rien de bon.

Bénédicte posa une joue contre la moquette, allongea le cou pour voir ce que l'autre manigançait. La seringue semblait prête, mais sa doublure lui accordait un sursis. Elle prit place dans le fauteuil, posa le téléphone sur ses genoux et composa un numéro.

« Allô ?... Le D.S. 63 ?... Oui ?... Lieutenant Gardier à l'appareil… Oui, c'est cela, Bénédicte Gardier… Je viens d'arriver en ville… Oui, excellent voyage, merci… Je suis impatiente… La petite fiesta de ce soir ?... Oui, je suis invitée… Non… J'attends… »

Bénédicte se mit à suer.

« Mon code personnel ? Bien sûr ! »

L'autre déclina la combinaison exacte de chiffres et de lettres.

Bénédicte avait vu juste.

Il fallait faire quelque chose ! Mais quoi ?

Donner l'alarme ! Mais comment ?

Bénédicte n'avait pas d'autre choix : quitte à y gagner un torticolis, elle tourna la tête en direction du téléphone et poussa des gémissements aigus, aussi fort que son bâillon le lui permettait.

« Mmmmm !!!… Mmmmm !!!… Mmmmm !!! »

La femme fronça les sourcils, couvrit le micro du combiné, fusilla sa prisonnière du regard.

« Arrêtez ce cirque, lieutenant ! Vous êtes grotesque ! »

Elle avait raison, mais Bénédicte se voulut héroïque. Afin que nul n'en ignorât, elle poussa le volume au maximum.

« MMMMM !!!... MMMMM !!!... MMMMM !!! »

L'autre leva les yeux au plafond, haussa les épaules.

« La barbe, Bénédicte ! Voulez-vous vraiment que je vous assomme tout de suite ? Je vous file un coup de téléphone ? »

Elle fit mine de quitter son siège, le combiné brandi.

Convaincue qu'elle ne bluffait pas, Bénédicte estima plus sage de s'épargner une bosse et coupa le son.

« Non, rien... Un bébé qui pleure à côté... C'est déjà fini. Excusez-moi, vous disiez ?... »

L'autre se rassit, croisa les jambes, commença de démêler le fil torsadé du téléphone. Elle maîtrisait la situation.

Bénédicte faillit l'admirer.

« En fait, j'aurais aimé me présenter un peu plus tôt au rapport du commandant. Avant la fête, ce serait possible ?... Et déposer quelques affaires dans mon nouveau bureau ?... Bien... L'ordinateur est déjà branché ? J'aurais quelques courriels à envoyer... C'est parfait !... J'attendrai le chauffeur au bar de l'hôtel. Je suis descendue au *Moderne*, boulevard maritime, comme prévu sur la feuille de route... Oui, c'est entendu... »

Sur une formule de politesse, elle coupa la communication.

« Je suis à vous tout de suite, lieutenant. La patience n'est décidément pas votre fort ! Vu la longue soirée qui vous attend, c'est bien dommage pour vous… Mais nous allons y remédier. »

Elle forma un autre numéro, plus court.

« Allô, la réception ?... Ici Bénédicte Gardier, chambre 307… Oui, votre collègue m'a installée… Dites-lui d'ailleurs que… Ah ? Elle a terminé son service ?... Dommage ! »

L'air complice, elle adressa un clin d'œil à Bénédicte.

« Juste pour prévenir que je dormirai tard, demain… Non, inutile de me réveiller… Pas de petit déjeuner non plus… Merci ! »

Elle raccrocha, se leva, alla replacer l'appareil sur le secrétaire, s'approcha de Bénédicte puis, comme prise d'un remords, revint sur ses pas, se pencha derrière le meuble et arracha le fil du téléphone, qu'elle sectionna ensuite d'un coup de cutter.

« Me voilà. Désolée de vous avoir fait attendre. »

La seringue reparut.

Bénédicte mesura toute son impuissance. Mieux qu'un venin, les liens paralysaient son corps rebelle mais maté, désormais incapable de convertir en gestes une force pourtant intacte, que disciplinaient à peu de frais quelques grammes de chanvre industriel et le coton d'une ceinture. Quelle dérision !

« À partir de ce moment, je prends le relais. Mille mercis pour votre uniforme et vos pièces d'identité ! »

La femme s'accroupit près d'elle, sourit et, lui flattant la nuque d'une main amicale, approcha la seringue du visage de Bénédicte. Celle-ci loucha sur l'aiguille, transpira de plus belle.

« Comme vous voyez, à peine un dé à coudre de produit… Je n'ai trouvé aucune contre-indication dans votre dossier médical. Pas de surdosage à craindre, donc. Juste de quoi m'attendre. Et rassurez-vous s'il y a lieu, j'ai vérifié : aucun effet émétique connu. Il ne faudrait surtout pas que vous vous étouffiez dans votre vomi. Deux précautions valent mieux qu'une et votre santé nous tient à cœur, chère amie ! À propos, vous êtes à jeun ? »

D'abord interdite, Bénédicte opina. Non sans une pointe de dépit, elle réalisa qu'elle allait louper le dîner de gala.

« Parfait. Je vous mets à la diète jusque demain midi. Avec une tasse de thé, ça devrait aller. C'est diurétique, mais je n'allais tout de même pas vous attacher sur la cuvette du W.-C. ! Vous êtes militaire, alors à la guerre comme à la guerre ! Si je reviens tout à l'heure, nous aviserons. Tenez bon jusque-là ! Je peux compter sur vous pour rester propre, n'est-ce pas ? »

D'une chiquenaude, la femme fit monter les bulles d'air dans le cylindre transparent. Elle pressa le piston, chassa quelques gouttes qui allèrent mouiller la moquette. L'une d'elles s'écrasa sur le nez de Bénédicte, qui sursauta.

Petite cause, grands effets. Soudain affolée, comme si elle réalisait seulement ce qui lui arrivait, Bénédicte céda sans retenue à la plus abjecte, la plus irraisonnée des terreurs. Respirant fort par le nez, elle se mit à geindre, à rouler des yeux fous, à s'agiter piteusement dans ses liens. Ses bottes grinçaient l'une contre l'autre, le cuir ciré craquetait sous les tours de corde. Tendue à bloc par ses jambes ployées qui fatiguaient, la ceinture pinçait la peau sous ses aisselles, étranglait le haut de son buste. Un désespoir sauvage la tenaillait, aiguisait sa peur.

« Mmmmm !! Mmmmm !! »

Dehors, un vent de tempête fouettait la façade.

« Eh bien, eh bien ? Qu'est-ce qui vous prend ? Il est un peu tard pour vous exciter… Du calme, voyons ! »

La femme s'agenouilla puis, baissant d'un côté collant et slip, dénuda la fesse droite de Bénédicte. Celle-ci cessa aussitôt de gigoter, ferma les yeux et pesa du front contre la moquette.

« Voilà qui est mieux ! »

Les larmes n'étaient pas loin, mais la jeune femme se raisonna, parvint à les ravaler. Elle avait toujours détesté les piqûres. Dans le silence oppressant de la chambre, seulement troublé par les vociférations du vent, elle distingua le *plop* d'une fiole qu'on débouchait, reconnut l'odeur entêtante de l'alcool dénaturé.

« Ne tremblez pas ainsi, lieutenant ! Une grande fille comme vous ! Je vais faire ça dans les règles de l'art… »

Le contact froid, circulaire de la ouate imbibée sur sa peau nue arracha un frisson à Bénédicte. Des souvenirs pénibles de vaccins et de prises de sang vinrent taquiner sa mémoire.

« Attention, je pique !

— Mmmmm !!! »

L'aiguille s'enfonça dans la chair.

L'autre ne mentait pas : Bénédicte n'avait rien senti – juste le liquide glacé qui s'insinuait à travers ses muscles.

« Allons ! Détendez-vous ! J'ai presque fini ! »

Bénédicte serra les dents, mordit de toutes ses forces la culotte qu'elle avait dans la bouche. Celle qu'elle portait au bon endroit remonta, bientôt couverte par le collant, dont l'élastique émit un claquement sec. Suivit une petite tape amicale sur le derrière. L'injection était terminée. L'autre se relevait déjà.

« Alors ? Était-ce vraiment si terrible ? »

Bénédicte soupira, ouvrit grand les paupières. La lumière de la chambre l'éblouissait. Une vague ivresse lui tournait la tête.

L'autre endossa le manteau, coiffa le béret, glissa trousse et pistolet, silencieux dévissé, à l'intérieur de la serviette. Elle ajusta le ceinturon autour de sa taille et plaça dans son étui, dûment chargé, le Browning de Bénédicte.

« Ce sédatif-ci agit en douceur. Tout à l'heure, c'était un produit plus violent, dosé pour vous assommer d'un coup, mais à durée limitée. Vous vous êtes d'ailleurs réveillée un peu tôt. Ça nous aura permis de faire connaissance… »

Une dernière fois, elle étudia son image dans le miroir de la garde-robe, humecta un doigt de son gant et lissa un sourcil récalcitrant. Puis, enfin satisfaite, elle se retourna, se raidit dans un garde-à-vous parodique, claqua des talons et salua.

« Mes respects, lieutenant ! Faites de beaux rêves ! »

Un ultime dilemme la retenait. Enfin, elle avança le pied droit et, avec beaucoup de délicatesse, pesant de la semelle contre la hanche de sa prisonnière, la fit verser sur le flanc.

« Les jambes en l'air, à la longue, ça fatigue. Seule, surtout. En compagnie, c'est une autre histoire… »

Elle eut un petit rire espiègle.

« Ainsi, vos muscles travailleront moins et le sang circulera mieux. Posez bien les genoux au sol. Les pieds aussi… Comme ça, oui… Voilà… Laissez-vous aller… Vous sentez la différence ?

— Mmmm…
— Je prends ça pour un oui. Ne me remerciez pas ! Évidemment, ça va chatouiller un peu là où c'est le plus serré… »

Bénédicte avait d'autres préoccupations. Ses paupières battaient, elle se sentait partir. Dans le miroir, elle aperçut le dos de l'inconnue qui, contournant le chariot à linge, s'en allait avec son uniforme, sa serviette et son honneur d'officier. Ensuite, elle ne vit plus que le corps immobile d'une femme en sous-vêtements noirs, contorsionnée dans une posture extravagante, vaguement ridicule. Puis sa tempe heurta le sol.

Ça ne pouvait pas être elle. Dans une heure, le lieutenant de cavalerie Bénédicte Gardier franchirait le poste de garde du dépôt stratégique n° 63 et prendrait officiellement ses fonctions.

Responsable des essais sur véhicules blindés.

Son jour de gloire était arrivé !

Surtout, ne pas débarquer en retard au dîner de fête.

« J'ai monté le chauffage à 22 degrés. Ce n'est pas le moment d'attraper un rhume… J'aurais dû vous passer le peignoir avant de vous ficeler. J'y penserai, une prochaine fois. »

Nouveau rire. La lumière du plafonnier s'éteignit.

« Extinction des feux ! »

Debout dans l'embrasure, la femme se retourna :

« À tout à l'heure, si tout va bien ! Je vous raconterai la fête, ou du moins ce que j'en aurai vu. Car j'ai du travail… Mais si j'y pense, je vous rapporterai une part de dessert. »

Elle tardait à prendre congé. Au prix d'un effort surhumain, Bénédicte leva la tête vers le miroir. La silhouette de la femme se découpait contre le fond clair du couloir. La lumière d'une applique enfonçait un long coin dans la chambre obscure, glissait sur la moquette et venait mourir contre les jambes de Bénédicte, saupoudrant son collant et ses bottes de reflets doux, mordorés.

« Autant le savoir, lieutenant : vous êtes un tout petit pion sur un échiquier qui vous dépasse. Mon conseil ? Acceptez-le ! »

La porte se ferma sans bruit. Une pénombre duveteuse noya la pièce, où seuls luisaient les chiffres rouges du radio-réveil et le témoin vert de la télévision. Dehors, l'éclairage public avait pris le relais du jour. Arrêté par les rideaux, un halo sépia éclaboussait la cantonnière et, descendant du plafond, modelait grossièrement les meubles de la chambre. Le vent soufflait toujours – plus fort, eût-on dit. Des gouttes de pluie tambourinaient contre les vitres de la fenêtre.

Enfin seule.

Bénédicte ferma les yeux, soupira.

« Mmmmm… »

Elle cessait de lutter, rendait les armes.

Un tramway freinait sur le boulevard maritime. La cloche tinta, les roues chantèrent sur les rails, métal contre métal, puis la lourde motrice repartit, ébranlant au passage les murs du quartier. Quelque part dans l'obscurité, une charnière grinça.

Quand la clef tourna dans la serrure, Bénédicte Gardier dormait d'un sommeil paisible. À poings fermés.

Et solidement liés.

4

L'homme tourna le feuillet, vérifia que le verso était bien vierge. Enfin, il arrivait au bout du tapuscrit, vingt-cinq pages en Garamond 12 simple interligne. Pour un professionnel, il avait consacré à sa lecture davantage que le temps nécessaire. C'était du moins le soupçon de Jérémie.

Le regard du directeur revint au dernier paragraphe du dernier feuillet puis, sans laisser paraître la moindre émotion, celui-ci hocha la tête, ferma la chemise cartonnée et en replaça les élastiques avec soin, veillant à ne pas les tordre. Sa gestuelle avait quelque chose de si maîtrisé, de si naturellement contenu, qu'elle semblait traduire une assurance à l'abri du doute. En tout cas, dans un sens ou dans l'autre, sa décision était prise.

Le verdict allait tomber.

De l'autre côté du bureau ministre, Jérémie s'en tamponnait le coquillard. Le plus dur était fait, il avait respecté les termes de son contrat, le reste ne serait bientôt plus de son ressort. En attendant, lui qui détestait les cartes s'appliquait à vivre cet entretien comme une fastidieuse partie de poker menteur. Son adversaire l'ignorait, mais il n'y jouait pour sa part que des haricots.

En fait, jamais il ne s'était senti à tel point faux cul. Même s'il pouvait invoquer la bonne cause pour sa défense, une certaine gêne ne le quittait pas depuis sa descente du train. Aussi veillait-il à ne pas charger le rôle qu'il avait accepté d'endosser, la maligne envie dût-elle l'en tarauder. Après tout, la fausse honte une fois digérée, pourquoi se retenait-il d'explorer le côté comique de cette équipée aux allures de quiproquo boulevardier ?

Jérémie attendit. Pendant quelques secondes, il se demanda s'il devait contrefaire une impatience de douteux aloi ou en remettre une couche dans le registre de l'indifférence blasée. Il n'arrivait pas à décider. De plus, il ne comprenait pas pourquoi le directeur l'avait fait venir jusqu'à Paris sans avoir lu au préalable le texte qui formait l'enjeu de leur entrevue. Pour peu qu'il les connût vraiment, voilà qui ne ressemblait guère aux usages en vigueur dans le milieu. Mais les Éditions B & B faisaient-elles vraiment partie de la grande république des lettres ? À ce jour, aucun de leurs ouvrages n'avait su trouver le chemin de sa bibliothèque. Ce qui, bien entendu, ne prouvait rien.

L'oracle se racla la gorge.

« Votre texte enfile les adjectifs… »

Jérémie encaissa sans broncher. Pourtant, à son grand désarroi, il sentit que le coup avait porté. Contre toute attente, le dépit pointait même le bout du nez. Cette constatation l'inquiéta. Car il avait cru ses défenses d'autant moins perméables qu'il s'était jugé prêt à tout entendre. Pour ce qu'il en avait à faire…

Garnie d'une galette aussi moelleuse qu'une pierre tombale, la bergère sur laquelle il avait pris place lui rectifiait le derrière. Jérémie aurait volontiers cherché les voies d'une retraite honorable et levé le camp avec le sentiment du devoir presque accompli, si l'angle d'attaque choisi par son juge n'avait réveillé en lui sa foutue vanité. D'accord, le texte *en soi* ne valait pas un pet de lapin, il en convenait le premier, mais le style, par contre, lui semblait honnête. D'autant plus honnête qu'il en revendiquait la paternité – dans une clause secrète convenue entre lui et lui, dont aucune trace, fort heureusement, n'apparaîtrait sur le contrat-type.

« Beaucoup d'adverbes, aussi... »

Et puis quoi encore ? Jérémie commençait à trouver le temps long. Afin de contrer l'exaspération qui montait, il tâcha de concentrer son attention sur un objet précis. Le tapuscrit reposait au milieu du sous-main. Dessous, le buvard ne portait ni tache d'encre ni trace de doigts. Aucun message, aucun mémo, aucun dossier ne jonchait le meuble impeccablement ciré. À se demander si ce bonhomme travaillait ici, derrière ce bureau, dans cette pièce plutôt étroite, haute de plafond, au contenu à peine moins austère que sa triste et sèche figure.

Au moment de pénétrer dans le saint des saints des Éditions B & B, son texte serré sous le bras, Jérémie n'avait pu dissimuler un certain étonnement. Sur la foi de clichés très banals, il s'était figuré par avance un tout autre cadre. Sur les murs du local, des planches botaniques remontant au siècle des encyclopédistes remplaçaient les gaudrioles attendues, dont le profane qu'il était avait fait le décor obligé d'une entreprise éditoriale aux productions pour le moins légères. Bien sûr, un psychanalyste lui aurait fait remarquer que ces planches présentaient des fleurs aux divers stades de leur épanouissement, mais s'il avait lu Freud, Jérémie avait aussi parié pour une imagerie moins allusive.

Depuis qu'il avait franchi le seuil de l'immeuble, un discret hôtel de maître donnant sur le boulevard Saint-Germain, son regard avait surtout rencontré des lithographies fin-de-siècle dont l'académisme se mâtinait de clins d'œil pompiers même pas coquins. Jérémie commençait à se demander s'il regrettait cette dichotomie entre les lieux et la matière qu'on y traitait. Il décida que non. De toute façon, à quarante-cinq ans passés, se découvrir bégueule n'était plus à l'ordre du jour.

Il se demanda ce qu'Aurore penserait de tout ça, si elle savait. Nul doute que cette histoire la ferait rire, bien davantage d'ailleurs que toutes celles qu'il insérait dans ses lettres pour la divertir. Quant à celle qu'il était censé défendre ce matin, Jérémie n'avait pas osé lui en montrer la première ligne. Un moment, il avait pensé mettre le texte en pièce jointe de son dernier mail, sans autre commentaire qu'une laconique demande d'avis.

Aurore possédait un jugement très sûr. Mais dans ce cas précis, Jérémie redoutait l'absence du contexte – et celui-ci gardait pour lui quelque chose d'humiliant, lié à son inavouable lâcheté d'un soir. Non, tout compte fait, il lui en parlerait plus tard, de vive voix, quand elle rentrerait de son énième périple aux confins de la planète Gutenberg. À cette heure, sa muse valenciennoise dénouait peut-être ses raquettes sur le seuil enneigé d'une médiathèque inuit. Souvent, Jérémie perdait le fil de ses nombreux déplacements professionnels.

« C'est également très descriptif… »

Il sursauta. Son attention faiblissait. Tandis que l'autre cherchait la suite de son raisonnement, le regard de Jérémie revint au sous-main. À l'évidence, M. Blaise, directeur littéraire des Éditions B & B, n'avait pas pour habitude de se salir les mains. De même, il veillait à l'organisation géométrique de son lieu de travail. Involontaire ou entretenu, le fouillis artiste si caractéristique des meilleures maisons n'avait pas cours ici. Il semblait même proscrit. Par défaut de place ? La hauteur du plafond compensait un peu la relative exiguïté du local. Dans cet espace à la fois clos et aéré, seule la fenêtre offrait un point de fuite à l'imagination. Depuis le début de la discussion – terme impropre dès lors qu'il désignait jusqu'ici une lecture et un soliloque –, Jérémie se forçait à négliger son appel à la désertion.

« Du coup, c'est certain, votre plume donne à voir… »

L'homme, dont le haut front fuyant se plissait de rides, fit une moue et branla du chef.

« En réalité, nos lecteurs aiment ce type de prose. Il leur faut peu de blancs à remplir. La créativité n'est pas leur fort. D'où une propension paradoxale au voyeurisme. Cela, je crois que vous l'avez bien compris, monsieur… ? »

Il ne fit pas semblant de chercher, se pencha vers la chemise.

Jérémie le devança.

« Straube. »

Pour le coup, il eut l'impression qu'un autre parlait à sa place. Ce qui, d'ailleurs, n'était pas complètement faux.

« Monsieur Straube, c'est cela. »

Un ange passa sur la pointe des rémiges.

Le directeur avait ôté ses épaisses lunettes, dont il mâchonnait avec discrétion l'une des branches.

À nouveau distrait, Jérémie laissa errer son regard sur le présentoir promotionnel de la collection « Port d'attache », fleuron proclamé de la maison. Elle comptait déjà une vingtaine de volumes aux titres plus ou moins évocateurs. Aucune autre pièce du mobilier ne rappelait au visiteur qu'il se trouvait chez un éditeur. Le panneau supérieur portait une citation de Stendhal :

J'ai toujours une provision de cordes chez moi.
– Et c'est là une femme amoureuse ! pensa Julien.

Le Rouge et le Noir, XLVI

Pris au second degré, ce genre de détournement flattait-il un certain lectorat ? Ça ressemblait davantage à une distribution gratuite de confiture aux cochons. Mais pour s'y être peu intéressé, Jérémie éprouvait quelque peine à se faire une idée, même vague, du public visé. Ce qui ne le changeait pas beaucoup, en toute honnêteté, de sa pratique habituelle.

« Cependant, si vous permettez... »

Jérémie se hérissa. Oublie ton amour-propre, pensa-t-il. Dans quelques minutes, tu seras sorti de ce rêve idiot.

« Votre texte est sans doute un peu trop... *écrit*. Tous ces imparfaits du subjonctif, par exemple... Ces préciosités lexicales... Je ne sais pas si vous voyez ce que je veux dire... »

Jérémie voyait. Il hocha la tête. Pour ne pas sourire, il tâcha d'évoquer des choses tristes. La semaine dernière, victime de son daltonisme, le locataire du rez-de-chaussée avait confondu les granulés anti-rongeurs et les croquettes pour chiens. Son pit-bull s'était régalé. Le pronostic des vétérinaires était réservé.

« Je ne vous cache pas que pour notre ligne éditoriale, votre texte me semble presque trop littéraire. Pas assez direct… »

Le directeur s'interrompit, replaça les lunettes sur son front, coinça les plaquettes dans une de ses profondes rides.

« À moins qu'une autre collection… ? »

Hésiter n'entrait visiblement pas dans ses habitudes, et moins encore dans ses goûts. Pris de court, Jérémie retint son souffle. En vérité, il ignorait ce qu'il souhaitait. Toutes les conclusions à cet entretien lui semblaient par avance acceptables, pourvu qu'il n'eût pas à demeurer dans cette pièce au-delà du terme qu'il s'était fixé. Dans un peu moins de deux tours d'horloge, le Thalys quitterait la gare du Nord et il entendait bien être dedans.

« Pour notre collection phare – d'un coup de menton, le directeur désigna le présentoir –, votre style détonnerait. Ce que nous y publions joue davantage sur d'autres registres. L'écriture en est plus brute, j'entends par là moins… »

Moins *écrite*, compléta Jérémie, ce dont l'autre s'abstint.

« Bien sûr, la thématique et les motifs sont bien dans notre ligne. Votre récit entre d'ailleurs très vite dans le vif du… sujet. »

Le poids des verres n'était pas en cause ni la profondeur des rides : ses lunettes glissaient. Jérémie voulut y voir un signe favorable. La recherche du commentaire le plus juste – à défaut du plus sincère – semblait défroisser le front du directeur à mesure qu'il avançait dans le prononcé de son verdict.

« Mais à la différence de ce que vous proposez, du moins dans les quelques pages que je peux lire ici – corrigez-moi si ma déduction est erronée –, le genre de fiction que notre maison privilégie ne s'interdit pas… »

Le directeur recula sur son siège, rehaussa ses binocles de quelques crans et toussota dans son poing.

« … quelques incursions dans une… franche légèreté ? »

Enfin, il arrêtait de tourner autour du pot.

Longtemps, avant même d'avoir trouvé l'amorce de son récit, Jérémie avait redouté ce moment de vérité. Son imagination lui avait donné de multiples formes, cauchemars compris. À présent qu'on en venait au fait, Jérémie s'étonna d'éprouver un réel soulagement. Car à force de sophismes, sa conscience de scribouillard avait fini par lui décerner un non-lieu qu'il lui importait, tout de même, de voir confirmé par un jury, celui-ci dût-il n'avoir rien de populaire ni, surtout, de désintéressé.

« Le sexe, disons le mot. »

M. Blaise l'avait dit. Il attendait une réaction.

À son tour, Jérémie se racla la gorge et, à seule fin de gagner quelques secondes, se composa une attitude à la fois volontaire et méditative. Un lointain souvenir de théâtre scolaire lui revint. Hector attendait la réplique du vieux Priam. Même en fouillant sa fausse barbe, Jérémie n'arrivait pas à la retrouver.

Achève, Hector… Les Grecs débarquent…

« Eh bien… » commença-t-il.

Magnanime ou efficace, l'Hector du jour préférait avancer. Il sucra donc la réplique de son laborieux partenaire.

« Inutile, monsieur Straube… Après tout, votre tactique narrative me paraît défendable. Vous reculez pour mieux sauter, n'est-ce pas ? Sauter, ha-ha ! En ces matières, un peu de roublardise ne saurait faire de mal. La suite me détrompera, j'en suis persuadé ! »

Pour la suite, Jérémie dégageait toute responsabilité. M. Blaise l'ignorait mais, dès qu'il aurait quitté ce bureau, le sort de Bénédicte Gardier cesserait de l'intéresser. Certes, il avait tenu à faire de cette jeune femme une protagoniste a priori sympathique et plutôt avenante. Fignoler certains détails, notamment vestimentaires, l'avait diverti. Souvent, Aurore moquait son penchant pour certains accessoires qui avaient le don de l'émoustiller, auxquels elle-même recourait fort peu. Mais quoi qu'il en fût, il n'avait pas eu le temps de s'attacher au personnage. S'il osait dire.

M. Blaise n'en demandait pas tant.

« Oui, j'en suis persuadé ! »

Je n'en placerai pas une, se dit Jérémie.

La perspective l'arrangeait au-delà de toute espérance. Au théâtre, de son propre aveu, il avait raté une magnifique carrière de hallebardier. Ou de roi Priam.

« Votre essai nous intéresse, monsieur Straube ! Ce détour par le roman d'aventure est neuf pour nous. Son parfum d'espionnage me rappelle certain cinéma commercial des années soixante, incohérences comprises, avec un réalisme de façade qui crédibiliserait presque le propos. Ainsi, j'aime beaucoup les petites notations concrètes, faussement anodines, dont vous truffez votre narration. Elles focalisent l'attention du lecteur et créent un véritable effet de réel. Mais à l'inverse, j'aime aussi le bavardage tout à fait superflu de la vilaine de service. Du point de vue de la vraisemblance, ça ne tient pas debout une seconde, mais on s'en fiche ! En vous lisant, je me dis qu'avec un peu d'humour, le mal deviendrait presque fédérateur ! Pour ma part, j'y ajouterais juste un peu de violence. Histoire d'établir un équilibre. Ça compenserait le manque de piment. Vous saisissez ? »

Et comment ! Compte là-dessus et bois de l'eau fraîche, jubila Jérémie. Du sexe et de la violence, il s'était longtemps demandé ce qui l'inspirait le moins. Il avait donc réglé le problème en évacuant l'un et l'autre de son essai. Bénédicte Gardier ne saurait jamais à quels ramponneaux elle avait échappé. Le coup de la théière avait sorti Jérémie de l'impasse où il s'était engagé. Peu pressé de se documenter sur les arts martiaux orientaux, avec leurs nomenclatures de mouvements difficiles à caser sans italiques dans une prose française, il en avait aussitôt banni les *oi-tsuki, shuto-uke* et autres malsonnants *mawashi-geri.*

À la fois mal et trop bien sonnants, s'était-il dit.

En guise d'offrande propitiatoire aux divinités de la paralittérature, Jérémie avait néanmoins jugé honnête d'introduire une concession à la relative innocuité de son récit. En vertu de quoi, violence il y aurait ! Mais celle-ci se limiterait à la pénétration d'une fesse sans défense par l'aiguille d'une abominable seringue. D'aucuns pourraient même y voir une allusion sexuelle si ça leur chantait ! Bref, que demandait le peuple ?

Malgré ses réserves, M. Blaise en semblait d'accord.

« Bonne idée, l'uniforme ! Déshabiller l'autorité, il y a là-dedans quelque chose de jubilatoire et de transgressif. Un vieux fond d'anarchisme. Un peu comme la revanche du citoyen ordinaire sur son univers castrateur. Excellente idée, monsieur Straube… »

Les minutes défilaient. Sur le manteau de la cheminée, par un étrange effet de l'âge, le cartel doré avait perdu ses aiguilles. À nouveau, Jérémie eut peur de rater son train.

« Vous avez déjà un titre ? »

Jérémie constata qu'à force de laisser filer la conversation, il s'était quelque peu enroué.

« Un titre ? » croassa-t-il.

M. Blaise opina. Aucune impatience n'avivait son regard de myope. Mais en bon timide qu'il était, Jérémie se sentit redevable d'une réponse immédiate.

« *Du vent* », lâcha-t-il à brûle-pourpoint.

Merde !

« Pardon ? »

Un ange passa, moins discret que le premier.

M. Blaise posa ses coudes sur le bureau. Entre ses commissures affleurait l'ébauche d'un sourire.

« *Du vent* ? » fit-il, intrigué.

Jérémie pesta. Ce titre-là, il le réservait à une autre histoire. Mais M. Blaise avait d'autres questions en tête.

« Nous sommes intéressés, monsieur Straube. Mon associé doit encore lire votre galop d'essai, mais je me fais fort de le convaincre. Le connaissant, cela ne devrait poser aucun problème. Voici donc votre contrat… »

Une liasse de papiers dactylographiés atterrit sur le bureau.

« Puisque vous ne signez pas tout de suite, je vous demanderai de me retourner un exemplaire par voie postale. Pour ce qui concerne l'à-valoir contractuel, comme stipulé dans votre dernier courrier, nous vous le versons immédiatement, en liquide. »

Il se leva. Sa haute taille accusait la verticalité de la pièce, et sa maigreur son étroitesse.

« Le temps pour moi de descendre à la trésorerie… »

À part la réceptionniste entre deux âges, qui semblait cumuler sa fonction avec celle de concierge, Jérémie n'avait croisé personne au rez-de-chaussée. Une intuition perverse lui souffla que la trésorerie en question correspondait au petit coin.

Tandis que l'homme s'éclipsait, Jérémie pêcha le carnet à spirale dans sa poche intérieure. Avant de l'ouvrir, il attendit tout de même que l'homme soit sorti. Le tapis du couloir étouffait le bruit de ses pas, mais les marches de l'escalier verni grinçaient. Jérémie trouva une page vierge et tâcha de reconstituer la phrase qui lui était venue tandis que le directeur avançait dans sa lecture. Davantage que les mots eux-mêmes, le rythme vint à son secours. Il décapuchonna son stylo. La plume courut sur le papier.

Les coques grincent contre la pierre usée des quais. Dans la nuit tombante, les équipages guettent le vent qui, obstinément, se refuse à souffler…

L'espace d'un instant, les contours de la pièce se brouillèrent, firent place aux ombres naissantes d'un jardin odorant, planté d'essences rares, dont les bosquets découpaient leurs volumes contre une mer d'améthyste. Pour la centième fois – estimation basse – depuis qu'il avait quitté Bruxelles, Jérémie Straube s'interrogea sur l'opportunité de sa présence ici, loin de tout ce qui fondait son existence et son credo quotidien. Il avait beau se répéter que toutes les patries sont imaginaires, une terrible sensation d'exil lui serrait la gorge.

Sur le bureau, une petite plaque de cuivre portait les nom et titre de son hôte parisien.

Vincent Blaise – Directeur littéraire.

Un des deux « B » de la raison sociale, probablement.

La plaque était un peu de travers. Il avançait la main pour la redresser quand, derrière lui, la porte cria sur ses gonds. Une enveloppe à la main, M. Blaise revenait de l'hypothétique trésorerie. Jérémie lui trouva la démarche altière d'un échassier.

« Je vous demanderai juste un reçu, monsieur Straube », fit l'homme en reprenant place entre les bras potelés de son fauteuil.

Jérémie tenait encore son stylo. Distrait – ou pressé de quitter les lieux –, il faillit se tromper de signature, se reprit au dernier moment. M. Blaise pinça le petit papier entre deux doigts, souffla dessus pour sécher l'encre et procéda à l'échange. Vierge d'en-tête, l'enveloppe bâillait sur un mince paquet d'euros, d'une valeur faciale riche en rondeurs numériques.

« Vous ne comptez pas ? »

Jérémie secoua la tête.

« J'ai confiance. »

Pour aujourd'hui, il estimait surtout qu'il avait eu son compte de secrètes humiliations. Il repoussa sa chaise.

« Mon train m'attend. »

Figure de style : les trains n'attendent jamais personne.

Il se leva. M. Blaise resta assis.

« Bon retour à Bruxelles, monsieur Straube. »

Jérémie serra une main osseuse, énergique.

Mais terriblement froide.

« Si je puis vous donner un conseil… »

Les lunettes de monsieur Blaise chutèrent sur son nez. Il négligea de les remonter, joignit les mains sous son menton.

« Pour votre méchante espionne… Donnez-lui un nom étranger. Slave, par exemple. Quelque chose d'exotique. »

Jérémie fit mine de soupeser la proposition.

« J'y songerai, monsieur Blaise. »

L'homme découvrit des dents jaunes de carnassier.

« Le mal est toujours étranger, monsieur Straube. C'est du moins ce qu'aime à croire l'homme ordinaire. Le lecteur aussi… »

L'audience touchait à sa fin. Chacun en paraissait fort aise mais Jérémie, par l'effet d'une politesse excessive héritée de son éducation, s'appliqua à dissimuler la pure joie qui le portait vers la sortie. Tandis que M. Blaise laissait tomber un : « Je ne vous retiens pas », il avait déjà lancé un : « Je connais le chemin » dont la sincérité le réjouissait d'autant plus qu'il s'en était senti orphelin depuis le début de leur entretien.

Le guichet de la réceptionniste était fermé. Au pied de l'escalier, il croisa un petit homme replet, fumant cigare, dont la légère bedaine tendait le gilet de son complet. Renvoyée par le valet automatique, la porte de la cour se refermait derrière lui. Le nouveau venu mit la main à son chapeau mais se garda de l'ôter. Jérémie répondit à son sourire par un salut discret et s'écarta devant lui pour le laisser passer. L'homme lui adressa un rapide clin d'œil, puis disparut dans l'escalier.

Jérémie tiqua, mais l'appel de la liberté l'emporta sur sa curiosité. Le second « B » de B & B, selon toute probabilité.

En foulant le bitume du boulevard, Jérémie retrouva un univers plus conforme à ce qu'il pensait être sa vérité. Encore un peu, et il se serait laissé gagner par l'euphorie. Contre toute attente, il avait réussi ! La prouesse le sidérait. Glissées dans une poche de sa veste, les copies du contrat valaient sauf-conduit pour un retour vers des terres familières, trop longtemps délaissées. À cette satisfaction se mêlait, plus agréable qu'il ne l'avait espéré, le plaisir du service rendu.

Devoir accompli eût été forcé. *Pari gagné,* trop mesquin.

« Sophie Opalka... »

Interloquée, une passante se retourna sans qu'il l'aperçût. Le nom sonnait bien. Ça pourrait coller. Il s'en ouvrirait à qui de droit. Mais ce n'était plus son affaire – pour un peu, il l'oubliait.

À ce sujet, il allait d'ailleurs mettre les choses au point sans attendre. Le portable sortit de son étui. Il vérifia d'abord qu'aucun message d'Aurore ne garnissait le répertoire. Puis il composa le numéro de Jérémie Straube.

Tandis que l'appareil égrenait ses tonalités, il goûta la joie tranquille de redevenir, enfin, Jérôme Walque.

La boîte vocale lui répondit.

« Bonjour ! Jérémie vous salue bien. Je ne suis pas... »

Jérôme n'attendit pas la fin du message – Jérémie en changeait tout le temps, comme de sonneries – et coupa la communication.

Au loin, vers l'ouest, la tour Eiffel perçait le voile de brume qui montait de la Seine et des embouteillages de fin de journée. Jérôme pressa le pas. Il s'engouffra dans la première station de métro qu'il rencontra : ligne 4, direction Gare du Nord.

Il rentrait au pays, à la maison.

Rideau sur cette mauvaise comédie qui, à peine un mois plus tôt, avait commencé par un long coup de sonnette.

5

Le caractère péremptoire du coup de sonnette aurait dû le mettre en garde, sinon contre l'identité du visiteur, du moins la détermination qui présidait à sa démarche vespérale. L'appartement en vibrait encore. Mais Jérôme Walque, lui-même peu enclin à déranger ses contemporains aux heures des repas, n'imaginait aucun de ses amis dérogeant sans raison valable aux règles classiques du savoir-vivre. En quoi il péchait, très précisément, par manque d'imagination.

Ou plutôt de mémoire ? L'espace d'un instant, il se reprocha pareil défaut de lucidité : aucun de ses amis, sauf un ! Pestant à mi-voix, il avala de travers un ravioli tiède et sortit de table. Le temps de gagner l'entrée, l'aliment fourvoyé avait retrouvé le droit chemin et Jérôme cessa de tousser. Puisque l'interphone traduisait tout en bochiman dialectal depuis que le pit-bull du rez-de-chaussée avait rongé les fils un soir de désœuvrement, Jérôme déclencha l'ouvre-porte sans autre vérification.

Aucune curiosité ne l'asticotait : le doute s'était évaporé. À pareille heure, les témoins de Jéhovah soignaient leurs ampoules aux pieds, et d'ailleurs on était un jeudi. Accoudé à la balustrade du palier, il croyait reconnaître le pas de l'homme qui, quatre à quatre, gravissait les marches. En réalité, il reconnaissait surtout sa précipitation coutumière.

« Jérémie ? »

Essoufflé par l'ascension mais incapable de modérer son allure, l'homme leva la tête vers le sommet de son Annapurna. Le bulbe électrique de la cage d'escalier distillait une lueur de veillée mortuaire. Elle faisait briller la tignasse blond paille de Jérémie Straube davantage qu'elle n'éclairait sa longue bouille tout sauf cadavérique. Un sourire apparut, à la mesure de son propriétaire fort satisfait d'arriver à destination.

Assez vaste pour envelopper avec élégance les cent kilos de Jérémie, l'inusable imperméable mastic avait en revanche toujours l'air trop court pour son double mètre. Au grand désespoir de ses amis, en général aussi peu sportifs que lui, Jérôme habitait depuis dix ans un deuxième étage sans ascenseur. Jérémie, lui, ne jurait que par les rez-de-chaussée et, en périodes fastes, quand il ne squattait pas les résidences secondaires d'admiratrices fortunées, louait volontiers des villas de plain-pied. Mais cette prédilection avait d'autres origines que ses goûts terre à terre. En matière d'escalade, Jérémie aspirait à d'autres sommets. Le bonhomme négligeait l'exercice physique, trop ennuyeux, pour s'adonner sans retenue à des loisirs moins épuisants. Les dames constituaient son jeu de société favori. Le reste du temps que lui laissait son joyeux tempérament, il le consacrait à l'écriture.

Jérémie broya la main offerte de Jérôme, dilata ses narines.

« Dis donc, ça sent bon, chez toi ! »

Jérôme faillit démentir. Ouverte en vertu d'une flemme passagère – sa journée au bureau s'était révélée prodigue en emmerdements aussi fatigants que divers – et de la certitude qu'il passerait la soirée en solitaire, la boîte de raviolis ternissait à ses yeux une réputation plus ou moins méritée de fin cuisinier. Mais les deux hommes n'en étaient plus à s'envoyer des bristols, ni à sauver par coquetterie des apparences dont personne n'était dupe. Bref, Jérôme ne fut pas long à saisir que Jérémie crevait la dalle et que, ce soir comme tant d'autres soirs, la paresse de son vieil ami l'emportait sur la sienne propre.

Jérémie ne cuisinait jamais que pour sa progéniture, laquelle, peu suspecte d'originalité, imposait avec une belle constance des menus à base de pâtes et de pommes frites. En l'absence de ses enfants, soit la semaine et un week-end sur deux, Jérémie résolvait autrement ses problèmes d'intendance. Il s'invitait chez l'une ou l'autre de ses nombreuses connaissances ou flirts en cours de traitement. Soucieux de ne commettre aucun impair, il se faisait alors un devoir d'honorer leur table à la mesure de leur générosité et de son appétit. En d'autres mots, ce grand dépendeur d'andouilles ne se contentait pas de les décrocher.

« Je mangerais bien un bout... »

Il avait déjà disparu dans l'appartement. Jérôme referma la porte derrière lui. Un peu las, il entendit grincer le tiroir du vaisselier, puis les pieds d'une chaise sur le carrelage de la cuisine. Quand il l'y rejoignit, Jérémie basculait le plat au-dessus d'une assiette. S'il fallait détecter chez lui les vestiges d'une éducation, sans doute les trouvait-on dans le peu de difficultés qu'il faisait pour manger de tout, des raviolis en boîte aux truffes en croûte. Ce soir, ce serait donc raviolis.

Armé d'une cuillère, Jérémie raclait la sauce au fond du plat. Un verre à pied avait pris place sur la table. Pourtant, le niveau de la bouteille d'eau n'avait pas baissé.

Jérôme soupira.

« Je t'en prie, mon vieux. »

Depuis belle lurette, il ne prononçait plus qu'à part lui la formule « fais comme chez toi ». Car Jérémie était partout chez lui, et particulièrement chez ses vieux amis, dont Jérôme était le doyen incontesté. Jérémie en avait certes usé de plus coriaces, mais guère de plus anciens. Sur ce chapitre, Jérôme avait des titres à faire valoir : il avait été à bonne école.

Les deux hommes se connaissaient depuis les origines de leur parcours scolaire. Bien davantage qu'une quelconque affinité de caractère ou qu'un intérêt commun, la volonté pédagogique d'organiser l'espace et le monde avait réuni le fils du fonctionnaire et celui de l'architecte. À l'époque, l'usage du prénom ayant supplanté en classe celui du patronyme, leur proximité alphabétique avait fait d'eux des voisins de banc. Jérémie s'en était réjoui, Jérôme s'y était fait. Quarante ans que ça durait.

Sur les photos de classe, année après année, les compères occupaient une place identique, debout à côté du professeur, tandis que leurs condisciples, perchés sur de complexes échafaudages de bancs, semblaient appartenir à une peuplade moins bien nourrie. Beaucoup d'entre eux réduiraient plus tard l'écart d'altitude qui les séparait du duo mais, en attendant, cette singularité renforçait encore, si nécessaire, leur libre partenariat.

Jérôme sortit du frigo la bouteille de vin blanc qu'il réservait à des agapes ultérieures. Il en profita pour prendre un second verre à pied, puisque Jérémie n'y avait pas songé.

« Quel bon vent t'amène ? »

Jérémie sauçait déjà son assiette vide avec un morceau de baguette. Le savoir-vivre, ou du moins les articles qu'il en connaissait, lui interdisait de parler la bouche pleine.

Jérôme patienta.

« Tu n'aurais pas un morceau de fromage ? C'est bête, on aurait pu en mettre sur les pâtes. »

Jérôme piqua un ravioli froid au bout de sa fourchette.

« Il doit en rester, dans le fond du frigo. »

Le tiroir du bac à légumes crissa sur sa gangue de glace. Tandis qu'il fourrageait parmi les victuailles, Jérémie mâchonnait un quignon de pain raflé sur la table.

« Un peu sèche, ta baguette. »

Le maître de céans haussa les épaules.

« Tu es passé devant deux boulangeries. »

Une assiette garnie fit son apparition sur la table. Jérémie y avait disposé avec art un cube de cheddar pâlichon, un triangle de comté en sueur et un polyèdre de gouda fendillé comme du vieux Delft. Entre-temps, il avait débouché d'autorité la bouteille de blanc, rempli son verre et goûté le vin avec clappements de langue et autres simagrées de pseudo-connaisseur.

« Pas mal, ta bibine. »

Avant de trinquer – car par extraordinaire, Jérémie avait pensé à le servir –, Jérôme remarqua un volumineux paquet posé sur la troisième chaise, de l'autre côté de la table, à demi enfoui sous l'imperméable de Jérémie.

Le sac affichait le logo d'une librairie chic et chère fréquentée par le gratin du lectorat bruxellois. Selon toute probabilité, Jérémie y avait encore claqué une partie du pognon qu'espéraient revoir un jour ses créanciers les moins fatalistes. Presque malgré lui, Jérôme sourcilla.

Son regard n'avait pas échappé à Jérémie.

« Cadeau pour toi ! »

Jérôme connaissait trop bien cet air d'innocence.

« Mon anniversaire, c'était il y a deux mois ! »

Quand ils ne trahissaient pas un art inventif du recyclage, les cadeaux de Jérémie revêtaient souvent un caractère à ce point inattendu qu'ils en devenaient parfois embarrassants. Puisque Jérémie ne semblait guère pressé de procéder à la remise solennelle de son présent, Jérôme se garda bien de montrer une impatience qu'il n'éprouvait pas. En silence, les deux hommes continuèrent à mastiquer fromage et pain sec.

« En fait… »

Davantage que chercher ses mots, Jérémie soignait son effet. Vu sa longue pratique, Jérôme était un client difficile à circonvenir, mais il aimait les défis.

« J'ai quelque chose à te proposer. »

Jérôme attendit, très maître de lui. Jérémie ne tarderait plus à sortir du bois, maintenant. À coup sûr, son arrivée en fanfare annonçait un énième plan foireux, dont la trop manifeste maladresse visait à convaincre Jérôme que, cette fois, en toute humilité, Jérémie doutait de parvenir à ses fins. Cette scène, il lui semblait pourtant l'avoir déjà vécue des centaines et des centaines de fois. En effet, fidèle à ses habitudes, bonnes comme mauvaises, Jérémie ne *demandait* jamais rien. Au lieu de cela, il *proposait* des marchés. Quand de surcroît le bougre introduisait un cadeau dans le processus, il y avait lieu de tirer le signal d'alarme.

« Quelque chose d'un peu spécial… »

En général, chaque fois qu'il devinait une ouverture, Jérémie ne perdait pas de temps en détours inutiles et filait droit au but. Mais à l'occasion, en bon joueur de cartes, il aimait donner à ses coups de poker une aura un minimum dramatique.

Il restait un bout de gouda. Jérémie l'enfourna.

« Tu en voulais, peut-être ? »

Impatient malgré tout, Jérôme lui fit signe de poursuivre. Jérémie sécha son verre, loucha sur le fond.

« J'ai des soucis d'argent. »

Devant ce pétard mouillé, Jérôme faillit pousser un ouf de soulagement. Les finances calamiteuses de Jérémie Straube constituaient un secret de Polichinelle, dont les coteries littéraires de la capitale avaient cessé de faire des gorges chaudes tant elles avaient fini par définir l'homme. En sa qualité de créancier, Jérôme considérait la situation comme acquise et irréversible. Depuis longtemps, il avait fait une croix sur les sommes prêtées à une époque où, à coups de zéros, le modeste franc belge rendait les dettes de Jérémie encore plus impressionnantes. De toute façon, dans son esprit, l'heure de la prescription avait sonné.

Cette dèche éternelle, dans laquelle Jérémie voyait une injustice du destin et Jérôme le résultat d'une catastrophe annoncée, avait des racines anciennes. Avec sa façon de piloter à vue, la lunette braquée sur l'horizon de ses plaisirs, Jérémie avait tout d'un artiste et rien d'un gestionnaire. Aussi les récifs monétaires raclaient-ils souvent sa coque épicurienne. Quant aux ventes très respectables de ses romans, elles échouaient à couvrir ses dépenses. Quatre mariages, dont deux lui avaient assuré une descendance et tous coûté une pension alimentaire, ne contribuaient pas pour peu à ses déboires comptables. D'habitude payant, son charme avait fini par avoir un prix.

« Raconte-moi ça », fit Jérôme.

C'était pourtant toujours la même histoire.

Unis à l'école, Jérôme et Jérémie étaient demeurés unis à l'université, où ils avaient tous deux décroché le diplôme de philologue. Depuis, faute de se ressembler, leurs carrières littéraires respectives leur ressemblaient. Avant même de quitter la faculté, Jérémie avait signé contrat chez deux gros éditeurs parisiens pour un même roman. Bien entendu, là comme ailleurs, il n'avait pas vu malice. En dix soirées, avec l'aide de Jérôme et d'un bon traitement de texte, il avait remeublé de fond en comble l'un des deux opus, puis choisi le premier d'une série non close de pseudonymes, toujours à particule pour la distinction. Les deux ouvrages – une comédie romantique et un thriller psychologique – avaient été remarqués par la critique et même opposés dans certaines listes de prix. Jérôme flairait une embrouille de ce genre.

« De gros soucis, mon vieux… »

Quant à sa carrière littéraire, à supposer que ce syntagme revêtît un sens pour lui, Jérôme n'y accordait qu'un intérêt des plus restreint. Il aimait trop écrire pour vouloir faire de l'écriture un métier au sens économique du terme. Dès la fin de son service militaire, il avait donc cherché le meilleur compromis et s'était trouvé un poste de correcteur dans une maison d'édition juridique de la capitale. Heureux d'échapper ainsi à l'enseignement et aux vexations quotidiennes de cruels potaches, il avait trouvé là-bas l'équilibre qui lui convenait. L'établissement lui-même – un vénérable hôtel de maître aux escaliers pompeux et grinçants, suant la médiocrité capitonnée des culs-de-sac intellectuels – semblait un îlot du dix-neuvième siècle oublié en chemin par les explorateurs de la modernité. On y composait encore certains annuaires à la monotype et, à la fin du mois, chacun des loyaux serviteurs de la maison recevait une enveloppe en papier kraft où tintaient, au centime près, les pièces de son salaire entre deux billets neufs. C'était peu dire que le travail, pour exigeant qu'il fût, lui laissait l'âme en paix et l'imagination libre de vagabonder, pendant comme après les heures de service.

Bon an mal an, il avait produit quelques gros romans sans bien réaliser ce qui lui arrivait – ni peut-être y croire vraiment. Aux rares débutants qui le sollicitaient, il répétait inlassablement que son premier opus avait paru sans autre recommandation qu'un timbre-poste au tarif Belgique-France non prioritaire, et tous n'y voyaient qu'une ruse égoïste visant à éconduire de futurs concurrents. Quant à son éditeur, il avait vite compris que Jérôme, faute de lui rapporter aucun prix, ne lui coûterait rien en coquetteries d'artiste et, si lui-même ne le mettait pas dehors à coups de pieds au cul, ferait chez lui une longue et fidèle carrière, même si le succès empruntait un jour des voies moins discrètes.

Jérémie, bien sûr, déplorait ce qu'il nommait un gaspillage de temps et de talent. Selon lui, tout écrivain digne de ce nom devait suivre sa pente naturelle et sacrifier la sécurité au profit de l'audace créatrice. Au lieu de peaufiner en amateur, avec une maniaquerie de miniaturiste, ses gros romans tellement étrangers à l'esprit du temps, pourquoi Jérôme ne se lançait-il pas dans la grande foire d'empoigne du monde littéraire, où vie quotidienne et écriture se mêlaient dans une exaltante étreinte ?

De son côté, Jérôme s'attristait de voir Jérémie donner aux imprimeurs une succession de produits semi-finis, de plus en plus ressemblants sinon redondants, en tout cas bien inférieurs à ce dont il le pensait capable – même si, en son for intérieur, il lui arrivait de douter que son ami pût encore concocter autre chose que les bluettes sentimentales dont il s'était fait, sous son vrai nom, le fournisseur patenté et satisfait.

Ce débat avait connu des phases houleuses. Mais dès que les antagonistes eurent admis que personne ne reverrait sa copie et que, somme toute, les deux attitudes comportaient chacune des aspects défendables, la polémique s'éteignit jusqu'à ne plus générer que les aimables vaguelettes de commentaires réciproques et indulgents. Au fond, que chacun campât sur ses positions sauvegardait l'équilibre du petit monde qu'ils s'étaient construit depuis l'enfance, et dans lequel ils avaient appris à évoluer.

Par avance, Jérôme savait donc que, ce soir encore, d'une manière ou d'une autre et quel que fût l'enjeu, il allait se faire avoir. Car telle était sa partie dans leur association.

« Ça manque de dessert… Tu n'as vraiment rien ? »

Le frigo avait livré ses derniers secrets. Jérôme se leva et posa la bouilloire sur une plaque de la cuisinière.

« Deux sucres, dans ton café ? »
Jérémie préférait le thé. Jérôme décréta que pour cette fois, il se plierait aux usages de la maison.
« C'est de l'instantané ? »
Jérôme ignora la question – dont Jérémie connaissait d'ailleurs la réponse.
« Des soucis d'argent, donc ? »
Jérémie opina.
« Pierre entre à l'université. Ça coûte une fortune. »
Pierre était l'aîné de Jérémie. De son géniteur, il avait hérité le cheveu blond paille et les grâces de séducteur. Sans doute ferait-il un bon gynécologue. Jérôme l'aimait bien et Jérémie le savait.
« Alors écris un livre ! »
Le sourire de Jérémie craquela ses joues mal rasées.
« Les trois romans sur lesquels je travaille m'ont déjà été payés. Les avances ont couvert mon ardoise chez le proprio. Et les articles promis aux journaux sont réservés pour le loyer du mois prochain. Entre nous, ça ne paie plus. À force de perdre des plumes, surtout les bonnes, la presse devient grippe-sou. Bref, mon programme est aussi rempli que ma bourse est plate. »
Jérôme hocha la tête. Lorsque Jérémie venait le taper, il ne donnait pas tant d'explications. L'eau frémissait dans la bouilloire. Son attention revint au sac posé sur la chaise.
Jérémie n'attendait rien d'autre.
« Alors ? Tu l'ouvres, mon cadeau ? »
Plutôt que d'improviser un commentaire superflu sur l'inopportune prodigalité de son compère, Jérôme posa le sac sur la table. Il contenait un paquet, entortillé à la diable dans un papier visiblement rescapé des dernières

fêtes de Noël. Non sans quelque appréhension, Jérôme déchira l'emballage et en sortit trois volumes cartonnés.

La surprise lui cloua d'abord le bec. Le temps de trouver des tenailles pour remédier à la situation – ou, à défaut, deux tasses propres et le bocal de café en poudre –, il appela à sa rescousse un sens de l'humour qui, par le passé, lui avait maintes fois servi.

« Qu'est-ce que c'est que… *ça* ? »

Jérémie le dévisageait, l'œil pétillant de malice. Son silence se voulait éloquent – et y échouait lamentablement.

Lard ou cochon ? s'interrogea Jérôme. Tout de même, il s'agissait d'un présent. Sa bonne éducation pallia donc l'absence de compréhension. D'un doigt dubitatif, il se mit à feuilleter le premier ouvrage, une bande dessinée in-quarto, imprimée en noir et blanc sur beau papier hollande. Sous ses yeux s'étageaient les cases très léchées des *Aventures de Gwendoline*.

Un certain John Willie, mort depuis près d'un demi-siècle selon la quatrième de couverture, revendiquait la paternité de cet opus à l'ancienne, où le classicisme du trait ne masquait pas longtemps la bizarrerie du propos. À première vue, l'héroïne de cette bande dessinée *vintage*, pulpeuse blondasse aux mines tour à tour étonnées et contrites, passait le plus clair de son temps à se laisser ficeler sans grande résistance par de vilains messieurs en vestons de tweed et casquettes à carreaux. Quand ces derniers avaient d'autres chats à fouetter, de sveltes et brunes créatures engoncées dans d'étroites culottes de cheval prenaient leur relais ou, au contraire, venaient la délivrer – quitte à tomber ensuite dans les mêmes pièges.

Toutes, brunes comme blondes, se seraient cassé une jambe en chutant du haut de leurs talons aiguilles, ce qui ne les empêchait pourtant pas de se faire enlever aux tournants de sentes forestières et autres chemins agrestes.

Jérôme poursuivit son exploration. Page après page, les combinaisons variaient selon une formule presque mathématique : A ligotait B qui, libérée par C, à son tour ficelait A, laquelle avait auparavant bâillonné D qui, de son côté, capturait C, etc., cela pour des mobiles indiscernables ou, à tout le moins, vite oubliés. Mais ces coups de théâtre téléphonés n'empêchaient pas les scènes de se copier l'une l'autre, illustrant un scénario prétexte aussi mince que répétitif. C'était certes joliment dessiné – pour ne pas dire troussé, car de franche grivoiserie, il n'était nulle part question. Au contraire, à travers toutes leurs tribulations, ces dames demeuraient correctement vêtues, du moins au regard du lecteur contemporain qui, a priori, ne s'émouvait plus devant une jarretelle ou la bretelle d'un soutien-gorge.

« C'est une blague ? »

La bouilloire crachotait un jet de vapeur blanche. Tandis que Jérôme refermait le livre, Jérémie puisa généreusement dans le bocal d'instantané, tapissa de poudre marron le fond de sa tasse.

« De la documentation, plutôt. »

Jérôme ne savait que dire. Jérémie précisa :

« Dans le genre, on m'assure que c'est un classique ! »

Jérôme revint à son cadeau. Le deuxième volume, également de grand format, contenait des photographies et s'intéressait à la carrière d'une nommée Betty Page, que la couverture proclamait *Queen of Pin-Up*. Les limites d'une austère pruderie y semblaient certes allègrement franchies mais, quelques gros plans mis à part, rien là-dedans qui sortît des sentiers battus d'un érotisme commercial à la limite du convenu. Jérôme préféra surseoir à son examen et jeter un coup d'œil au troisième livre.

Celui-ci portait la griffe d'un éditeur réputé pour son sérieux. Jérôme lut le titre à voix haute :

« *Brêlage et nœuds.* »

Puis, tout aussi perplexe, le sous-titre :

« *Encyclopédie illustrée à l'usage des scouts et guides.* »

Son vis-à-vis gardait le silence. Ses lèvres serrées et un teint tirant vers le rose bonbon trahissaient la difficulté de l'opération.

Embarras ou fou rire en préparation ?

« Tu te fous de ma gueule, Jérémie ? »

Au lieu de répondre, l'intéressé s'empara du sucrier. Jérôme avança sa tasse. L'eau chaude une fois versée, Jérémie écarta les livres et les repoussa en bout de table.

« Je t'explique… »

Un par un, il immergea trois sucres dans son jus très noir. La petite cuiller tinta contre la porcelaine avec la solennité de la clochette au moment de l'élévation. Jérémie but. Jérôme l'imita.

D'un même mouvement, ils reposèrent leur tasse.

« Voilà… Je chasse le contrat. »

Jusque-là, rien de neuf sous le soleil.

« Entendons-nous bien, ce n'est pas qu'une simple affaire de fric. Ou du moins, pas seulement. Tu me connais assez pour savoir que j'aime les défis. Et je maintiendrai devant mes juges que toute écriture qui se respecte doit être plurielle, protéiforme, assez foisonnante pour prendre le monde à bras le corps, assez souple pour se plier à tous les usages que veut en faire l'auteur, du moment qu'il s'y investit en toute sincérité...

— Sans blague ? Je devrais te relire ! »

Jérémie se rembrunit.

« La sincérité, môssieur, reflète l'instant de la création ! Elle n'a ni *avant* ni *après*. Mais les pisse-froid obsessionnels dans ton style, avec leur mentalité de censeur, ne peuvent pas comprendre ça... Je perds le fil, c'est malin...

— Tu parlais d'investissement.

— Je te vois venir, mais passons. Bref, selon moi, l'écriture, ça fait dans le centrifuge, pas dans le centripète. Ou l'inverse ? Je ne sais plus, la physique et moi... Mais enfin ça doit déborder, casser en mille morceaux le carcan du beau style, du moins si l'auteur veut aborder tous les sujets sans a priori ni arrière-pensée... De nos jours, bâtir une œuvre à la Balzac comme on ajouterait des dépendances à un corps de logis, ça revient à construire le lit de Procuste de la réalité ! Tu l'allonges ou tu la raccourcis. Mais si, par contre, la vraie liberté est au bout de la plume – et regarde-moi bien, c'est l'affaire d'une vie –, alors oui, alors seulement, la littérature enrichit son homme...

— Tu m'en diras tant.

— Andouille ! Je te parle de richesse humaine ! »

La moue de Jérôme en disait long sur son scepticisme. Le discours embrouillé de son ami lui semblait du dernier fumeux.

« Enfin, pas seulement, je l'admets... Si au bout du compte, chacun s'y retrouve, auteur comme lecteur, pourquoi faudrait-il cracher sur le pognon ? On ne vole personne, non ? »

Ceci était relativement neuf. D'habitude, Jérémie théorisait plutôt sur le principe de plaisir, qui justifiait tout. Mais en bonne logique, sa rhétorique ressemblait à son écriture : adaptable.

« Tout ça pour dire que j'ai presque décroché un contrat.

— Ah ! Parfait ! Tout s'arrange, alors ?

— Peut-être... »

Jérôme trouvait que son compère faisait bien des mystères. En tout cas, le but réel de cet échange persistait à lui échapper.

Le regard de Jérémie se fit soudain plus sombre.

« Tout s'arrange... si tu me donnes un coup de main ! »

Jérôme retint son souffle.

« J'ai répondu positivement à un appel d'offre. Il m'est parvenu par des voies un peu bizarres, je te passe les détails. En tout état de cause, il émane d'un éditeur parisien pas très connu – de moi, en tout cas. Sans doute une sous-marque d'un gros ? Je n'en sais rien mais ça ne m'étonnerait pas. Il suffit de parcourir le cahier des charges pour comprendre que ce genre de bouquin ne rentre pas aisément dans n'importe quel catalogue... »

Jérôme fronça les sourcils.

« Non, je t'arrête tout de suite : rien de pornographique au sens crapuleux du terme. Et quand bien même ce serait le cas, par les temps qui courent, ça ferait plutôt chic et choc. *La chair est triste hélas*... Plus c'est chiant, plus ça vend.

— Alors ? »

Enfin, Jérémie en venait au fait.

« Ils lancent une collection un peu particulière.

— Sois plus précis.

— Consacrée au *bondage*. »

Allons bon. Jérôme se sentit un peu déçu. Le lui eût-on demandé, la montagne accouchait d'une musaraigne.

« D'où la raison de ce… cadeau. »

Du menton, Jérémie désigna le paquet de livres.

S'il commençait à y voir clair, Jérôme avait encore du mal à saisir ce que Jérémie lui voulait.

« Et tu voudrais que… ? »

Le visage de Jérémie s'éclaira.

« C'est très simple. Dans quinze jours, je suis censé rendre un roman pour la jeunesse dont je n'ai pas encore pondu la première ligne. Je dois m'y mettre de toute urgence. Or, si je veux toucher aussi l'à-valoir pour ce contrat-ci, qui me permettrait de me tirer des flûtes, il faut absolument que je me pointe à Paris le plus vite possible, avec sous le bras un premier essai de vingt pages. Pas trop mal torché, évidemment. Alors vu la situation, tu comprends, j'ai pensé à toi et je me suis dit…

— Et tu t'es dit… ?

— Je me suis dit que mon vieux copain Jérôme ne me laisserait pas tomber, et qu'il me goupillerait vite fait, sur un coin de table, avec sa belle plume d'oie, ses adjectifs distingués et ses adverbes choisis, un texte aux petits oignons susceptible de convaincre ces messieurs de Paname. Tu es toujours bon quand on te bouscule. Pourvu qu'ils lâchent le pèze, le reste me regarde. L'avance une fois empochée, je prends le relais… »

Cette fois, les cartes étaient sur la table. Malgré tout, puisqu'il avait des principes, Jérôme tenta une manœuvre dilatoire.

« Du *bondage* ? Mais je n'y connais rien, moi ! »

Jérémie prit un air offensé.

« Et moi, oui, peut-être ? »

L'indignation sentait la commande. Comme il le savait mieux que personne, Jérémie se mit en devoir de noyer le poisson.

« Mais qu'est-ce qu'on s'en fout, mon pauvre Jérôme ! Des tas de types écrivent des romans de guerre sans même avoir fait leur service militaire du temps où il existait ! Alors le bondage, excuse-moi mon vieux, mais ça ne doit pas être trop difficile. Fais marcher ton imagination ! Personnellement, j'avoue n'avoir jamais songé à ficeler une dame, encore moins une amie. Je suppose que ce genre de fantasme doit titiller les obsédés du contrôle ou les dictateurs de chambre à coucher, à moins qu'il ne s'agisse d'une variation sur le thème de la demoiselle en péril, peu importe, mais au bout du compte, en tant qu'écrivain, *rien de ce qui est humain ne m'est étranger* ! Si on me le demande, voilà la véritable devise du plumitif ! Bref, un peu de créativité, un minimum de vocabulaire technique, et vogue la galère ! En un sens, la même recette marche pour le cinéma : il suffit de cadrer avec un peu de jugeote. Le spectateur complète de lui-même ce que la caméra ne montre pas ! Alors un peu d'humilité, mon vieux ! Nous autres romanciers, nous ne fabriquons jamais que des rampes de lancement pour la fantaisie du lecteur. Fais confiance à ton écriture et à leur imagination, nom d'une pipe ! Et ne nous la joue pas cul serré. Relis Apollinaire, merde ! Il serait peut-être temps de te lâcher un peu ! Promis, je ne dirai rien à ta copine. Encore que, la connaissant, ça l'amuserait, j'en suis sûr. En ces matières, les femmes portent beaucoup moins d'œillères que nous. Pas étonnant qu'elles s'ennuient si souvent en notre compagnie... Brassens ne dit rien d'autre. Alors ? »

L'esprit de Jérôme tournait à vide. Déjà, il n'imaginait plus s'en sortir à son avantage. Dans tous les cas de figure, la réponse qu'il allait donner le laisserait insatisfait, il le savait par avance.

« À la limite, je veux bien te dépanner... »

Une ultime tentative, pour la forme :

« Sauf que voilà, je n'ai pas le temps ! »

Il se trouva lui-même peu convaincant. Histoire de réprimer un rire, Jérémie se renversa sur sa chaise.

« Allons bon ? Tu as commencé un nouveau bouquin ?

— Pas exactement... »

Jérémie frappa la table du plat de la main.

« Ne te fatigue pas, j'ai percuté ! Ton fameux roman sur Lépide ? Ce bouquin dont tu parles tout le temps et qui ne vient jamais ? Des fois, je me demande si tu l'as commencé. Allez, avoue ! C'est ça, hein ? »

Coincé, Jérôme opina.

« Mais mon vieux, il y a au moins dix ans que tu nous bassines avec cet ours ! Ou quinze ? Je ne sais plus. »

Jérôme détourna les yeux, regarda dehors. En douce, la nuit était tombée. Dans l'immeuble d'en face, une fenêtre solitaire découpait un rectangle jaune. La pièce avait l'air vide. Jérôme s'y fût volontiers transporté, histoire d'échapper à quelques vérités désagréables, surtout énoncées par le moins objectif des juges qu'il connaissait. Il esquissa une défense.

« J'y tiens, moi, à ce personnage ! »

Un brin théâtral, Jérémie soupira.

« Alors cesse de tourner autour ! Note, je n'ai jamais compris pourquoi il t'intéressait tant, ce Lépide. Au regard de l'histoire romaine, c'est un figurant. La cinquième roue de la charrette – ou plutôt la troisième du triumvirat. Les deux autres, je ne dis pas, mais pour leur tirer le portrait, on ne t'a pas attendu. Antoine, Auguste, là, c'est sûr, il y a de quoi faire. Des personnages plus grands que nature, dont le parcours suffirait à nourrir plusieurs séries télévisées. Mais Lépide ? La biographie de ce type tient en quelques lignes. Six lettres dans une grille de mots croisés pour latinistes à la retraite. Ou mieux : un blanc à remplir...

— Précisément ! Tu ne t'es jamais demandé pourquoi ? »

Jérémie grimaça.

« Si, si, tous les jours ! »

Jérôme faillit s'énerver. Les antennes de Jérémie captèrent quelques mauvaises ondes.

« D'accord, d'accord... En gros, je saisis ton point de vue. Même si, à mon avis, remplir les blancs ressemble davantage à du rembourrage qu'à de la littérature. Mais ici, tu poses la mauvaise question. Depuis des siècles que l'histoire avec un grand H le laisse en carafe, et depuis toutes ces années que tu m'en parles sans jamais avancer d'une ligne – dis-moi si je me trompe –, il n'attendrait pas quinze jours de plus, ton fameux Lépide ? »

Jérémie marquait un point.

« De toute façon, mon bon Jérôme, je te l'ai dit et répété mille fois : tu prends la littérature trop au sérieux. Un peu de légèreté, que diable ! Voilà ce qui te manque pour franchir un cap. Tu veux rester le capitaine de ton navire ? À la bonne heure ! Ça ne t'interdit pas de suivre le vent… Je vais te dire : si tout le monde faisait comme toi, au nom d'une prétendue intégrité artistique, l'écriture s'apparenterait à du cabotage, voire à du pédalo dans une piscine. L'audace, mon vieux, ça consiste à placer l'écriture au-dessus de ta précieuse petite personne. Quant à la gloriole, pour peu qu'elle t'échoie, il faut la consommer sur place, sans modération, avec appétit. Évidemment, si tu mises sur la pérennité de ton œuvre… Tu connais le mot de Céline sur le rapport entre postérité et scribouillards ? Il y parle d'asticots… »

Entré par erreur au panthéon de Jérôme, Louis-Ferdinand Destouches se serait rué vers la sortie en claquant les portes. Mais surtout, la charge de Jérémie désarçonnait son ami au point de le laisser pantois. Emporté par son propos, s'était-il pris une poutre dans l'œil ? Un instant, Jérôme fut tenté d'accuser le vin blanc, mais il connaissait la résistance de son visiteur aux alcools les plus forts, généreusement dosés.

Celui-ci poursuivait sur sa lancée :

« Entre nous, quand je me donne la peine d'y réfléchir, je vois bien ce que tu lui trouves, à ton Crassus…

— Lépide.

— Oui, pardon. Au moins, Crassus était pittoresque. On lui a fait bouffer son or, non ? Ou quelque chose dans le genre. Mais bref, ton Lépide, c'est un obscur. Et tu aimes les obscurs : tes romans en sont pleins. Cette manie que tu as de leur donner la parole même s'ils n'ont rien à dire s'explique selon moi de façon très simple. Tu crois leur ressembler ! Comme si l'obscurité résultait forcément d'une injustice ! Ou d'une distraction du monde !

Hou-hou, je suis là mais vous ne me voyez pas ! Vous ne savez vraiment pas ce que vous ratez, ô peuple d'incultes ! La bonne blague… Veux-tu que je te dise, mon vieux ? Orgueil de ta part ! Rien que de l'orgueil ! »

Jérôme allait de surprise en surprise. Tout extraverti qu'il fût, pendant des années, Jérémie avait été capable de le juger sans lui faire part de ses verdicts.

« Orgueil à l'envers, mais orgueil quand même ! »

Jérémie marqua une pause. Ses mots avaient-ils outrepassé sa pensée ? Parfois, il aurait sans doute tué père et mère pour une belle période. En tout cas, il sembla se calmer d'un coup.

« Le silence n'implique pas l'intelligence, reprit-il. Et le mystère ne donne aucun gage de profondeur. Ce serait trop facile. Ton Lépide n'avait rien à dire et si l'histoire n'en a rien retenu à part quelques détails, c'est qu'il n'y avait rien à en dire. »

Il étira ses longs bras, fit craquer ses doigts.

« Toi, parce que tu n'écris qu'au compte-gouttes et que tu fuis les cocktails mondains, tu te crois libre alors que tu es surtout seul. Pas difficile, tu en conviendras, d'être libre sur une île déserte et d'y papoter avec des fantômes ! Bien sûr, tu peux y secouer tous les cocotiers que tu veux. Si elles tombent, les noix ne tomberont jamais que sur ta précieuse tête d'artiste ! »

La bouilloire fumait à nouveau. Jérôme avait oublié d'éteindre la plaque électrique. Jérémie se leva, tourna le commutateur et se prépara une nouvelle tasse de faux café.

« Moi, c'est sûr, je me disperse. Je l'admets volontiers ! »

La petite cuiller se remit à tinter.

« Mais je suis vivant ! »

Il se rassit, posa ses coudes sur la table. Pendant une ou deux minutes, les deux hommes demeurèrent muets.

« Bon, j'exagère... », fit Jérémie.

En matière d'excuses, il développait rarement. Jérôme hocha la tête. Entre eux, tout revenait à la normale.

Jusqu'au prochain éclat, d'ici trois, quatre ans.

« Pas tant que ça », grommela Jérôme.

Sa décision était prise. Dans le sac, il replaça deux des trois livres, tira à lui l'encyclopédie illustrée.

« Je garde celui-là. Pour le vocabulaire technique. »

Jérémie vida d'un trait sa tasse de café.

« Alors tu acceptes ? »

Jérôme branla du chef.

Soulagé, Jérémie ne demanda aucune explication. Cet homme vivait dans l'instant, sans s'attarder longtemps nulle part ni jeter un coup d'œil inutile au rétroviseur.

« Ça m'arrangerait bien si tu pouvais aller voir l'éditeur à ma place. Il crèche au boulevard Saint-Germain. D'ailleurs tu pourrais en profiter pour passer le bonjour au tien, d'éditeur. Depuis le temps, ils ne vont plus te reconnaître... »

De la main, Jérôme esquissa un geste qui pouvait signifier :

« On verra ça plus tard. »

En temps normal, Jérémie ne négligeait aucune occasion de retrouver le gai Paris, du moins tous frais payés. Jérôme comprenait vite : cette affaire lui coûterait en sus un billet de train.

« Parfait ! On se tient au courant ? »

Repoussant sa chaise avec bruit, Jérémie déplia sa carcasse, récupéra son pardessus et le sac de livres.

« Fais la bise à Aurore. Tu la vois bientôt ?

— Pas tout de suite, non. »

Jérémie souffla, leva les yeux au plafond.

« Comment fais-tu ? Moi, je ne pourrais pas ! »

Jérôme n'était pas mécontent de voir son visiteur lever le camp. Un moment, il caressa l'idée que, peut-être, Jérémie regagnait ses pénates pour travailler à ses livres en retard.

« Tu rentres chez toi ? »

Une mimique étonnée se peignit sur les traits de Jérémie.

« Non, j'ai une partie de cartes. »

Jérôme s'abstint de commenter.

« N'oublie pas de me donner le cahier des charges… »

Jérémie sourit.

« Il est déjà dans ta boîte mail ! »

Sur une poignée de main, ils se séparèrent.

Jérôme tarda à refermer la porte de l'appartement. Un courant d'air l'y aida. Le pas de Jérémie résonnait dans l'escalier. En bas, le pit-bull donna brièvement de la voix.

Ce foutu clébard ne s'en prenait qu'aux sortants, jamais aux entrants. Dans son pedigree devait traîner l'un ou l'autre ancêtre gardien de camp. La bête n'avait pourtant rien d'un berger allemand. Jérôme-le-philologue se demanda soudain pourquoi les Anglais disaient *Alsatian* plutôt que *German sheepdog*. Sautant du coq à l'âne, ou plutôt du chien au chanvre, il s'étonna de ne connaître aucune traduction française au mot *bondage*, du moins ailleurs que dans les titres de Somerset Maugham. Existait-elle ? En ce domaine très particulier, il avait peine à croire que la pudibonderie anglo-saxonne l'eût emporté sur quelque terme bien continental. Tout à l'heure, il irait vérifier au dictionnaire.

Jérôme fit un détour par la cuisine et rapporta l'encyclopédie. Il alluma une lampe, s'installa dans son fauteuil voltaire pour feuilleter l'ouvrage à son aise. Sur chaque illustration, les assemblages de cordelettes composaient autant de tableaux géométriques abstraits, non dénués d'une certaine élégance.

Soudain, Jérôme comprit pourquoi il avait accepté.

Par défi, d'abord.

Jérémie pouvait penser ce qu'il voulait de sa façon de faire des livres, il allait voir ce dont il était capable !

Par curiosité, ensuite.

Là, sa motivation s'avérait sans aucun doute plus complexe, à telle enseigne qu'il hésitait à creuser ce qu'elle recouvrait. Ainsi, était-il possible de traiter un sujet a priori sordide sans tomber d'office dans la même vulgarité ? En d'autres termes, pouvait-on créer un objet esthétique à partir d'une matière qui ne l'était pas ? Des milliers d'artistes avaient déjà donné une réponse à cette question. Jérôme était tenté de chercher la sienne.

Ainsi, un souvenir l'avait longtemps taraudé. Longeant un soir, aux abords de la cathédrale, la devanture éclairée d'un bouquiniste classieux, il avait remarqué dans la vitrine, presque par hasard, un trio d'estampes japonaises. Intrigué, il s'était arrêté. De prime abord, le véritable sujet des compositions ne sautait pas aux yeux. Quelques détails pornographiques mis à part – étrangement aplanis, voire annulés par la stylisation délicate de l'ensemble –, Jérôme leur avait trouvé une grâce inattendue. Trois hommes y attachaient chacun une femme, apparemment sans violence, dans un décor de jardins et de ruisseaux. La part d'érotisme lui échappait. Seul un léger trouble le retenait de passer son chemin. Comment s'expliquait-il ? Quel genre d'émotion pouvait-on bien éprouver à la vue de ninjas transformant en mortadelles nippones des geishas impassibles, aux kimonos à peine froissés et aux minois encore plus lisses ?

Métaphores de l'étreinte, de l'enlacement, de la possession ?

Les trois, mon capitaine !

Après tout, peut-être faudrait-il relire Freud ?

Qu'avait dit Jérémie, tout à l'heure ?

« Rien de ce qui est humain ne m'est étranger. »

D'où tirait-il cette sentence ? Cela sentait son classique, grec ou latin. À vérifier.

En attendant, Jérôme tournait les pages de l'encyclopédie. Il s'attarda longuement sur la reproduction du *nœud de papillon alpin.* C'était assez joli. Le nom, surtout.

Produire un texte à la fois efficace et élégant, tout en respectant les contraintes – quel meilleur terme ? – d'un genre sans doute encombré de clichés tout sauf stylistiques… Avec le recul, il comprenait que Jérémie s'y était mal pris pour le convaincre. Une fois de plus, chez lui, la facilité l'avait emporté. Car, envisagé sous ce nouvel angle, le défi changeait de nature. Jérôme s'étonnait lui-même de cette métamorphose. Encore un peu, et il risquait vraiment de se prendre au jeu.

Peu importait, au fond. Car le véritable nœud de l'affaire était de nature très concrète. Même s'il abusait trop souvent de la situation, Jérémie demeurait son plus vieil ami. Or Jérôme lui avait fait une promesse. Cela devait suffire.

Il ne lui restait qu'à ouvrir son ordinateur, créer un nouveau fichier, imaginer une situation et des personnages, jeter les bases d'une intrigue pas trop alambiquée. Du classique, en somme.

Marcus Aemilius Lepidus patienterait.

À celui-là, Jérôme n'avait rien promis.

Tout à coup, il réalisa que Jérémie était parti sans même lui dire merci. Il faillit éclater de rire. Lui non plus ne l'avait pas remercié pour son cadeau.

Par un réflexe acquis du temps où son ami fumait comme un pompier, Jérôme se leva et alla ouvrir en grand la fenêtre du salon. Les coudes sur la barre d'appui, il respira à pleins poumons l'air dense de la ville, aux vagues senteurs minérales.

La mer était loin. Pourtant, une puissante nostalgie le souleva, tirant du fond de ses souvenirs des visions de ports et de grand large. À mesure qu'il s'y abandonnait, une ébauche de décor prenait lentement forme dans son esprit.

Trop tôt pour y pénétrer.

Jérôme se promit de dormir dessus.

Un vent âpre soufflait dans la rue. Plus haut, il balayait le ciel nocturne et avivait le feu glacial des étoiles.

6

Jérôme
Walque

Du vent

ROMAN

Belfond

Pour Aurore

I

Pressé de m'éloigner, j'ai omis de donner des ordres précis. Cela vaut sans doute mieux, car mes idées sont confuses. Le tumulte de la bataille résonne encore à mes oreilles. En ce qui me concerne, le tintement des lames et les cris des mourants ne feront jamais une musique. Et pour inévitables qu'elles soient, les scènes de pillage m'ont toujours révulsé. Voilà ce qui me sépare à jamais d'Antoine – et peut-être même de César, dont j'ai toujours voulu croire que les prouesses guerrières procédaient davantage d'un défi personnel que d'un goût réel pour le combat.

Comme souvent ces derniers jours, la fatigue me mine. Surtout, le long voyage depuis Carthage ne m'a guère réussi. Le mal de mer m'a pourtant épargné, mais durant toute la traversée, il m'a semblé que la sueur aigre des rameurs imprégnait mes vêtements de ses remugles, déposait une pellicule poisseuse et malodorante sur les ors ternis de ma cuirasse. Les vents trop mous échouaient à me rafraîchir comme à gonfler nos voiles autant qu'il eût fallu. Puis, quand enfin Neptune l'a jugé bon – à force, nos généreux sacrifices ont dû l'amadouer –, la côte s'est montrée par-dessus les flots encalminés.

Droit devant, Lilybée semblait sortir doucement de l'océan, sans qu'il y eût débat entre la terre et l'eau. Le paysage encore brouillé de brume s'élevait à grand-peine par-dessus la ligne blanche des maisons côtières, jusqu'au pied des fortifications dont la ville, loin de se couronner, se couvrait comme d'une mince capuche censée la mettre à l'abri des humeurs marines. Seul signe hostile, la bannière au trident de Sextus Pompée claquait au sommet de la citadelle. Si je dis qu'elle claquait, c'est sans doute parce que, depuis la proue de nos galères, les étagements clairs de Lilybée semblaient déserts comme en plein midi, écrasés d'un silence que dérobait encore à nos oreilles le fracas des vagues. Sur la jetée du port, aucune présence ne trahissait la vie ordinaire d'un commerce ralenti par la guerre.

La Sicile regardait ailleurs, vers le nord. À la pointe occidentale de l'île, personne n'attendait les légions d'Afrique. Ma réputation d'administrateur prudent et d'homme pacifique a dû entrer pour beaucoup dans ce manque flagrant de vigilance. Lépide, un guerrier ? Allons donc ! Aussi, profitant de la surprise, mes troupes ont-elles pu mettre pied à terre sans pertes sérieuses.

Maîtresses des mers, les galères de Sextus attendaient à Messine un débarquement d'Octave. J'ai cru comprendre qu'Agrippa, le fidèle lieutenant, s'y employait avec son sens coutumier de la méthode. Pour faire passer le détroit aux troupes de son maître, on prétend qu'il rase les derniers bois de Campanie. C'est que le camp des triumvirs manque de navires autant que de marins. S'il n'y prend garde – et si Sextus ne les coule pas entre-temps –, ses trirèmes bourgeonneront au printemps prochain.

Quoi qu'il en soit, le succès de mon initiative a pris le monde de court, mes alliés inclus. Sur ce dernier point, j'anticipe. Quand il apprendra que je l'ai précédé sur l'île, Octave, j'en suis sûr, va en faire une maladie – une habitude chez ce délicat jeune homme. Au moins, il ne pourra me reprocher de demeurer les bras croisés ni de manquer à mes engagements. Lépide est en Sicile, comme convenu, alors que personne ne sait où reste le nouveau César.

Pour autant, l'affaire n'a pas été sans mal. La première surprise passée, les mercenaires de Sextus présents à Lilybée se sont ressaisis. Une bataille en règle a suivi, brève et intense, dans les rues étroites de la ville. La victoire, cette fois, n'a pas manqué de me sourire. Quant à la citadelle, nous l'avons enlevée dans la foulée, presque sans coup férir. Preuve s'il en fallait que dans la guerre, si les dieux le veulent, tout est affaire d'élan. Le mouvement doit s'entretenir. Mais par le passé, on m'a volé trop de succès pour que je me laisse emporter sans réfléchir. Surtout, je sais les dieux jaloux de notre bonheur et de nos joies. Leur attention ne faiblit jamais. Il appartient au grand pontife que je suis de ne jamais l'oublier.

Le pas de mon cheval me berce. Je me tourne vers Flaccus. Dans son regard éteint, je surprends une lueur d'intérêt. Devant nous, un prétorien tire sa part de butin, deux femmes aux mains liées dans le dos, aux robes déchirées, dont je reconnais la coupe grecque. Toutes deux baissent la tête, avancent à la longe comme des juments dociles. Mes yeux cherchent un autre spectacle. D'un mot, je pourrais les libérer. Mais, bien ou mal, j'ai commandé assez d'armées dans ma vie déjà longue pour savoir que je n'en ferai rien.

J'ai cinquante-trois ans. Mon père n'a pas atteint cet âge respectable. Il est mort avant d'avoir vécu dix lustres, seul et exilé, dans cette Sardaigne où le grand Pompée n'avait pas daigné le poursuivre. Et me voici, moi, Lépide, foulant les chemins de cette autre grande île, aux trousses de son fils Sextus, à son tour ennemi public de Rome. Je sais de quoi je parle puisque je l'ai été moi-même – officiellement du moins, pour avoir pris jadis le parti d'Antoine.

Le sort a décidément ses voies connues des dieux seuls. Même le grand pontife doit reconnaître cette vérité. Que suis-je, en effet, sinon le notaire de nos transactions avec les immortels ? Au fond, là aussi, mon rôle ne consiste-t-il pas à veiller au respect des contrats passés et des alliances consenties ? Avec les dieux comme entre les hommes, Marcus Aemilius Lepidus joue les diplomates et les entremetteurs. Il arrondit les angles dans la mesure de ses compétences. Il fait comme personne le tri du possible et de l'impossible. Et c'est ainsi qu'entre Antoine et Octave, il assure la viabilité du triumvirat, ce système boiteux mais indispensable.

Lépide, comptable du bonheur de Rome !

Je pourrais presque en tirer un motif de fierté. Mais en me taxant de cette vanité qui m'est étrangère, les propagandistes d'Octave me rappellent fort à propos qu'en politique, l'orgueil est source d'aveuglement. À travers tout, je demeure lucide. Beaucoup trop sans doute pour prétendre, un jour, à une quelconque forme de bonheur.

J'ignore si les dieux se satisfont de mes services. Jusqu'ici, aucun augure ne m'a été franchement défavorable – a fortiori quand j'en suis l'interprète souverain. Pour mes deux collègues triumvirs, j'avoue que je me fiche assez de leur approbation. Je sais trop bien qu'elle se mesure à mon utilité. Sans moi, ils savent qu'ils se disputeraient l'héritage de César. Sans doute estiment-ils qu'il est trop tôt encore pour s'entre-déchirer. Ils se contentent d'avancer leurs pions sur les cartes du monde connu. Sous ce rapport, du haut de ses vingt-sept ans, Octave a compris que le temps jouait en sa faveur. Il a beau être un jeune homme pressé, il sait compter – et donc attendre.

Les yeux de Flaccus croisent les miens. Nos relations se passent de mots. Ce vieux légionnaire habitué aux rapines comprend mon malaise. Et puisqu'il ne mesure sa loyauté à personne dès qu'il l'a donnée, ma gêne ne suscite en lui aucun mépris. J'apprécie sa dévotion sans démonstration. Car malgré mon attirail de général et l'expérience militaire qu'il proclame, je resterai toujours, quoi que j'en aie, un soldat amateur, sur lequel la guerre n'exercera jamais aucun attrait.

Antoine, au contraire, est un authentique soudard. La guerre, il la pratique avec le même appétit vorace que la table et le sexe. Souvent, je me demande par quel prodige une alliance de circonstance nous a rapprochés. Entrer dans ses vues m'a longtemps semblé une démarche contre nature. Seules la mémoire de César et, avouons-le, la faiblesse relative de ma position m'y ont résolu. Aucun de nous deux ne s'illusionne sur la prétendue amitié de l'autre. Quoi qu'il fasse, avec ses goûts vulgaires et sa soif de luxe ostentatoire, Antoine sait que, pour moi, il sentira toujours la plèbe. Et je ne dirai rien ici des catins – avec ou sans couronne – qui le mènent par le bout du membre. Le pouvoir excepté, nous n'avons pas grand-chose à partager. Car s'ils ont toujours défendu le peuple, comme César et d'autres avant lui, les Aemilii resteront toujours des nobles, et j'en suis.

Quant à Octave, s'il n'aime pas la guerre et la fait mener par d'autres que lui, du moins croit-il dur comme fer à sa nécessité et aux avantages qu'il en pourra tirer. Il ne se fait pas appeler César pour rien. Aujourd'hui, qui sait encore que son vrai père pratiquait l'usure dans son trou perdu de Velitrae ? De son géniteur, Octave tient du moins un instinct très sûr chaque fois qu'il faut ratisser du numéraire. De son père adoptif, en revanche, il a hérité l'art de le dépenser avec panache et utilité. Mieux que personne, il sait que l'argent achète tout et que la pauvreté des puissants ne dure jamais.

De toute façon, Mécène renflouera toujours sa caisse. Car soyons juste, Octave maîtrise à merveille l'art de déléguer. Bizarrement, son orgueil s'en accommode. C'est sa force et il le sait. Tandis qu'Agrippa dirige ses armées, Mécène compte ses sesterces et gère sa clique de plumitifs aux ordres. En ce moment même, l'un ou l'autre historiographe à sa solde doit dresser de moi un nouveau portrait, encore moins flatteur que les précédents – la performance n'est pas mince. Parfois, je me dis que ces images tronquées resteront, que la postérité retiendra de moi l'image patiemment tissée d'un politicien veule, d'un général incapable et d'un homme au caractère ramolli par les excès de boisson. À mon avis, Octave exagère le pouvoir de la littérature. Car que m'importe, après tout ? Bon sang ne saurait mentir et la longue lignée des Aemilii parle pour moi mieux qu'aucun écrivain stipendié pourrait le faire. Aussi Lépide ne paie-t-il personne pour lui tresser des couronnes.

Dans le cas d'Antoine, la calomnie n'est plus nécessaire, tant il se charge lui-même de ruiner sa réputation. Octave, de son côté, s'offre à vil prix un concert d'éloges tour à tour savants et poétiques qui susciteraient l'enthousiasme de Cicéron – si ce charmant jeune homme n'avait vendu sa tête à Antoine durant les proscriptions. Déjà, un caprice de femme – Fulvie exigeait ce trophée et le grand séducteur ne pouvait rien refuser à cette traînée. Mais bref, quelle que puisse être l'habileté d'Octave, César aurait pu choisir entre tous un héritier moins obscur que cet arrogant tâcheron. Octave n'aurait pas dû embaucher sa bande de thuriféraires et la littérature romaine ne s'en serait que mieux portée.

Ô divin César… Si tu l'avais voulu, nous n'en serions pas là où nous en sommes. Et sûrement pas moi, ton meilleur ami – quoi que puisse prétendre Antoine entre deux orgies. Alors même qu'on t'assassinait, où se cachait-il, le vainqueur de Philippes ? Son courage militaire, à quoi donc lui a-t-il servi quand les poignards s'abattaient sur toi dans les couloirs du Sénat ? Oui, si on me le demande un jour, je dirai que ce compagnonnage indigne fut ta seule erreur. Ou le prix à payer pour t'attacher le populaire ? La mienne, d'erreur, fut peut-être de te suivre. Mais je l'assume.

Jusqu'après ta mort.

Je me secoue. Foin de rêveries. Le passé est le passé. Nous quittons le port, où débarque la cavalerie. Les bêtes sont nerveuses, rétives, leurs sabots glissent sur le bois humide des passerelles. Quant à mes fringants chevaucheurs numides, le tangage et le roulis en vue de la côte ont fait leur œuvre : ils sont presque tous malades, l'œil jaune et le teint gris. L'assaut de la citadelle, je l'ai mené sans eux, à pied, le glaive au vent, derrière le grand bouclier de Flaccus qui me protège. Cet homme nourrit envers moi l'affection têtue et muette des affranchis reconnaissants, alors qu'il n'a jamais connu d'autre joug sinon celui du casque et du paquetage. Sa liberté, qui survit à toutes les disciplines, il la tire d'une connaissance parfaite du milieu où il évolue. Comme moi, il a connu l'époque des citoyens-soldats. Ceux-là, dans mon jeune temps, je savais comment les commander, exiger d'eux ce qu'ils pouvaient donner. Durant ses trois campagnes en Dalmatie, le centurion Lépide connaissait par son nom chaque homme de sa cohorte.

Mais à présent que je mène des armées avec le titre d'imperator, les conseils d'un vieux sous-officier me sont devenus indispensables. Dans mes harangues, je parle toujours aux troupes de la grandeur de Rome et de l'héritage sacré des pères de la République, sachant fort bien que seules les intéressent la solde et la perspective du pillage. Pour élargir cet horizon étroit qui borne leurs pensées, il faudrait parler une langue sans mots que je maîtrise mal : celle d'un courage insensé qui, la plupart du temps, donne lieu à des exploits aussi sanglants qu'ils sont gratuits, mais grandit aux yeux de ces hommes quiconque s'en acquitte et introduit dans leurs esprits, généralement lents à s'émouvoir, les prémices du respect. Tout à l'heure, en menant l'attaque victorieuse de la citadelle, j'ai davantage progressé dans leur estime que je n'aurais pu le faire en négociant sa capitulation, pourtant envisageable au vu des forces en présence. C'est peut-être cela qui me désole le plus.

Cette insulte persistante à l'intelligence.

À cet égard, le cynisme d'Octave me manquera toujours. Parfois, j'en viens à admirer la façon dont il gère, toujours au profit de son ambition et sans véritablement se salir les mains, la brutalité des temps et la trahison générale des valeurs qu'il prétend défendre.

Oui, si j'ai tant aimé l'Afrique, c'est aussi parce qu'elle m'a permis de prendre du champ, de m'éloigner, de fuir cette violence universelle. Ainsi, je comprendrais presque la retraite orientale d'Antoine, n'était que ses raisons sont d'un autre ordre que les miennes. En Afrique, j'ai effectué du bon travail, géré mes provinces sans cruauté ni faiblesse, augmenté leurs richesses sans me les accaparer – à tel point que je crois pouvoir compter sur les légions qui en sont originaires. Si l'exercice du pouvoir le permettait vraiment, j'irais même jusqu'à dire que j'ai fait preuve de justice dans mon gouvernement. Qui peut en dire autant ? L'idée seule me console et me réjouit.

Mon bilan eût été parfait, si je n'avais dû faire respecter la volonté divine, abattre à Carthage quelques faubourgs pouilleux bâtis sur des terres à jamais maudites. Certains m'en ont voulu de corriger cette négligence coupable de mes prédécesseurs. Je n'ai pourtant pas hésité. En moi, le grand pontife et le triumvir étaient parfaitement d'accord. Quand le plaisir des dieux et la paix civile l'exigent, Lépide le politique sait mettre ses intérêts personnels sous le boisseau. Car il est des devoirs auxquels aucun pouvoir n'autorise qu'on se dérobe. Par contre, le politique a su reprendre la parole à point nommé, quand j'ai rendu à Carthage son statut de capitale aux dépens de ma bien-aimée Utique. Justice n'exclut pas souplesse.

Les coques des navires grincent contre la pierre usée des quais. Dans la nuit tombante, les équipages guettent le vent qui, obstinément, se refuse à souffler du sud, vers l'Italie et le nord de l'île. Je ne partage plus leur impatience. Si j'avais un jour conçu des rêves de gloire, mon Afrique paisible et fertile aurait éteint en moi toute soif de conquête ou de revanche. Vue depuis ses rivages austères, même Rome, patrie tant aimée de mes ancêtres, perd de son attrait. Non, plus j'y réfléchis, plus s'impose à moi la certitude suivante : bientôt va s'accomplir, avec ou sans mon assentiment, un destin mille fois réécrit avec les mêmes mots, les mêmes phrases.

Au fond, qui ai-je tenté d'abuser sinon moi-même ? Et quelle arrogance était donc mienne, d'avoir voulu sauver ce qui pouvait l'être ?

En tenant le peuple pour quantité négligeable, en chantant les mérites d'une tradition confisquée à leur seul profit, les républicains étouffaient la République davantage que César n'avait pu le faire. Ils auraient dû savoir que l'Histoire ne marche jamais à reculons. Leur chère République, ils la vidaient de son sens et de son sang. En tuant César, ils l'ont achevée croyant la rétablir. Qu'était-ce donc que cette République des optimates*, sinon une vue tronquée de l'esprit ? Il fallait être vertueux comme Brutus pour être si naïf ! Qui le saurait mieux que moi, Lépide, dont la famille fut, depuis la fin des rois, le plus ferme soutien de la Rome des pères ?*

César mort, Antoine et Octave n'avaient plus qu'à se disputer l'héritage.

J'ai failli dire « le cadavre ».

Un soldat de fortune contre un froid calculateur.

Moi, Marcus Aemilius Lepidus, j'aurais pu me contenter d'assister à leur duel, retranché derrière ma noblesse et mon honnêteté. Tous deux ne se revendiquaient-ils d'ailleurs pas de mon propre camp ? En soi et pour elle-même, la puissance ne m'intéressait guère, ni la richesse – puisque j'étais déjà riche et puissant par mon seul nom. Ce nom qui me préservait – et me préserve encore – des vertiges fugaces que le pouvoir engendre.

Le sang de mes ancêtres, celui de mon père, parlait en moi. Puisqu'elle avait été leur souci, seule m'importait la chose publique. On dira, bien sûr, que je me paie de mots, je le sais parfaitement, mais c'est pourtant la stricte vérité. Entre Antoine et Octave, ces deux volontés exacerbées, prêtes à dépecer l'État selon leur appétit, il fallait qu'un homme maintînt Rome dans les voies d'une tradition éclairée par la raison. Autant que possible, s'entend.

Je le répète : c'était à peine s'il existait encore, chez moi, un vestige de curiosité pour les attributs dérisoires de la puissance. Je n'étais pas, comme les deux autres, fasciné par ce jeu de dupes. Si mon profil orne pour quelque temps encore les monnaies du triumvirat, cela ne saurait durer éternellement. La loi Titia n'a été prorogée que l'année dernière, et je sais fort bien qu'avec l'aval paresseux d'Antoine, Octave m'aurait volontiers remplacé par ce Sextus Pompée avec lequel il m'accuse maintenant de pactiser – cherchez la logique ! Mais depuis qu'il commande à Rome, notre parvenu à la courte mémoire craint de perdre le blé d'Afrique. Déjà que les pirates de Sextus en confisquent la plus large part… La plèbe gronde ? Ce n'est que justice ! Il n'avait qu'à me laisser les provinces d'Espagne et de Gaule qui m'étaient promises. Au lieu de cela, toujours avec l'assentiment d'Antoine, il m'a jeté l'Afrique tel un vieil os à son chien galeux. Le drôle croyait m'humilier. Quelle erreur ! J'en ai fait la terre prospère qu'elle méritait d'être.

Dire qu'à Misène, ces deux traîtres se sont permis d'inviter Sextus en mon absence ! Mais ce jeune imbécile les a déçus. Notre trio a survécu. Sans doute, mon temps n'était pas venu. Il ne l'est pas davantage en cette fin d'été où j'assiste, en première ligne, à ces jeux de pouvoir qui me répugnent. Cette fois pourtant, par un effet pervers de ma volonté, le spectateur porte le masque de l'acteur. Je l'ai déjà dit : malgré mes deux triomphes et mon titre très officiel d'imperator, je ne suis pas un vrai militaire. Les outils de la guerre me pèsent autant que ses conséquences.

Ma cuirasse me meurtrit les épaules. En vain, je la garde jusqu'au soir pour m'habituer. Néanmoins, tandis que le soleil épouse la mer et que ses reflets cuivrés éclaboussent les flancs de la vieille ville en marquant la pause à chaque terrasse, l'imposture à laquelle je sacrifie m'apparaît presque douce.

Au moins, j'aurai tout tenté.

Y compris séparer les hommes et les dieux.

Il faudrait pouvoir aimer les dieux. Nous autres Romains tâchons de vivre parmi eux, en bonne entente avec ces voisins aussi capricieux que vindicatifs. Nos rapports ne vont guère au-delà. Peut-être parce que les dieux ne veulent pas de notre amour ? Ou plutôt parce que, tout simplement, l'idée ne nous effleure pas de le leur offrir ? En vérité, qu'en feraient-ils ? Dans l'ignorance de la réponse, nous nous contentons de les couvrir de cadeaux, espérant qu'ils sauront s'en satisfaire ou s'en divertir. Cela revient, me semble-t-il, à prendre les dieux pour de grands enfants.

Voilà bien un sujet de réflexion que le collège des pontifes n'évoque jamais. Je ne sais d'ailleurs d'où me viennent ces pensées étranges, filles de mes interrogations solitaires et du poids secret de ma fonction. En me faisant élire grand pontife, Antoine croyait échanger un pouvoir contre un autre. Cela donne une idée assez précise de son irréligion. Rien d'étonnant, faut-il le dire. Cet augure de bas étage a du sacré une conception tellement terre à terre qu'elle lui permet juste de courir à poil durant les Lupercales pour fouetter au passage les matrones infertiles et offrir à César, malgré mon opposition, une couronne dont il ne voulait de toute façon pas. À se demander si cette sinistre comédie n'a pas armé le bras de ses assassins, Brutus en tête. Pour ma part, j'en reste persuadé. Quel imbécile ! Mais en attendant, les manigances d'Antoine m'ont valu le seul poste dont je n'osais rêver – si tant est qu'on puisse dévaloriser par un tel mot la fonction d'intermédiaire entre ciel et terre, dont dépend le bonheur de Rome.

Si Antoine s'en soucie comme d'une guigne, Octave, lui, à défaut de ma personne, respecte ma fonction. Pour lui, le grand pontife est intouchable. Non qu'il soit pieux : en fait, il est superstitieux. Ma chère Junia le connaît bien. Elle prétend qu'un jour, sa crainte du sacrilège pourrait bien me sauver la vie, et je dois avouer que cette observation ne manque pas de pertinence.

Flaccus, s'il savait cela, serait sûrement d'un autre avis. Veiller partout sur ma vie, dans la paix comme dans la guerre, constitue son sacerdoce. En le cherchant du regard, je tourne la tête vers la ville basse. Entre les lances noires des cyprès, Lilybée accroche les derniers rayons du soleil. Les feux mourants des incendies tremblent au détour de ses ruelles. Bientôt, le calme revenu, ils ressembleront aux torchères qui éclairent à cette heure les rues pacifiées de Rome. Même si l'Afrique me manque, et mon jardin d'Utique où, à cette heure, Junia doit attendre de mes nouvelles, il me semble soudain qu'il ferait bon vivre ici, entre mer et terre, une fois les vaines querelles éteintes, quand le monde sera retombé dans ses gonds, sous l'autorité d'un gouvernement qui sache à la fois plaire et commander.

Espérer davantage porterait ombrage aux dieux.

« Lépide ! »

Le galop d'un cheval martèle la chaussée. Quintus nous rejoint enfin. Son coursier noir remonte à contre-courant le flot des légionnaires en marche vers l'arrière-pays. Dans la pénombre grandissante, je devine son manteau doublé de poussière et ses sandales cirées par les flancs des chevaux. Contrairement à moi, piéton dans l'âme – cette prédilection m'a valu des plaisanteries à n'en plus finir quand j'étais le magister equitum *de César –, Quintus Fabianus Pulcher est un excellent cavalier. Son appartenance à l'ordre équestre n'explique pas seule, tant s'en faut, ce talent naturel de chevaucheur qui le désigne pour les missions d'information et de reconnaissance. À l'âge où ses pairs commencent à prendre du ventre, Quintus ne tient pas en place et court les chemins à mon service depuis que nos routes se sont croisées. Pourtant, son énergie trouve toujours à s'exprimer sans exubérance ni bravade. C'est donc aussi sa discrétion, voire son amour de l'ombre, qui font de lui le plus efficace des messagers. Il a mis sa monture au trot. Parvenu à ma hauteur, il fait volte-face et me salue avec une raideur presque militaire. Soucieux des formes, je lui rends son salut.*

« Je ne t'attendais pas si vite, Quintus. As-tu fait bonne route ? »

Avec quelques compagnons choisis par ses soins, tandis que nous bataillions dans les rues de Lilybée, il a poussé une reconnaissance vers le nord-est, avec mission de recueillir un maximum de renseignements. Depuis mon départ de Carthage, je suis sans nouvelles d'Octave et de ses légions.

« Sans encombre, imperator. J'ai suivi la côte sur quatre ou cinq milles. La voie est aussi libre qu'elle peut l'être. On dirait que les gens de Sextus retraitent par l'intérieur des terres. Sans doute pour décourager toute poursuite. Mais du coup, en prenant la voie du littoral, nous pourrions fort bien arriver à Messine avant eux.

— Nous verrons. Rien ne presse et rien ne dit qu'ils s'y rendent. Il y a des cités grecques, à l'est, qui leur sont favorables. Qu'as-tu appris d'autre ?

— Aux dires de quelques pêcheurs, une quantité anormale d'épaves dérivent en provenance du nord. Dans leurs filets, ces jours-ci, ils remontent autant de planches que de poissons. »

Je sais ce que cela peut vouloir dire. J'insiste néanmoins.

« Les dépouilles d'une bataille au large ?

— On peut le supposer, imperator. En cette saison, j'ai cru comprendre que les naufrages classiques sont rares.

— Récente, la bataille ?

— Difficile à dire.

— Tu as pu voir ces épaves ?

— Oui. Les plages en sont jonchées. Elles ont dû dériver depuis le détroit. Impossible de déterminer leur facture, romaine ou grecque, mais je n'y connais rien. Il faudrait demander à un marin. »

Agrippa aurait-il échoué dans sa tentative de traversée ? Grecs pour la plupart, les pirates à la solde de Sextus Pompée sont bien plus habiles à la manœuvre que nos lourds paysans romains, hâtivement déguisés en fils de Neptune. Quoi qu'il en soit, je devrais souhaiter le contraire, déplorer par avance l'éventuelle défaite de mon allié et supputer les chances qu'il s'agisse là d'un simple contretemps. Mais la perspective de me retrouver seul en Sicile face à notre adversaire commun, videur des greniers de Rome, m'emplit d'une étrange euphorie. Bien sûr, je prends garde d'en rien laisser paraître. Il y aurait quelque ridicule à exposer ainsi pareille faute de jugement.

« On sait qui commande les gens de Pompée ?

— Les troupes à terre, veux-tu dire ?

— Exactement, Quintus. Si jamais tu en doutais, je ne suis pas pressé de remettre les pieds sur une galère. »

Il sourit, remonte son manteau sur ses épaules. Le soleil achève de se noyer au large et le temps fraîchit.

« C'est Plennius, je crois.

— Tu crois, ou tu es sûr ?

— Je crois.

— Fort bien. »

Je connais Lucius Plennius. Son beau-frère fait partie de ma clientèle de Campanie. S'il n'avait récemment lié son sort à celui de Sextus Pompée, je l'aurais sans nul doute compté au nombre des gens raisonnables, avec lesquels une entente reste toujours envisageable. Il faudra déterminer la raison de cette nouvelle allégeance. En des temps troublés comme les nôtres, comprendre l'adversaire ouvre des perspectives trop souvent négligées. En tout état de cause, cet homme possède deux oreilles et sait s'en servir. Mais d'abord, il faudra le combattre. Cela tombe bien : j'y suis prêt.

« Plennius connaît la guerre, reprend Quintus. Et sa famille est honorable. Si Sextus n'était pas le fils du grand Pompée, on se demanderait ce qu'un homme tel que lui fait parmi ces pirates. »

Remarque pleine de bon sens. Elle me conforte dans l'opinion qui prend forme dans mon esprit.

« Pour régner sur les mers, Sextus a besoin de marins, dis-je. Peut-être se lasse-t-il de vivre en nomade ? On ne bâtit rien sur les vagues. »

Quintus hoche la tête.

« Plennius est bon tacticien. Je l'ai combattu, dans le temps.

— Il est surtout économe du sang de ses hommes, qui le savent. Même s'ils ne lui en savent pas toujours gré. »

Je parle en connaissance de cause. Des souvenirs me reviennent de Provence, quand Antoine, pourtant vaincu à Modène, débauchait mes légions sur des promesses de gloire – pour mieux me les rendre au prix d'une alliance. Ou, bien plus tard, quand son crétin de frère et sa harpie de femme m'ont chassé de Rome presque sans combattre, ce qu'Octave me reproche toujours. Chaque fois, mes troupes avaient laissé faire. C'étaient pourtant les mêmes hommes qui, au lendemain de la mort de César, m'avaient permis de contrôler la ville et de tenir en respect Cassius et ses sbires !

Compter sur la loyauté de la soldatesque, voire sur sa simple intelligence, équivaut maintenant à bâtir sur du sable. J'ai beau m'y essayer, je n'arrive pas à m'expliquer pareille attitude, qui assimile toute fidélité à quelque forme de naïveté coupable. Si encore la raison intervenait dans leurs engouements, ou alors, au moins cela, une sorte d'intérêt bien compris, de cynisme égoïste ? Mais la troupe obéit à d'autres lois. Parmi ceux qui me lâchèrent à Rome pour suivre le cadet d'Antoine, combien furent trucidés par Octave devant Pérouse reconquise ? Les idiots !

« Je suppose que nous fonçons sur Messine, imperator ? »

Le cheval de Quintus semble partager son enthousiasme, il piaffe.

« La traversée a fatigué les hommes. Quatre légions sont toujours en mer. Et le gros de l'ennemi doit nous attendre là-bas, à coup sûr si Octave diffère son débarquement. Non, nous devons en premier lieu assurer nos arrières et faire de Lilybée une base de départ sûre. Partir à l'aventure au hasard de ces collines me semble la dernière imprudence à commettre, et suivre le littoral une tactique par trop prévisible. »

Avec le temps, Quintus a appris à ne plus me brusquer. Il n'a pourtant rien du courtisan servile ni du manipulateur rusé. Simplement, imposer ses vues à coups de bonnes raisons n'entre pas dans ses manières, dont la véhémence demeure éternellement absente. À vrai dire, elle serait contre-productive. Quintus connaît et apprécie ma pondération. Sa fidélité sans faille résulte d'un choix qu'il a posé un jour, sur lequel il ne reviendra plus.

« Le destin marche vite, Lépide. Tu devrais le savoir, il me semble. Nous tenons peut-être les clefs de la victoire. Alors attendre… ?

— Je ne suis pas seul dans cette affaire, Quintus. En prenant Lilybée, j'ai respecté les premières clauses du contrat. Octave doit encore faire sa part, et je m'en voudrais de l'humilier en poussant mon avantage. »

Le crois-je moi-même ? Quintus hausse les épaules.

« Trop de prudence tue la prudence. Tu sais ce que tu fais, Lépide. Au moins, je t'aurai donné mon avis. »

C'est plus fort que moi, je souris.

« Crois bien que je l'ai entendu, Quintus. Et je te promets d'y réfléchir.

— Pas trop longtemps, imperator.

— Je suis fatigué. De toute façon, la nuit tombe.

— Tu as raison. Elle porte conseil, dit-on. Nous en reparlerons, imperator. En attendant, je vais m'occuper de loger mes hommes. »

Les cavaliers de Quintus lui sont aussi fidèles qu'il me l'est. Leur bien-être lui importe autant que leur loyauté, à tel point qu'il veille à leur confort avant le sien propre. Pour lui, ces hommes iraient jusqu'au bout du monde – a fortiori de la Sicile. Cette proximité fait de sa troupe un groupe étrangement soudé, un corpuscule sinon étranger, du moins autonome au sein de mes légions. Y entrer n'est donné qu'à ceux capables, comme Quintus, de désobéir pour mieux servir. Car mon lieutenant aime les paradoxes.

« Pour le conseil, la nuit ne suffira pas. Passe me voir quand tu te seras installé. Flaccus me trouvera une villa pour la nuit. Nous deviserons.

— Tu dors toujours aussi mal, Lépide ? »

À mon tour, je hausse les épaules.

« Cette époque sourit aux gens qui veillent, Quintus. »

Avant de tourner bride, il observe un instant la mer, où quelques récifs plus sombres imitent les épaves d'une flotte perdue.

« Veiller, c'est la meilleure façon de rester en vie », dit-il.

J'opine.

« Oui… Et de tenir à distance les ombres qui nous enserrent. »

Il sait de quoi je parle. Un poids soudain m'accable. J'en connais trop bien la raison qui, ces derniers temps, nourrit ma lassitude.

Quintus se tait, mais son attitude dit sa confiance et son indulgence. Déjà, il dirige son cheval vers la plage, à l'abri des dunes.

« Je t'attendrai, Quintus. Tu sauras où me retrouver ? »

Sans tourner la tête, il me répond en criant contre le vent.

« Je sais toujours où te trouver, Lépide ! »

*

Planté d'essences odoriférantes, le jardin de la villa dévale en pente douce vers la mer étale. La rumeur chuchotée des vagues se mêle au murmure du vent dans les cyprès. Au pied de la terrasse, ombragée par une manière de pergola, le propriétaire des lieux a fait placer un banc de pierre sur lequel je tâche d'oublier les motifs de ma mélancolie. Dans ma coupe tremble un vin épais, trop épicé, peut-être issu des vignes qui jouxtent le domaine, et dont quelques treilles niellent le ciel nocturne au-dessus de ma tête. Je bois trop, c'est un fait. Mais ce soir, en avivant mes souvenirs d'Afrique, la villa où nous sommes descendus tempère la tentation de fuir qui me tourmente.

Dès l'entrée, j'ai reconnu le plan à présent familier des maisons puniques d'Utique et de Carthage, si soucieuses d'enclore, derrière la façade surchargée d'un commerce, une vie simple étrangère au mensonge. Au centre de la cour pavée de carreaux rouges, le puisard exhale une fraîcheur de source. Je n'ai pas visité les étages. Flaccus et ses hommes ont fouillé salles et chambres sans y trouver personne. Pourtant, de menues offrandes fumaient encore sur l'autel domestique. La riche famille grecque qui vivait ici, dans cette demeure où les signes de Tanit, gravé dans les linteaux, voisinent encore avec quelques divinités de l'Hellade, a préféré le hasard des chemins aux soldats de Rome – ce qui en dit long sur la confiance dont nous jouissons au sein de la population.

Je ne les comprends que trop bien mais, pour l'heure, je m'abandonne au plaisir insensé de me croire un instant revenu en ma chère province, loin de cette guerre que je n'ai pas voulue et dont j'espère qu'elle finira vite. Pour mieux m'en convaincre, j'ai débouclé ma cuirasse. Flaccus, je le parierais, doit déjà en astiquer les gueules de lion et la tête de Méduse. Le léger vent du soir refroidit ma casaque de lin mais j'attends encore un peu avant de me lover dans les plis de mon manteau. Surtout, je veux profiter encore du ciel étoilé et de la liberté qu'il offre à mes idées vagabondes.

Un léger bruit attire mon attention. Tournant la tête, je vois Flaccus franchir la porte des communs. Il se dirige vers moi de son pas que rien jamais ne presse, égal et décidé.

« Qu'y a-t-il, mon ami ? »

Il me salue. Flaccus salue toujours.

« Le chef des gardes désire te voir, imperator.

— Je ne l'ai pas convoqué.

— Sans aucun doute, imperator. Mais il désire te faire un cadeau. »

Voilà qui devrait me surprendre, pourtant il n'en est rien. Les images de la journée défilent en cortège sous mes yeux *fatigués. L'une d'entre elles se précise, s'attarde dans mon esprit. Flaccus, qui sait déjà et me devine plus souvent qu'à son tour – sans jamais en tirer ni avantage ni fierté –, hausse un sourcil et, comme moi, pose son regard sur la mer.*

« Tu ne vas pas aimer, imperator. »

Ce n'est pas qu'il approuve mon attitude, non, ni même qu'il la comprenne. Ma sensiblerie ne regarde que moi. Simplement, il n'admet pas qu'on manque de respect envers le commandement, et moins encore qu'on exige de lui, sans raison valable, une quelconque preuve de sa qualité.

« Fais-le venir. »

Il s'éloigne sans un mot. La silhouette du chef des prétoriens s'encadre déjà dans le portique du jardin. Sur un signe de Flaccus, il avance dans la pénombre végétale, suivi de près par une autre forme, frêle et courbée. Par avance, cette mauvaise pièce me répugne mais j'y tiendrai mon rôle, sûr de m'en sortir à mon avantage. En de pareils moments, l'envie impérieuse me taraude de sévir, d'utiliser sans avoir à justifier mes actes la violence que, bon gré mal gré, j'incarne. Il me suffirait alors d'un geste et, sans qu'il ait vu venir le coup, Flaccus embrocherait ce salopard pour m'avoir déplu.

L'homme s'arrête à deux pas. Par les cheveux, il traîne une des deux Grecques entrevues sur la route, à la sortie du port. Un coup de coude la met à genoux. Prostrée, elle halète doucement. Je ne vois pas ses yeux car l'homme lui maintient la tête penchée vers le sol. De toute façon, jamais elle n'oserait les lever sur un général vainqueur. Avec ses mains liées dans le dos, son péplos déchiré et à demi dégrafé, elle compose une triste allégorie de l'impuissance. En moi, le malaise croît.

« Bonsoir, imperator ! »

De sa main libre, il me salue. Je ne lui réponds pas. Il avise ma coupe presque pleine, sourit. Sa voix hésite. Son haleine – qui a mis du temps à m'atteindre – sent le vin.

« Je t'apporte ta part de butin ! »

D'un geste qui se veut généreux, mais dont le défi ne m'échappe pas – j'aurais dû me servir moi-même –, il lâche la femme puis, d'une bourrade, l'envoie choir à mes pieds.

Je pourrais la relever, je ne le fais pas. Au lieu de cela, toujours immobile, je lui parle dans son idiome, sur un ton très neutre. J'ai toujours eu le don des langues. Certains augures s'étonnent quand je prononce en latin archaïque, truffé de mots étrusques, des formules incantatoires qu'ils ne comprennent plus – pas davantage que le prétorien saoul n'entend mon grec.

« Ne te relève pas et ne souris pas, femme. Tu n'as rien à craindre de moi. Dans quelques instants tu seras libre, mais sois patiente. »

Affalée dans l'herbe encore sèche, la captive s'est mise à sangloter. Cela m'attriste, mais me sert aussi. Je porte la coupe à mes lèvres, bois une longue rasade. Un calme olympien s'instille dans mes veines.

« Merci d'être venu, centurion. Ton cadeau est apprécié. À présent, retourne auprès de tes hommes et profite avec eux de la victoire. Je t'aurais bien invité à partager mon vin, mais je gage que tu n'en es pas dépourvu. »

L'homme plisse les yeux. Il me jauge, c'est évident. Mais sur mes traits, il n'y a rien à glaner, rien à découvrir sinon un masque minéral qui ne déparerait pas la galerie de mes ancêtres. La main de l'officier effleure le pommeau de son glaive. Rien d'hostile dans ce geste, mais Flaccus s'est approché, très calme, la dextre enfouie sous son manteau où pend un poignard.

« Cette nuit, je dois établir nos plans de campagne, car c'est le devoir d'un bon général. Alors bien le bonsoir, centurion… »

L'homme arrondit les lèvres pour me répondre. Un soudain haut-le-cœur lui ferme la bouche. Le vin sicilien ne lui réussit guère. Un instant, je crains le pire, mais la grimace s'achève sur un rot sonore. Il rit. Je demeure de marbre, maussade et noble. À mes pieds, la femme a cessé de pleurnicher.

« Quand tu auras fini de réfléchir… amuse-toi bien, imperator ! »

Brusquement, il pivote sur ses pieds puis, d'un pas incertain, s'éloigne vers la maison. Flaccus se dispose à le suivre.

« Reste, Flaccus. Il connaît le chemin. »

Je vide ma coupe. Le vin me semble un rien amer. Trop de poix.

« Cet homme te manque de respect, imperator. »

La main droite de Flaccus demeure invisible, sous le manteau. Je secoue la tête, mon soulagement demeure incomplet.

« Cet homme est surtout saoul. »

Encore un peu, et je me fâcherais.

À mes pieds, la Grecque demeure immobile, face contre terre. Soudain, sa simple vue m'exaspère.

« Relève-toi, femme ! »

Ses mains liées l'en empêchent. Flaccus la saisit par les épaules, la hisse sur ses pieds sans effort apparent. Enfin, je peux distinguer son visage. Il est d'un bel ovale, avec des yeux foncés dont la pénombre me dissimule la couleur. Son vêtement cache autant qu'il les révèle des formes fluides, d'un galbe avantageux. En d'autres circonstances, peut-être regretterais-je ma décision. Mais celle-ci est prise, et point n'est besoin de faux-fuyants pour m'y tenir.

« Donne-moi mon épée, Flaccus. »

L'arme repose dans l'herbe, derrière le banc. Je pourrais l'atteindre, mais une immense fatigue m'accable. J'aime à croire que c'est l'effet du vin.

« Pas la peine, imperator. »

Plutôt que son épée, Flaccus dégaine le poignard. D'un coup habile, il tranche les liens de la captive. Sur ses gardes, inquiète, un peu perdue, la femme se masse les poignets, où la corde a laissé des marques rouges.

« Tu es libre. Va avec cet homme. Il te reconduira chez toi, si tu as encore un foyer. Avant de partir, il te donnera une petite somme, dont tu sauras faire usage. Maintenant, disparais… »

Avant que j'aie pu faire un geste, elle tombe au sol, entoure mes chevilles de ses bras minces, se confond en remerciements. Il s'en faut de peu qu'elle m'offre ce que je me refuse. La chose m'agace prodigieusement.

Flaccus l'a bien compris. Il relève la femme.

« Trouve-lui un manteau. La fraîcheur tombe et il traîne en ville beaucoup d'hommes qui ne s'appellent pas Lépide. »

Sur un dernier signe, Flaccus emmène vers la villa une femme soudain calmée, assommée par un destin absurde qu'elle n'essaie plus de comprendre. J'observe longuement ce couple de rencontre, tout aussi absurde. Quand ils disparaissent sous le portique, un seul regret m'anime : j'ai oublié de demander à Flaccus de me resservir. Le pichet de vin doit reposer dans un parterre, au bord de la terrasse. Je pars à sa recherche, les jambes et la tête lourdes.

Dire une chose, en faire une autre. Voilà bien ce que je déteste le plus en ce bas monde : l'affreuse servitude qu'engendre le pouvoir, pesante aux épaules de ceux qui le recherchent, non pour lui-même, mais parce qu'ils veulent agir. Il semblerait ainsi qu'en politique, on ne puisse jamais faire le bien sans donner au mal la part qui lui revient.

Longtemps, j'ai tenté de donner le change au mal, ou de faire comme s'il n'existait pas. Mais c'est un créancier patient, toujours prêt à réclamer ses arrhes. Tout à l'heure, quand Quintus reparaîtra, je sais que la même question me brûlera les lèvres, et qu'il me rembarrera si je la lui pose. Cette question qui revient toujours, qui se fraie un passage chaque fois différent à travers les défenses de ma mauvaise conscience…

Ces derniers temps, les nouvelles de Milet se font rares.

J'ai retrouvé le pichet. Mon pied a buté dessus. Un peu de vin s'est répandu, mais il en reste assez pour finir ma soirée. De toute façon, le cellier de la villa regorge d'amphores, et l'effectif complet de mes prétoriens ne suffirait pas à les vider. Volontairement cette fois, j'offre une libation aux dieux capitolins. Les états d'âme du grand pontife doivent les amuser.

Une subite bourrasque monte de la mer. Je frissonne, serre autour de moi la laine de mon manteau. Au fond, que fais-je ici, loin de mon foyer, à jouer au soldat pour le seul bénéfice d'Octave ? Une fois de plus, ne suis-je pas en train de m'abuser sur mon rôle ? Antoine, lui, s'est bien gardé d'intervenir. Depuis l'Égypte, entre deux coucheries avec sa putain, il attend le résultat de cette guerre et compte bien qu'Octave y récolte un nouvel échec.

On raconte à Rome – je n'en ignore rien, je sais même qui répand cette rumeur – que si Lépide vole au secours d'Octave, c'est pour garantir sa place de troisième. Je laisse dire. Comment Octave pourrait-il comprendre que j'agis au nom de l'équilibre, contre le chaos ? Quoi qu'on en pense et si je le déplore, la République est morte. Subsiste son esprit. Et cet esprit, en dépit des apparences qui plaident contre moi, bien davantage que Brutus et tous ses compagnons dévoyés, à présent morts, je m'en veux le dernier dépositaire. Je veux jouer la mesure contre la démesure. Ma personne, au fond, n'a guère d'importance. Dans la longue lignée des Aemilii, je porte le flambeau de la raison et de la vertu républicaines. Mes ancêtres parlent pour moi.

Antoine et Octave n'incarnent qu'eux-mêmes. Désormais, l'ombre du grand César ne les couvre plus. Leur arrogance me les rend détestables.

Pourtant, si mes collègues occupent la place qu'ils ont prise, c'est bien à moi qu'ils le doivent. Car au soir de l'assassinat, le pouvoir était à prendre. Moi mis à part, il ne s'est trouvé personne pour le ramasser. Le cadavre de César achevait de refroidir mais les Républicains n'arrivaient toujours pas à croire qu'ils avaient abattu la statue de marbre. L'ampleur de leur succès dépassait à la fois leurs espérances et leurs capacités. Très vite, leur euphorie se mua en crainte, puis en terreur. Comme une épidémie, la peur gagna les deux camps. Elle n'épargna ni les sages ni les sots. Antoine, qui n'avait su protéger son maître, croyait sa dernière heure venue et se cachait dans Rome. De leur côté, les optimates *redoutaient une réaction du peuple et, au prix d'un odieux sacrilège, se réfugiaient en armes dans les murs du Capitole. Quant à Octave, personne ne connaissait encore cet obscur petit-neveu, cette tablette vierge dont une ligne de testament ferait bientôt un héritier.*

Le dictateur une fois mort, son maître de cavalerie perd tout pouvoir. Je n'étais donc plus rien, ce soir-là. Licence m'était donnée de rentrer chez moi pour porter le deuil de César. Mais j'étais encore le général d'une légion stationnée sur l'île Tibérine. Bien davantage que l'iniquité, l'anarchie menaçait.

Je le jure devant vous, ô dieux ! Pas un instant je ne voulus saisir à mon profit un pouvoir vacant. Moi, l'hésitant, l'indécis Lépide, je donnai aussitôt à ma légion l'ordre d'occuper le Forum en force, tout en respectant scrupuleusement l'inviolabilité du pomerium *: aucun homme en armes ne souillerait par sa présence l'enceinte sacrée.*

Aux populares *comme aux* optimates*, j'envoyais ainsi un message sans équivoque : moi vivant, jamais Rome ne deviendrait champ de bataille. Par chance, je comptais des amis dans les deux camps. Mon beau-frère Brutus sut adoucir Cassius et les plus excités des comploteurs. Quant à Antoine, avec la versatilité qui le caractérise – dont je me demande parfois si elle relève du calcul ou de l'instinct –, il avait repris du poil de la bête et cherchait déjà, en rejoignant mes rangs, à reprendre le contrôle de la situation.*

Durant quelques jours, seul, j'ai maintenu le statu quo. Puis je me suis effacé. Enfin, sorti de nulle part, Octave a fait son apparition.

Longtemps, je reverrai sa face blême tandis que, sur sa chaise curule, le magistrat lisait à voix haute le testament de César. Pur témoin, j'ai assisté à la déconfiture d'Antoine qui, sûr d'une improbable richesse, s'était endetté en orgies pour fêter son succès. Or son maître ne lui laissait rien, pas même une parcelle de son pouvoir. Sur le moment, j'ai plaint Octave, ce frêle jeune homme monté de sa province, promis à la jalousie et à la haine d'un homme aussi violent qu'Antoine. J'ai même songé à lui offrir ma protection, au nom de l'amitié qui me liait à son père adoptif.

Comme je me trompais ! Et Antoine autant que moi !

Là encore, César, en choisissant ton héritier, tu te montras aussi fin politique que connaisseur des êtres. J'ai toujours redouté le premier, aimé le second. Car il fallait avoir du flair pour deviner, sous l'enveloppe chétive et sujette aux maladies, le caractère de fer qui habitait ce garçon aux yeux tristes. De quels desseins, déjà, se voulait-il l'exécuteur ? Quand on vient de rien, l'ambition est sans bornes.

Ma coupe est vide, j'hésite à la remplir. Quand je me penche derrière le banc pour saisir le pichet, ma main fouille l'herbe en vain. Pourtant, le breuvage coule avec de gros glouglous, dans ma main la coupe s'alourdit.

Il est revenu. Sans doute est-il entré par le jardin. À son tour, Quintus se verse du vin dans une timbale. Sous la lune, l'argent de son bracelet brille d'une blancheur d'écume. Même au centre de la bataille, cet homme se meut avec l'aisance d'une ombre. Chez lui, hormis la parole et les verdicts qu'elle énonce, rien qui accroche, rien qui s'attarde, rien qui regrette.

« Déjà revenu ? »

Sa bouche esquisse un demi-sourire. Il me considère d'un regard pénétrant, où l'indulgence se mâtine d'une pointe de dépit.

« Tu bois trop, Lépide. »

Le vent est tombé. J'en profite pour défaire l'agrafe de mon manteau.

« Je sais ce que je fais, Quintus. Et pourquoi je le fais. »

Il se détourne, regarde la mer, inspire profondément.

« Ce que tu fais, tu ne le sais que trop, Lépide. Et tu ne bois pas assez pour l'oublier. C'est peut-être ta plus grande faiblesse. Mais tu ne sais pas toujours ce que tu veux, ni comment tu le veux... »

Un rayon de lune sculpte sa silhouette élancée, que le manteau épaissit sans la rendre massive. Le bruit lointain du ressac compose un chant monotone, sur lequel sa voix claire se détache avec netteté. Pourtant, il me tourne le dos. Un instant, j'ai l'impression que ses épaules se voûtent.

« Demain, il faudra donner des ordres précis.

— Que proposes-tu ? »

Cette fois, il me fait face. Je remarque l'écorchure profonde qui lui barre le tibia gauche. Une flèche l'a manqué de peu.

« En termes stratégiques, nous devrions poursuivre Plennius, ne pas lui laisser le temps de réorganiser ses troupes, et l'intercepter avant qu'il ne rejoigne Messine – ce qu'il a de toute évidence l'intention de faire. »

Je hoche la tête, reconnais en silence la pertinence de cette suggestion.

« Et en termes politiques ? »

Quintus renverse la tête en arrière, m'observe par-dessous ses paupières mi-closes. Son regard brille.

« Laisse Plennius prendre du champ. Qu'il rejoigne donc Sextus à Messine. Dès qu'il s'y trouvera, ce sera l'affaire d'Octave, plus la tienne. Qui sait, le nouveau César pourrait alors avoir besoin de toi. Tout se paie... »

Parfois, je me demande pour quelle mystérieuse raison Quintus se refuse toute ambition sinon celle de me servir. Nous n'abordons jamais ce point, sinon par la bande. Il s'en tire toujours par une pirouette. À la longue, j'ai fini par me satisfaire de la supposition suivante : Quintus vit la vie comme il vivrait un jeu. Il aime vérifier les hypothèses qu'il bâtit sur le monde et les hommes, quitte à œuvrer parfois, toujours en coulisse, pour favoriser leur réalisation. Je ne crois pas qu'il rêve d'un monde meilleur qu'il n'est.

« Je n'ai rien promis à Octave, sinon d'intervenir en Sicile. Sur ce point, je suis sans reproche. Je n'aime pas faillir à ma parole. »

Ce genre d'argument, Quintus peut l'entendre. Il acquiesce.

« Octave tient rarement parole, dit-il.

— Aussi bien, il promet peu. »

Le trait amuse Quintus. Pour ma part, je sais qu'une fois encore, je tergiverse. Dans ma décision, seule devrait compter cette question, que j'occulte avec toute la mauvaise conscience dont je suis coutumier : qu'exige le bonheur de Rome ? Sur cette île, suis-je le seul à me la poser ?

Avec peine, je me hisse hors du banc, ramasse mon épée dans l'herbe à présent humide. Le vent choisit ce moment pour renaître. Il souffle du nord, se fait coupant. D'un geste las, je jette ma coupe vide par-dessus mon épaule. Mes serviteurs la ramasseront. Quintus vide sa timbale, qui disparaît dans une musette, sous son manteau.

Comme souvent lors de nuits semblables, entre courage et lâcheté, je prononce les mots qui m'obsèdent, la question qui fait mal.

« Des nouvelles de Milet ? »

Quintus ne montre aucune surprise, au contraire. Dans sa pratique des hommes, la compréhension l'emporte de loin sur le reproche.

« Aucune, Lépide. Les mers sont peu sûres et les messages voyagent mal. C'est un peu la raison de notre présence ici. Quand nous aurons vaincu Sextus, la piraterie diminuera. Dire que son propre père, en son temps, nous en avait débarrassés. L'Histoire a de ces retournements… »

Je garde le silence. L'évocation du Grand Pompée me ramène toujours à la geste paternelle, à son dénouement tragique mais empreint de noblesse. Sous le portique qui mène à la cour de la villa, un flambeau grésille. Je me dirige vers sa lumière fragile. Vers l'ouest, l'incendie de Lilybée s'éteint peu à peu, je n'en distingue plus que l'aura roussâtre dont s'éclaboussent les soubassements du ciel nocturne. Quintus m'a emboîté le pas.

« Vois-tu, Lépide… », commence-t-il.

Instinctivement, je lève le nez vers les étoiles.

« Pour un militaire comme pour un politique… »

Il s'interrompt. Ce n'est pas qu'il hésite, il veut juste marquer le coup.

« … tu as bien trop de scrupules. »

Comme si je l'ignorais. Ce verdict m'est connu, cent fois connu.

« Alors pourquoi, dans ce cas, t'obstines-tu à me servir ? »

Sa réponse n'en est pas une.

« Reste comme tu es, Lépide. »

Son rire clair file soudain dans le jardin désert.

« Faute de quoi, tu me perdrais aussitôt ! »

Je ne l'avais pas vu, lui aussi est revenu. Accoté à la statue d'un faune musicien, Flaccus me fait un signe discret.

La voie est libre et sûre. Sa sollicitude me touche. Mon sort inquiète cet homme bien davantage que moi.

Advienne que pourra. Ne suis-je pas le grand pontife, comptable du bonheur de Rome ? Seuls les dieux savent.

Et peut-être le vent qui, sans conscience ni remords, disperse de par le vaste monde les dérisoires illusions des hommes.

7

Avec un soupir d'aise, Jérôme étira ses bras au-dessus de sa tête, fit craquer ses articulations et, avant de pêcher dans son casier « Travaux entrants » la dernière liasse d'épreuves de la matinée, s'accorda une pause qu'il estimait méritée. Derrière les vieux carreaux en verre soufflé de la fenêtre, le paysage urbain gondolait sous l'haleine d'un khamsin imaginaire. Quand, victime d'une maladresse ou d'une malveillance, la dernière vitre certifiée d'époque se briserait, la silhouette massive du palais de justice perdrait définitivement ses faux airs de mosquée cairote et le bureau des correcteurs un peu plus de son charme discutable, lequel l'apparentait, dans l'esprit de ses occupants, au greffe poussiéreux d'une prison vue par Piranèse.

Complète depuis la Révolution belge, la collection du journal officiel capitonnait les murs du sol au plafond, manteau de cheminée compris. Un convecteur électrique occupait l'âtre et en disparaissait à chaque inspection des pompiers municipaux. Profitant de l'unique fenêtre, un soleil aussi patient qu'économe avait jauni tous les fascicules, dont de nombreuses pages partaient en lambeaux sous l'effet de l'acidité. Dans la pièce, haute comme le salon qu'elle avait jadis été, stagnait un parfum composite de pipe froide – on ne fumait plus dans les locaux depuis certaine loi qualifiée de scélérate par le chef-correcteur – et de vieux papier. Le défilé des typographes y ajoutait une odeur tenace d'encre grasse. Tous maudissaient l'éloignement du bureau, perché au troisième étage de la bâtisse pour des raisons de prestige hiérarchique devenues absurdes à un siècle de distance. L'atelier des cols bleus se terrait au rez-de-chaussée en fond de cour, les imprimeurs prenaient de l'âge et trois générations de patrons avaient repoussé avec hauteur l'idée d'installer un ascenseur dans l'ancien hôtel de maître, invoquant une procédure inaboutie de classement au patrimoine immobilier bruxellois.

Dans ce tableau de genre, les taches claires et géométriques des ordinateurs constituaient presque une faute de goût. Car au même moment, trois étages plus bas, l'imprimerie prolongeait la vie d'outils à peine postérieurs au père Gutenberg. L'atmosphère plombée y justifiait un dépistage annuel du saturnisme parmi le personnel. Lorsqu'il lui arrivait de descendre à l'atelier, Jérôme prenait plaisir à observer les mouvements réguliers de la monotype, qui fondait caractère par caractère les textes du *Recueil belge de jurisprudence*. Il y trouvait presque la consolation d'avoir à corriger cette prose aussi pompeuse qu'indigeste.

Néanmoins, le triumvirat au pouvoir dans la maison s'était lassé de passer, dans le landerneau éditorial, pour le musée vivant de la corporation et avait récemment lancé l'entreprise dans un prudent défrichement des voies de la modernité. En commençant par l'administration.

Comptables, libraires et correcteurs avaient donc vu, sous forme d'écrans monochromes, s'ouvrir devant eux quelques fenêtres sur le monde impitoyable de l'économie de marché. Pendant deux mois, Jérôme – benjamin de l'équipe du haut de sa quarantaine – avait dû rassurer les vieux comptables du bureau d'à côté qui, manuel informatique dans une main, dictionnaire anglais-français dans l'autre, l'assaillaient de questions portant sur quelques messages du genre *« Votre travail a avorté »* ou *« Vous avez un défaut de mémoire »*, tout cela aiguisant chez eux, jusqu'à la douleur, la nostalgie des calculatrices à manivelle et, pour les plus anciens, celle des grands registres tenus à la plume avec pleins et déliés.

Depuis lors, moyennant une sous-utilisation généralisée, l'informatique avait fait son chemin dans les esprits. Aussi les collègues de Jérôme oublièrent-ils de sursauter lorsque résonna, dans leur silence de thébaïde à peine troublé par le froissement des pages tournées, le *ping !* enjoué de la messagerie électronique.

À pareille heure, il ne pouvait s'agir que d'une communication personnelle. Aussi Jérôme espéra-t-il, le temps d'accéder à sa boîte, un petit mot roboratif d'Aurore qui, s'il avait bien lu son dernier courriel, assistait dans la banlieue de Toronto à l'un ou l'autre séminaire, symposium, rendez-vous, colloque ou congrès sur la numérisation des ouvrages de référence destinés aux bibliothèques publiques. Hélas, en découvrant l'identité de l'expéditeur, il ne put s'empêcher d'éprouver, après une légère déception, une inquiétude un fifrelin moins légère.

Le message venait de Jérémie.

Bonjour vieux frère !

Comment va ma doublure littéraire ? Toujours dans ta boîte à croulants ? Quand les enverras-tu enfin au diable ?

L'aumône de B & B, répétons-le, m'a vraiment sauvé la mise. Il était moins une. Alors figure-toi que, tout de même, j'ai fini par le lire, ton texte, histoire de savoir de quoi il cause. Eh bien, je dois dire que tu m'as bluffé, sacré Jérôme ! Tu ne changeras jamais ! Je retrouve tes minuties descriptives et ton goût du détail inutile, mais appliqués à un sujet pour une fois inattendu. Le mélange est original. Pour le coup, cela enrichit ta palette habituelle.

Tu verras qu'un jour, tu me remercieras !

D'ailleurs tu vas pouvoir commencer tout de suite. Laisse-moi t'expliquer. En fait, je t'écris ceci depuis Paris. Via une de mes ex qui – enfin ce serait trop long à raconter ici –, j'ai rencontré un producteur indépendant, très sympa et plein aux as. Tu n'imagines pas – non, surtout toi ! – à quel point l'écriture peut payer son homme quand il s'agit de séries télé ! Et des idées, j'en ai à revendre. Bref, j'ai signé avec ce type un précontrat pour une première saison. J'ai oublié le titre, mais si j'ai bien compris, ça devrait se passer dans le milieu des sapeurs-pompiers. Ou des ambulanciers ? Sais plus.

Tu réalises déjà que je n'aurai pas le temps d'embrayer sur le cadavre exquis promis à ces négriers de B & B. Alors je compte sur toi pour continuer le boulot. Côté finances, on s'arrangera. Ce serait dommage de laisser en plan les aventures du pulpeux adjudant Cordier, non ? Surtout qu'il y a une clause ennuyeuse dans le contrat – et celui-là, c'est moi qui l'ai signé, je te le rappelle. Tu ne voudrais pas, j'en suis sûr, que ton vieux pote ait des ennuis juste au moment où la fortune lui sourit enfin !

Alors bon travail, hein ?

Note cette nouvelle adresse électronique. Je pourrai la consulter à Cannes, où j'ai dégotté un petit pied-à-terre pour être au calme. N'essaie pas de me joindre : l'opérateur m'a coupé le portable.

Avant de terminer : faudra que tu me reparles de Lépide. J'ai réfléchi, depuis le dernier soir. Cette histoire de triumvirat, je pourrais en tirer quelque chose pour la télé. Ça sent la bonne recette feuilletonesque. Pouvoir et fric dans la Rome antique – avec la rime en prime ! Ou plutôt *Le Bon, la Brute et le Truand* – je verrai qui fait quoi plus tard, c'est un détail. Traduit en latin, ça pourrait faire un bon titre. À l'occasion, penses-y… Paraît qu'on trouve tous les décors de tournage pour trois francs six sous à Cinecittà.

Bonne idée, non ? À creuser, en tout cas !

N'oublie pas de nourrir mon chat. Tu connais sa marque préférée de croquettes. Attention, en partant, j'ai laissé la fenêtre de la cuisine ouverte, le vent pourrait la refermer.

Amitiés, vieux frère,

Jérémie

Avant même d'arriver au terme de sa lecture, Jérôme s'était mis à bouillir. De ligne en ligne, le feu doux était passé au vif. Pourtant, Jérémie l'avait accoutumé à pareilles entourloupes, dans lesquelles il arrivait à s'attribuer le beau rôle. C'était d'ailleurs cela qui énervait le plus Jérôme. Que Jérémie agît en artiste évaporé, il pouvait encore l'admettre. Qu'il eût passé l'âge de s'amender tombait en quelque sorte sous le sens. Mais que Jérémie se permît de prendre toute l'affaire par-dessus la jambe, avec en sus cette confondante affectation d'innocence, outrepassait à jamais les limites de sa compréhension.

C'était l'un de ces moments où Jérôme, faute de pouvoir s'en prendre à l'intéressé, devait lutter pied à pied contre la tentation d'accuser sa propre stupidité. Avec lui, Jérémie s'autorisait décidément toutes les privautés. Jérôme fulminait, au sens presque étymologique du terme. Mais si aucun éclair n'auréolait son crâne et si aucune vapeur ne lui sortait par les naseaux, la dure compacité du silence qui émanait de sa personne finit par troubler la quiétude de son voisin, dont la retraite imminente renforçait la peur du désordre et le goût du consensus.

« Un problème, Walque ? »

Les fesses bien calées sur le couvercle de son courroux, Jérôme se préparait à rassurer l'obligeant collègue, quand le téléphone sonna. Avec plus d'énergie que nécessaire, il décrocha.

« Quoi ? » aboya-t-il.

Jérôme avait habitué ses interlocuteurs à plus de douceur. De service au rez-de-chaussée, le libraire hésita.

« Walque ? C'est toi ?

— Non, c'est ma doublure ! »

L'autre choisit d'encaisser, poursuivit.

« J'ai un client, ici, qui demande pourquoi la page 12 du *Précis de législation belge* est en caractères gras, sauf le nouveau paragraphe de la mise à jour, qui…

— Ce n'est pas de la grasse !

— Comment ? Mais je t'assure que…

— La même forme sert depuis 1830, les caractères s'écrasent et un paragraphe vient de changer ! Si ça ne lui plaît pas, envoie-le visiter l'imprimerie ! Bienvenue au dix-neuvième siècle ! »

Aucun commentaire n'étant attendu ni souhaité, Jérôme plaqua le combiné sur sa fourche en authentique bakélite.

Du calme, se dit-il, du calme… Jérôme balaya la pièce du regard, admira la maîtrise consommée avec laquelle ses collègues s'absorbaient dans leurs doctes lectures. L'un d'eux souriait, sans doute parce qu'il corrigeait l'éloge funèbre d'un magistrat.

Aussi morne fût-il, ce décor physique et intellectuel avait le pouvoir d'amortir les agitations futiles. Déjà, Jérôme refroidissait. Toutefois, pour parfaire l'opération, un appétit de mouvement et d'air presque frais l'appelait à l'extérieur. Par chance, l'horloge murale lui accordait sa muette bénédiction. La sirène de midi réveillait les étages du ministère voisin. Aussi le chef-correcteur ne leva-t-il pas le nez de sa copie quand Jérôme décrocha du portemanteau son écharpe et son blouson.

*

En descendant la rue Haute vers les boulevards, Jérôme renonçait implicitement à toute diversion. Au contraire, il replongeait dans le vif du sujet. En réalité, il avait choisi de combattre le mal par le mal. Cette promenade n'avait donc rien de fortuit. À mesure qu'il avançait, le niveau de sa colère baissait mais persistait à lui couper l'appétit requis pour déballer ses tartines et s'offrir un café dans l'un ou l'autre estaminet de rencontre. En fait, il s'était toujours senti un peu intrus dans ce coin plutôt déshérité de la ville basse, où le pittoresque du vieux Bruxelles s'estompait chaque jour davantage sous une corrosion d'abandon commercial et d'insidieux délabrement. Aussi marchait-il vite, pour mieux épuiser la pression accumulée et couper court à l'hésitation fondamentale qui risquait de lui faire rebrousser chemin.

Au fond, se disait Jérôme, rien ne changeait jamais. Jérémie avait toujours fonctionné ainsi, au culot, sans faire le tri de ses alliés et de ses ennemis. Du moins fallait-il lui reconnaître une certaine équité dans le traitement qu'il réservait à ses contemporains. Mais alors, par quel miracle conservait-il quelques amis fidèles et pourtant lucides ? Le charme n'expliquait pas tout. Pour sa part, Jérôme inclinait à penser que chez son compère, l'indéniable sincérité du langage comme de la démarche désarmaient les préventions les mieux établies, à commencer par la sienne. Il n'empêchait que, cette fois, Jérémie y était allé un peu fort. Par-dessus le marché, il avait obligé Jérôme à s'interroger sur un sujet que, jusqu'alors, celui-ci avait toujours éludé vu qu'il lui semblait aller de soi : l'intégrité de l'écrivain. Or, pour une première approche, la situation exigeait de lui bien davantage qu'une prise de position : elle le forçait à mettre les mains – et tremper sa plume – directement dans le cambouis !

Il avait beau tourner l'affaire dans tous les sens, aucune sortie honorable ne se présentait à son esprit, sinon celle qui lui enjoignait de continuer ce qu'il avait commencé. Puisqu'il avait dit oui et, dans la foulée, mis le doigt dans l'engrenage, cela devant témoin, Jérôme n'envisageait plus de faillir à sa parole. Son seul doute portait désormais sur l'identité du créancier, à moins qu'elle ne fût double. Car M. Blaise comptait autant, sinon plus que Jérémie, sur la suite d'une histoire dont lui, Jérôme, n'apercevait guère où elle pouvait le mener – pour ne rien dire des personnages qu'il avait embarqués dans cette galère.

Or, il n'était plus question pour lui de quitter le navire à la première escale. Et cela, bien entendu, juste quand le récit lépidien commençait enfin à prendre forme, à sortir du marigot des idées inabouties et des thématiques incertaines ! La coïncidence le troublait. Pour un peu, il en serait venu à se demander dans quelle mesure son écriture romanesque s'était retrempée à la faveur de ce qu'il avait voulu considérer, du début à la fin, comme un pur exercice de style. Cependant, Jérôme préférait écarter pareille hypothèse. Elle illustrait selon lui une quête d'alibi peu compatible avec cette fameuse intégrité de l'écrivain qu'il entendait défendre envers et contre tout – mais sans avoir à la définir.

Pour autant, fidèle à ses manies, Jérôme avait reconnu qu'il n'arriverait jamais à torcher un texte sans y apporter le minimum de cohérence selon lui indispensable à toute fiction. Bon gré mal gré, il avait toujours eu besoin de croire à ce qu'il écrivait.

La porte du magasin de bricolage s'ouvrit toute seule. Le projet était né quelques semaines auparavant. Alors même qu'il imprimait, en prévision de son aller-retour parisien, les premières pages destinées aux Éditions B & B, Jérôme avait dû admettre que certains doutes résistaient à sa prétendue indifférence et que la mise au net du texte n'avait pas émoussé leur caractère urticant. Il n'avait renoncé à les lever qu'une fois obtenu l'aval de l'éditeur. Jérémie n'aurait qu'à se débrouiller avec eux.

Mais dès lors que, de façon tout à fait imprévue, l'entreprise connaissait un prolongement, les mêmes doutes refaisaient surface. Il était temps de s'en occuper avec un minimum de sérieux. Rien d'insurmontable, puisqu'il s'agissait de deux ou trois détails à caractère technique, visant à garantir un certain effet de réel.

L'heure semblait propice. Il jeta un coup d'œil à travers les allées désertes, sans oublier le fond du magasin où, assis aux deux extrémités d'un vaste comptoir, une paire d'employés s'abîmaient dans la contemplation de leur écran d'ordinateur. En l'absence de toute musique d'ambiance, le cliquetis des touches peinait à entamer un silence monacal qui lui rappelait son propre lieu de travail. La voie était libre. Pour mieux tromper l'ennemi, Jérôme décida qu'avant de sortir, il achèterait un tube de colle universelle. C'était peu cher payer le prix d'une conscience claire.

Humant une forte odeur de terreau, il se dirigea d'abord vers le département jardinage, où devaient se trouver les *colliers de serrage* dont Sophie Opalka s'était abstenue de faire usage pour transformer Bénédicte Gardier en colis cadeau. Les dictionnaires de Jérôme ne confirmaient nulle part la validité de ce syntagme, qu'une professionnelle se devait d'employer à bon escient.

Il ne lui fallut pas longtemps pour dénicher, à côté des plantoirs et autres serfouettes, les accessoires en question ensachés par dizaine, de longueurs et coloris divers. La désignation de la marchandise variait selon le fabricant : pour certains, il s'agissait de *ligatures*, pour d'autres de *bagues de maintien*, pour d'autres encore d'*attaches rapides*. Une notice conseillait à l'aimable clientèle d'explorer le rayon électricité, où l'on trouvait des articles comparables, destinés pour leur part à réunir des câblages. Bref, Jérôme s'apprêtait à revoir sa copie quand il découvrit, imprimée sur les étiquettes de prix qui garnissaient les rayonnages, la formulation qu'il avait choisie. L'autorité commerciale tranchait en sa faveur et Jérôme s'en remettait volontiers à son verdict souverain. Pourtant, *ligature* possédait une belle sonorité. Histoire de ne rien regretter, il essaierait le mot dans la bouche de sa ténébreuse espionne et, à cette fin, le nota dans son calepin.

Rassuré sur ce premier point, Jérôme s'éloigna et partit à la recherche du département ficelles et cordages, si un tel endroit existait. Au passage, il repéra le présentoir des tubes de colle, histoire de pouvoir rejoindre sa position de repli au premier signe de mouvement hostile. Après s'être fourvoyé dans un bosquet fourni de taille-haies, il revint sur ses pas et, au moment de désespérer, déboucha enfin sur une vaste gondole dédiée aux articles qui formaient le but premier de sa visite.

Méfiant, Jérôme jeta un regard circulaire sur les allées environnantes. L'absence de chalands protégeait son incognito. Elle mettait aussi sa présence en évidence. Il résolut d'agir vite, mais sans trahir aucune précipitation.

Un premier constat le contraria. Tout au long du texte, il avait utilisé le substantif *chanvre*. Or les rayonnages ne proposaient que des articles fabriqués à partir de *sisal* et de *polypropylène.* Autant qu'il pouvait en juger, le premier terme désignait une fibre naturelle, sans doute cousine du chanvre traditionnel ; le second, issu de la chimie, formait la matière de cordages variés, luisants et colorés. Jérôme était embêté. Sur son calepin, il traça derrière le mot *chanvre* un grand point d'interrogation.

Curieux de vocabulaire à la fois spécialisé, euphonique et original, il nota encore, pêle-mêle et à tout hasard, les types de conditionnement, les longueurs standard des pelotes, bobines et tresses, sans oublier les poids relatifs, les coefficients de résistance à l'étirement, la densité des torons et les nombreux coloris disponibles. Cela pourrait servir. La gamme allait du mince cordon de maçon à l'épaisse amarre de plaisancier. Jérôme était en train de palper la texture des rouleaux en libre service – histoire de se faire une idée plus ou moins précise de leur souplesse –, quand une voix mélodieuse, entre ténor et baryton léger, vint interrompre ses investigations tactiles.

« Bonjour, monsieur ! Puis-je vous être utile ? »

Le vendeur, un homme entre deux âges, à la fois respectueux et décontracté, n'avait aucun doute quant à la réponse.

« Vous avez là, devant vous, la gamme la plus complète de la capitale et, obligatoirement, la solution à votre problème !... »

Jérôme se sentit rougir jusqu'à la racine des cheveux. Il voulut objecter que non, vraiment, il ne...

« ... Laissez-moi deviner ! Un prochain déménagement ? À votre âge, on peut fort bien prendre soi-même les choses en main sans devoir recourir aux services de tiers... »

Jérôme se sentit piégé. Il connaissait ce sentiment, qui lui faisait détester la corporation entière des vendeurs, représentants et démonstrateurs. Déjà, il maudissait l'instant où il avait pénétré dans ce purgatoire pour plumitifs timides et, plus encore, il regrettait son absurde initiative.

« ... Dans ce cas, je vous orienterai sans hésiter vers les cordages en fibre synthétique, particulièrement le polypropylène, dont le *grip* s'avère supérieur au nylon, en perte de vitesse. Ces produits conjuguent une excellente résistance à la rupture et une maniabilité des plus satisfaisante. J'ajouterai que leur stockage, dans une cave par exemple, ne pose aucun problème dès lors que l'humidité n'affecte pas leur structure. Et j'oubliais presque de mentionner un facteur d'usure proche du niveau zéro… »

Le débit du bonhomme avait quelque chose d'anesthésiant. Jérôme n'était pas sûr de saisir la moitié de ses paroles.

« … Cela étant posé, la fibre naturelle s'avère indiquée pour certains usages moins nobles que l'arrimage. S'il vous faut fermer des caisses, par exemple, ou emballer des articles fragiles dans du papier kraft, nous proposons toutes les épaisseurs de cordes et de ficelles disponibles sur le marché, leur prix variant bien entendu selon l'indice de résistance à la traction… »

L'infortuné Jérôme se rêvait à mille lieues de cet endroit, dans un monde merveilleux où n'existaient ni vendeurs casse-pieds ni amis indélicats qui fussent en même temps désargentés.

« … Mais monsieur pense peut-être à tout autre chose ?... »

Le ton inquisiteur du vendeur prit Jérôme au dépourvu. Son sourire entendu, par contre, l'inquiéta immédiatement.

« Je… Pas du tout, mais… »

L'autre attendait. À sec d'idées, Jérôme improvisa :

« Je croyais que le chanvre… »

L'obligeant vendeur embraya d'autorité.

« Monsieur est connaisseur ! C'est la Rolls-Royce du cordage ! Le must du professionnel épris de tradition !

Le rappel bienvenu d'un savoir-faire immémorial, qui remonte à la marine à voile ! »

Aussitôt, une main à la hanche et l'autre battant l'air, il se mit à scander d'une voix émue :

« De l'un à l'autre bout de la route,
Les chanvres clairs tendent leurs chaînes
Continûment, durant des jours et des semaines… »

Jérôme demeura sans voix. Devant son silence embarrassé, l'autre hocha la tête et, avec un brin de fatuité, répondit de bonne grâce à son interrogation muette.

« Verhaeren : "Les cordiers"… Ah, quelle poésie ! »

Jérôme se fit la réflexion qu'il devait être plus ardu de recourir aux services d'Émile pour vendre des tondeuses à gazon.

Le regard de l'homme s'assombrit, le ton se fit plus grave.

« Hélas, cher monsieur, le monde évolue ! Là comme ailleurs, le facteur économique a entraîné une mondialisation du marché. Des fibres plus exotiques – et surtout moins onéreuses à produire – ont pris le relais. Quant à leurs équivalents synthétiques, si leurs propriétés s'avèrent certes intéressantes, en termes de solidité notamment, elles ne feront jamais oublier les qualités irremplaçables du produit original… »

Il marqua une pause solennelle, reprit haleine.

« … Mais je cause, je cause, et peut-être suis-je dans l'erreur ? J'ai parlé de déménagement. Vous ne m'avez pas détrompé mais quelque chose me dit que j'ai mal visé. Attendez… Votre tête ne m'est pas inconnue ! Je vous ai déjà vu quelque part… Non, ne dites rien, ça va me revenir… Ne seriez-vous pas... ? »

Jérôme retint son souffle. Son dernier passage à la télévision remontait à quelques années déjà, lors d'une émission réservée aux cultureux insomniaques. Un auteur en vogue s'était désisté sans préavis et il l'avait remplacé au pied levé – le producteur lui en avait fait l'aveu une fois l'interview mise en boîte.

« … Responsable d'un mouvement de jeunesse !… »

Le regard de l'homme s'éclaira.

« Comment ai-je pu oublier ! Veuillez excuser ma distraction, cher monsieur ! Vous dirigez une troupe scoute, n'est-ce pas ? »

Contempteur instinctif des shorts, foulards, guitares sèches, feux de camp au clair de lune et cris de ralliement sylvestres, Jérôme échoua à saisir la perche qu'on lui tendait. Mais l'autre ne lui en demandait pas tant. Il était lancé :

« … Ne dites rien ! Je vous ai compris ! La saison approche à grands pas. Un jamboree à préparer ? Rassurez-vous, j'ai tout ce qu'il vous faut ! Et entre nous, je vous file un truc infaillible : pour assembler certains bois non écorcés, la corde à linge en polyester donne d'excellents résultats ! La solidité de votre mobilier, de vos ponts de singes et de vos sièges de feuillées est garantie ! C'est indéniablement plus cher, mais le matériel est réutilisable et virtuellement inusable. Nous venons de rentrer en magasin un lot antidérapant, résistant aux UV. D'ailleurs, si un usage classique vous intéresse également – j'imagine mal le contraire –, je ne saurais trop vous conseiller la corde à linge avec âme d'acier gainée PVC, résistance de 445 kilos ! De quoi suspendre la lessive d'un bataillon ! Et puisque j'évoquais le délicat sujet des feuillées, avez-vous jeté un coup d'œil à nos nouvelles pelles ?... »

Assommé par sa logorrhée, Jérôme le suivit. Au passage, le duo traversa le rayon consacré aux adhésifs, isolants et rubans de masquage pour travaux de peinture. Le regard de Jérôme traîna un instant sur les articles en promotion. Il n'échappa évidemment pas à l'Argus du bricolage qui, incontinent, s'embarqua dans une plaidoirie visant à condamner le conservatisme de certaines unités scoutes, coupables d'ignorer à dessein les vertus de ce matériel innovant, en perpétuel progrès. Avec des grâces de prestidigitateur, il produisit sous le nez de Jérôme une série de rouleaux de tous formats, toutes couleurs et toutes provenances qui eussent permis, à l'en croire, d'assembler un second Atomium sans recourir à aucune vis ni aucun boulon. Il insista sur les dernières avancées dans le domaine, notamment le chatterton toilé sécable ultrarésistant à la fibre de kevlar, le ruban hydrofuge isolant pour usage en milieu marin et, merveille d'entre les merveilles, l'adhésif universel antiallergique.

« Antiallergique ? » s'étonna Jérôme.

L'air de rien, il mémorisa cette propriété. Elle pourrait épicer l'un ou l'autre commentaire de Sophie Opalka, qui veillait avec tant de dévouement à la santé de ses clientes. Le vendeur, lui, dépliait une pelle dont il louait la belle maniabilité.

Vingt minutes plus tard, soulagé de quelques billets, Jérôme franchissait en sens inverse la porte du magasin. Prétextant des stocks encore bien fournis, serment scout à l'appui, il avait réussi à limiter ses acquisitions à 50 m de cordage sisal 0,6/3-1 000 g, une bobine de corde à linge polyester et une pelle démontable qu'il se promettait d'offrir à Jérémie pour son anniversaire, en petite vengeance. Au dernier moment, il avait failli ajouter à son butin un rouleau d'adhésif extra-strong anti-allergique, mais avait fini par s'abstenir. Il retiendrait la somme dépensée sur le prochain versement de M. Blaise, car il doutait fort que l'éditeur consentît à ses auteurs scrupuleux des frais de documentation, fussent-ils aussi modiques que ceux-ci.

Par chance, le magasin distribuait à son aimable clientèle des sacs à emplettes en papier recyclable, ce qui permit à Jérôme de rallier le bureau sans fournir aux collègues – qui ne lui demandaient d'ailleurs rien – aucun éclaircissement sur la nature de ses achats. Contre toute attente, son honneur était sorti quasi sauf de l'aventure. Aussi attaqua-t-il avec allant la lecture d'un jugement frais imprimé, où il était question d'injures racistes :

« Attendu que la défenderesse, selon la partie demanderesse, a fait preuve de désinvolture et refusé de répondre aux demandes répétées portant sur la taille de leur haie mitoyenne, et s'est adressée verbalement à la susdite partie dans les termes exacts et suivants, nous citons : « Sale négresse, rentre dans ton pays » ; attendu que cette dernière, se trouvant de facto en capacité d'ester, selon le prescrit de la loi du… »

Cela fait, il enchaîna par une affaire de chute avec fractures multiples au rayon légumes d'un supermarché :

« Madame X. ayant glissé sur de la crème glacée, et non sur un obstacle à caractère légumineux, le demandeur fait valoir avec raison qu'en l'espèce, son épouse a rencontré un

obstacle de nature dite imprévisible et qu'en conséquence aucune forme d'imprudence ne peut lui être reporcéhe... »

Distrait, il rata son signe en corrigeant le mastic. Tandis qu'il cherchait une gomme parmi ses papiers, Jérôme s'aperçut qu'il avait oublié d'acheter le tube de colle.

*

Ce soir-là, comme par un fait exprès, il abîma une tasse à laquelle il tenait beaucoup – on y voyait un ours et un blaireau hilares gambadant patte dessus patte dessous sur un sentier montagnard – car Aurore la lui avait offerte lors de son premier séjour en Belgique, quelques années auparavant. L'anse lui était restée en main après une collision fortuite avec le coin de sa table de travail. Jérôme pesta. La réparation devrait attendre. En tout cas, pour acquérir le matériel nécessaire, il n'imaginait pas remettre les pieds dans le même magasin.

Il rangea la tasse et son anse cassée sur une étagère bien en vue puis, avisant la pendule du hall, décida qu'il entendrait ce soir, pourvu qu'elle décrochât le téléphone, la voix de sa bien-aimée. Vu le décalage horaire avec Toronto – six heures selon un site spécialisé –, il en avait encore deux devant lui s'il voulait éviter de la tirer du lit, à supposer que ce fût possible.

Puisqu'il avait résolu de remettre l'ouvrage sur le métier, Jérôme emploierait ce délai à relire le dernier état des déplorables mésaventures du lieutenant Gardier. Le moment était venu de s'en inquiéter. À vrai dire, il n'avait aucune vision claire de la suite qu'il leur donnerait. Mais avant de redémarrer, Jérôme devait se replonger dans l'ambiance de son commencement.

Il prit une autre tasse dans le vaisselier, hésita entre sortir sa cafetière italienne ou brancher le percolateur, y renonça par pure paresse, fit bouillir de l'eau dans un poêlon, se prépara une tasse d'espresso en poudre et, à court d'autres diversions, alla s'asseoir à son bureau. En allumant l'ordinateur, il éprouva le sentiment à la fois absurde et intimidant de monter sur un ring où, il le savait, aucun adversaire ne se présenterait – sinon lui-même.

La relecture progressait. Jérôme supprimait un adverbe par-ci, intervertissait deux mots par-là, rabotait les aspérités et ajoutait du liant. Plutôt étonné, il commençait à se demander si, toutes réserves exprimées, le texte ne présentait pas une vraie cohérence stylistique, propre à le rendre lisible en dehors de considérations thématiques peut-être secondaires. En dernière analyse, le propos ne visait qu'au divertissement. Pourrait-il en exclure jusqu'au bout l'élément vaguement visqueux, de contour mal défini, qu'il rassemblait sous le vocable *vulgarité* ? Le défi avait un côté stimulant, en bonne partie parce qu'il était gratuit. Car ce qu'en penseraient MM. Blaise et consorts n'entrait pas en ligne de compte – du moins pour l'instant.

Toutefois, l'ascension jusque-là continue de son moral s'interrompit brutalement. En termes aéronautiques, Jérôme venait de traverser un trou d'air. Dans sa lecture, quelque chose le gênait tout à coup, sans qu'il fût capable de préciser cette impression. Il fit marche arrière, remonta de quelques paragraphes.

Le phénomène se produisit à nouveau mais, cette fois, Jérôme parvint à cerner la nature de son sentiment. D'une manière inexplicable, il perdait soudain confiance en son récit. Pis encore, il cessait d'y croire ! La raison raisonnante se mettait en travers des voies de l'imaginaire et en parasitait la fluidité.

À sa troisième relecture, Jérôme isola enfin le passage suspect. Il voyait où le bât blessait. Et en effet, tout lecteur doté d'une imagination visuelle ou simplement soucieux de géométrie dans l'espace risquait de s'arrêter sur la scène décrite et, ce faisant, de perdre son élan. Son incertitude gripperait la mécanique du récit.

En réalité, Jérôme n'était sûr de rien. Car l'architecte avait oublié de léguer à son fils le compas qu'une pratique quotidienne lui avait mis dans l'œil. Non, avant d'effectuer les éventuelles corrections qui s'imposeraient, Jérôme devait d'abord vérifier la justesse de son impression.

Il quitta son bureau, gagna la chambre à coucher et ouvrit la garde-robe. Coincé entre vestes et pantalons, un peignoir y prenait la poussière après avoir découragé les mites. Jérôme ne l'enfilait qu'en cas de maladie à peu près sérieuse, justifiant un séjour prolongé dans son gourbi. Le reste du temps, un vieux chandail élimé aux coudes lui tenait lieu de robe de chambre.

Il retira la ceinture, fort différente du modèle qu'il avait imaginé. Celle-ci, en coton piqué non torsadé, était dépourvue de glands. (Vu la spécificité du contexte, le mot l'avait intimidé puis, comme Édouard III ramassant certaine jarretière, Jérôme avait décrété que seuls les mal pensants y trouveraient à redire ou à s'esbaudir – sans compter que la France ferait bien d'importer le synonyme *floche*, moins connoté mais d'usage hélas belgo-belge.)

À vue de nez, la pièce mesurait un peu moins de deux mètres. Ça ne collait pas. Il en était à demi convaincu lorsque, nouant la ceinture autour de son torse, il put constater, à sa grande contrariété, que l'autre extrémité lui arrivait à peine sous le nombril. Il avait pourtant confectionné le double nœud le plus serré possible, histoire d'obtenir une longueur maximale. Évidemment, son physique épais et masculin ne correspondait en rien à celui qu'il prêtait – sans vraiment le détailler, il était vrai – à sa protagoniste. Dans son esprit, Bénédicte Gardier ne jouissait pas d'une carrure telle qu'on en avait vu aux nageuses est-allemandes et autres athlètes hormonées de l'ex-bloc de l'Est, mais il lui donnait tout de même un bon mètre soixante-dix sous la toise. Par souci d'équilibre, il l'avait dotée d'une sveltesse compatible avec un tempérament sportif et, dans cette optique, l'avait pourvue d'une musculature bien davantage déliée que proéminente. L'ensemble faisait d'elle une sorte de canon – le terme, supposait-il, ne devait pas déplaire à une militaire.

Le problème, de nature purement pratique, reposait donc sur un détail négligeable, voire mesquin : cette foutue ceinture de peignoir était-elle, en fin de compte, trop courte ou assez longue pour l'usage qu'il lui assignait ?

Peu importait, après tout, qu'un lecteur inconnu et probablement pervers crût ou non à la véracité de son récit. D'ailleurs, ce texte ne paraîtrait jamais sous sa signature, raison supplémentaire d'arrêter ses pinaillages ! Mais pour Jérôme, c'était justement dans les détails que le diable romanesque déposait ses valises.

L'heure avançait. Jérôme phosphorait. Au pire, quitte à sacrifier un peu de pittoresque, Sophie Opalka pouvait toujours utiliser un autre matériel. Le personnage se signalait par une certaine faculté d'improvisation. Mentalement, Jérôme tâcha de voir à travers ses yeux, fouilla la chambre 307 et passa ses trouvailles en revue : câbles d'alimentation des appareils électriques, embrasses et cordons des rideaux, émincé ingénieux des draps de lit à disposition, collants de rechange rangés dans la valise de Bénédicte... Aucune ne lui donnait satisfaction.

Il piétinait plus que jamais. Et tout ça pour une histoire qui ne valait pas un pet de lapin ! Enfin, presque...

Quand le réveil sonna, il mit quelques secondes à se souvenir qu'il avait réglé l'appareil tout exprès. Il pouvait passer son coup de fil à Toronto et c'était heureux. Faute de résoudre son problème, une petite consolation ne lui ferait aucun mal.

Jérôme retrouva le numéro dans son agenda. Comme il y en avait une dizaine – un par point de chute programmé de la voyageuse –, il vérifia plusieurs fois qu'il composait le bon.

Dans l'écouteur, les tonalités de l'international battaient au rythme de son propre cœur. Timide honteux, Jérôme n'avait jamais été tout à fait à l'aise avec le téléphone. Puisqu'ils ne vivaient pas ensemble mais, entre Bruxelles et Valenciennes, devaient abattre des kilomètres pour se rejoindre quand leurs vies le permettaient, Jérôme avait tenté de combattre sa sourde répugnance. Rien n'y avait fait. S'il voyait Aurore trop rarement à son goût, la proximité trompeuse que créait la conversation téléphonique avait chez lui tendance à creuser le manque. Surtout, ses émotions l'encombraient, l'empêchaient de s'exprimer comme il le désirait. Parfois, il lui semblait même qu'au lieu de les rapprocher, le téléphone augmentait la distance qui les séparait. Sous ce rapport, les missions d'Aurore à l'étranger n'arrangeaient rien.

Ce soir toutefois, il était loin de telles considérations. Une friteuse se mit à grésiller sur la ligne. Quelqu'un avait décroché.

« Allô ? »

Les démarrages de Jérôme étaient souvent pénibles. Il avait pourtant identifié la voix de sa bien-aimée. Par le passé, le charmant gazouillis de certaines réceptionnistes l'avait abusé.

« C'est moi ! »

Aurore avait l'esprit vif et l'ouïe fine.

« Bonjour mon ours ! Comment vas-tu ?

— Bien. Si ce n'est qu'à Bruxelles, l'aurore est encore loin.

— Ha-ha, très drôle !

— Je ne te réveille pas ? »

À l'autre bout du fil, on s'étonna au point de faire silence.

« Mais… Jérôme ? Il est sept heures, ici !

— Je sais. Tu ne m'apprends rien.

— Sept heures… du soir ! Tu t'es *de nouveau* trompé ! »

Jérôme se frappa le front.

« *Caramba* ! Encore raté… »

Il poussa un soupir aussi théâtral que sincère.

« Et de ton côté ? Intéressant, le congrès ? »

Il avait posé la question en termes d'autant plus vagues qu'il avait oublié l'intitulé de l'événement. Car

Jérôme entendait peu de chose aux activités très pointues d'Aurore.

« Pas un congrès, Jérôme. Un colloque ! »

Par l'effet d'une paresse intellectuelle résolument sélective, le distinguo persistait à lui échapper. Aurore évita de gloser. Elle lui dressa un rapport succinct des événements du jour, consciente qu'entrer dans trop de détails constituerait un gaspillage de salive et, au tarif de la communication, de picaillons mieux utilisés ailleurs. Dans leur association, elle avait très vite pris sur elle d'assumer le rôle de l'esprit pratique, ce dont Jérôme, sans illusions sur ses propres aptitudes, lui savait gré.

« Bref, tu ne t'ennuies pas, alors ?

— Sauf de toi, mon ours. »

Jérôme sourit. Cette petite concession à ce qu'Aurore taxait de sensiblerie un peu bébête lui faisait plaisir.

« Et alors ? reprit-elle. Ça y est, ton roman a démarré ? »

Jérôme hésita. Lui confierait-il qu'il s'était lancé dans une double entreprise, carrément asymétrique ? Avec sa main libre, il chiffonnait le coton de la ceinture. Ce fut alors qu'une inspiration, a priori absurde, prit de vitesse sa raison et sa prudence.

« Dis donc, il y a un peignoir de bain, dans ta chambre ? Tu loges dans un trois étoiles, je parie ? »

La ligne chuintait. Un moment, Jérôme craignit une coupure intempestive. Mais selon toute probabilité, Aurore réfléchissait.

« Ajoutes-en deux, répondit-elle.

— Pardon ? Deux quoi ?

— C'est un cinq étoiles. Méritées, je dirais. »

Elle cita le nom ronflant d'une chaîne internationale.

« Sinon, oui, il y a un peignoir dans la salle de bains… Des mules assorties aussi… Et du shampooing. Ça t'intéresse ? »

Mieux valait biaiser.

« Tu pourrais vérifier quelque chose pour moi ? »

Un blanc. Jérôme avait connu Aurore plus réactive.

« Oui, bien sûr que je peux…

— Alors va le chercher, s'il te plaît.

— Chercher quoi ?

— Le peignoir.

— Ah ? Bon… Si tu veux. »

Nouvelle interruption. De l'autre côté de l'océan, une porte grinça, puis claqua.

« Voilà, je l'ai !

— Bien. Il est de quelle couleur ?

— Blanc. Ces trucs-là sont toujours blancs, on dirait.

— Hm. Et la ceinture ? Elle est comment ?

— Blanche aussi.

— Sans doute, mais aux deux bouts, il y a des floches ?

— Des quoi ? »

En bonne Nordiste, Aurore faisait une excellente traductrice belge-français mais avouait quelques lacunes résiduelles.

« Pardon. Des glands. »

Décidément, ce substantif le rebutait.

« Ah ? Non. Pas de… floches, comme tu dis.

— Dommage.

— C'est tout ?

— Presque. Elle mesure combien ?

— Heu… Comment veux-tu que je le sache ? »

Surtout, ne pas la vexer. Réfléchir vite.

« On va procéder autrement. Je dois juste contrôler un détail.

— Tu m'intrigues !

— J'imagine bien.

— C'est pour ton livre ? »

Jérôme ignora la question.

« Si tu la noues sous tes aisselles…

— Hein ?

— Au dessus de tes mignons appas, je veux dire.

— Au-dessus de mes… ? Ah, oui… Mais… ?

— Ça y est ?

— Une minute ! Tu es vraiment bizarre, tu sais. Voilà…

— Fais un double nœud.

— D'accord.

— L'autre extrémité, elle t'arrive où ? »

Un bruit épouvantable ébranla l'écouteur.

« Aurore ? Ça va ?

— Oui, c'est le cornet qui est tombé !

— Le combiné.

— Puisque tu le dis… Ça pendouille à hauteur de ma culotte. »

Les appréhensions de Jérôme se confirmaient. Si d'aventure elle s'avérait réalisable d'un strict point de vue anatomique, la position décrite dans le texte relevait alors d'un sadisme caractérisé – à moins que Bénédicte Gardier n'eût de l'avenir comme femme-serpent, ou qu'elle ne possédât les tibias à rallonges d'une diva des podiums. Puisqu'il l'avait dotée d'un physique agréable mais normal, Jérôme n'envisageait pas de la laisser, une soirée durant, livrée à un exercice d'assouplissement aussi poussé. Sans doute Sophie Opalka n'était-elle pas la sœur de Robin des Bois, mais pour autant, sa conduite générale des affaires proscrivait en principe toute forme de cruauté improductive.

« Bon, je peux la retirer ? »

Aurore, pour sa part, commençait à la trouver longue.

« Trop court », marmonna Jérôme.

Dans sa voix, il n'avait pu masquer un certain degré d'amertume. Remanier tous ces passages le fatiguait par avance.

« Trop court ? »

Aurore lâcha un petit rire.

« Bien la première fois que ça t'ennuie ! »

Jérôme profita de sa remarque pour changer de sujet.

« Tu n'es pas habillée, là ?

— J'allais le faire. Les dîners sont très prout-prout, alors j'hésite entre deux robes, la noire ou la blanche. On les a achetées ensemble à Bruxelles, le mois dernier, tu te souviens ?

— Sûr ! Et en dessous, c'est déjà choisi ?

— Oui. Tu veux que je te décrive ce que je porte ?

— Si je veux dormir un peu, c'est une mauvaise idée.

— Comme tu voudras, mon ours. D'autres questions, sinon ? Tu veux que je regarde si l'autre est plus longue ?

— L'autre ? Quelle autre ?

— Ben, la ceinture de l'autre peignoir... »

En pleine nuit, il eut l'impression que le ciel s'ouvrait.

« Il y en a deux !?

— J'ai une chambre double. Les Canadiens ne lésinent pas, tu sais. Ici, on vit sur un autre pied ! »

Une vague de tendresse submergea Jérôme.

« Une chambre double ? Pour toi toute seule ? »

Aurore minauda.

« Serais-tu jaloux ? Viens jusqu'ici, pour vérifier...

— Pas la peine, j'ai confiance.

— Tu as peut-être tort, mon ours. Avec les drôles d'idées qui te trottent dans la tête, je devrais me méfier. Tu sais, ce ne sont pas les plantigrades velus qui manquent, au Canada.

— Je t'expliquerai. Ça te fera rire.

— J'espère !... Bon, là, faut vraiment que je m'habille. »

Quelque part, un compteur tournait mais Jérôme n'en avait cure. En plus de lui requinquer le moral, cette conversation l'avait sorti du pétrin. À quoi cela tenait-il, parfois... Aussi, avant de conclure, expédia-t-il par-dessus l'Atlantique un riche assortiment de baisers, bises et bisous.

« On se voit quand, douce petite dame blaireau ? »

La question ne fâchait jamais, car il avait appris la patience et la fine mouche le savait. Elle avait d'ailleurs égaré son agenda.

On verrait.

Aurore raccrochait toujours la première.

Sans attendre, Jérôme se rua sur son ordinateur et, méthodiquement, releva les passages litigieux. Aussitôt, il se mit en devoir de les modifier. Il procéda dans l'ordre, selon la stricte chronologie du récit.

« Deux peignoirs de bain éclatants de blancheur pendaient chacun sur un cintre, près du sèche-cheveux mural... »

Et de un. C'était facile.

« Elle reparut bientôt, munie d'une paire de cordelières. Bénédicte mit quelque temps à reconnaître les ceintures à glands des peignoirs de bain... »

Et de deux. Surtout, n'en oublier aucun !

« La femme s'accroupit, démêla les ceintures, les noua bout à bout avant de faufiler le lien obtenu sous les aisselles de Bénédicte... »

Restaient deux phrases, qu'il rebâtit ainsi :

« Les franges d'un des glands lui chatouillaient le dos entre les omoplates, près de l'agrafe de son soutien-gorge. Un deuxième balançait au-dessus de ses fesses chaque fois qu'elle remuait, tel un porte-bonheur ringard pendu au rétroviseur d'une voiture. Les deux autres formaient un nœud grossier, hirsute, à la jonction des ceintures... »

Jérôme fit défiler les pages sur son écran, vérifia qu'aucune nouvelle incohérence ne naissait de ses corrections.

Aurore saurait-elle un jour à quel point elle lui avait été utile ? Car à présent, de manière tout à fait inattendue, Jérôme voyait *aussi* quel dénouement – le joli mot ! – lui permettrait de faire évoluer une intrigue a priori figée. En réalité, Aurore venait d'offrir à Bénédicte Gardier – qu'elle ne connaîtrait sans doute jamais – la possibilité de reprendre l'initiative.

Fatigué mais soulagé, il sauvegarda le fichier. Un courant d'air frisquet lui lécha la nuque. Dans la cuisine, le battant de la fenêtre grinçait. Le vent d'est soufflait à travers les rues. Jérôme alla fermer la croisée et se souvint du chat de Jérémie.

Grommelant une imprécation à l'adresse du maître indigne, il endossa son blouson, ramassa ses clés de voiture et empocha le trousseau que Jérémie laissait chez lui en cas de perte ou d'oubli. Il ne serait pas dit que Jérôme Walque laissait mourir de faim les chats de ses vieux amis. Tandis qu'il descendait l'escalier, il tenta de se remémorer la marque de croquettes agréée par l'adipeux félin. Restait à trouver un magasin de nuit qui en vendait.

Au rez-de-chaussée, les aboiements du pit-bull, apparemment rescapé de ses agapes empoisonnées, échouèrent à distraire Jérôme de sa maussaderie. Retour à la normale : ce fut à peine s'il sursauta. Pour dénoncer ainsi chaque départ, jusqu'au cœur de la nuit, ce chien devait souffrir d'insomnie. Il ne le plaignait pas, mais Jérôme l'eût préféré sourd – et surtout aphone.

Quand il déboucha sur le trottoir, une bourrasque humide le gifla en plein visage. Au milieu de la rue, le couvercle d'une poubelle roulait sur la tranche.

D'habitude, il aimait le vent.

Cette nuit, il le détesta.

8

Travestis à la diable en serveurs d'occasion, vestes blanches douteuses et nœuds papillons fatigués, quelques hommes du contingent trop heureux de siffler les fonds de bouteilles débarrassaient la vaste table en fer à cheval qui, pour la circonstance, mobilisait une bonne moitié du mess des officiers. La surface restante se métamorphoserait bientôt, par la grâce de quelques guirlandes en rupture de Saint-Sylvestre et d'une boule à facettes presque intacte, en piste de danse pour ces messieurs étoilés et leurs épouses constellées de joncaille. Quant aux officiers du beau sexe, ils se disputeraient les fringants célibataires plus ou moins endurcis qui subsistaient en nombre dans les bureaux très mondains de l'état-major.

Déjà, deux ou trois mâles n'avaient fait aucun mystère de leur appétit envers sa gracieuse personne. À l'aise comme jamais dans le rôle de Bénédicte Gardier, Sophie Opalka s'était fort divertie à torpiller, avant même l'arrivée des fromages, leurs bruyants sous-entendus lancés à son adresse comme autant d'ordres sur une place d'armes. Une remarque acide ou un regard réfrigérant suffisaient à doucher l'enthousiasme des traîne-sabres, vite réduits à tirer la langue ou se rabattre sur des proies à leur portée. Une fois de plus, Sophie vérifiait avec délectation qu'entre boulot et amusement, il existait quantité de passages carrossables dans les deux sens – ce dont elle ne se privait pas de profiter.

On servirait les desserts plus tard dans la soirée, au buffet. En attendant, des petits groupes se formaient, des cigares sortaient de leurs étuis et le brouhaha des conversations commençait à couvrir la bouillie musicale que diffusaient les haut-parleurs enroués d'une sono pour quai de gare. De loin, le commandant du dépôt lui envoya un clin d'œil amical, histoire d'encourager sa nouvelle subordonnée à découvrir plus avant le biotope et, surtout, s'offrir un peu de bon temps après un voyage si fatigant.

Sophie lui rendit un sourire fondant mais dénué de toute équivoque. C'était le moyen le plus élégant qu'elle avait trouvé de lui témoigner sa reconnaissance. Au fond de sa poche droite, la clé plate du colonel s'offrait un congé sans permission. Sophie l'avait subtilisée tandis que l'homme lui tournait le dos pour ouvrir la porte, à l'issue d'un premier entretien en tout point exquis. Le trousseau n'avait même pas cliqueté. Comme d'habitude, sa secrétaire avait fermé le local derrière lui. Demain sans doute, ce guerrier d'opérette regretterait son étourderie. Un sourire glissa sur les lèvres de la jeune femme. Ça lui apprendrait à privilégier la galanterie civile aux dépens des préséances militaires !

En attendant, l'affaire se présentait bien. Professionnelle jusqu'au bout des ongles, Sophie se gardait de céder trop vite à une quelconque forme d'euphorie. Force lui était néanmoins de reconnaître que l'opération se déroulait à la perfection. Minutieusement préparée par l'échelon supérieur – à tel point que l'absence imprévue d'une tenue de réceptionniste à ses mesures n'avait entraîné aucune conséquence dommageable –, son infiltration d'un soir au sein du personnel de l'hôtel était passée comme une lettre à la poste. Le matin même, l'employée normalement de service avait reçu par téléphone ordre de se présenter au siège central de la chaîne, et s'y était rendue avec d'autant plus de bonne volonté qu'à demimot, un prétendu cadre financier avait fait allusion à une substantielle augmentation.

Bombardée inspectrice pour l'occasion, libre d'aller et venir dans l'établissement, Sophie s'était présentée juste à temps pour cueillir la cliente dès son arrivée. Comme prévu, le lieutenant Gardier n'y avait vu que du feu et lui avait permis, presque avec obligeance, de la neutraliser en douceur. Pour couronner le tout, l'uniforme semblait avoir été taillé exprès pour elle et la perruque légère, commodément fixée sur son crâne rasé, ne lui causait pas le moindre inconfort. Elle avait même pu coiffer le béret sans crainte de la faire bouger. Dans la salle de bains, elle avait vérifié sur son portable que son compte bancaire off-shore s'était enrichi de quelques zéros bienvenus. L'acompte avait été versé.

Ce premier chapitre était clos. En saluant la collègue inconnue qui, sans qu'elles se fussent croisées, avait pris sa place à la réception, Sophie songeait déjà aux étapes suivantes de la mission. C'était à peine si elle s'était inquiétée de voir apparaître sur le front lisse de l'employée une éventuelle ride de perplexité. Au contraire, celle-ci lui avait souri de toutes ses dents. Elle lui avait souhaité le bonsoir d'une voix ferme.

Peu loquace, le caporal commis à son voiturage était venu la chercher au bar de l'hôtel. Sans hâte, elle avait terminé son verre d'américano, croqué la rondelle d'orange verte imbibée d'apéritif. Le bonhomme n'avait rouvert la bouche qu'une fois levée la barrière du poste de garde. Durant tout le trajet, elle avait donc pu peaufiner à loisir un rôle qui, elle le pressentait, resterait une de ses meilleures compositions.

Elle déposa sa serviette et se leva de table. Le moment était venu d'enclencher la deuxième phase de l'opération. La fête connaissait une baisse d'intensité momentanée. Le dîner attendait sa conclusion sous la forme – chuchotaient les mieux informés – d'une pièce montée imitation char d'assaut, avec chenilles en profiteroles et blindage à base de chocolat noir. L'engin une fois désossé, la soirée repartirait de plus belle au son des rocks et des bambas qui, au bout d'une longue résistance, avaient détrôné la valse dans les bals de la cavalerie.

Un instant, Sophie faillit céder à la tentation d'accepter le havane que lui tendait un blond capitaine un peu plus subtil que les autres en matière de galanterie, mais elle invoqua l'urgente nécessité d'un repoudrage pour s'éclipser, non sans lui avoir auparavant demandé le chemin des toilettes – qu'elle connaissait déjà pour l'avoir repéré. Son itinéraire passerait par là.

Elle descendit la volée de marches qui menait aux sanitaires collectifs, traversa le couloir sans s'arrêter puis, aussitôt, poussa la porte d'un local technique. Empruntant un monte-charge lesté de sacs postaux, elle rejoignit le rez-de-chaussée qu'elle venait de quitter, à l'autre extrémité du bâtiment, via le bureau désert du vaguemestre. Personne ne l'avait suivie ni remarquée.

Elle jeta un regard à son bracelet-montre et calcula qu'il lui restait cinquante-cinq minutes pour faire ce qu'elle avait à faire. Si rien ne venait entre-temps contrarier l'exécution de son plan, c'était bien davantage qu'il ne lui en fallait.

Son nouveau bureau communiquait avec celui du colonel par une porte constamment verrouillée en cas d'absence. Sophie y avait déposé ses affaires en arrivant. Dans la serviette du lieutenant Gardier, elle avait glissé son petit matériel de crochetage, devenu inutile dès lors qu'elle s'était procuré la clé de l'entrée principale. Au lieu de suivre la voie indirecte, plus discrète mais coûteuse en précieuses secondes, elle décida donc de courir un risque calculé. La clé serrée dans son gant, elle s'approcha du battant de chêne, observa le couloir par-dessus son épaule.

La bouteille de cognac à bout de bras, un lieutenant rubicond, déjà presque pompette, sortit avec fracas du bureau adjacent. Avisant sa collègue, il se méprit sur la nature de son sourire et, de sa main restée libre, reconnut les fermes rotondités de son postérieur. Sophie en avait vu d'autres. Au lieu de l'envoyer brouter la moquette avec une clé de bras, elle esquiva ses autres avances et, obligeante mais déterminée, le remit sur les rails qui menaient à la sortie la plus proche. Non, vraiment, elle ne voulait pas boire un coup. Et oui, tout à l'heure, elle changerait peut-être d'avis, mais en attendant, etc. Heureusement pour lui, même bourré, cet imbécile n'avait rien vu. Et s'il tombait un jour, par le plus grand des hasards, sur le portrait peu rassurant qu'avaient dressé d'elle les services du contre-espionnage, il en serait quitte pour une belle frayeur rétrospective.

Le bureau du colonel baignait dans la pénombre. Comme elle n'était pas venue pour le fouiller, elle jugea prudent d'ignorer l'interrupteur. Outre qu'elle avait mémorisé la disposition du mobilier, la lueur bleue du voyant « marche » de l'ordinateur lui permettait de s'orienter. L'appareil était branché en mode veille. Sophie n'eut donc qu'à déplacer la souris pour éclairer l'écran. Une photo en pied de l'officier, juché sur un tank d'ancienne génération, faisait office d'économiseur. Sophie remonta sa jupe à mi-cuisse, posa un pied sur le siège du fauteuil et, descendant de quelques centimètres la fermeture éclair de sa botte, saisit entre deux doigts la clé de stockage qu'elle y avait dissimulée.

Le reste n'était qu'un jeu d'enfant.

Depuis deux semaines, elle connaissait le mot de passe. Dès que la clé serait enfoncée dans la prise ad hoc, il lui suffirait de suivre les instructions distillées par le programme de contrôle. Le chargement du logiciel s'achevait déjà. Dix secondes plus tard, le plan général du dépôt stratégique s'affichait en trois dimensions.

Sophie s'empara de la souris puis, toujours debout, en quelques clics rapides, éteignit sur l'écran les repères lumineux d'un cheminement précis, longuement répété. Lorsqu'elle fut certaine d'avoir désactivé tous les capteurs situés sur sa voie de pénétration, elle pressa une touche. Aussitôt, la photo du colonel reprit possession de l'écran. Satisfaite, Sophie retira la clé de stockage, la replaça dans sa botte, remonta la fermeture éclair et se disposa à sortir. Avant cela, puisqu'elle avait de l'avance sur son horaire, elle verrouilla de l'intérieur la porte principale, ouvrit par jeu, avec deux trombones pliés, la porte de communication vers son bureau, y récupéra la mallette de Bénédicte Gardier ainsi que son manteau et son béret. Elle était prête.

Sondant sa mémoire immédiate, Sophie s'assura une dernière fois qu'elle n'avait laissé derrière elle aucune empreinte – pas même sur ses couverts, discrètement essuyés après usage avec sa serviette de table. Quant à son ADN, il irait se mélanger à cent autres dans le maelström des lave-vaisselle. Bref, elle pouvait maintenant passer à la phase trois l'esprit tranquille. Sur son chemin vers l'objectif, conçu pour éviter les contrôles fixes, le système de sécurité demeurerait aveugle, sourd et amnésique.

Alors qu'elle fermait la porte de son bureau, Sophie Opalka constata que l'aile administrative du bâtiment demeurait déserte et presque silencieuse. De lointains éclats de voix lui parvenaient du mess, où la pièce montée tant attendue tardait à faire son apparition. Parvenue au bout du couloir, elle jeta la clé du colonel dans une jungle de plantes en pots, puis pressa le pas.

La division « Technologies de pointe » occupait l'extrême nord du complexe, vers le front de mer. En sortant par les bureaux de l'état-major, les militaires accrédités accédaient aux zones réservées du dépôt par une série de portiques blindés automatisés, sur présentation de leur carte et introduction d'un code personnel. Des corridors à ciel ouvert grillagés, électrifiés de surcroît, assuraient la liaison entre les différents espaces protégés.

En cette nuit de festivités, les patrouilles avaient été réduites et de nombreux postes fixes abandonnés par leurs cerbères avec la bénédiction expresse de la hiérarchie. Seuls les silos bétonnés des missiles balistiques et les garages des blindés lourds bénéficiaient d'un niveau de surveillance identique à celui des jours ordinaires. Jugé moins sensible, le reste du matériel se voyait donc confié aux bons soins des caméras infrarouges et des capteurs de mouvements anti-intrusion.

Le vent du large balayait le glacis dénudé entre les bâtiments, secouait les grillages et les barbelés dans une clameur d'émeute. L'échine courbée, Sophie luttait contre lui bille en tête. Elle se félicitait d'avoir endossé le manteau, dont elle releva sur ses joues le col encore tiède. Les bourrasques plaquaient la gabardine un peu raide contre son corps en mouvement. D'une main, elle retenait sur son crâne le béret menacé d'envol. La perruque lui grattait l'occiput. C'était étonnant car, pour la fixer, elle avait utilisé un adhésif double face antiallergique.

Mal éclairé par un tube clignotant, le premier portique dressait son panneau d'acier corroyé entre deux montants de béton armé. Juste à côté, la guérite fermée du garde demeurait obscure. Repoussée par le vent, l'écoutille battante de l'hygiaphone béait sur une chaise vide. Par acquit de conscience, prête à jouer son rôle d'officier en inspection, elle passa la tête à l'intérieur, vérifia que personne n'y piquait un somme clandestin.

À ce stade, le succès ou l'échec de l'entreprise reposaient sur la technique mise en œuvre pour circonvenir le système de sécurité. Dans l'étui transparent boutonné à sa poche de poitrine, Sophie récupéra la carte d'identité militaire de Bénédicte Gardier. Orientant la puce vers la borne, elle engagea le rectangle de plastique dans la fente prévue. Le dispositif de lecture en avala une moitié. Tandis que le code apparaissait dans un cartouche lumineux sans qu'elle eût à le composer, le photomaton du lieutenant la considérait par en dessous avec une mine lasse, un rien réprobatrice. Bonne fille, Sophie eut une pensée pour la propriétaire de son uniforme qui, en ce moment, devait compter les moutons sur la moquette crème de la chambre 307. Si le portique s'ouvrait comme attendu, elles se retrouveraient bientôt à l'*Hôtel Moderne*. La perspective n'avait rien de désagréable.

Le lourd panneau métallique coulissa sur son train de roulettes caoutchoutées. Sophie retira la carte, franchit le sas d'entrée et, sans l'ombre d'une hésitation, s'engagea dans le labyrinthe de couloirs grillagés et de bunkers obscurs. Elle força encore l'allure, à peine ralentie par la relative étroitesse de la jupe. Tempérant son hostilité, le vent couvrait de son tumulte le martèlement rapide des talons contre l'asphalte des voies d'accès.

Les portiques se succédaient à intervalles réguliers. Elle les déverrouillait en suivant chaque fois la même procédure, répétitive au point d'en devenir lassante. Loin sur sa gauche, violemment éclairés, les silos à missiles découpaient dans le cache noir de la nuit des rectangles éclatants de lumière phosphorée. Invisibles, leurs gardiens étaient pourtant bien présents, vaguement impatients de tuer l'ennui à la première fausse alarme, voire de gâcher la fête qui leur demeurait interdite.

Sophie n'avait rien à craindre d'eux. À cet égard, la météo jouait plutôt en sa faveur. Cette nuit, personne ne ferait du zèle à l'extérieur des baraquements. Par-dessus le marché, sa progression vers l'objectif épousait un itinéraire compliqué mais périphérique, à l'écart des sentiers battus par les équipes de sécurité. De toute façon, elle connaissait par cœur la fréquence exacte de leurs passages et l'heure précise de leurs relèves.

Il lui restait trente-cinq minutes. La partie demeurait parfaitement jouable. Face à elle s'élevait l'ultime portique : celui du bunker n° 65. Selon ses informations, les autorités militaires y tenaient à l'abri de la curiosité publique une arme expérimentale à laquelle, au contraire de ses commanditaires, aucun décideur politique ne croyait. Officiellement, elle n'existait d'ailleurs pas et, de toute évidence, les responsables délégués à sa surveillance avaient cédé devant la puissance de cette illusion. En témoignait le niveau assez bas des mesures de sécurité qui entouraient le séjour du système Éole dans une partie si excentrée du dépôt.

Pour la treizième fois, Sophie inséra la carte du lieutenant Gardier dans la borne électronique. Là encore, le système oublia de réclamer le code obligatoire à dix chiffres. Le portique se déverrouilla. Rien à redire, le programmeur avait bien travaillé. Dans sa partie, Sophie se sentait tenue de démontrer un savoir-faire au moins équivalent. Elle pénétra dans l'abri, où des veilleuses éclairaient chichement la haute allée centrale. Le lieu résonnait telle une caverne. Les talons de ses bottes dispersaient des échos en cascade sous les voûtes bétonnées.

Elle aperçut ce qu'elle cherchait. Aménagée en tunnel, la partie arrière du bunker descendait en pente douce vers une aire de chargement. Un lourd camion bâché y stationnait. D'apparence plutôt anodine, il semblait s'être trompé de garage et squatter ici la place d'un engin moins pacifique.

De la serviette, Sophie sortit une lampe-crayon et, dirigeant le faisceau sur la portière, y lut avec satisfaction le nom de baptême mythologique du véhicule : ÉOLE 3.

La contradiction la fit sourire. À quoi bon, en effet, cultiver le secret d'un programme d'armement, pour mieux le trahir en le nommant ? Les fonctionnaires du ministère de la Défense s'ingéniaient décidément à justifier leur réputation de balourdise.

Elle posa la serviette sur le garde-boue, fit le tour du véhicule, débloqua l'échelle du hayon et, avant de mettre un pied sur le premier barreau, retroussa d'une main la jupe sur ses cuisses. C'était plus compliqué qu'il n'y paraissait. Sophie craignait de souiller l'étoffe contre une pièce graisseuse. Aussi seyant fût-il, le vêtement se révélait inadapté à ce genre d'exercice, car il entravait un peu trop les mouvements de celle qui le portait.

Écartant la bâche, elle se hissa sur la plate-forme du camion. Une douzaine de tubes orientables, couplés deux à deux et commandés par six bras articulés, constituaient la partie mobile du chargement. Cela correspondait à la description. Selon les renseignements dont elle disposait, pour entrer en fonction, le système Éole envoyait dans l'atmosphère basse deux vecteurs divergents, aux trajectoires préalablement calculées.

Accolé à la cabine, le poste de guidage se dissimulait derrière la corolle d'une antenne parabolique rétractable. La jupe toujours serrée dans sa main gauche, Sophie se glissa jusqu'au pupitre et, avec mille précautions, prit place sur le siège de l'opérateur. L'étroit passage se hérissait de pièces métalliques protubérantes, manettes et commutateurs, dont la fonction subsidiaire semblait consister à déchirer le premier collant qui se présenterait. Or, tant qu'elle n'aurait pas franchi en sens inverse l'enceinte du dépôt, Sophie avait tout intérêt à conserver une mise impeccable, synonyme de discrétion.

Dans le compartiment prévu à cet effet, elle pêcha le manuel technique. Elle vérifia la date d'impression, identique à celle du document déjà en possession de ses commanditaires. Avant de le remettre à sa place, par pure curiosité, elle lut l'introduction, destinée à d'hypothétiques utilisateurs lambda.

« Vous voici aux commandes d'une arme de nouvelle génération. Contrairement à tous ceux qui l'ont précédé, le système Éole n'est pas directement létal. Son objectif premier consiste à gêner, voire rendre impossible le mouvement de forces hostiles en modifiant de façon discrète, locale, ponctuelle et prédéterminée, les niveaux de pression atmosphérique de deux points géographiques donnés. Ainsi, l'usage du lanceur Éole 3 se recommande particulièrement lorsque la situation militaire ou politique requiert la désorganisation de couvertures aériennes et la mise à l'arrêt temporaire d'aéroports. Cependant, utilisé au maximum de ses capacités, le système peut déclencher des événements éoliens d'une amplitude telle que sa mise en œuvre devra, obligatoirement et en toutes circonstances, faire l'objet d'une autorisation expresse par le GQG, lui-même approuvé par le ministre compétent… »

Elle fit la grimace. À son avis, ce système d'apprentis sorciers devait reposer sur une escroquerie technique et intellectuelle. Mais son avis, en l'espèce, n'intéressait personne et puisque, davantage convaincus par cette invention, de puissants personnages semblaient prêts, en vue de son acquisition, à bourrer son bas de laine et financer sa retraite dorée sous les cocotiers, Sophie Opalka ne voyait là aucune raison sérieuse de se vexer.

Il fallait conclure. Dans vingt-cinq minutes, le programme de contrôle injecté sur le disque dur du colonel s'autodétruirait et cesserait illico de fonctionner, au contraire des caméras, des senseurs et des portiques dont le réveil causerait à la jeune femme des soucis probablement insurmontables.

Munie d'un fin tournevis, elle démonta le panneau situé sous le pupitre. La lampe entre les dents, elle cibla une carte. Les circuits imprimés luisaient sous la caresse du rayon. Du bout des gants, elle déconnecta l'élément et le glissa dans une poche de son manteau. Deux disques voisins suivirent la même voie. Quand le panneau fut revissé, Sophie vérifia qu'elle n'avait laissé traîner aucun objet compromettant.

L'opération touchait à sa fin.

Restait à réussir la phase quatre.

Une fois descendue du camion, Sophie arrangea sa tenue. Malgré toutes ses précautions, le talon d'une botte s'était pris dans l'ourlet de la jupe, dont la couture avait cédé. Avec ses faux airs de sainte-nitouche, Bénédicte Gardier l'avait trafiqué en douce pour raccourcir le vêtement de quelques centimètres. Sophie se promit de la gronder à son retour, car le bricolage à l'aiguille se révélait peu solide. En attendant, elle répara le dommage avec un fragment de l'adhésif double face qui lui avait servi pour fixer la perruque. Cela fait, elle replaça l'échelle, récupéra la serviette, y rangea les composants glanés sous le pupitre de guidage et, à tout hasard, chambra une cartouche dans le canon du Beretta.

Le retour fut encore plus rapide que l'aller. Cette fois, le vent la poussait dans le dos. Quand les fenêtres illuminées du bâtiment de l'état-major apparurent à la sortie du dernier portique, la fausse militaire constata qu'elle avait augmenté l'avance initiale prise sur l'horaire prévu. Ce n'était pas plus mal.

Le premier être humain qu'elle croisa, un caporal en tenue de combat qui, visiblement, sortait des toilettes pour regagner son poste à l'extérieur, rectifia la position et lui décocha un salut impeccable. Elle se mordit l'intérieur des joues et lui rendit la pareille avec tout le sérieux qu'elle put rassembler. L'homme remit son arme à la bretelle et s'éloigna d'un pas lourd.

L'air dégagé, elle regagna son bureau. Une fois seule, elle emballa dans du papier de soie la carte-mère et les deux disques, qu'elle glissa au fond d'une enveloppe matelassée. Puisque le Browning de Bénédicte Gardier ne pouvait plus lui être d'aucune utilité, elle déposa le pistolet dans un tiroir. Son Beretta chromé alla le remplacer dans l'étui en cuir réglementaire.

L'affaire était dans le sac ! Elle ralluma son portable, ôta son gant droit et, pianotant sur les touches avec dextérité, composa le texto convenu. Il y avait du réseau, le message passa. Tout à l'heure, avant d'installer le lieutenant dans le chariot à linge et l'emmener au sous-sol jusqu'à la fourgonnette, elle enverrait depuis l'hôtel une ultime confirmation. Elle en profiterait aussi pour vérifier l'état de son compte.

Au mess, la fête montait dans les tours. Derrière la porte close, Sophie percevait les accords étouffés d'une salsa lascive à souhait. La pulsion sourde d'une batterie lui titillait les sens. Facultative, la phase cinq pouvait parfaitement attendre.

Elle n'hésita pas longtemps. Le succès de sa mission méritait qu'on le célébrât. Une impérieuse envie de gâteau et de danse lui fit différer l'appel au garage. Sur ordre du colonel, prêt à la reconduire, le chauffeur mutique du début de soirée y attendait le bon plaisir de la responsable des essais sur véhicules blindés. Il patienterait. De même pour l'équipe de couverture, chargée si nécessaire de la récupérer au pied des dunes, à proximité d'une brèche discrète aménagée dans la clôture du périmètre.

Elle fit une moue à cette seule pensée. En ce moment, les hommes devaient être en position, silencieux et attentifs, l'oreillette connectée, le moteur de la voiture tournant à bas régime. Eh bien tant pis ! Ils seraient payés, de toute façon. Aux yeux de Sophie, pareille exfiltration manquait cruellement de panache et risquait surtout de susciter trop tôt quelques interrogations malvenues autour de sa disparition. Et puis, il y allait aussi de son amour-propre. Faute d'imposer toutes ses conditions, elle avait été très claire dès le départ : elle préférait travailler en solo.

C'était décidé : l'opération suivrait son cours sans emprunter aucun raccourci. Mieux : en la reconduisant jusqu'à son hôtel, l'armée elle-même y apporterait son précieux concours !

Le cœur léger, elle enferma mallette, manteau et béret dans la penderie, déplora l'absence d'un miroir et, laissant enfin parler son corps, esquissa un pas de danse à travers la pièce.

En route vers le mess, elle fit un crochet par les cuisines. Sur une étagère encombrée de bouteillons vides, elle réquisitionna une gamelle. La part de gâteau y tiendrait sans problème. Elle en faisait une question de principe : Sophie Opalka, la grande professionnelle, ne lançait pas de promesse en l'air.

Tandis qu'elle pénétrait dans la salle bourdonnante, dardée de mille feux croisés, son corps possédé par la musique ondulait déjà au rythme d'une bossa-nova annonciatrice de lendemains à la fois prospères et ensoleillés. Autour d'elle, les danseurs en uniforme virevoltaient. Le laiton des médailles cliquetait contre le cuivre des boutons. Un peu obscène, abandonnée à l'écart sur une table basse, l'épave du tank en chocolat achevait de s'effondrer, exposant aux regards indifférents à sa déchéance des entrailles tapissées de nougatine et de pâte à choux.

9

Tel un coureur cycliste dans l'ascension du dernier col, l'aiguille des minutes donnait un ultime coup de reins. Au bout d'un long effort, elle atteignait enfin le sommet du cadran. Jérôme était prêt. Puisqu'il n'était pas homme à collectionner les heures supplémentaires pour la plus grande gloire de l'édition juridique et la minceur assumée de son portefeuille, il n'assistait jamais à la descente. Au contraire, plus vif que ses collègues toujours en train de ranger leurs crayons, il se propulsait sur le palier du troisième et négociait sa descente à lui. Dévalant les marches du pompeux escalier sans leur laisser le temps de grincer, il traversait la librairie du rez-de-chaussée avec toute la dignité requise puis, reprenant de la vitesse, gagnait la sortie pour attraper le premier métro à la station Louise. L'ombre du passage cocher faisait place à la lumière variable des fins d'après-midi. En règle générale, la sonnerie du ministère voisin saluait son irruption sur l'avenue. Aussitôt calmé, Jérôme s'insérait alors dans le flot empressé des fonctionnaires rendus à la liberté.

Ce soir-là, par pure bonté d'âme, le soleil d'automne tiédissait l'atmosphère de la capitale et peignait de ses rayons la transhumance vespérale indifférente à ses largesses. Moins ingrate, la coupole verdâtre du palais de justice lui renvoyait l'éclat doré de ses nervures. Soudain, une ritournelle vint broder un motif sur la basse continue des semelles battantes et des conversations entremêlées. Jérôme la sentit davantage qu'il ne l'entendit. Dans la poche de sa veste, le téléphone portable vibrait.

Étonné – car on l'appelait aussi peu souvent qu'il appelait lui-même –, il examina l'écran. Un numéro inconnu cherchait à le joindre. Suivi de l'indicatif 33, le double zéro de l'international l'incita à décrocher malgré le peu de désir qu'il en avait. Afin de ne pas entraver le trafic piéton, Jérôme s'écarta et alla s'accoter à l'entablement du Mémorial britannique. À travers le tissu de sa veste, la pierre beige partageait avec lui un peu de sa chaleur.

« Allô ? »

La voix venait de loin. Jérôme se boucha l'autre oreille.

« Oui ? Allô ? Je vous entends mal ! »

Ce devait être une erreur. Ou une femme qui lui téléphonait depuis son sac à main. Il s'apprêta à raccrocher.

« Monsieur Straube ? »

Jérôme faillit avaler sa salive de travers. Quel était ce quiproquo ? Aussitôt, il soupçonna une mauvaise farce de Jérémie, ou l'effet pervers d'une de ses manœuvres de diversion.

De l'autre côté, aucun signe d'impatience. Jérôme se demanda à quoi pouvait correspondre le petit bruit chuintant, saccadé, de plus en plus rapide qu'il entendait. Non, il devait se méprendre.

C'était un rire.

« Vous faites erreur, monsieur... » commença-t-il.

Le rire s'éteignit net.

« Je ne crois pas, non. »

La voix inconnue semblait hésiter entre plusieurs registres, mais plutôt par jeu que par embarras.

Jérôme se rebiffa.

« Que vous le croyiez ou non ne change rien à... »

Il s'en voulait déjà. Pourquoi ne raccrochait-il pas ?

Son interlocuteur fut plus prompt.

« Vous préférez Walque, n'est-ce pas ? »

À nouveau, ce rire haleté, dont Jérôme, tout à fait malgré lui, éprouvait la nature étrangement communicative.

« Rassurez-vous, moi aussi ! fit l'autre. Alors autant commencer par là et liquider ce malentendu qui n'en est pas un : vos arrangements avec M. Straube vous regardent, monsieur Walque. De toute façon, dans notre branche, démêler le vrai du faux revient à tuer la poule aux œufs d'or, ne croyez-vous pas ? Nous n'avons rien contre le romanesque, bien au contraire ! »

Le rire gagna en sonorité.

Éberlué, Jérôme leva la tête. Penchés au-dessus de lui, le casque incliné sur le front, les deux troupiers du monument, le belge et le grand-breton, épiaient sa conversation. Le contre-jour accusait les traits sévères de leurs visages mangés d'ombre.

« Monsieur Walque ? Vous êtes toujours là ? »

Jérôme regarda l'appareil comme s'il le découvrait, extraordinaire objet parlant posé au creux de sa paume.

« Bien sûr, que vous êtes là ! » continua la voix.

Cette fois, le rire monta dans les aigus.

« Ça tombe bien, car je me propose de vous rencontrer ! »

La gorge sèche, Jérôme parvint à ânonner :

« À qui ai-je l'honneur ? »

Son interlocuteur marqua une pause. En arrière-plan, Jérôme crut distinguer des klaxons – ou des cris de palmipèdes.

« Tiens ? Je pensais m'être présenté... La ligne est décidément mauvaise. Cette conversation doit faire un crochet inutile par la France, j'imagine. Mais bref, nous nous sommes déjà rencontrés. Ou plutôt croisés, pour être précis. Par conséquent, mon nom ne vous dira sans doute rien...

— Dites toujours !

— Butte. Gérard Butte. Je profite d'un passage à Bruxelles, pour affaires. Alors l'occasion me paraît belle. »

Jérôme se creusait le crâne en vain.

« Je ne vous remets pas, monsieur... ?

— Butte. Mon associé vous a reçu. À Paris... »

Plus pressé que les autres, un passant faillit bousculer Jérôme et, pour toute excuse, lui marcha sur le pied. Vers le boulevard, un tramway en approche battait la cloche avec insistance.

« Nous nous sommes croisés au bas de l'escalier, boulevard Saint-Germain. Vous me remettez, maintenant ? »

Jérôme claqua des doigts. Ça lui revenait.

« Je crois, oui. Dans ce cas, vous êtes... ?

— Vous brûlez, je l'entends ! Avec mon associé, je dirige la maison d'édition. Ce soir-là, vous sembliez fort pressé, alors j'ai préféré ne pas vous tenir la jambe. J'espère que vous avez pu attraper votre train ? »

Outre sentir la fabrication, la familiarité sans-gêne et le ton presque joyeux de Gérard Butte incommodaient Jérôme.

« Comment avez-vous eu mon numéro de portable ? »

Depuis qu'il possédait un appareil – cadeau d'amis lassés de le chercher durant ses absences –, Jérôme avait conservé la même carte prépayée et l'information ne figurait dans aucun annuaire.

« Mais de la même façon que j'ai percé le secret de votre identité, monsieur Walque ! Secret de polichinelle, soit dit entre nous. Vous savez, de même que, pour faire une petite fortune dans l'édition, mieux vaut y entrer avec une grosse, réussir dans cette profession requiert quelques solides talents de détective. Vous trouver n'était vraiment pas difficile, je vous assure… »

Le point demeurait à éclaircir. En tout cas, même pour un Parigot, ce type faisait preuve d'un étonnant culot. Jérôme reconstituait sa physionomie avec difficulté. Il se souvenait de sa corpulence, du chapeau mou démodé – ou dernier cri, c'était selon – et du complet sombre à rayures. Le visage, lui, demeurait flou.

« Bref, monsieur Walque, je serais très heureux de faire enfin votre connaissance. D'habitude, voyez-vous, le contact avec nos auteurs relève de mes compétences. Et dans ce cadre, j'aurais quelques propositions et suggestions à vous faire… »

Jérôme suivait la conversation – ou plutôt le soliloque de Gérard Butte – comme à distance, avec un temps de retard. Il conservait néanmoins assez de lucidité pour savoir que la perspective de cette rencontre lui déplaisait.

« C'est que, malheureusement, ce soir…

— Parfait ! J'ai déjà réservé une table en terrasse, dans un établissement très plaisant, à deux pas de votre domicile. Je crois que vous le connaissez, si du moins je suis bien renseigné – et je vous prie de croire que, d'ordinaire, je le suis ! »

Il cita le nom d'une brasserie étoilée, située non loin de la forêt de Soignes, en bordure d'un chapelet d'étangs. Jérôme n'était l'habitué d'aucune enseigne mais, en effet, il connaissait celle-là.

« Avec un patronyme tel que le mien, j'ai coutume d'y aller droit, ha-ha ! Trêve de bavardages, monsieur Walque. En prenant les transports publics, vous me rejoindrez dans trois quarts d'heure et douze minutes. Je bois déjà à votre santé ! »

Aussitôt, l'homme coupa la communication.

Jérôme demeura interdit, son stock d'objections sur les bras. Le flux des passants soulignait son immobilité. Mais comme statue, sa performance souffrait de la concurrence. Ses deux voisins de pierre le lui firent bien comprendre. Encore sous l'effet de l'étrange appel, il décolla son dos du monument.

Trop d'images confuses et de questions sans réponses roulaient dans son esprit. Au lieu de tenter un premier tri, il se remit en marche. Très vite, malgré la foule, il éleva la cadence. Jérôme avait toujours détesté arriver en retard à ses rendez-vous. A fortiori quand il ne les avait pas fixés lui-même.

*

Au moindre souffle de vent, les marronniers de l'avenue lâchaient sur le toit du tramway des volées de bogues, qui rebondissaient contre la tôle dans une confusion d'impacts sourds. Vers l'ouest, au ras de l'horizon, le soleil à son déclin passait leurs cimes rousses à la feuille d'or. La température baissait déjà. Lorsqu'il descendit à hauteur de la brasserie, commodément située à proximité d'un arrêt, Jérôme constata pourtant que la terrasse était bondée de buveurs optimistes – ou nostalgiques d'une belle saison en train de faire ses adieux. Quadrillé de colombages noirs, le crépi blanc du bâtiment prêtait main-forte à la lumière. Les parasols déployés profitaient autant qu'ils pouvaient de leur dernière sortie avant l'hivernage.

Jérôme court-circuita l'entrée et, passant par le côté, emprunta l'un des accès taillés dans la charmille. Presque aussitôt, il repéra l'homme qui lui avait fixé cet étrange rendez-vous. Assis à une table qui jouissait d'une vue imprenable sur les étangs, il lui tournait le dos. La bizarre impression assaillit Jérôme qu'ils venaient de se croiser au bas de l'escalier parisien, quelques minutes auparavant. Le visage lui demeurait caché, mais tout le reste correspondait à son souvenir. Ainsi le costume de notaire à fines rayures et, posé sur une chaise, le feutre mou auquel l'homme avait porté la main sans le soulever. Jérôme n'était plus trop sûr des souliers vernis, et pas davantage des chaussettes à motifs floraux. La nuque blanche, épaisse, disparaissait presque sous le col immaculé de la chemise.

« Bonsoir, monsieur Walque ! »

L'homme n'avait pas tourné la tête. Il avait dû surprendre un reflet dans l'une des portes vitrées de la terrasse. Jérôme négligea de vérifier cette supposition. Avec une vivacité qu'on n'attendait pas de lui, Gérard Butte avait reculé sa chaise. Rieur comme toute sa personne, son regard clair, presque transparent, détaillait Jérôme des pieds à la tête. Devant lui, une bière trappiste à moitié bue attendait sa fin dans un verre ballon.

D'un geste machinal, Jérôme lui tendit la main. Sans se lever, Butte l'enserra dans les siennes et la secoua.

« Enchanté ! Butte… Gérard Butte ! Maintenant que j'y songe, vous avez dû lire mon nom au bas des contrats. »

Jérôme ouvrit la bouche pour protester.

« Que vous n'avez pas signés, je sais ! »

Un serveur passait. Butte le convoqua.

« Que prendrez-vous, monsieur Walque ? »

Jérôme hésita, chercha une carte.

« Mon intuition me trompe rarement. S'il s'agit d'une intuition, évidemment. J'aime épater… La même chose ? »

Du doigt, il désigna sa consommation. Jérôme tiqua : le verre portait le sceau ecclésiastique de sa bière trappiste préférée.

Butte n'attendit pas son assentiment et commanda. Le serveur prit note et disparut.

« Il faut connaître ses auteurs, quelle que puisse être leur obédience ! C'est le b.a.-ba du métier », s'esclaffa-t-il.

Jérôme s'abstint de commenter. D'autres questions le tracassaient et, de ce fait, il guettait le moment propice pour en placer une. Comme s'il lisait dans ses pensées, son interlocuteur se tut et, d'un sourire aimable, l'invita à prendre la parole.

« Avez-vous fait bon voyage ? » lâcha Jérôme.

Difficile de faire plus plat, plus inintéressant. Décidément, ce type le décontenançait.

« Très bon, monsieur Walque ! Nos capitales sont tellement proches que le terme *voyage* paraît presque inapproprié. Cela tombe bien car j'aime la rapidité et, par chance, notre maison ne manque pas de moyens pour raccourcir les distances. »

Butte rayonnait. Le soleil du soir n'y était pas étranger, qui baignait sa face ronde et lisse. L'homme coiffait en arrière une chevelure de jais, luisante de gel, dont deux mèches rebelles flottaient à hauteur des tempes. Régulièrement, il les plaquait contre son crâne dans l'espoir chaque fois déçu de les discipliner.

« Enfin, vous voilà ! Vous nous avez donné un peu de mal, c'est vrai, mais avec les renseignements dont disposait mon associé, il n'y avait somme toute qu'à tirer le fil. La nature humaine, voyez-vous, me passionne et j'aime à penser qu'elle recèle peu de mystère. Les hommes sont comme les livres, il faut simplement prendre la peine de les lire. Souvent, l'intrigue est banale, voire répétitive. Mais il reste toujours un noyau irréductible d'individualité, qui en fait tout le prix.

— Vraiment ?

— Vous comprenez mieux, je gage, pourquoi nous travaillons dans le domaine de l'édition, mon associé et moi… »

Avant de poursuivre, Butte leva la main gauche et, de la droite, porta à ses lèvres le ballon de bière. Il y but à longs traits, les sourcils haussés en accents circonflexes, clappa de la langue.

« Excellente ! L'amertume se goûte aussi, monsieur Walque. C'est un plaisir adulte, inconnu des enfants. Son attrait vient avec l'âge. »

Le serveur arrivait avec la bière de Jérôme. Il déposa sur la table un ravier rempli à ras bord de cubes de fromage. Armé d'un cure-dents, Butte s'y attaqua avec appétit.

« J'ai lu votre opus, monsieur Walque… »

Jérôme masqua son embarras derrière son verre.

« Rien à dire, c'est toujours un grand plaisir de constater que nous ne nous sommes pas trompés ! »

Sa bière passa par le mauvais tuyau, Jérôme se mit à tousser.

« Qu'entendez-vous par là ? » bredouilla-t-il.

Butte prit une profonde inspiration. Sur la berge de l'étang, une bande de canards se disputaient bruyamment les reliquats d'un pique-nique. Il attendit la fin de leur différend.

« Ce que j'entends par là ? »

Un fin sourire passa sur ses lèvres.

« Très simple, monsieur Walque. Ce que vous nous avez donné, c'est exactement le type de prose que nous recherchons. Le premier, vous avez compris ce qui constitue l'essence de notre démarche. Il y fallait un rien de subtilité, que beaucoup ont du mal à saisir. Je vous explique… En matière de vice, vous n'ignorez pas que l'homme cultivé aime ruser avec ses hontes. Dans cette perspective, une écriture comme la vôtre, classique et policée, est de nature à le rassurer. Elle rend anodine, ou simplement divertissante, la plus insinuante des trivialités. On peut la lire *comme en passant*, voyez-vous ? Ou en apprécier le style, pourquoi pas ? Aucune éclaboussure à redouter ! En d'autres mots, sous une façade bénigne, votre récit ouvre au lecteur une porte qu'il ne pousserait peut-être jamais dans d'autres circonstances. Le reste du chemin, pas de problème, il le fera lui-même. Et si tel n'est pas le cas, de toute façon, le ver est dans le fruit. À ce stade, ce n'est d'ailleurs plus votre affaire, mais cela devient la nôtre ! Ce qui, entre nous soit dit, vous autorise à vous dédouaner. Admettez que c'est fort, monsieur Walque ! Si ce n'était déjà fait, je vous tirerais mon chapeau... »

Il leva son verre, choqua celui de Jérôme.

« En termes de marketing, nous occupons une niche précise. Le reste du marché, essentiellement masculin, couvre l'immense masse des imbéciles et des refoulés. Avec lui, on ne s'en sort pas sans l'image, c'est tout dire. Vous comprendrez qu'il ne nous intéresse absolument pas. La vulgarité n'est qu'un concept statistique et nous préférons travailler dans les marges, sur des publics a priori difficiles. Bref, nous faisons dans le qualitatif ! »

Le sourire de Gérard Butte disparut. Les mains jointes sous le menton, les sourcils froncés, il avait l'air de se concentrer. Jérôme voulut intervenir, dire quelque chose, mais il se sentit vide, aucune idée pertinente ne lui venait à l'esprit.

S'il les cherchait, Gérard Butte avait trouvé ses mots :

« Il me revient que... certains doutes vous turlupinent quant à l'opportunité de... poursuivre notre affaire. Je me trompe ? »

Son regard perçant soutenait le contraire.

Cette fois, Jérôme saisit la balle au bond :

« Vous ne croyez pas si bien dire ! »

Là, il mentait par omission. Entre-temps, le récit s'était étoffé d'un chapitre supplémentaire.

Butte avait retrouvé le sourire. Il attendait la suite.

Jérôme tenta le tout pour le tout :

« Si je vous disais qu'il ne faut plus compter sur moi ? »

Il avait escompté une réaction plus vive. Butte plaça son verre dans la lumière, en capta quelques éclats.

« Si vous me disiez cela ? Eh bien, je ne vous croirais pas. À mon tout sauf humble avis, vous êtes déjà en train d'écrire la suite de notre futur livre. Cela me ravit, bien sûr. C'est d'ailleurs pour vous encourager que je suis venu vous voir. De notre point de vue, le jeu valait bien cette chandelle... »

Impossible, nota Jérôme, de cerner ce personnage tout en rondeur. La main gauche sur son gilet, le bonhomme tripotait la chaîne d'une montre de gousset. Le remontoir d'argent brillait contre la serge noire. Jérôme pensa à l'oignon de son grand-père, qui trônait en bonne place sur une étagère.

« Comment avez-vous deviné ? » murmura-t-il.

Butte fit une moue, affecta un air de déception.

« Il y a plusieurs réponses à votre question... »

Son côté fuyant commençait à exaspérer Jérôme.

« Comment avez-vous deviné que je marcherais ? »

Les doigts de Butte caressaient le pied cannelé du verre.

« Votre ami est un homme charmant, monsieur Walque. Mais dans sa catégorie, il n'est après tout qu'un fumiste talentueux parmi des centaines d'autres. Jusqu'ici, notre catalogue ne comptait à son actif que ce genre d'auteurs plus ou moins mondains, ravis de s'aventurer le temps de quelques pages hors de leurs propres sentiers battus. Une manière comme une autre de s'encanailler, comme ils disent. Ces gens, voyez-vous, ont le sens de leur carrière, laquelle s'accommode au mieux de prétendus écarts. Ces frasques qui n'engagent à rien leur permettent d'entretenir une réputation d'artistes curieux, ouverts sur le monde et, surtout, dépourvus de préjugés... À force de servir, cette corde commençait à s'user. Si j'ose dire, ha-ha ! Mais bref, il nous fallait renouveler notre écurie. En commençant par des auteurs plus discrets, peu soucieux de notoriété. À dire vrai, nous espérions bien que M. Straube ferait appel à vous. Et sur ce point, il ne nous a pas déçus, rendons-lui cette justice ! Sans doute, vous n'étiez pas notre premier choix, mais faute de grives, vous connaissez la suite. Quoi qu'il en soit, pour essuyer les plâtres, vous étiez le candidat idéal ! Bref, passer par M. Straube, c'était le moyen le moins compliqué de vous amener à collaborer car, autrement, des démarches plus directes seraient demeurées vaines. Vous ne me contredirez pas sur ce point, je gage ? »

À contrecœur, Jérôme opina.

« Avec mon associé, nous avions fait un pari. Je l'ai gagné. Nous y avons tous gagné, d'ailleurs. Car je le répète, à force de jouer toujours la même partition, notre maison commençait à stagner. Le temps est venu d'introduire de la variété dans nos collections et d'élargir notre lectorat sans pour autant renoncer à ce qui constitue la pierre angulaire de notre entreprise. »

Tirant sur la chaîne, il sortit l'oignon de son gousset, fit basculer le couvercle d'argent. Jérôme tenta de lire l'heure.

« Et quelle est-elle, cette entreprise ? »

L'oignon avait regagné sa cachette. Curieusement, Jérôme n'avait vu aucune aiguille sous le verre du cadran.

Butte prit un air inspiré, le considéra de ses yeux mi-clos.

« C'est évident, monsieur Walque. Nous voulons faire œuvre de libération ! Sans qu'il y prenne garde et, surtout, en trompant son sens aigu du ridicule, nous voulons éveiller le lecteur cultivé à la connaissance de ses désirs les moins avouables. La vérité a ses droits, et nous les défendons ! Mais à l'attaque frontale des pornographes, nous substituons l'approche indirecte des confesseurs. Cela revient à pratiquer une sorte de maïeutique. J'irais presque jusqu'à dire, monsieur Walque – non, ne vous moquez pas ! – que nous sommes les Socrate de la littérature dite légère…

— C'est beaucoup de philosophie pour…

— Pour des productions mineures ?

— Vous m'ôtez les mots de la bouche. Le bondage, c'est bénin et anecdotique, non ? La ficelle me semble un peu grosse…

— Ce n'est qu'une porte d'entrée ! L'importance d'une porte se mesure au lieu où elle mène. »

Butte éclata de rire.

« Anecdotique… L'adjectif vous rassure, n'est-ce pas ? C'est amusant, cette propension des moralistes à chercher des alibis !

— Je serais donc un moraliste ?

— *What's in a word*, monsieur Walque ? Ne le prenez pas au pied de la lettre, s'il vous plaît. Cela vous siérait mal. Mais permettez qu'on vous lise *aussi* entre les lignes…

— C'est la prérogative du lecteur.

— Donc du premier d'entre eux : l'éditeur ! »

Au terme d'un cheminement que Jérôme avait du mal à comprendre, le terrain de cette discussion devenait de plus en plus glissant. Surtout, il éprouvait d'instinct le besoin de se défendre alors que personne ne l'attaquait. Au contraire, Butte lui tressait des lauriers dont il ne voulait pas, sans s'expliquer aucunement les raisons de son aversion.

« Il n'empêche, dit-il. Vous prenez de sacrés raccourcis.

— Sacrés, je ne dirais pas. Mais il y a un début à tout, vous verrez, et il se fait que nous travaillons dans les commencements. Au fond de la grande chaussure littéraire, nous laissons tomber notre petit caillou. Un zeste d'inconfort, si vous préférez. Notre vocation première consiste à le faire avec finesse. Par les temps qui courent, la grossièreté souffre de pléthore, ne trouvez-vous pas ? À force de s'afficher partout, dans tous les domaines de la pensée et de l'activité, elle perd ce qui lui restait d'efficacité.

— Je ne suis pas sûr de vous suivre. »

En réalité, Jérôme se demandait pourquoi il restait vissé là, à écouter les boniments alambiqués de ce personnage qui, par moments, l'inquiétait davantage qu'il ne l'intriguait.

« Pas d'inquiétude, monsieur Walque ! Je me comprends et cela seul compte. Mon associé vous le dirait mieux que je ne puis le faire. Il possède à fond le langage lénifiant des administrateurs. Si j'ai tenu à vous rencontrer, c'est avant tout pour vous rassurer. Car je ne crois pas faire erreur en prétendant que, fût-ce à votre corps défendant – l'expression est mal choisie –, vous prenez plaisir à travailler pour nous…

— C'est beaucoup dire. »

Jérôme prit le temps de la réflexion.

« Soyons clairs une fois pour toutes, monsieur Butte. Si je persévère dans ce projet, c'est uniquement, et je dis bien uniquement, pour tirer un ami des problèmes où il s'est mis. »

Butte le considéra d'un regard à la fois aigu et amical.

« Rien ne vous interdit de le croire, monsieur Walque. À cet égard, savez-vous que votre ami vient de signer un nouveau contrat ? »

Il s'interrompit, tourna son regard vers les étangs. L'ombre y étendait son voile, éteignant l'or des vaguelettes.

« Il m'étonnerait fort que M. Straube parvienne à l'honorer. Avez-vous déjà tâté de la série télévisée ? »

De plus en plus mal à l'aise, Jérôme but pour se donner une contenance. Son verre était presque vide.

« Jouons cartes sur table, monsieur Walque... »

Jérôme recula sur sa chaise.

« J'ai un marché à vous proposer. »

Le soleil avait disparu derrière les marronniers de l'avenue. Les canards semaient des points clairs sur l'eau noire.

Jérôme était sur ses gardes.

« Je ne vois pas lequel. »

Butte plaqua contre ses tempes les deux mèches rebelles.

« C'est pourtant simple... »

Il posa ses coudes sur la table, inclina le buste.

« Continuez ce que vous avez commencé pour nous et... »

Le petit homme saisit entre deux doigts le bord de son chapeau, déposa le couvre-chef sur ses genoux.

« Et de mon côté, je vous donne un sérieux coup de main pour votre nouveau roman. Ne me demandez pas comment… »

Jérôme allait de surprise en surprise.

« Mon nouveau roman ? »

Butte l'arrêta d'un geste.

« Sur Lépide, les témoignages dignes de foi sont d'autant plus rares qu'*in illo tempore*, Auguste s'est ingénié à les faire disparaître. La plupart des historiens en sont réduits aux conjectures les plus incertaines. Or, même avec beaucoup d'imagination, on ne fait pas revivre un homme en se fondant sur quatre monnaies et trois inscriptions. Connaissant votre côté inutilement scrupuleux, je parierais mon chapeau que vous déplorez cette situation. Alors, si je pouvais vous mettre en contact avec une source assez fiable, voire la seule… Qu'en diriez-vous ? »

Jérôme demeura coi. Ce type était-il dérangé ou se fichait-il de lui ? Dans les deux cas, d'où tirait-il ses informations, si précises ? De Jérémie, forcément !

« Qui ne dit mot consent ! Je prends votre silence pour un oui, dont vous n'aurez pas à vous repentir ! Et puisque nous sommes d'accord, je ne vais pas vous retenir davantage. Ne vous faites aucun souci, je m'occupe de tout. À commencer par l'addition. Je reprendrai contact avec vous pour la suite, ainsi que pour la promesse que je viens de vous faire ! »

Jérôme serra la main qu'il lui tendait. Elle était molle et tiède. D'un geste étudié, Gérard Butte coiffa son feutre, lui fit une sorte de courbette et s'éloigna. Jérôme le suivit des yeux. Le petit homme sortit côté jardin. Avait-il réglé les consommations ?

Sur la table, Jérôme chercha en vain les deux tickets de caisse. Quand il releva les yeux, Gérard Butte s'était fondu dans le paysage. En face, l'arrêt du tram demeurait désert.

Derrière son verre vide, Jérôme attendit longtemps le serveur, la main sur le portefeuille. Quand il quitta enfin la table et sortit de la brasserie, personne ne fit attention à lui. Il décida de rentrer à pied. Arrivé au grand carrefour qui marquait l'entrée de son quartier, Jérôme consulta sa montre. Sept heures et demie.

C'était plus pratique avec des aiguilles.

10

II

Son regard ne ment pas – il ne ment jamais. Flaccus est inquiet. Mais l'habitude tempère son appréhension. Ce rêve me poursuit. Sans doute ai-je crié dans mon sommeil, une fois encore. Sa paume quitte le pommeau de son glaive. L'aube se lève à peine et pourtant, il est déjà équipé de pied en cap, prêt à me suivre ou me précéder.

« Tout va bien, Flaccus. Ce n'est rien… »

D'un geste, je le chasse hors de la tente. La lourde draperie retombe derrière lui dans un soupir d'étoffe. J'espère que les hommes n'ont rien entendu. Dans le camp toujours englué d'obscurité, le moindre bruit porte encore loin.

Mes cauchemars comptent au nombre de mes faiblesses. Or les soldats n'ont de respect que pour la force, y compris celle qui s'exerce contre eux. Tandis que mes pieds cherchent mes sandales, une rumeur sourde de seaux entrechoqués et de hachettes fendant du bois parvient à mes oreilles. Le parfum âcre des feux tisonnés s'insinue dans l'air du matin.

Ma gorge est sèche comme du vieux cuir. J'ai encore trop bu, hier. Décidément, je ne puis plus ouvrir une amphore sans en vider la moitié, les meilleurs soirs. Par des matins tels que celui-ci, la vanité de l'ivresse m'apparaît pourtant dans toute son évidence et, pis encore, accentue les désagréments associés à la gueule de bois. Au moins cette faiblesse-là n'a-t-elle aucun témoin sinon Flaccus, dont l'indulgence m'est acquise et, de loin en loin, Quintus que je n'ai jamais vu saoul, même quand nous refaisons le monde autour d'un pichet de vin au miel.

Certaines nuits, je voudrais que le sommeil me saisisse d'un coup, comme la mort, qu'il éteigne ma conscience et ferme les portes au rêve avant que celui-ci ne se présente, traînant après lui son cortège de souvenirs. Depuis tant d'années, j'aurais dû comprendre que le vin ne m'y aiderait pas. Au contraire, il semblerait même que ce traître ait partie liée avec l'ennemi.

Cette nuit n'a pas fait exception.

Pourtant la journée avait été bonne, fertile en nouvelles favorables à la cause des triumvirs. Après une longue bouderie, ennuyé peut-être par les indigentes péripéties de cette guerre paresseuse, Neptune avait changé de camp. À Sextus Pompée, il n'avait guère laissé que le trident d'or de ses pavillons. Au large de Nauloque, la flotte de ses pirates indisciplinés s'était fait battre comme en rase campagne par les fantassins d'Agrippa. Ce dernier connaît ses limites : en bon terrien, il se garde bien de jouer au marin qu'il ne sera jamais. Ses lourdes galères, il les déplace à la manière de cohortes sur un champ de bataille liquide, où les vagues tiennent lieu de broussailles.

Il n'en fallait pas plus pour mettre en déroute les loups de mer arrachés d'un coup à leur élément. Somme toute, les succès d'Agrippa reposent sur la persuasion qui l'habite et qu'il impose. C'est sa force : les armes à la main, ses plans arrêtés, il ne doute plus, au point d'ébranler les certitudes de ses adversaires. Démocharès et Apollophane, ces vieux écumeurs des mers, ont ainsi succombé à son assurance. D'un coup, ce fut comme si la mer s'était retirée sous la coque de leurs bateaux. Ils se sont fait harponner tels des poissons surpris par le jusant. Le vent soufflait pourtant selon leurs vœux.

La mer n'est revenue que pour les engloutir et, avec eux, les espoirs de Sextus Pompée. Il ne me serait pas autrement désagréable d'apprendre la nouvelle de sa mort. Elle achèverait de vider ma querelle avec cette maudite famille. Les mânes de mon frère aîné s'en trouveraient satisfaits, et ceux de mon père. Sextus est en tout cas hors jeu. Ah, il est loin, le temps de Misène, quand Octave songeait à lui donner ma place dans le triumvirat ! Si Antoine l'avait suivi... On a bien raison de dire que la roche Tarpéienne est proche du Capitole. Personne ne sait où erre le rejeton enfin déchu du grand Pompée. En attendant, les débris qui jonchent maintenant les plages de Messine viennent de vaisseaux grecs, la voie du blé est rouverte et Rome vengée de sa faim et de ses humiliations.

Sans conteste, Agrippa est un grand militaire. Chez lui, force, patience et modestie suppléent au génie dont il est dépourvu. Car contrairement à César – dont Octave exploite le nom tel un fonds de commerce –, il cesse de penser dès que l'épée retrouve le fourreau. Jamais, chez un homme aussi puissant que lui, je n'ai connu pareille loyauté. Le mot « amitié » suffit-il à décrire le lien qui l'attache à Octave ? À ses yeux, la sincérité du nouveau César ne fait assurément aucun doute. Agrippa possède trop peu d'imagination pour suspecter chez son maître une quelconque ingratitude.

En somme, il doit être heureux. Quant à Octave, il sait parfaitement quels avantages il retire d'une dévotion aussi inconditionnelle.

Dès qu'Agrippa reparaîtra, les pieds aussi secs qu'à son embarquement, je sais qu'il défendra les intérêts du parvenu de Velitrae avec l'obstination fidèle qui le caractérise. Aussi ferais-je bien d'anticiper son retour et prendre mes dispositions pour agir avec intelligence et surprendre sa lenteur d'esprit. Car en l'absence d'Antoine, je sens bien qu'Octave travaille chaque jour à l'extension de son domaine, au risque de saper un édifice patiemment construit dont, en bon architecte, je me veux le garant.

Pour garder l'esprit clair, mieux vaudrait congédier les miasmes de ce songe récurrent qui mine ma volonté. La tâche serait plus aisée s'il y entrait moins de mauvaise conscience que d'interrogation inquiète sur le bien-fondé de toute ma démarche, depuis le début de ma carrière jusqu'à cette aube blafarde dans l'inconfort d'un camp militaire. Si je n'y prends garde, la nostalgie d'Utique me reprendra et, plus vague, davantage teintée d'enfance, celle de Rome où, déjà, la maison paternelle se pavait du marbre noir numide qui, plus tard, rafraîchirait mes pieds nus dans la chaleur d'Afrique.

Ce rêve résiste à la lumière du matin…

Dans la maison d'Antoine, le marbre est blanc, indigène, et habille les murs de l'atrium. J'ai connu cette demeure quand Pompée la possédait, soit bien avant que mon collègue ne s'en empare sous le couvert d'une loi. Là comme ailleurs, sa soif d'or avilit tout ce qu'il touche. Ainsi la luxueuse Maison aux Rostres prend-elle, au contact de son nouveau propriétaire, l'apparence d'un repaire de rançonneur. J'admirerais presque cette faculté qu'il a de plier à ses goûts déplorables la réalité qui l'entoure. Partout où il passe, Antoine répand sur les choses et les gens qu'il croise un tenace parfum de vulgarité. Davantage qu'au campement ou sur le champ de bataille, ses origines parlent fort au point de couvrir la teneur de son discours. Par bonheur pour lui, il n'a cure de choquer son entourage – mission impossible, en ce qui concerne ses frères – ou ses partenaires – car le terme « amis », très commun dans sa bouche, recouvre un sens très plastique. Je ne parle même pas de Fulvie, sa traînée qui, dans le registre ordurier, l'emporte sur tous les hommes que j'ai connus – et peut-être même ceux qu'elle a connus. Sa seule présence dans les murs donne au palais d'Antoine une atmosphère tenant le milieu entre la maison close et l'officine de sicaires.

Assis sur une chaise d'ébène, Octave masque mal son irritation. Son œil froid parcourt ses longues listes de candidats à la proscription. Dans ce dépôt dédié aux butins de guerre, l'austérité de sa vêture conteste l'attirance des jeunes gens pour tout ce qui brille. Longtemps, l'ombre discrète a convenu à la poursuite de ses desseins. À présent qu'il en sort, le fils adoptif de César veille à maintenir sa réputation d'homme sérieux, dévoué à la mémoire du divin Jules. Antoine, lui, débraillé et un peu saoul, ne fait aucun mystère de ses intentions. Tout le monde les connaît, jusqu'au dernier mendiant de Rome. Le marchandage de vies a commencé. Quelques instants plus tôt, sur les instances de Fulvie, il a réclamé la tête de Cicéron.

Étonné, j'ai tourné la tête vers Octave. Sûr que celui-ci opposera son veto à l'élimination d'un ancien soutien, je n'ai formulé aucune objection. Cicéron ne m'aime guère et mon association de circonstance avec Antoine, après Modène, m'a condamné à ses yeux. Il ne me revient donc pas de le sauver. Octave s'en chargera. Pour ma part, dans son principe, la proscription me répugne. Je suis le fils de mon père qui, en son temps, osa désavouer Sylla et ses horribles procédés. Attendre de moi un quelconque enthousiasme pour cette pratique brutale revient donc à exiger le reniement de mes ancêtres et de mon caractère. C'est trop demander. Pour autant, il me semble difficile de transiger sur la question. Plaider pour davantage de clémence me rendrait suspect. En jouant mon rôle dans cette réunion, je paie le prix du pouvoir. Puisque je refuse de laisser Rome aux seuls appétits d'Octave et d'Antoine, il me faut bien les suivre, à distance certes, mais toujours en vue.

« Je te laisse Cicéron, Antoine… »

D'une main ferme, aux doigts nerveux, Octave inscrit le nom sur la tablette. Puis il pose son stylet sur la table.

Je n'en reviens pas.

Antoine reste debout. Il a du mal à soutenir le regard perçant, presque fixe de son jeune rival. Dans ces cas-là, en panne de plaisanteries, il compense par le mouvement la subite pauvreté de ses reparties. Toujours, l'action lui manque car, par un étonnant paradoxe, elle restaure en lui l'éloquence efficace et musclée des chefs de guerre. Les bras croisés sur la poitrine, il arpente la pièce. Ses pas épousent un motif du carrelage. Cela l'occupe. Il tourne autour d'Octave tel un lion méfiant autour de sa proie.

« Fort bien, Octave, fort bien ! Cette sollicitude t'honore et me surprend. Mais dans ce cas, je prendrai aussi son frère, si cela t'agrée. »

Octave renifle. Encore son rhume.

« D'accord. Mais tu ne toucheras pas à leurs biens. »

Je me tiens à l'écart de leur confrontation. D'ailleurs ils m'ignorent. À leur décharge, j'ai abandonné ma pose d'arbitre. Les coups plus ou moins ajustés qu'ils échangent derrière l'écran de leurs politesses ne m'intéressent pas. En définitive, seul m'importe qu'ils trouvent, à défaut d'un vrai terrain d'entente, l'espace qui leur convient entre les murs de Rome et au-dehors. L'empire est assez vaste pour un partage. Car dès qu'ils commenceront à se déchirer, la ville souffrira plus encore qu'elle a jamais souffert. Après tout, s'ils sont là dans cette pièce, occupés à se jauger sans se sauter à la gorge, à prétendre sauver le bonheur de la cité sans la piller ouvertement, c'est bien à moi qu'ils le doivent. La dette de Rome à mon égard n'est pas moindre que la leur.

« Tu en demandes beaucoup, Octave. Pourtant tu sais que j'ai besoin d'argent. Mes armées m'ont coûté cher… »

Un fin sourire éclaire le masque d'Octave. Comme moi, il connaît la rapacité d'Antoine, qu'alimentent sa frénésie de dépense et ses gaspillages ostentatoires. Des légions, chacun de nous trois en équipe. Dans le nombre, celles d'Antoine ne sont pas les mieux pourvues.

« Si je demande beaucoup, c'est parce que j'obtiens peu, Antoine. Dans tes listes, j'aperçois beaucoup d'hommes riches, pour le bonheur de tes finances, mais nulle part la preuve que tu t'engages à fond dans notre association. Tous te rapportent mais aucun ne te coûte. »

Assis à l'écart sous la colonnade, qui ouvre sur une terrasse, je tente de prendre quelque distance. Une légère brise me rafraîchit les tempes. Mon regard plane sur les sept collines que l'automne patine comme de vieux meubles. Octobre sera clément, cette année. Les fumées des feux domestiques se mêlent à la brume, tendent un voile diapré sur les toits délabrés des faubourgs. Le Tibre luit avec des reflets de métal poli. Cependant mon esprit peine à s'évader, je demeure prisonnier de ce conciliabule qui, pour beaucoup de citadins, va décider de leur vie ou de leur mort. Depuis mon observatoire, ils n'ont guère plus de réalité que des fourmis. C'est l'heure où ils quittent les ruelles ombreuses pour retrouver un instant l'intimité de leurs foyers. Un fumet de poulet grillé vague à travers les couloirs de la Maison aux Rostres. On s'active déjà aux cuisines. Sans doute est-ce pour cela qu'Antoine s'impatiente et qu'il veut en finir.

« J'ajoute mon oncle à la liste. Es-tu satisfait ? »

Octave retient son sourire. Antoine marque un point et cela lui déplaît. Mais au même moment, il s'est rapproché de son but. Au lieu de répondre, il se contente d'opiner. Antoine jubile, ravi de s'en être sorti à si bon compte. Pourtant Octave veut une revanche. Comme il la sait hors de portée avant longtemps, il se rabat sur une proie qu'il estime facile.

« Et toi, Lépide ? Ta liste est-elle close ? Comparée aux nôtres, elle me paraît bien mince ! Nous connaissons la richesse de ta prestigieuse famille, qui te préserve de bien des bassesses, mais la politique a aussi ses raisons. Tes candidats me paraissent trop – comment dire ? – évidents… S'il faut purger Rome de nos ennemis les plus virulents, j'entends aussi la débarrasser de tous ceux qui, dans le secret de leur cœur, pourraient nous chercher noise. Autrement dit, le moment est venu de nous salir un peu les mains si nous voulons, comme tu aimes tant à le proclamer, garantir la paix publique. Comprends donc, cher Lépide, que tes

collègues aimeraient te sentir un peu plus impliqué dans notre alliance. »

Ce petit salaud me connaît à fond. Histoire de me donner une contenance, je rassemble mes tablettes et les parcours d'un œil absent. Tous les noms sont déjà barrés. Ce matin, Quintus a fait pour moi la somme de mes plus cruels ennemis. La tâche me répugnait. Encore n'ai-je recopié qu'une petite partie de ces noms honnis, portés par des hommes qui, en me désignant avec Antoine à la vindicte du Sénat, voulaient me voir périr sous la hache du licteur, ma mémoire flétrie à jamais ! Sur le trajet entre ma maison et celle d'Antoine, mon stylet en avait encore épargné quelques-uns et la longueur des couloirs plaidait en leur faveur.

Non, décidément je ne crois pas qu'on puisse bâtir rien de durable sur le sang de ses ennemis. Pour imposer son évidence, la force se doit d'être tranquille et mesurée. La violence la rapproche trop de la faiblesse.

« Puis-je te rappeler, Octave, que notre alliance, telle qu'elle se présente, résulte pour beaucoup de mes efforts ? »

Bon prince, Octave marque son assentiment d'un geste discret.

« Tu le peux, cher Lépide. Ton art réside dans tes paroles. Antoine comme moi-même, nous savons ce que nous devons à tes bons offices. Mais les paroles, tu le sais, ne suffisent pas toujours… Et depuis Bologne, il me semble que nous avons fait pas mal de chemin. »

Antoine s'esclaffe.

« Bien dit, Octave ! Qu'as-tu à nous répondre, ô grand pontife ? »

Le sang m'afflue aux joues. Une fois encore, je peine à contenir ma vieille colère. L'irréligion d'Antoine parvient toujours à m'estomaquer. Penser que je dois mon sacerdoce aux tripotages de ce petit augure, infoutu de rendre hommage aux dieux comme il convient, instille en moi un doute affreux quant à l'avenir de cette cité. Mais je me reprends vite.

« Tu as raison, Octave. Pas davantage que toi, je ne suis un grand militaire et, au contraire de toi, mon âge ne me permet plus d'entretenir l'espoir de le devenir un jour. La parole est donc mon arme favorite… »

La pique porte. Octave se rembrunit, Antoine glousse. Il faut donner à l'un et à l'autre, surmonter mes dégoûts.

« Par tradition familiale, je sais l'art de gouverner. Et il n'y a d'autre justice que celle de l'État. La proscription n'est sûrement pas le remède dont je rêve pour le mal qui accable Rome, mais en ce moment de détresse publique, je me suis rendu à votre avis. Dès lors, ma modération ne saurait vous porter ombrage puisque je me rallie au principe ! »

Antoine s'agite, brasse l'air de la pièce.

« Tu parles comme un livre, Lépide ! C'est bien beau mais Octave a raison. Il est temps pour toi de descendre dans l'arène et de prendre quelques éclaboussures ! Faisnous grâce de ta philosophie ! Le pouvoir, ça se prend à pleines mains. C'est comme la bataille : ça sent la merde et le sang ! »

Impossible d'avaler ça sans broncher. Je hausse le ton.

« Où te cachais-tu, le soir de l'assassinat ? Si je n'étais pas sorti avec mes troupes de l'île Tibérine, Cassius et ses sbires seraient à ta place, et la mémoire de César salie à jamais ! »

Au tour d'Octave d'apprécier la manœuvre. Il tousse.

« Antoine le dit un peu crûment… »

Dans un rictus, il découvre ses dents blanches – ce qu'il y a de plus sain dans son corps débile. J'ai encore les miennes, si je ne mords plus.

« Mais dans l'ensemble, je suis assez d'accord avec lui. »

La force tient là un beau défenseur ! Enrhumé au premier froid, indisposé à la première vague, il lui faut les doigts d'Agrippa pour le moucher et son seau pour vomir dedans. Si seulement il avait moins d'adresse…

Entre le taureau et le renard, je dois jouer l'anguille – car la murène ne convient guère à mon tempérament. Me revient à l'esprit une fable de mon enfance. Pour se sortir d'un piège, le blaireau tranche lui-même, à coups de dents, la patte prise. Il n'est plus temps de biaiser ni de réfléchir.

« J'entends vos arguments. Mais qu'il me soit permis de dire qu'à mon aune, la violence et le meurtre ne constituent pas des programmes de gouvernement ! Cependant, puisque la situation l'exige et pour que la concorde règne entre nous, je vais vous donner le gage de ma bonne foi… »

Antoine a un geste impatient. Pour lui, c'est assez de mots.

Pour moi, soudain, il y en a trop. Le dégoût me soulève le cœur. Les paroles qu'il me faut dire, un autre Lépide les prononce, dont je veux ignorer s'il est fort ou faible infiniment.

« J'ajoute Paullus, mon frère. »

Octave approuve d'un hochement de tête presque admiratif. Avec moi, il n'a pas de contentieux sérieux à liquider. Mais Antoine, qu'aucun cynisme n'effraie tant qu'il vient de lui, tombe des nues.

« Bravo, Lépide ! Voilà qui est d'un homme ! »

Aussitôt, Octave se lève, rassemble autour de lui les plis de sa toge. Ma concession met pour lui un point final à notre discussion, il semble satisfait. Dans quelques heures, à la tombée du soir, les listes seront clouées au forum et quiconque voudra gagner quelque argent pourra partir à la chasse au voisin ou déposer une dénonciation. La paix publique se paie par la vengeance des puissants. Il faudra m'endormir avec cette pensée.

Antoine a fait apporter une amphore. Je résiste à la tentation – il épice trop son vin – et m'éclipse à la suite d'Octave. Avant de monter dans sa litière, celui-ci me prend à part.

« Bien joué, Lépide ! Tu élimines ton frère et du même coup, tu te débarrasses d'un ennemi. Je n'aurais pas fait mieux. D'ailleurs ce Paullus m'était assez désagréable. Je n'aime pas les traîtres. En reniant les Aemilii, il ne faisait que commencer une carrière… Oui, bien joué ! »

D'une tape amicale sur mon épaule, il prend congé. J'attends que son escorte s'éloigne. Quand elle franchit le portail d'entrée ouvert à deux battants, je renvoie la mienne. Dans la rue, Quintus et Flaccus m'attendent.

Je salue mon lieutenant.

« Alors ? » s'enquiert-il.

Flaccus nous suit, deux pas en arrière, la main droite sous le manteau.

« Tu avais raison, Quintus. Comme toujours. »

Mon lieutenant secoue la tête.

« Comme souvent, Lépide… »

Un vent âpre s'engouffre dans la ruelle, secoue les linges pendus aux fenêtres. Il emporte au ciel la fumée des feux qui réchauffent les échoppes.

« Je ne te connaîtrais pas si bien si je ne connaissais aussi tes ennemis. »

Pour la première fois ce matin, je ris. D'un rire sans joie.

« Mes amis, veux-tu dire ? »

Il grimace.

« En politique, c'est la même chose. »

Un moment, nous marchons en silence. Flaccus nous dépasse. En face déambulent deux hommes dont les visages lui sont connus et dont les mains, comme sa dextre, disparaissent sous des plis d'étoffe. Ils nous croisent, indifférents. Flaccus reprend sa position. Au passage, je l'entends qui récrimine.

« Vous prenez trop de risques, imperator. À quoi bon payer des gardes si vous les renvoyez à la maison ? »

Il n'attend aucune réponse et, en cela, il fait bien. Autre chose me préoccupe. Ou plutôt quelqu'un. Sa sécurité plutôt que la mienne.

« Tu as pris toutes les dispositions, Quintus ? »

Mon lieutenant opine d'un air entendu.

« Il est au courant ? »

Quintus me fait signe que non.

« Ton frère est trop bavard, Lépide. Il se perdrait lui-même. Si tu veux mon avis, il ne mérite pas la faveur que tu lui fais. »

Allons donc ! Quelle faveur fais-je à Paullus en le condamnant ? Dans quelques heures, si je demeure inactif, il n'aura plus nulle part où poser sa tête, sinon sur le billot du licteur.

Pourtant, Quintus a raison et je le sais mieux que personne. Mon frère n'a sans doute pas trahi la famille comme l'insinue Octave. Mais il a changé de nom pour recueillir un héritage en déshérence. Certes, notre aîné l'avait fait avant nous, pour des motifs plus nobles et l'alliance des Scipion. Mais vu la faiblesse de son caractère, je ne suis pas loin de croire que la désertion de Paullus nous a rendu service. Son âme était à vendre.

Sa rancune ne l'autorisait pas à me poignarder dans le dos, à faire cause commune avec le parti de Cassius et, surtout, la lie du Sénat qui voulait ma tête. Il eût fallu l'acheter, comme César s'y était résigné. Si mon frère avait eu un peu de mémoire, l'horreur de son choix lui aurait sauté au visage. Comme les hyènes qui avaient condamné notre père, il a suivi la meute de mes ennemis. En hurlant plus fort qu'eux pour mieux leur plaire.

Pourtant je vais te sauver, Paullus.

Je te condamne mais je te sauve.

Les dieux savent à quel point tu ne le mérite pas.

« Tout est prêt, alors ? »

Quintus baisse la voix, nous traversons une place animée.

« Mes hommes n'attendent qu'un signe pour l'enlever. Et un navire grec mouille à Ostie. J'espère au moins qu'il aura la peur de sa vie… »

Le poids qui m'écrasait la poitrine s'allège un peu.

« Quelle destination ? Il faut que ce soit loin !

— Milet. Il y a pire exil.

— Déjà l'Asie, mais encore la Grèce. Si Antoine ne va pas le chercher là-bas, Octave s'en abstiendra. Il n'a pas le bras si long.

— Sauf s'il veut te nuire, Lépide. Car je doute qu'il soit dupe. »

Nous approchons de ma maison. Les gens armés qui viennent à notre rencontre portent ma livrée. Mon escorte qui revient, sûrement tancée par Junia, toujours inquiète à mon sujet. Soulagé, Flaccus leur fait un signe.

Quintus s'incline et me salue.

« Porte-toi bien, imperator, et salue ta matrone. Il est temps pour moi de veiller à ce que tes ordres soient exécutés. Et rassure-toi s'il y a lieu : personne ne prononcera ton nom. Demande aux dieux de m'assister jusqu'à ce soir. D'après le capitaine, les vents devraient être favorables. »

Tandis que mes gens m'entourent, il s'esquive à travers la foule.

Soudain, une peur terrible m'étreint.

Si Quintus faillissait à sa mission ?

Je ferme les yeux. Derrière mes paupières closes m'apparaît la tête tranchée de mon frère, Lucius Paullus Lepidus.

Les pupilles dilatées, elle me fixe avec une expression hagarde.

Un long cri monte de ma poitrine.

Et d'habitude, c'est à ce moment-là que je me réveille.

Quand je foule ce qui reste d'herbe autour de ma tente, la rosée s'est déjà évaporée. Dans le camp, chacun vaque à ses tâches prescrites. À portée de javelot, les murailles de Messine obstruent les échappées vers la mer. Pour contempler sa riche gamme de bleus entre turquoise et ardoise, éclaboussée de blanc par les touches d'écume, il faut franchir la palissade et gagner un promontoire sablonneux, face à l'ouest. On entend son murmure entre deux sautes de ce vent qui raidit les oriflammes et gonfle la toile des tentes.

Avec l'aide de Flaccus, j'ai revêtu ma cuirasse. Depuis quelques jours, son poids ne me gêne plus, ses courroies ont cessé de me meurtrir. L'habitude fait son œuvre. À croire qu'enfin, Lépide entre dans son rôle de général chef d'armée. Au moins cette carapace de cuir et de métal me permet-elle de dissimuler mes doutes sous les attributs de la certitude. Quant au casque, avec son cimier écarlate, je ne puis me résoudre à le coiffer en dehors de la bataille. Cette bassine à crête me donne l'air d'un coq de basse-cour. J'ignore comment font les autres mais, pour ma part, l'idée me poursuit que ce volatile finit toujours sa carrière sur une assiette, quelle qu'ait pu être sa vaillance au combat. Non, je ne serai jamais un vrai militaire. Car ceux-là craignent si peu le ridicule qu'ils le métamorphosent en sublimité.

Soudain, une rumeur de voix se mêle aux menus bruits du quotidien. D'autres que moi l'entendent, un légionnaire repose sa hache au moment de frapper le bois, un autre cesse d'aiguiser sa lame. Je me retourne. Flaccus accourt depuis la porte nord. D'habitude si calme, il gesticule.

« Qu'y a-t-il, Flaccus ? Tu me sembles bien agité ! »

Il s'arrête à deux pas, se frappe le torse.

« Des parlementaires, imperator ! Ils demandent à te voir. »

La nouvelle me prend au dépourvu.

« Des parlementaires ? D'où viennent-ils ? »

Question idiote – a priori, du moins.

« De la ville, imperator. Des officiers de Sextus Pompée. »

Bien évidemment. Octave est mon collègue, il y aurait intérêt à ne pas l'oublier. À cette heure, il doit approcher de Messine.

« Plennius est parmi eux ? »

Flaccus hésite.

« Je ne connais ni son visage ni ses armes, imperator. Mais on m'assure qu'il conduit la délégation. Ils viennent en paix. »

Aussitôt, je déplore l'absence de Quintus, parti aux premières lueurs de l'aube à la rencontre d'Agrippa. Ses conseils me manquent déjà. La situation prend un tour inattendu. Il n'est plus temps de délibérer, mais d'agir. Mes ennemis me disent pusillanime et lent, alors que je suis prudent et réfléchi. Tout à coup, un détail du paysage s'éclaire dans mon esprit. Mon regard saute la palissade, embrasse les remparts de la ville. Au bout des hampes, les pavillons de Sextus ne flottent plus. Le trident de Neptune s'en est allé avec celui qui s'en parait. Peut-être le dieu a-t-il repris son bien, déçu par la faillite d'un héraut si mal choisi ? On prétend que Sextus a fui comme un pleutre, sitôt consommée sa défaite en mer. Plennius doit l'avoir appris.

Interrogés, les paysans des environs nous ont révélé hier que, talonné par mes troupes, Plennius a trouvé Messine désertée par sa garnison. Il s'y est engouffré, avec toutes ses légions, avant que j'aie pu le rejoindre et qu'Agrippa ait réussi à déployer son armée – l'homme d'Octave attend toujours les renforts de Statilius et de Cornificius, qui battent en vain la campagne sicilienne à la recherche d'ennemis introuvables.

J'imagine la détresse et l'indécision de Plennius qui, sans avoir un instant démérité, se retrouve abandonné par celui en qui il a cru. Voilà qui me donne de précieux atouts en vue d'une négociation.

« Pas question que j'aille à leur rencontre. Je les attends ici. »

Bonne décision. Je le devine à la moue approbatrice de Flaccus.

« Avec leurs armes, imperator ? »

Penser comme Plennius. Agir comme Lépide.

« Oui. Si la confiance doit régner, autant commencer tout de suite. Accessoirement, ils comprendront que je ne les crains pas. Nous avons douze légions, Plennius n'en a que dix, et nous les avons battues. »

Flaccus passe le mot à une ordonnance, qui s'éloigne vers la porte.

Si j'étais un guerrier, je ferais apporter mon casque, sur-le-champ. Mais puisque, dans l'âme, je suis un diplomate, je convoque plutôt mes souvenirs. Inutile de voir Plennius pour savoir que l'architecte du triumvirat prendra sa mesure quand et comme il le désire. Mais la présomption ne m'égare pas. Toujours, je conserve à l'esprit que les hommes se conquièrent par la reconnaissance, si possible sincère, des qualités qu'ils se donnent faute souvent de les posséder. Au jeu de la vanité, il est difficile de me surprendre.

Ces souvenirs-là ne me causent aucun regret.

Bien au contraire, ils me rassurent.

À deux pas de Bologne, au confluent du Renus et du Lavinius, mes hommes ont repéré la presqu'île idéale pour une entrevue. Tous se méfient. Longtemps, Antoine a vécu en proscrit, au hasard des routes et des batailles, sans autres ressources que la fidélité de ses troupes, pourtant éprouvées par l'inégalité de leurs combats. Après avoir longtemps pâli, son étoile retrouve une brillance plus en rapport avec sa popularité. Je n'y suis certes pas étranger. Mais outre que notre alliance gagne à demeurer, sinon secrète, du moins discrète, je n'ai pas oublié sa duplicité quand, tel un chien galeux, il s'est glissé dans mes cuisines pour, en définitive, me voler mes légions à coups de discours bravaches, propres à séduire des soudards en mal de rapine et d'aventure. Heureusement pour lui – et pour moi –, il a gardé assez de lucidité pour voir la légitimité qui s'attache à mon nom et à ma réputation. Sans moi, il passerait aux yeux de l'opinion, ses partisans compris, pour un apprenti dictateur. Il m'a donc, sans tarder et sans rancune, rendu mon bien et mon commandement. Quant à Octave, drapé dans la pourpre de son consulat tout neuf, il commence à lâcher le Sénat qui, officiellement, l'a lancé contre nous. Déjà, Cicéron et ses amis n'entrent plus dans ses savants calculs. Ils ont cessé de servir. Pour lui, désormais, le chemin du pouvoir exige qu'il prenne un nouveau cap.

Pendant une semaine, secondé par Quintus et les plus fidèles de mes officiers – ceux qui, en Provence, ont résisté aux séductions d'Antoine –, j'ai fait la navette entre les trois camps, avançant les propositions, construisant les hypothèses et dessinant les compromis possibles. Nous unissent, outre la fidélité à la mémoire de César, la volonté de rendre à Rome la paix et la stabilité perdues. Il faut donc balayer d'abord devant nos portes puisque aucun de nous n'est en mesure de l'emporter séparément. De son côté, le Sénat nous offre chaque jour les preuves de son désarroi et de son incapacité à gouverner. Un accord entre nous suffirait à faire tomber le fruit déjà mûr et ouvrir toutes grandes les voies de la cité.

L'air de rien, en instaurant un équilibre entre mes futurs collègues, en tenant entre ces deux ogres le rôle de l'entremetteur, j'espère sauver ce qui peut l'être dans les institutions de la République. Les Aemilii l'ont toujours servie et je me vois mal jouer un rôle dans sa disparition. Ainsi, je plaide, non pour une dictature – justifiée ou pas, elle a coûté la vie à César – mais pour une magistrature à trois, collégiale et légale. Responsable d'un sénatus-consulte proscrivant le pouvoir d'un seul, Antoine ne peut se dédire en public. Quant à Octave, en retournant la pourpre de son manteau, il ne perd rien au change et, au contraire, se donne le temps d'avancer ses latroncules sur un plateau débarrassé de pions inutiles.

J'ai gain de cause.

Le triumvirat naît.

C'est le deuxième mais, forts des leçons de l'Histoire, nous ferons mieux que César, Pompée et Crassus.

Mes arguments ont porté, mais aussi mon attention aux détails afin de ne froisser personne. À égale distance, j'ai fait construire des passerelles sur les deux rivières. Ensuite, après avoir réglé le placement des trois armées – chacune en vue des deux autres –, j'ai inspecté moi-même la presqu'île et fait tailler ras les herbes hautes et les buissons. Par égard pour la fonction – et pas pour l'homme –, j'ai offert au consul Octave la place centrale, et Antoine n'y a rien trouvé à redire. Par bonheur, il a évité de m'adresser le moindre signe de connivence qui, aussitôt, aurait mis notre méfiant comparse sur la défensive. La veille, nous nous serions entre-tués. Le soir, après de longues palabres, nous nous sommes séparés bons amis, si le terme revêt une quelconque valeur en politique. Le mot « complices » aurait mieux convenu.

Tandis que je regagne mon camp à la lueur des torches, écrasant sur mes bras les moustiques assoiffés de sang, Quintus me félicite.

Il est pourtant avare de louanges.

Alors qu'aurais-je à craindre de Plennius ? Ce militaire passe pour honnête homme et je n'ambitionne ici rien d'autre sinon mettre fin, dans l'honneur, à une guerre qui n'a plus lieu d'être.

Comme à Bologne, il convient cependant de respecter les formes.

« Donne-moi mon casque, Flaccus. »

Mon garde du corps s'exécute. Je hisse le couvre-chef sur mon crâne. L'objet est malcommode, lourd et froid. Je me promets de l'ôter sous la tente, dès que les présentations auront été faites.

L'attente n'est guère longue. La délégation ennemie arrive à pied, entourée d'un double cordon de mes légionnaires. Les trois officiers marchent sans hâte, avec la dignité qui s'attache à leur rang. À leur tête, je reconnais bientôt Plennius, dont la cuirasse ternie mériterait un coup de chiffon.

Parvenu à trois pas, il s'immobilise et se frappe la poitrine.

« Salut, ô grand pontife ! »

Je n'ai pas revêtu les attributs sacerdotaux. La manœuvre est grossière – à supposer que c'en soit une, ce dont je doute.

« Salut, Plennius Rufus ! C'est le général qui te reçoit, mais le grand pontife apprécie tes respects, qui plaisent aux dieux ! »

Pas trop de raideur. Juste marquer, sans insister, l'ascendant lié à mon statut, puisqu'il me le rappelle. Ensuite seulement, celui dû à la situation.

« Viens-tu me rendre la place ? Ton chef semble avoir fui… »

Ses subordonnés demeurent muets. Il se tourne pourtant vers eux. J'ai visé juste : l'incertitude règne dans le camp adverse. Je dois en profiter et, à l'inverse, afficher une assurance tranquille, dépourvue de morgue. Agir comme si la défection de Sextus n'était qu'une péripétie négligeable et leur abandon, un fait avéré. Pourtant, les forces d'Agrippa commencent à peine à se déployer, notre avantage demeure fragile, voire contestable.

« Voilà une hâte qui sied mal à ta sagesse, Lépide. Tes palissades font pâle figure au pied de mes murailles. »

Il se rebiffe, mais avec tact. Ses yeux ne quittent pas les miens. Plennius sait bien que je le jauge, qu'aucun détail de sa vêture ne m'échappe. Des fils pendent au bas de son manteau usé, souillé de boue claire. Ses joues creusées me disent la fatigue des longues chevauchées, la lassitude des revers annoncés et des retraites imposées. À ses yeux comme aux miens, cet homme n'a qu'un tort : celui d'avoir posé un choix malheureux.

« Trêve de politesses, Plennius. Entre donc sous ma tente avec tes officiers et mets-toi à l'aise. Nous avons à discuter entre hommes d'honneur, pour le bien de nos troupes et le salut de Rome. »

Sur mon ordre, un centurion soulève le lourd pan de toile. À l'intérieur, j'ai fait dresser en catastrophe une table frugale et disposer deux chaises. Plennius et ses compagnons se consultent du regard. Le chef opine et tous trois, rejetant leurs manteaux sur leurs épaules, ôtent leurs casques et pénètrent dans ma tente. Avant de les suivre, je prends Flaccus à part.

« Où reste donc Quintus ?

— Toujours chez Agrippa, imperator.

— Fais-le rappeler. Vite.

— Je m'en occupe, imperator.

— Je n'entre pas sans toi. »

Flaccus approuve ma prudence. Il avise un cavalier numide, lui chuchote quelques mots à l'oreille. L'homme court à son cheval.

« C'est fait. Vas-y, imperator. »

Cet intermède s'avère riche d'enseignements. Non seulement Plennius m'attend pour s'installer, mais il dévore des yeux les fruits disposés dans de grands bols et le pichet de vin qui trône au milieu. Selon toute vraisemblance, la ville ne recèle pas assez de provisions pour soutenir un long siège.

« Prends place, Plennius ! »

Nous nous asseyons face à face, la table entre nous.

« Sers-toi, si le cœur t'en dit. »

Il n'en fera rien, je le sais – mieux, je l'attends.

« Si ce n'est pour te rendre, quel sens donnes-tu à cette visite ? »

Les subordonnés de Plennius froncent les sourcils. L'un d'eux soupire.

« C'est simple, Lépide. Je suis venu sonder ta volonté. »

Adroitement, il passe son tour. Il me revient de me dévoiler. Tactique par trop simpliste, car je perdrais aussitôt l'initiative.

« Me crois-tu assez sot pour révéler mes plans, Plennius ? »

L'esquive me coûte peu. Il apprécie en connaisseur. Cette fois, s'il veut éviter l'offense, il ne peut que donner du mou, avancer un pion.

« Certes non, Lépide. Certes non. Mais tous deux, nous avons des yeux pour voir et une tête pour penser... »

J'attends la suite. Qu'il aille au bout.

« En ce moment précis, nos forces s'équilibrent. Prendre la ville te coûterait cher en hommes sans rien ajouter à ta gloire. »

Il essaie la flatterie, avec moi c'est peine perdue. Sur ce chapitre, j'aurais bien des leçons à lui donner.

« Ce qui est vrai aujourd'hui – et encore, permets-moi d'en douter, Plennius ! – ne le sera plus demain. Agrippa débarque et Octave le suit de près. Cela te laisse un choix, que nous connaissons. »

Bientôt, l'armée des triumvirs excédera ses forces dans une proportion de deux contre un. Son sort est scellé. Il connaît assez la clémence d'Octave envers quiconque s'est dressé sur son chemin pour choisir le vainqueur le plus accommodant. C'est du moins mon souhait.

Je pousse mon avantage. En évoquant mon collègue, une ancienne amertume remonte. Cet ambitieux greluchon n'a jamais cessé de m'irriter. La façon qu'il a eue de me convoquer pour cette campagne tel un subalterne me reste sur l'estomac. Et puis, son goût du pouvoir pour lui-même me choque et me rebute. Qu'est-ce donc que le pouvoir, sinon un moyen ? Pour Octave, il représente une fin en soi, et Rome n'est que le marchepied pour y accéder.

Si on le laisse faire.

Une idée me vient, risquée mais séduisante.

« Je n'ai avec toi aucune querelle, Plennius. Tu es un homme d'honneur et, comme moi, avare du sang de tes soldats. À quoi bon faire mourir nos gens quand la partie est déjà jouée ? Ton chef s'est déshonoré en prenant la fuite, tu ne lui dois plus rien. Alors voici ce que je te propose… »

Un courant d'air me lèche la nuque. Derrière moi, je perçois du mouvement. Quelqu'un vient d'entrer dans la tente. Du coin de l'œil, j'aperçois le pommeau étrusque d'un glaive : Quintus est revenu.

Plennius joint les mains sur la table, avance le buste.

« Je t'écoute, Lépide. »

Quintus se penche vers moi, me chuchote à l'oreille.

« Prends garde… Octave débarquera demain. »

Avant de reprendre le fil de mon propos, j'ai le temps de discerner une ombre qui se profile à contre-jour. Tout affairé, un peu rouge et nu-tête, Agrippa pénètre dans la lumière. Il cherche une chaise et n'en trouve pas. Aucun de mes hommes ne lui en propose. Il s'accote à un poteau.

« Rends-moi Messine et joins tes légions aux miennes. Ainsi, tu feras allégeance à l'armée des triumvirs. »

En présence d'Agrippa, je m'abstiens de décrire le sort qui les attend, lui et les siens, si Octave reprend la main et, pour quelque raison favorable à ses plans, décide d'anéantir ce qui subsiste des Pompéiens. Plennius est intelligent, il comprend vite. Mais il ne peut aussi céder sans contrepartie. Son prestige de commandant ne survivrait pas à un accord honteux.

« La sagesse parle par ta bouche, Lépide… »

Agrippa veut intervenir. Il s'agite, ouvre la bouche pour parler mais hésite, lève la main. Je choisis de l'ignorer. Plennius ne l'a pas vu.

« Je marque mon accord et te cède mes légions… »

Non sans peine, je cache ma satisfaction. Plennius doit absolument croire que je lui fais une faveur. Or, en vérité, un léger vertige me prend. Si tout se passe selon mes vœux, je me trouverai sous peu à la tête de vingt légions, soit plus qu'Octave n'en rassemblera avant longtemps.

Agrippa sait compter, lui aussi. Je le vois qui s'emporte et frappe son poteau du plat de la main. Mais ce jeune homme est trop poli pour interrompre un entretien où personne ne l'a convié – sans doute aurais-je dû.

Aussi, gardons-nous de triompher trop vite. Jusqu'ici, je n'ai rien cédé à mon adversaire. Toute négociation digne de ce nom suppose une forme d'échange, dont l'équité ou la disproportion sanctionnent la force que les parties se reconnaissent. Plennius, comme je le redoute, n'a pas terminé.

« À une seule condition… »

Quintus a rejoint Agrippa. Ils discutent à mi-voix. Davantage que la colère, le souci marque le visage du vainqueur de Nauloque. Mais je ne me laisse pas distraire. Ne suis-je pas le conquérant de Lilybée ?

« N'oublie pas que je t'ai battu, Plennius. S'il faut à nouveau faire couler le sang, j'y suis prêt, sois-en sûr ! »

Devine-t-il ma sincérité ? Il ferait bien, car je ne reculerai pas. La guerre me répugne, mais le bien de l'État, qui est celui de tous, s'acquiert sans égard pour les états d'âme. J'ai accompli des actes plus terribles aux dépens de ma conscience, mais je me serais porté plus mal si je m'en étais abstenu.

« Je ne l'oublie pas, Lépide. Mais comme toi, je pense à mes hommes. »

Quintus s'est replacé à mon côté. Près du poteau, Agrippa a disparu.

« Cela t'honore, Plennius. Que serions-nous sans eux ? Il existe assez de causes justes pour éviter des morts inutiles. Quelle est ta condition ? »

Plennius bombe le torse sous la cuirasse. Sa minceur athlétique commente avec défaveur mon début de bedaine.

« Je revendique pour mes hommes le droit de piller la ville avec les tiens. »

Un murmure unanime, entre surprise et réprobation, s'élève derrière moi. Mes officiers s'indignent. Mon étonnement est d'un tout autre ordre. L'idée même de pillage m'est étrangère. Certes, une armée en campagne doit vivre sur le pays conquis. Et certes, Messine s'est donnée à Sextus Pompée comme une cité de lâches et de putains. Mais comment s'attacher une ville en la mettant à sac, en brûlant ses temples et violant ses femmes ? En cela, la logique guerrière me paraîtra toujours absurde et injustifiable. La violence pour la violence est aussi méprisable que le pouvoir pour le pouvoir.

D'un autre côté, si je désire sauver encore ce qui peut l'être et, à terme, exister pleinement au sein de ce triumvirat, pareille occasion ne se représentera plus de sitôt. Trop de sagesse équivaut à faiblesse. Les deux ogres ont eu beau jeu, voici quelques années, de me spolier dans le partage. Ils m'ont confisqué l'Espagne et la Narbonnaise qui me revenaient de droit. En ajoutant la Sicile à mon Afrique, ce qui ferait sens en terme d'économie comme de géographie, j'instaurerais un équilibre neuf dans notre alliance. Seule, ma présence renforcée au sein du triumvirat éloigne dans le temps la confrontation entre Antoine et Octave et la possible résurgence d'une guerre civile.

« C'est impossible, imperator. Tu dois refuser. »

Je n'en reviens pas : celui qui vient de me parler ainsi n'est autre que Flaccus. Le fidèle, le discret, le respectueux Flaccus.

« Les hommes ne comprendraient pas. Ils sont vainqueurs ! »

D'un geste courroucé, je le fais taire.

« Ils vainquent sans combattre et cela se paie ! »

Flaccus recule et rectifie la position. Son visage s'est fermé.

Plennius attend mon verdict. Ses officiers observent un silence têtu. Nous discutons sur les dépouilles d'une ville encore intacte mais déjà condamnée. Mon cœur se serre. Qui se préoccupe ici du sort de ses habitants ? Des sacrifices ne brûlent-ils pas dans leurs temples ? Leurs prières ne montent-elles pas vers les mêmes dieux que les nôtres ? Que signifient donc ces guerres quand toutes s'achèvent en rapines et en massacres ? Quand tous, du plus faible au plus fort, se livrent aux mêmes iniquités ?

Soudain, j'interroge la raison de ma présence ici, dans ce jeu cruel ou personne, pas même moi, ne se distingue. Que valent mes raisons et mes rêves d'ordre pour ceux que le couteau égorge ?

Mais un seul massacre vaut mieux que deux.

Quintus pose la main sur mon épaule. À nouveau, il veut me glisser un mot dans l'oreille. Je crois savoir ce qu'il va dire.

« Prends garde, Lépide. Si tu déçois tes propres hommes, comment voudrais-tu séduire ceux de Plennius ? »

Le pillage ne leur suffit-il pas ?

« Où est passé Agrippa ? »

Quintus toussote. Notre aparté lui semble trop voyant.

« Il court chez Octave. Apprête-toi à l'affronter. Cet accord, sois-en sûr, va lui déplaire – et je pèse mes mots… Rappelle-toi qu'il voit en toi une sorte de subordonné, soit dit sans vouloir te vexer. »

Cette fois, ma vanité entre en scène.

« Crois-tu que je l'ignore ? Par les dieux, nous sommes trois dans cette magistrature ! Et lui, sollicite-t-il l'avis d'Antoine ? Non, bien sûr ! »

Plennius s'impatiente. Ma décision est prise.

Toute justice comporte sa part d'iniquité.

« Ta condition est acceptée, Plennius Rufus. »

Le camp adverse a le bon goût de dissimuler son soulagement. Cela permet aux miens de tempérer leur déception. Je propose que nous buvions, après une libation aux dieux. J'ai gagné mais, dans ma gorge, le vin a une saveur amère qui ne doit rien à la poix. En mon for intérieur, j'entends crépiter les poutres enflammées des maisons de Messine et râler ses agonisants.

Quintus demeure à l'écart, la coupe en main, la mine soucieuse.

Derrière moi, Flaccus surveille l'assemblée. Mais je le sens distant et, pour la première fois, je regarde le pommeau de son glaive avec ce qui ressemble à de la méfiance. Pourtant j'ai tort, et je le sais.

Sur ce point précis, du moins.

11

Le second réveil s'était avéré plus pénible encore que le premier. Car cette fois, Bénédicte Gardier avait tout de suite su où elle se trouvait, et dans quelle fâcheuse situation. Seule la lumière blanche, froide, aux ombres dures et accentuées, l'avait surprise. Pendant quelques secondes, elle avait tendu l'oreille puis le cou, tâchant de détecter une présence dans la chambre. Le souffle régulier de sa respiration et celui, erratique, de la tempête en train de s'éloigner vers la haute mer constituaient les seuls bruits audibles. En face d'elle, le grand miroir de la garde-robe lui renvoyait l'image étonnamment familière d'une pièce peuplée d'objets inertes, à la notable exception de son propre corps pourtant réduit à l'immobilité. Mais bouger coûte que coûte, démentir cette paralysie imposée par une étrangère dont elle ignorait tout n'était pas son premier souci. Une question la turlupinait. D'où cette lumière provenait-elle ?

Bénédicte fouilla sa mémoire. Aucun doute n'était possible : au moment de la laisser, sa remplaçante avait éteint le plafonnier. Elle s'était donc attendue à reprendre conscience dans une demi-obscurité. Un coup d'œil vers l'entrée lui donna la clef de l'énigme : sans doute entrebâillée, la porte mal équilibrée de la salle de bains avait pivoté sur ses gonds durant son sommeil forcé. Un néon blanc y brûlait, assez vif pour éclairer la chambre adjacente et, surtout, rebondir contre le miroir de la garde-robe où, en levant la tête, Bénédicte pouvait se voir en entier.

Autre motif d'étonnement : aucun de ses membres entravés ne la faisait souffrir. C'était à peine si elle ressentait, dans les doigts et les orteils, quelques fourmillements dus au garrottage de ses chevilles et de ses poignets. Seules ses cuisses, réunies par des liens plus serrés que les autres, lui causaient de légères démangeaisons. Ainsi payait-elle une des rares imperfections de son anatomie, dont la très discrète rondeur ne gâtait néanmoins en rien l'harmonie générale de ses proportions. Ce petit désagrément lui rappelait son adolescence interdite de collants, quand sa mère l'obligeait à porter des mi-bas de laine tricotés par ses soins, soutenus par des élastiques éternellement trop étroits.

Quant au bâillon, il ne gênait pas sa respiration. Avant de partir, l'inconnue avait fait allusion au chauffage de la chambre et au mystérieux danger qu'il y aurait eu pour elle à contracter un refroidissement. À présent, elle comprenait. Par chance, malgré un instant de faiblesse, Bénédicte avait réussi à contenir les grandes eaux de Versailles. Ses narines dégagées l'en félicitaient, car l'air passait difficilement à travers l'incision du bâillon et, surtout, la culotte imbibée de salive qui lui comblait la bouche.

Il n'en demeurait pas moins vrai que, point de vue confort, le gîte s'avérait spartiate. Ainsi, toutes réserves faites, Bénédicte ne pouvait s'empêcher de suspecter un zeste de sadisme dans le fait que son adversaire ne l'avait pas déposée sur le lit ni assise sur une chaise. Elle aurait même pu l'attacher dans le fauteuil club. Sans doute était-ce trop demander ? À sa décharge, la moquette de haute laine se comparait avantageusement au carrelage de la salle de bains ou à la tôle émaillée de la baignoire.

Cependant, depuis qu'elle avait repris conscience, la hanche droite de Bénédicte lui envoyait avec insistance les premiers signaux d'une lassitude physique due à la dureté de son couchage. Au contact presque direct du sol, l'os iliaque dénonçait un passé riche en régimes basses calories. Il y manquait un peu de chair. Si elle avait laissé faire la nature et sa gourmandise, le mince enrobage de ses cuisses se fût révélé plus utile en ce point stratégique, tout aussi exposé à la prise de graisses superflues.

Bénédicte résolut de soulager un peu sa hanche et, d'un coup de reins prudent, se remit sur le ventre. Ainsi, en tournant la tête, elle pouvait garder un œil sur le miroir, élargir son champ visuel.

Aussitôt, sa nouvelle position lui rappela le caractère contraignant de ses liens. Quant à ses timides velléités de mouvement, elles butèrent contre la figure qu'imposaient à son corps les ceintures nouées bout à bout, entre buste et chevilles.

Elle grogna. Son attitude évoquait la pose tarabiscotée d'une captive de marbre dans un triomphe baroque. Plus sérieusement, l'autre avait raison : avec les jambes en l'air, l'emballage tirait de partout. Si l'exercice se prolongeait, il y avait gros à parier que les crampes ne tarderaient pas à se manifester.

Les courbatures, elles, étaient déjà là.

La lucidité aussi. Elle ne pouvait demeurer ainsi.

Fort bien mais, en pratique, comment s'extraire de pareil pétrin ? C'était la question à mille francs. Là, tout de suite, Bénédicte devait s'avouer à court de propositions. Les cordes lui paralysaient l'esprit autant que le corps. Son instinct de battante excluait néanmoins toute forme de passivité. Avant de capituler, la guerrière qu'elle avait choisi d'être – même dépossédée de son uniforme – se devait d'épuiser les recours envisageables.

Faute de mieux, elle fit d'abord appel à sa mémoire professionnelle. Son brevet commando, elle l'avait obtenu avec les honneurs, à force d'abnégation et de volonté, mais les épisodes de cette victoire déjà ancienne s'estompaient au fil des années. Avec application, en quête d'un tuyau utile, elle fit défiler un kaléidoscope d'images floues. Décidés à ne lui accorder aucune faveur, ses instructeurs mâles avaient sorti le grand jeu : balancée d'une falaise au bout d'un câble, soumise à de faux interrogatoires musclés, éjectée d'un avion en vol, roulée sur une pente caillouteuse dans un baril en tôle, immergée au fond d'un bassin d'eau glacée, frappée les yeux bandés à coups de nerf de bœuf, Bénédicte avait eu droit au menu complet, fromage et dessert.

Jamais elle n'avait songé à renoncer.

Par comparaison, cette épreuve en chambre n'avait vraiment rien d'insurmontable. De même, elle avait appris des choses aussi essentielles qu'égorger une sentinelle par-derrière, embrocher à la baïonnette un adversaire récalcitrant ou, de façon plus civilisée et plus ingénieuse, immobiliser un importun en utilisant les objets les plus invraisemblables qui lui tombaient sous la main.

Le monde était mal fait : se libérer d'entraves à la portée du premier scout venu ne figurait au programme d'aucune formation. Pourtant, un des devoirs de l'officier capturé consistait, en toutes circonstances, à rechercher les moyens de son évasion.

Il ne lui restait donc d'autre choix qu'improviser.

Avant l'injection, elle avait tenté de desserrer son corset sans y parvenir. La patience et l'obstination avaient-elles une chance de réussir là où l'énergie et la précipitation avaient échoué ?

Dans cette optique, de quel délai disposait-elle pour arriver à ses fins ? Et aussi, combien de temps avait-elle dormi ? Ce réveil solitaire et prématuré lui offrait sans doute une dernière chance de s'en tirer à son avantage. Car manifestement, toute experte qu'elle pût être en d'autres domaines, la voleuse d'uniforme aurait fait une mauvaise anesthésiste : deux fois de suite, Bénédicte était sortie du cirage en avance sur ses prévisions.

Il fallait mettre cette faute à profit même si, en la tenant dans l'ignorance de son programme et de son horaire, l'autre demeurait maîtresse du jeu. Quelle heure pouvait-il bien être ?

Grâce au miroir, elle put constater que, soucieuse de parfaire son déguisement ou de dégager les poignets de sa prisonnière, la femme lui avait ôté sa montre réglementaire. Bénédicte tourna la tête en direction de la fenêtre. Le jour entre les rideaux découvrait une fine languette de ciel nocturne. Les lampadaires du boulevard diffusaient la même lueur cuivrée. Quelques trams avaient dû passer durant son sommeil, mais aucun depuis qu'elle avait rouvert l'œil. La nuit devait être bien avancée. Si le bristol ne mentait pas, la fête de l'unité durerait jusqu'aux alentours de minuit, heure du couvre-feu. Toutefois, rien ne garantissait que sa doublure s'y incrusterait, ni d'ailleurs qu'elle y prendrait part, une fois son mystérieux travail effectué.

Demeurait, en théorie, l'espoir qu'elle se trahirait ou, mieux, se ferait pincer la main dans le sac, quelle que pût être la nature de celui-ci. Mais vu la déconcertante facilité avec laquelle l'inconnue l'avait envoyée dans les cordes et l'implacable efficacité qui semblait gouverner ses actes, Bénédicte n'entretenait aucune illusion : elle reviendrait.

Voilà qui remettait les pendules à l'heure une bonne fois pour toutes. Le dessert promis constituerait une piètre consolation – il lui restait d'avance sur l'estomac. Non, si Bénédicte désirait sauter l'excursion programmée à son intention et s'épargner du même coup de jouer à la malle des Indes dans le coffre d'une berline ou à l'arrière d'une camionnette, il lui restait peu de temps pour trouver une solution à son problème. Il fallait réfléchir vite.

Dût-elle manquer d'autres repères, Bénédicte persistait à déplorer son ignorance de l'heure exacte. Une estimation grossière l'amenait à penser que minuit sonnerait bientôt. Mais aucune église ne s'était égarée sur le front de mer et, contrarié par le vent du large, le bourdon de la cathédrale ne porterait jamais jusqu'à la chambre 307. Dans les couloirs de l'étage, elle n'avait remarqué aucune horloge à balancier, aucun carillon Westminster susceptible de lui prêter l'assistance de sa sonnerie.

La jeune femme allait céder à l'abattement, quand le soupçon d'une anomalie la troubla. L'impression demeurait vague. Pourtant, elle était prête à en jurer, quelque chose avait changé dans cette pièce – ou plutôt, manquait. Sans qu'elle pût dire lequel, un élément faisait défaut dans la nature morte qu'elle avait sous les yeux. Bénédicte tâcha de se concentrer. L'indéfinissable malaise qu'elle éprouvait mêlait des réminiscences contrastées d'ombre et de lumière. Un motif géométrique se précisait peu à peu dans son souvenir. Après la piqûre de somnifère, tandis qu'elle plongeait dans l'inconscience, l'aura discrète de ce motif, presque rassurante, avait baigné son endormissement. Au moment de sombrer, elle avait cru retrouver un instant sa chambre de petite fille où la veilleuse électrique, gage de sécurité, rougeoyait doucement sur la table de chevet.

Ça lui revenait ! Des chiffres !

Quand Bénédicte chercha du regard les cristaux écarlates du réveil digital, un gémissement de surprise lui échappa.

« Mmmmm ?? »

Un juron suivit de près qui, sans le bâillon, eût ressemblé à un cri de victoire.

« Mmmmm !!! »

Le meuble occupait l'angle le moins éclairé de la pièce. Sur le secrétaire, le cadran de l'appareil n'affichait aucun chiffre !

Ses yeux perçaient la pénombre. Elle distingua le long fil noir, sectionné à son extrémité, qui pendait le long du pied mouluré.

Dans un fulgurant éclair de lucidité, Bénédicte Gardier comprit alors que son ennemie avait commis une deuxième erreur, et qu'il lui appartenait de la mettre à profit. Croyant couper le fil du téléphone, elle avait sectionné celui du radio-réveil ! À coup sûr, ce dernier prévoyait un dispositif contre les pannes de secteur. La pile de secours avait donc pris le relais durant un moment, puis s'était déchargée faute d'avoir été récemment changée – le tout à l'insu de la fausse militaire comme de sa prisonnière.

En conséquence, il y avait dans cette pièce un moyen de communiquer avec l'extérieur ! L'occasion était trop belle. Une énergie retrouvée lui gonflait le moral à bloc.

Les courbatures ? Oubliées !

Bénédicte résolut néanmoins de conserver son calme, afin de mieux analyser les possibilités qui s'offraient à elle. Une ébauche de plan prenait forme dans son cerveau. Avant toute chose, si elle voulait atteindre le téléphone, elle devait récupérer un minimum de mobilité. Pour y parvenir, il fallait absolument débarrasser ses jambes des deux ceintures qui, tendues comme un hauban entre ses aisselles et ses chevilles, lui rabattaient les talons sur les fesses, hors de portée de ses mains liées. Faute de quoi, elle demeurerait le paquet de viande que l'autre avait fait d'elle.

Au nombre de trois – un premier dans le dos, un autre coincé entre ses malléoles et le dernier suspendu en l'air, assurant la jonction –, les nœuds étaient inaccessibles. Or, ils ne se déferaient pas tous seuls. Pour achever de s'en convaincre, elle banda les muscles de ses cuisses, tira de toutes ses forces sur l'assemblage de cordelières. Sous la pression, le cuir de ses bottes grinça. Pareil à un large nœud coulant, le lien se tendit un peu plus sur ses clavicules. C'était du solide.

Elle arrêta les frais. De cette manière, elle n'arriverait à rien.

Un outil, voilà ce dont elle avait besoin ! Le constat n'avait pas varié. Plus tôt dans la soirée, quand l'autre s'était retirée dans la salle de bains, Bénédicte avait procédé à un premier inventaire. Sans succès. En bonne logique, rien ne l'autorisait à croire qu'un nouvel examen livrerait un résultat différent. Mais elle ne voulait prendre aucun risque et se faire un jour le reproche d'avoir baissé les bras trop vite – au sens figuré, c'était entendu.

Son regard fit le tour de la chambre, étudiant chaque détail du décor. Afin de mieux voir, d'embrasser la totalité de la perspective sans oublier aucun recoin, aucun angle dissimulé, Bénédicte s'escrima à basculer alternativement sur le côté gauche et le côté droit. Même le plafond eut droit à son inspection.

Elle arriva aux mêmes conclusions. Aucun objet ne présentait le moindre intérêt. Tous sans exception avaient été conçus en vue d'un usage unique, strictement circonscrit, par des ingénieurs pisse-froid dénués de fantaisie. Ainsi, avec son étagement de cintres, de tringles et de pinces, le valet de nuit donnait l'exemple parfait d'un dispositif efficace, pratique, mais inadapté à toute autre fonction que la sienne.

Tandis qu'elle méditait cette vérité, Bénédicte tiqua. Son regard revint au meuble gracile, haut sur pattes. Il était libre de tout vêtement. La lumière rasante posait un reflet velouté sur les épaules acajou du cintre intégré.

En faisant le ménage tout à l'heure, l'inconnue avait négligé un détail insignifiant pour elle : un autre cintre, en plastique celui-là, pendait à une baguette transversale. Le crochet nickelé brillait dans la pénombre.

L'horizon de Bénédicte s'éclaira. Tout de suite, elle comprit quel bénéfice elle pouvait tirer de ce banal accessoire de rangement. Une fois encore, un souvenir d'enfance vint se surimposer à la déprimante réalité du moment.

C'était un beau dimanche de mai, venteux et ensoleillé. Elle avait revêtu sa plus belle robe. Fidèle à sa promesse, son père l'avait emmenée à la kermesse du quartier. Sans hésiter, elle l'avait entraîné jusqu'à l'auvent bariolé d'une roulotte. Il s'était laissé faire de bonne grâce. Un ruisseau circulaire, au débit régulier, clapotait dans une gouttière en zinc. Tous coiffés d'un large anneau métallique, des canards jaunes en celluloïd y dérivaient au son d'une musique joyeuse. Moyennant quelques pièces extraites du porte-monnaie paternel, Bénédicte s'était vu confier une minuscule canne en bambou, avec la permission de pêcher autant de volatiles qu'elle pouvait, à concurrence de six. L'obligeant forain promettait un cadeau si ce nombre était atteint dans le temps imparti. Son père avait ri. Elle avait réussi.

Cette nuit, un cintre lui tiendrait lieu de canne à pêche ! Pour le canard, elle ne voyait pas meilleur substitut que le gros nœud hirsute à la jonction des cordelières.

Surtout, ne pas traîner.

L'opération à mener se divisait en cinq phases successives :

Primo, rejoindre le valet de nuit.

Secundo, faire tomber le cintre.

Tertio, s'en saisir.

Quarto, introduire le crochet dans le nœud.

Et quinto, désolidariser les deux ceintures.

Attachée comme elle l'était, l'affaire s'apparentait à un tour de force. Un peu moins de deux mètres la séparaient du meuble. Sa posture contorsionnée lui interdisait de ramper. Elle devait donc avancer sur le ventre en travaillant des épaules, des cuisses et des genoux. C'était difficile. Les cordes serraient mais sa démarche précautionneuse, copiant celle d'une grosse chenille, limitait leur meurtrissure. Centimètre après centimètre, Bénédicte approchait de l'objectif. Le profil du meuble guidait sa lente reptation. Soulever le monde n'eût pas été plus dur. La moquette accrochait le lycra de son collant et freinait son corps en sueur. Ses muscles se tétanisaient. Tenus en laisse par les cordelières, ses pieds mouraient, elle ne sentait plus ses orteils au fond de ses bottes.

Mais l'échec n'était pas une option. Bénédicte jeta ses ultimes forces dans la bagarre.

Enfin, au terme d'une progression qui lui parut interminable, son épaule droite toucha le bois verni et froid du valet de nuit.

Éreintée, elle fut d'abord tentée de soulager ses pieds ankylosés, voulut basculer un instant sur le flanc. Mais elle ignorait combien de temps il lui restait : elle renonça.

À ce stade, un nouveau problème sollicitait sa créativité. Le cintre pendait à une hauteur inaccessible à quiconque demeurait couché et ne pouvait envisager de se redresser, même sur les genoux. Pour décrocher l'objet, elle décida de secouer le valet de nuit. Le cintre tomberait – avec le meuble si nécessaire.

Privée de mains, de jambes et de bras, Bénédicte n'avait d'autre choix qu'utiliser sa tête. Celle-ci ferait office de bélier. Un premier coup de boule révéla la légèreté de l'ensemble. Les hôtels modernes sacrifiaient au design sans sacrifier leurs budgets : l'usine avait choisi du bois d'allumettes. Le valet vacilla sur ses pieds, le cintre oscilla. Ça démarrait plutôt bien.

Une frénésie d'action s'empara d'elle. Au risque de s'étourdir, Bénédicte donnait du crâne contre les montants de bois. Repoussé, le valet heurtait chaque fois la porte d'un placard en produisant un raffut de tous les diables. La jeune femme était sur le point de marquer une pause quand, sans crier gare, un objet médiocrement contondant lui tomba sur le coin de l'oreille.

Le cintre tant convoité rebondit contre sa nuque puis, dégringolant au bas de ses omoplates, alla s'immobiliser au niveau des reins, à quelques malheureux centimètres de ses doigts tendus. Le vent tournait. Cette fois, la chance avait décidé de lui sourire !

Creusant le ventre et arrondissant le dos, elle se livra à un délicat numéro d'équilibriste. Avant tout, elle devait s'assurer que le cintre ne prenait pas la tangente et qu'il descendait gentiment vers ses mains liées, toujours privées d'autonomie. Elle procédait par petites secousses, presque des frissons, tortillait du buste et corrigeait au jugé la progression de l'objet.

Ce fut moins ardu qu'elle ne l'avait redouté. Ses ongles cliquetèrent contre le plastique. Avec deux doigts, à pleines mains ensuite, elle put serrer dans ses paumes le précieux accessoire.

Pour orienter le cintre avec un minimum de précision et, sans tâtonner, insérer le crochet entre les glands mêlés des cordelières, Bénédicte avait impérativement besoin du miroir de la garde-robe. En se transportant jusqu'au valet, elle l'avait perdu de vue. Un tour complet sur elle-même s'avérait indispensable.

Jusqu'au bout, il était écrit qu'elle en baverait. À la longue, les cordes devenaient douloureuses. Désagréable entre toutes, l'idée que, d'un moment à l'autre, sa persécutrice pouvait surgir dans la chambre et mettre le holà à sa tentative redoublait son ardeur à la tâche. Patiemment, grognant et transpirant, à petits soubresauts, elle entama une difficile révolution, presque aussi lente que l'ombre sur les repères d'un cadran solaire.

Quand elle fut en position, un vilain point de côté lui vrillait l'abdomen. À force de serrer le cintre par peur de le lâcher, ses doigts tremblaient. Mais elle était prête. Sûre d'y arriver, Bénédicte se mit au travail. Afin de bien tendre les deux cordelières, elle banda les muscles de ses jambes, dont l'insensibilité croissait au fil des minutes. Autour de son buste, l'anneau de coton se resserrait avec la dureté d'un câble métallique.

Régler la manœuvre d'après le reflet inversé du miroir n'avait rien de simple. Elle commettait maladresse sur maladresse. Tantôt le crochet ratait son but, tantôt il ébouriffait les franges des deux glands sans trouver aucun passage à travers la boucle. Ivre de fatigue, Bénédicte faiblissait. À plusieurs reprises, le cintre devenu presque trop lourd manqua lui échapper des mains.

Soudain, une résistance arrêta son geste, ses doigts se crispèrent sur la tige de plastique. Le cœur battant, retenant son souffle, la jeune femme plissa les yeux, scruta le miroir.

« Mmmmm !!! » jubila-t-elle.

Le nœud était ferré ! La pointe du crochet brillait entre les franges des glands de coton ! Elle y était presque !

Enfin, Bénédicte s'octroya une pause méritée, roula sur le côté droit. Ainsi, ses jambes ressuscitaient, le sang circulait à nouveau entre ses orteils. Pour fatiguer le nœud, elle pouvait travailler à l'aveuglette, sans plus se préoccuper du miroir.

Quelques minutes passèrent. La délivrance approchait.

Au bout d'un long moment, Bénédicte sentit qu'une poigne invisible desserrait sa prise. Elle avait presque du mal à y croire, hésitait à vérifier la réalité de ce changement ! Avec une volupté proche de l'extase, elle put enfin déplier ses jambes. Les ceintures s'étaient séparées : toujours nouées, l'une à ses chevilles, l'autre autour de son buste, elles traînaient sur la moquette mais avaient cessé de l'assujettir. Dès ce moment, ramper redevenait possible, voire s'agenouiller ou, à condition de prendre appui contre un mur ou une armoire, se mettre debout.

Bénédicte soupira d'aise. Avant de passer à la suite du programme, elle fit quelques mouvements d'assouplissement. Raidis par une longue contrainte, les muscles de ses cuisses et de ses mollets demeuraient un peu gourds. Cependant, même ligotées, ses jambes pouvaient à nouveau lui servir dans ses déplacements. La tentation de se hisser sur le lit pour y prendre un peu de repos lui traversa l'esprit.

Elle avait mieux à faire. Quand elle se jugea prête, la jeune femme repassa sur le ventre et entreprit de ramper vers le secrétaire. Ainsi, c'était presque facile : les deux mètres qui la séparaient du meuble furent promptement franchis.

Masqué par la perspective, le téléphone reposait sur le bord de l'écritoire. Heureusement, le cordon torsadé du combiné pendait dans le vide, au-dessus de sa tête. Au lieu de se dresser sur ses genoux, qui avaient beaucoup servi, et de pousser l'engin par-dessus bord à la pointe du menton, Bénédicte préféra utiliser ses pieds. Les six centimètres de ses talons faisaient un double crochet aisé à orienter. Elle se mit à l'œuvre.

Les fesses bien calées contre la plinthe du mur, elle leva les jambes et, du bout des bottes, accrocha la boucle de fil plastifié. Dans l'enthousiasme du moment, elle découvrit avec plaisir que les mailles de son collant avaient plutôt bien résisté à l'abrasion des cordes qui liaient ses genoux. Quand tout ceci serait fini, il faudrait noter la marque et racheter les mêmes.

Ça y était presque. Le cordon reposait dans la dépression des semelles, entre cambrures et talons. D'un mouvement ample, elle balança ses jambes tendues vers la gauche. Emporté par le cordon, l'appareil chuta sur la moquette. Le combiné valdingua, rebondit et vint lui cogner le sein droit, pile sur le téton. La douleur lui arracha un gémissement. Mais après tout, de quoi se plaignait-elle ? Un bobo de plus ou de moins… Il serait toujours temps, plus tard, de compter les marques et les bleus.

En attendant, le signal continu qui montait de l'écouteur lui prouvait qu'elle avait vu juste : la ligne fonctionnait. Enfin, elle pouvait distinguer, fût-ce de très loin, la fin du tunnel !

Il ne lui manquait que la parole.

Pendant quelques minutes, Bénédicte frotta ses joues contre le tapis. Ainsi, elle espérait retrousser un coin de ruban et, peu à peu, décoller une première bande, laquelle entraînerait à sa suite le reste du bâillon. Elle dut déchanter. Cela prenait trop de temps. En outre, sitôt soulevés, les fragments de chatterton récoltaient les fibres de la moquette et perdaient tout caractère adhésif.

De ce côté-là, c'était râpé. Elle allait devoir inventer un mode d'expression plus original. Le téléphone exigeait du son et, à tout le moins, une ébauche de langage articulé. Or, avec ses lèvres généreusement tapissées de chatterton, Bénédicte n'arrivait à produire qu'un seul type de consonne – nasale, bilabiale et voisée. Pour narrer ses malheurs à un interlocuteur invisible, c'était un peu sommaire.

D'ailleurs, à qui téléphoner ? Sur ligne fixe, elle n'avait jamais composé le moindre numéro d'urgence. Celui du portable – dont elle n'était pas sûre de se souvenir car il était enregistré – n'avait peut-être aucune validité dans ce cas de figure. De toute façon, l'appel ne serait tracé que jusqu'au central de l'hôtel et rien ne garantissait que la réception, prévenue, donnerait suite à ce qui pouvait passer pour un banal canular – surtout si sa doublure jouissait de complicités au sein de l'établissement. Tout à l'heure, avant de lui indiquer le chemin de l'ascenseur, elle avait fort bien pu trafiquer la base de données et lui attribuer un numéro de chambre fictif. Non, Bénédicte devait à tout prix tâcher de joindre un numéro extérieur. Ce qui soulevait une autre incertitude : fallait-il taper un préfixe ou un chiffre particulier pour obtenir la communication ?

Un essai s'imposait. Comme de juste, elle avait négligé de mémoriser le numéro général du dépôt 63. L'appareil possédait sûrement une fonction de rappel, mais il était un peu tard pour consulter le mode d'emploi. À pareille heure, le secrétariat de l'escadron serait déserté et chez elle, personne ne décrocherait.

Personne, sinon le répondeur.

Ça valait la peine d'essayer.

Le néon de la salle de bains peinait à éclairer ce coin retiré de la chambre. Imprimés en blanc sur des poussoirs gris, les chiffres étaient médiocrement lisibles. Au pifomètre, histoire de vérifier que la chute n'avait pas endommagé l'appareil, la jeune femme tenta de former le numéro de son appartement. Le répondeur lui lirait le message enregistré – exercice rafraîchissant, car il y avait un moment déjà qu'elle n'avait plus entendu sa propre voix énoncer une phrase intelligible. Du bout du nez, non sans hésitations, elle pressa l'une après l'autre les touches minuscules, priant le ciel d'avoir deviné la logique de leur placement.

La tonalité flûtée lui coula dans l'oreille avec la suavité des plus douces musiques. Bénédicte compta les impulsions. Le répondeur tardait à s'enclencher. Avait-elle tapé les chiffres dans le bon ordre ? Si l'essai s'avérait concluant, elle pourrait passer aux choses sérieuses. En pensée, elle récapitulait son alphabet morse et bénissait le stage de remise à niveau qu'elle avait récemment suivi dans un bataillon de transmissions. Pour le S : trois brèves ; pour le O : trois longues. Elle approcha sa bouche du micro.

Il y eut un craquement. On décrochait !

C'était trop simple.

Tout de suite, elle sut qu'elle s'était trompée.

Il y avait beaucoup de parasites sur la ligne. Au lieu de la sienne, une voix masculine résonna dans l'écouteur.

« Allô ? »

Le cœur de Bénédicte cognait à grands coups dans sa poitrine. Sans attendre, elle commença de réciter son texte :

« M-m-m. Mmm-mmm-mmm. M-m-m !... »

Elle tenait la bonne cadence.

Un silence lui répondit. Elle recommença :

« M-m-m… Mmm-mmm-mmm… M-m-m ! »

Cette fois, Bénédicte perçut nettement l'embarras de son correspondant. Pourtant, il n'avait pas l'air de sortir du lit.

« Excusez-moi, je ne vous comprends pas bien. »

Tu parles, Charles !

Bénédicte était à deux doigts de s'énerver.

« M-m-m… Mmm-mmm-mmm… M-m-m !! »

Le silence, toujours.

Une exclamation de dépit lui échappa.

« Mmmmm !!! »

Bravo ! Voilà qu'elle parasitait son propre message !

Bénédicte devait se calmer d'urgence. Elle persévéra.

« M-m-m ! Mmm-mmm-mmm ! M-m-m !!! »

C'était clair, bon sang ! Ce type n'avait pas vu *Titanic* au cinéma, ou quoi ? Trois brèves, trois longues, trois brèves !

Save our souls… S.O.S !

Sauve mon âme, espèce d'abruti !

« M-m-m ! Mmm-mmm-mmm ! M-m-m !!!! »

Des bruits sourds retentirent dans le combiné. L'homme raccrochait-il ? Bénédicte connut un moment de panique aiguë.

« Mmmmmm !!! Mmmmmm !!! » supplia-t-elle.

Catastrophe… Tant d'efforts pour en arriver là ?

« Pardon ? »

Avec tristesse, elle comprit à quel point elle se montrait injuste envers l'inconnu, qui demeurait poliment en ligne.

Pour ce que cela changeait…

Elle s'était bercée d'illusions. Impossible de communiquer. La femme serait bientôt de retour et l'emmènerait elle ne savait où, retardant un peu plus le moment de sa libération. En prime, Bénédicte allait devoir subir un deuxième service de plaisanteries douteuses et de bavardages aussi oiseux qu'humiliants. En tout cas, aucun chevalier en armure n'accourrait à sa rescousse sur son fier destrier blanc. Pareils rêves n'abusaient que les petites filles, ces êtres naïfs et doux qui aimaient les carrousels et la pêche aux canards. Aux grandes filles qui jouaient à la guerre, la vie réservait plutôt des cauchemars à rallonge.

« Bénédicte ? »

Si le chatterton ne s'en était chargé, la surprise lui eût cloué le bec. Ébahie, la jeune femme demeura silencieuse.

« Lieutenant Gardier ? »

C'était à ne pas croire. Comment savait-il ?

« Mmmm ?? »

À l'autre bout du fil, l'inconnu partageait son étonnement.

Et son doute.

« C'est bien vous ? »

Elle renonçait à comprendre cet invraisemblable quiproquo à rebours. Avec empressement, la gorge sèche, elle émit un gémissement approbateur :

« Mm-mm ! »

Elle avait oublié de le dire en morse.

Durant quelques secondes, l'homme se tut. Bénédicte attendit la suite avec davantage de curiosité que d'espoir véritable. La situation lui échappait totalement.

« Je… »

L'homme réfléchissait.

« Je vais voir ce que je peux faire ! »

Puis il raccrocha.

Bénédicte n'en revenait pas. Ça n'avait aucun sens.

D'un coup de reins, elle roula sur le flanc.

Dans le combiné, le signal avait cessé d'émettre sa note tenue. Elle posa sa tempe droite contre la moquette. La veine pulsait sous la peau. Collée de sueur, une mèche de cheveux lui tomba dans l'œil. Elle la chassa d'un battement de cils.

Ensuite, apaisée, elle écouta la rumeur assourdie de l'océan, son rythme binaire et souverain. Les mouettes dormaient encore, le bec dans les plumes. Apaisé lui aussi, le vent chantonnait à mi-voix une cantilène sans début ni fin. Quelque part, une drisse s'obstinait à battre la hampe d'un drapeau. Quand l'aube se lèverait, il ferait bon marcher sur la plage, dans le sable meuble, semé de débris marins et lissé par le noroît.

Bénédicte se sentait moins seule.

Ses cuisses la démangeaient. Elle aurait aimé les gratter. En plus, elle avait soif.

Mais à présent, elle attendait.

12

Cette fois, il passait vraiment les bornes ! La sonnerie du hall d'entrée grelottait en continu. Jérôme préféra ignorer le cadran du radio-réveil. Il s'était mis au lit peu avant minuit. À pareille heure, même les gens malhonnêtes roupillaient depuis longtemps. Pendant quelques secondes, il fut tenté de faire le mort et de laisser Jérémie en plan sur le trottoir, devant la porte close de l'immeuble. Puis, après mûre réflexion, il jugea suspect un tel retour inopiné. Au fil de leurs échanges électroniques, Jérémie avait confessé le caractère gracieux de sa villégiature cannoise. Non, sauf erreur, quelqu'un d'autre que lui maltraitait en pleine nuit la sonnette de l'appartement.

Repoussant la couette, Jérôme chercha ses pantoufles dans l'obscurité. Au moins, l'inconnu ne l'arrachait à aucun rêve digne de mémoire – il l'avait déjà oublié. En attendant, le casse-pieds insistait. Le timbre électrique forait le silence et les tympans. Vu l'heure indue, Jérôme estima prudent de s'assurer au préalable qu'il n'avait pas affaire à des étudiants en goguette. Tant pis pour le raffut, on n'en était plus à une seconde près. D'habitude fort chatouilleux en matière de tapage domestique, le pit-bull du rez-de-chaussée faisait la grève du zèle et demeurait muet. Jérôme manœuvra l'espagnolette, se pencha par la fenêtre du salon. Dans la rue, l'air était frais, le vent humide.

Un duo de quidams poireautait en bas. Le plus petit levait sa face pâle vers les étages et, la main gauche toujours collée à la sonnette, agitait son galure avec la droite. Une épaule appuyée au mur, l'autre regardait la chaussée d'un air profondément ennuyé.

« Monsieur Walque ? »

La rue était déserte. Point n'était donc besoin de hurler pour se faire entendre jusqu'au deuxième étage. Jérôme reconnut d'abord la voix, ensuite seulement la physionomie.

« Monsieur Butte ? Qu'est-ce que vous fichez là ? Vous pouvez arrêter de sonner, j'ai entendu ! Et tout l'immeuble avec moi ! »

Gérard Butte trouva le temps de s'écrier :

« Ne vous inquiétez pas pour ça ! »

Avant de lâcher le poussoir.

La migraine imminente se décommanda. Soulagé, Jérôme se dit qu'il était un peu tôt pour entamer un processus de réflexion et résolument trop tard pour manifester un quelconque étonnement. Incertain quant au bien-fondé de sa décision, il gagna le hall, déclencha l'ouvre-porte et, laissant le battant de l'entrée contre le chambranle, partit à la recherche de son vieux peignoir.

La ceinture avait disparu. Il pesta. Où l'avait-il fourrée ? Tout à fait le genre de gag idiot auquel s'exposaient les romanciers obsessionnels fourvoyés dans la sous-littérature ! Il n'était plus temps de fouiller la garde-robe, car la porte d'entrée grinçait.

Ses visiteurs nocturnes étaient arrivés.

La main gauche accrochée à la ceinture de son pantalon – l'élastique du pyjama commençait à mal supporter les lessives –, Jérôme déboula dans le salon. Vêtu du même complet sombre, Gérard Butte avait déposé son feutre sur une table basse et terminait une étude comparative du moelleux des fauteuils. Il avait fait son choix. L'autre homme demeurait debout.

« Bonsoir, monsieur Walque ! claironna Butte. Excusez-moi si nous vous tirons du lit mais, dans cette circonstance particulière, j'ai dû tenir compte de disponibilités assez restreintes. »

Jérôme lui indiqua le siège sur lequel il avait pris place.

« Asseyez-vous. Faites comme chez vous. »

Butte lui décocha un sourire enjôleur.

« Bien aimable, mon cher Jérôme ! Je peux vous appeler Jérôme, n'est-ce pas ? Force m'est de constater que, contrairement à nombre de vos confrères, vous n'êtes pas du genre à faire des chichis. Cela tombe bien, moi non plus ! Mais laissez-moi me charger des présentations. J'ai un peu triché, vous me pardonnerez : mon compagnon de voyage vous connaît déjà, au moins de nom et de réputation. J'y ai veillé, vous pensez bien... »

Jérôme considéra l'étrange personnage – si l'on pouvait qualifier ainsi, par comparaison, un protégé de Gérard Butte. Sa coiffure, surtout, attirait l'attention. Piqués de fils d'argent, les cheveux châtains, coupés au bol, lui faisaient une sorte de bonnet de bain dont les franges égales couvraient le haut d'un front vaste et ridé. Le visage possédait une certaine noblesse, qu'accentuait la sécheresse des traits. Les yeux rêveurs, clairs au point d'en paraître vides, promenaient à travers l'appartement un regard blasé, incapable de s'attacher aux objets. Aucune curiosité n'animait leur expression figée, lasse et, pour tout dire, un peu absente.

Jérôme tendit la main. Impassible, l'homme la regarda.

La scène demeura un instant suspendue. S'agissait-il d'un affront ? Embarrassé, Jérôme décida que non. À son tour, il examina sa main tendue comme s'il se demandait ce qu'elle faisait là.

Dans l'axe de son regard, il remarqua un détail incongru. Sans chaussettes, au mépris des températures saisonnières, l'homme qui lui faisait face portait une antique paire de sandales à lanières. Le reste de sa vêture affichait pourtant, du pardessus doublé au veston croisé, un classicisme irréprochable.

« Heu… Vous n'avez pas froid aux pieds ? »

Dans son fauteuil, Butte pouffa.

« Ni aux yeux, mon cher Jérôme ! Aux yeux, surtout ! Venir jusqu'à vous réclamait un peu de témérité. Mais je sais me montrer très persuasif. Même si ça déplaît à certains… »

Toujours debout, l'homme s'avisa enfin qu'on lui parlait.

« Ce sont les chaussures, dit-il. Je ne m'y habitue pas. »

La réponse laissa Jérôme dubitatif. Cette situation prenait un tour absurde. Pourtant, il se sentait prêt à tout accepter.

« Prenez un siège, monsieur… ? »

Avec son culot typique, Butte joua les amphitryons.

« Je manque à tous mes devoirs ! Permettez-moi de vous présenter quelqu'un qui, pour satisfaire votre légitime curiosité, a dû parcourir un très long chemin... »

Tandis que Butte jacassait, avec un sans-gêne à peine moins sidérant que son compère, l'homme s'allongea sur le canapé.

« Voici donc, mon cher Jérôme, M. Lépide ! »

Cloué sur place, bouche bée, allégorie parfaite de la stupidité surprise sur le seuil de l'intelligence, Jérôme se demanda s'il devait éclater de rire ou chasser illico, à coups de pied au cul, cet intempestif duo de comiques. Il ne fit ni l'un ni l'autre. Par pure malignité, son pantalon choisit ce moment fatidique pour tenter une descente inopportune. Jérôme le rattrapa de justesse.

« Eh bien, fit-il. Voilà qui est... surprenant ! »

Fier de son petit effet, Butte battit des mains.

« C'est que je tiens toujours mes promesses, mon cher Jérôme ! Pensiez-vous que j'avais oublié notre petit marché ? Ce serait mal me connaître. Je vous l'avais bien dit : en matière de documentation, rien ne vaut la source la plus directe ! Les intermédiaires, tous autant qu'ils sont, racontent des fariboles pour appâter le gogo et vendre leur marchandise. Des milliers et des milliers de pages noircies à travers les âges pour recueillir de vulgaires commérages d'historiens ! À peine mieux que des on-dit ! C'est du vent, tout ça ! Alors puisque je possède un vaste réseau d'amis, il me suffisait de sonner à quelques portes avant la vôtre. Pour autant, je ne prétendrai pas que ce fut facile... »

Ce type en faisait des tonnes. Se rendait-il compte du ridicule achevé de ses propos ? Se voulait-il drôle ? Ou n'était-il pas plutôt, à un degré encore à déterminer, fêlé du bocal ?

Pendant ce temps, la star supposée de la soirée se calait dans le canapé. Le bonhomme y prenait des poses d'odalisque, un coude dans les coussins et le menton sur une main.

Encore heureux s'il ne pue pas des pieds, songea Jérôme.

« Vous avez, me dit-on, des questions à me poser ? »

D'une voix grave, le prétendu triumvir déclarait l'audience ouverte. Au moins, celui-là ne parlait pas pour ne rien dire. On avançait. Jérôme-le-philologue nota le léger accent étranger qui colorait son phrasé par ailleurs châtié. Impossible d'en deviner l'origine. Il avait tendance à transformer les [v] en [w], ainsi qu'à détacher les lettres à l'intérieur de chaque mot.

« Je boirais bien quelque chose, intervint Butte. Vous n'auriez pas au frigo une de ces délicieuses bières ecclésiastiques ? Pour M. Lépide, un verre de gros rouge fera l'affaire, si vous y ajoutez un peu de miel et des épices. Vous avez de la cannelle ?... »

L'éditeur s'amusait. Sans aucun doute, la confusion de Jérôme le ravissait. Mais dans la tempête de questions qui soufflait sous son crâne, celui-ci s'accrochait au bastingage. Peu à peu, une amorce d'explication prenait forme. Non, Gérard Butte n'était pas franchement fou. Au contraire même, il appartenait à cette caste détestable de richards excentriques toujours en quête de divertissements aux dépens de leurs contemporains. L'autre type devait être un comparse – un acteur, peut-être – engagé à seule fin de monter ce canular aussi grandiose qu'il demeurerait privé. Bref, ces deux-là se fichaient de lui.

À moins que… Butte s'était-il mis en tête de concocter une sorte de happening publicitaire ? Envisageait-il de débaucher Jérôme et de lancer les Éditions B & B sur la voie d'une littérature moins portée vers les coquineries et davantage vers l'Histoire et ses grands personnages ? Avec de telles méthodes, ce n'était pas gagné d'avance. Mais en fin de compte, peu importait. Jérôme venait de prendre une décision. Il remonta son pantalon.

Puisque Butte voulait jouer, eh bien, il jouerait le jeu ! En réalité, ce sketch à trois commençait à le divertir.

« Excellente suggestion, mon cher Gérard ! Permettez-moi, messieurs, d'aller chercher quelques rafraîchissements… »

Le soi-disant Lépide inclina la tête en signe d'assentiment. Autant que Jérôme pouvait en juger, celui-là tenait son rôle avec aisance et naturel. Butte, lui, cabotinait.

Sur le chemin de la cuisine, Jérôme fit un crochet par son bureau. Dans la bibliothèque, il pêcha un bouquin relié de skivertex bleu. Le frontispice montrait une tête antique. En gros, la coupe de cheveux semblait correspondre, de même pour les traits généraux du visage. Mais la monographie précisait que l'attribution demeurait sujette à caution. La tête sculptée exhumée lors des fouilles d'Alba Fucens représentait peut-être le frère aîné de Lépide. En vitesse, Jérôme repéra quelques dates dans la chronologie qui figurait en fin de volume. Il ricana. On allait vite vérifier si ces deux rigolos avaient les moyens de leurs ambitions !

Quand il reparut au salon, deux bouteilles et autant de verres posés sur un plateau, ses visiteurs l'accueillirent avec la mimique qui caractérisait chacun d'eux : Butte enthousiaste et rouge d'excitation ; Lépide indifférent et ennuyé, limite sinistre.

« Vous m'en voyez désolé, monsieur Lépide, mais je n'ai plus de miel chez moi. Ni de cannelle. »

Jérôme fit le service. Comme il s'était oublié dans la distribution, il faillit faire demi-tour mais, pressé de commencer, se ravisa et s'installa dans son vieux fauteuil voltaire.

Avant d'aller plus loin, il prit Butte en aparté.

« Ce monsieur parle français, on dirait. Il y a intérêt parce que moi, depuis le temps, j'ai oublié mes déclinaisons… »

L'éditeur sourit avec bienveillance.

« Chacun sa Pentecôte, mon cher Jérôme. Du moins selon ses moyens. Un petit truc facile, qui marche toujours… »

Celui-là avait réponse à tout. Quitte à dire n'importe quoi.

Sur le canapé, l'homme aux sandales s'impatientait. Jérôme se racla la gorge et chercha la meilleure entrée en matière.

« Eh bien, cher monsieur Lépide, je m'avoue pris de court, et le mot est faible… Pour commencer, j'imagine qu'il serait malvenu de vous demander comment vous êtes arrivé jusqu'ici ? »

Jérôme attendit. Lépide – ou qui que ce fût d'autre – regarda Butte d'un air interrogateur. Lequel partit d'un rire aigu.

« Joker ! » s'écria-t-il.

Lépide soupira. Cet entretien l'enquiquinait au-delà de toute mesure. Il saisit son verre, jeta quelques gouttes sur le parquet ciré puis avala une gorgée de pauillac.

« Pouah ! Quelle horreur ! »

Jérôme réprima la pointe d'exaspération qui montait en lui. Non content de saloper son parquet, ce type dénigrait son vin !

« Bien, fit-il. Laissez-moi réfléchir. C'est que votre biographie contient tellement de trous… Mais un point particulier m'intrigue depuis longtemps. À son sujet, il semble d'ailleurs que les historiens soient fort partagés… »

Butte s'agita sur son fauteuil.

« Les historiens, pfff ! »

Il avait déjà sifflé la moitié de son ballon d'orval.

Lépide se raidit sur sa couche, tassa le coussin.

« Eh bien ! Je vous écoute ! »

Un instant, Jérôme fut saisi d'un doute. N'était-il pas en train de donner raison à cette paire de joyeux fumistes ? Mais aussitôt, il se trouva encore plus ridicule qu'eux, se reprit.

« Lors des proscriptions, avez-vous réellement aidé votre frère à fuir ? Vous l'aviez condamné, tout de même ! »

Pour la première fois, un léger étonnement se peignit sur les traits austères du bonhomme. Il dévisagea Jérôme.

« Que me racontez-vous là ? »

Il ne s'en tirerait pas ainsi. Jérôme répéta sa question.

« L'avez-vous aidé ? »

L'autre fronça les sourcils, se caressa le menton.

« Vous me surprenez, monsieur ! Sachez que je n'ai jamais prêté mon concours à aucune proscription ! Moi-même, à une certaine époque de ma vie, j'ai failli en être la victime, alors comprenez mon étonnement, sinon mon déplaisir ! Seriez-vous occupé, par hasard, à salir ma mémoire ? Condamner un frère ! Par les dieux, voilà bien un acte ignoble et barbare, tout à fait indigne d'un citoyen romain soucieux de la renommée de sa lignée ! »

Sous l'attitude maîtrisée, la colère affleurait.

« On vous a trompé, monsieur ! »

Sur ce, il reprit une gorgée de vin, tira la langue.

« Comment peut-on avaler un breuvage aussi infect ? »

L'homme était bon comédien. Sur ce plan-là, Jérôme dut reconnaître qu'il avait affaire à forte partie.

« C'est noté, monsieur Lépide. Autre question... »

Du coin de l'œil, il épia Butte qui, le nez plongé dans son verre à moitié vide, s'offrait une bruyante séance d'inhalations.

« Quand Octave vous a rejoint en Sicile, de combien de légions disposiez-vous ? J'entends : avant la reddition de Plennius. Dans les sources, les chiffres divergent et... »

Lépide fit non de la tête, leva la main.

« Je vous arrête tout de suite, monsieur. Qui est l'homme que vous nommez Octave ? »

D'abord décontenancé, Jérôme revint à la charge :

« Octavien, si vous préférez...

— Connais pas !

— Auguste, alors ?

— Pas davantage. Et Plennius non plus, pour tout dire. »

Tant d'ignorance sous tant de prétention ! Il ne tentait même pas de dissimuler ses lacunes. Ce type avait une bien étrange façon de préparer ses rôles. De toute évidence, il ne maîtrisait pas, ni de près ni de loin, la biographie de son personnage !

« Pour votre gouverne, j'ajouterai que je n'ai jamais commandé la moindre légion en Sicile. Certes, j'y ai jadis rempli la fonction de propréteur. C'est d'ailleurs un fort mauvais souvenir. Ces culs-terreux de province ont failli briser ma carrière à coups d'accusations mensongères. Les dieux m'en soient témoins !... »

De mieux en mieux ! L'homme lui jetait, avec une bonne volonté d'autant plus incompréhensible qu'il l'assaisonnait de morgue, toutes les preuves requises pour dévoiler son imposture. Dans ces conditions, avant de passer au réquisitoire, Jérôme résolut de pousser plus loin son interrogatoire.

Une soudaine nervosité s'empara de Gérard Butte. Il s'était mis à trépigner et, ô miracle, en oubliait de vider sa bière. Légèrement agacé, Jérôme décida de l'ignorer.

« Je ne demande qu'à vous croire, monsieur Lépide !

— Et vous feriez bien !

— Parlez-moi plutôt de votre rôle au sein du triumvirat. Je crois comprendre que lors du premier partage... »

L'homme abandonna sa posture alanguie. Il posa ses sandales sur le plancher, s'assit bien droit sur le canapé.

« Cela devient ridicule, monsieur ! J'ignore quels mensonges les annalistes ont pu répandre sur ma mémoire, mais je puis vous assurer n'avoir, de ma vie, jamais fait partie d'aucun triumvirat d'aucune sorte, pour autant que je sache vraiment de quoi il retourne ! J'ignore d'où vous tenez vos prétendues informations. Autant vous dire, monsieur, que je préfère n'en rien savoir ! »

Interloqué, Jérôme ne savait plus sur quel pied danser.

De son côté, Butte était devenu blême.

Quelque part, il y avait une arête dans le poulet.

« Attendez, fit Jérôme. Vous vous appelez comment ? »

L'autre bomba le torse, roula des épaules.

« Marcus Aemilius Lepidus, évidemment ! »

De plus en plus blême, Butte renchérit d'une voix blanche :

« Évidemment ! »

Jérôme goûtait un début de joie mauvaise.

« Vous avez été consul, si je ne m'abuse ? »

L'autre opina.

« Avec ce vieux crétin de Catulus, oui bien sûr. »

Jérôme triomphait. Lépide avait été consul, mais avec César !

« En 78 ? »

L'homme parut réfléchir.

« LXXVIII ?

— Pardon... 78 avant Jésus-Christ ?

— Avant qui ? »

Jérôme comprenait tout ! Il claqua des doigts.

« Vous êtes mort en Sardaigne !

— J'y préparais ma revanche contre Pompée...

— Et Marcus Aemilius Lepidus est votre dernier fils ?

— En effet, il porte mon nom. »

En proie à la plus vive inquiétude, Gérard Butte avait bondi hors de son fauteuil. Il tournait en rond dans le salon, gesticulait, parlait tout seul. Avec un peu moins de gomina sur ses cheveux, il aurait pu songer à se les arracher. Son teint passait sans cesse du rouge écarlate au blanc livide, comme les ampoules d'une guirlande, selon qu'il fulminait ou poussait des lamentations.

« Bon sang, mais quel imbécile je fais !!! »

Il se bourrait la poitrine de coups de poing.

« Comme un bleu ! Je me suis gouré comme un bleu ! »

Dans la victoire, Jérôme se voulut magnanime.

« Allons, mon cher Gérard ! Tout le monde peut se tromper. Dans ce cas précis, vous avez des excuses. »

Butte leva les bras au ciel, prit le lustre à témoin.

« Ces foutus noms romains ! Comment voulez-vous vous retrouver dans ce bordel ? Système à la mords-moi-le-nœud ! »

Venant de lui, l'expression avait quelque chose de pertinent.

« N'en faites pas un fromage, tout de même ! Votre petit numéro de duettistes n'était pas si mal. »

L'éditeur entra en phase vermillon.

« Vous n'avez pas idée des risques que j'ai pris pour vous ! rugit-il. Moi-même, je n'en reviens pas ! Quel imbécile ! Et tout ça pour les scrupules à la con d'un petit scribouillard qui se la pète ! Non mais je vous demande un peu ! C'est pas croyable ! »

Son visage se décomposa. Il suait à grosses gouttes, rongeait les ongles de sa main droite. La phase livide prenait le relais.

« Mais qu'est-ce que j'ai fait ?... Qu'est-ce que j'ai fait ? »

Pris de pitié, Jérôme se demanda comment consoler le malheureux. L'opacité du contexte ne l'aidait pas.

« Finissez donc votre bière, mon vieux... »

Butte repassa aussitôt sur le mode explosif.

« Vous savez où vous pouvez vous la carrer, votre bière ? Chez vous, la bêtise n'a d'égale que l'ingratitude ! D'ailleurs, mon petit bonhomme, vous avez intérêt à relever la sauce de votre manuscrit ! Jusqu'ici, tout ce que j'ai lu de votre production trouverait place sans problème dans une feuille paroissiale ! Moi, j'appelle ça de l'escroquerie pure et simple ! Vous croyez peut-être que votre petit manège pudibond nous échappe ? »

Lépide senior s'était levé.

« Dites… Puisque tout est dit… »

Butte s'emporta.

« Ah vous, la ferme, hein ! Les Romains de la haute commencent tout doucement à me courir sur le haricot ! Et ennuyeux, avec ça ! Si vous êtes pressé de retourner là d'où vous venez, je suis encore plus pressé de vous y reconduire ! »

L'homme fronça un sourcil, pinça les lèvres et la boucla.

La colère de Butte tomba aussitôt.

« Quelle poisse ! » grommela-t-il, à nouveau blême.

Sur la table basse, il ramassa son chapeau.

« Ça va encore faire des histoires à n'en plus finir. Et pour les couilles du pape, c'est bien ça le plus vexant ! »

Jérôme avait de plus en plus de mal à suivre.

Butte recoiffa son feutre et, l'œil sombre, fit signe à son comparse de lui emboîter le pas. Les deux hommes allaient quitter le salon sans plus de façons qu'à leur arrivée – aucun n'avait serré la main de Jérôme – quand l'éditeur se retourna.

« Inutile de nous raccompagner… »

Jérôme haussa les épaules. Un peu déçu, peut-être.

« Vous voilà bien pressé », remarqua-t-il.

En effet, l'éditeur masquait mal son impatience.

« On jurerait que vous avez le diable à vos trousses ! »

Butte découvrit des dents jaunes de fumeur.

« En d'autres circonstances, monsieur Walque, je vous assure que vous me feriez rire ! Si ! Si ! »

Il toucha le bord de son chapeau et s'en fut. Lépide père ne l'avait pas attendu : les semelles de ses sandales giflaient en cadence les marches de l'escalier. Avant de refermer la porte, Jérôme se pencha par-dessus la rambarde et tendit l'oreille.

La porte du rez-de-chaussée claqua.

Le pit-bull n'avait pas aboyé.

Celui-là ne s'appelait pas Cerbère.

Machinalement, Jérôme regarda sa montre. Elle était arrêtée.

« Ça devient une mauvaise habitude », marmonna-t-il.

Les piles du commerce coûtaient de plus en plus cher et duraient de moins en moins longtemps. Pareil pour les élastiques des pyjamas. D'un geste excédé, il remonta son pantalon.

Son lit l'attendait. Dans maximum deux heures, la journée de travail commencerait. Avant de partir au boulot, il essaierait de remettre la main sur cette maudite ceinture.

13

III

Derrière moi, Flaccus mène nos chevaux par la bride. Je marche vite, pour me calmer. S'il ne tenait qu'à moi, je laisserais la route et je partirais vers les dunes. Le vent rafraîchirait mes tempes brûlantes, emplirait ma poitrine d'un air neuf, revigorant. Au bord des vagues, j'irais contempler la mer et ses espaces infinis, où l'homme ne laisse aucune trace durable de ses bassesses. Par temps clair, je caresse l'illusion d'apercevoir, au-delà des brumes et des miroitements, les côtes rousses de ma chère Afrique. Mais la présence de mes officiers m'interdit cette escapade – ou cette fuite. Parmi eux, certains doutent. Et leurs doutes alimentent des rumeurs qui, après mille détours, parviennent à mes oreilles.

L'affaire du sac de Messine continue de produire des remous. Mes légionnaires digèrent mal le partage imposé avec leurs adversaires ralliés. Il y avait pourtant assez de dépouilles pour deux armées. Quant aux troupes de Plennius, puis-je compter sur leur loyauté, alors qu'elles ont changé de camp en quelques heures à peine ? Plus je les fréquente, moins je comprends les motivations profondes des militaires, quel que puisse être le bord dont ils se réclament. Dans la lutte actuelle, il semblerait bien que pour eux, les causes importent peu. Sont-ils tous devenus de vulgaires mercenaires, sans honneur ni aveu, capables d'égorger demain, pour quelques sesterces, ceux qu'ils défendent aujourd'hui ? Carthage en est morte, autrefois.

Cette idée m'inquiète, je la chasse de mon esprit. Car il faut maintenir le cap, passer outre à mes incertitudes. Cette fois, j'en ai la conviction, les dés ont été jetés, il n'y a plus à reculer. J'ai franchi mon Rubicon. La discussion – ou plutôt l'altercation – que je viens d'avoir avec Octave a définitivement tourné une page du triumvirat.

Agrippa m'avait prévenu. Mais je ne pouvais céder. Au point où nous en sommes, je puis perdre tout, sauf la face. Quant à ma bonne foi, elle ne saurait être contestée, fût-ce au prix des plus vils mensonges.

Nous approchons du camp. Un petit groupe de cavaliers galope à notre rencontre. Quintus chevauche à leur tête. Arrivé à notre hauteur, mon lieutenant démonte, saute à terre et me salue.

« Alors ? Comment cela s'est-il passé ? »

Ma réponse fuse.

« Mal ! »

Je corrige aussitôt.

« Très mal, en fait. »

Quintus règle sur le mien son pas souple, énergique.

« Espérais-tu autre chose, Lépide ? »

Je secoue la tête.

« Si j'espérais ? »

Un vol d'oies traverse le ciel vers l'intérieur des terres. Je les suis du regard. J'envie leur liberté, leur altitude.

« Oui, j'essaie toujours d'espérer… Mais cela dit, Octave ne m'a pas surpris le moins du monde. Ses intentions sont toujours limpides pour quiconque prend la peine d'observer, d'écouter et de réfléchir. Les décisions qu'il prend sont invariablement rationnelles, donc souvent cyniques. Crois moi, ce blanc-bec est un tacticien hors pair – en politique, j'entends – mais en aucun cas un vrai dissimulateur. Il n'a nul besoin de biaiser, puisqu'il avance toujours là où il a pied.

— Au moins, la situation est claire.

— Pour ça, oui.

— Je suppose qu'il t'a donné sa version des faits ? »

Les cavaliers de Quintus nous font escorte. Mes officiers nous suivent à distance respectable. Aucun d'entre eux n'a assisté à l'entrevue.

« Plutôt deux fois qu'une. Rien ne servait de faire tout ce chemin pour l'entendre. Selon Octave, ma présence en Sicile ne se justifie que par l'assistance promise à ses troupes. Autrement dit, il voit en moi un simple lieutenant, tenu à l'obéissance ! Quelle impudence ! Il n'a pas toujours eu ce discours hautain ! En tout cas, si j'en avais douté, ce n'est pas la gratitude qui étouffe ce petit parvenu… »

La cuirasse m'oppresse, je l'ôterais volontiers. Tout à l'heure, j'observais à quel point ce même accessoire prêtait à Octave l'épaisseur et la prestance dont la nature l'a privé. Mais son assurance se passe bien de tels artifices.

« Qu'as-tu proposé ? »

Quintus aime à réfléchir tout en marchant. Il a lu Aristote.

« Simple ! S'il veut la Sicile, alors qu'il me rende l'Espagne. Les indigènes et les colons ne demandent pas

mieux. Au moins, de mon temps, ils ne croulaient pas sous les taxes et les impôts. Administrer une province, c'est bien autre chose que la saigner pour faire la guerre et lever des légions... »

Nous arrivons en vue du camp. Je distingue la palissade et les tours d'angle. Le vent chasse les fumées des feux. Sur la ville, les incendies sont éteints, les foyers domestiques se réveillent lentement.

« Et qu'a-t-il répondu ? »

J'ai un rire de gorge presque douloureux.

« Rien. Ou presque. D'ailleurs c'était inutile. Je savais qu'il resterait sur ses positions. Selon lui, je l'aurais outragé. Il m'a tourné le dos, congédié comme un malpropre. En l'absence de témoins, c'est encore heureux pour la belle façade du triumvirat. Un moment, j'ai même craint... »

Contrarié, je m'interromps. Mon lieutenant m'interroge du regard. J'en ai trop dit. La forfanterie et la bravade m'insupportent.

« J'étais à sa merci... Nous n'aurions pas pesé lourd. »

La réalité du danger me frappe davantage, maintenant qu'il s'estompe.

« La mort ne m'effraie pas, Quintus. Il est un âge où comptent davantage l'idée que l'on se fait de soi-même et le souvenir qu'on laissera à ceux qui demeurent. D'autres Aemilii porteront mon nom et poursuivront ma lignée. Mon père, vois-tu, n'a pas craint d'affronter plus puissant que lui, au nom d'une cause qu'il jugeait équitable. Il est mort en exil, mais en accord avec ses choix. Personne ne songerait à dire qu'il fut un homme parfait. Ses détracteurs sont d'ailleurs encore nombreux et très actifs. Mais il a fait ce qu'il pensait devoir faire avec les moyens dont il

disposait. Alors… J'en possède davantage que lui et j'en ferais moins ?… »

Nous remontons sur nos chevaux. Un général qui se respecte doit soigner ses entrées au moins autant que ses sorties.

« S'il s'agit de ta vie, tu n'avais rien à craindre d'Octave.

— Crois-tu cela ? Si tu l'avais vu à Pérouse, ordonner le massacre… »

Quintus hoche la tête.

« Tu viens de le dire, Lépide. Les basses besognes, il les fait exécuter par d'autres. Les nobles aussi, d'ailleurs – Agrippa lui sert à cela. Et puis, surtout, il n'oserait jamais s'en prendre à la personne du grand pontife.

— Foutaise ! Il ne croit qu'en lui-même.

— Mais il a de la religion. L'un n'exclut pas l'autre.

— Cela devrait me rassurer, j'imagine. »

Les sentinelles nous saluent. Leur tenue dépenaillée me renseigne. Ce sont des ralliés de Plennius. Notre groupe franchit la porte décumane.

« Quoi qu'il en soit, aussi vrai que je m'appelle Quintus, Octave ne va pas en rester là, sois-en sûr. Il ne s'avoue jamais vaincu et ici, pour une fois, le temps joue contre lui. Alors attends-toi à un mauvais coup. Il pourrait très bien venir de l'intérieur. Une chose, principalement, m'inquiète…

— Laquelle ?

— J'ai mes entrées dans les tentes et les popotes. Ça discute beaucoup parmi la troupe. Je ne dois pas te rappeler l'effet désastreux de certaine décision récente. De toute façon, le mal est fait. Les uns t'en veulent, les autres se méfient. Les Africains connaissent ta valeur et te resteront

fidèles, mais je n'en dirais pas autant des légions que t'a cédées Antoine…

— Je manque de panache et de gueule, tu me l'as déjà dit.

— N'attends de moi aucun reproche, Lépide. Juste des conseils.

— Pour le sac, avais-je un autre choix ?

— Oui, et tu sais parfaitement lequel : faire couler le sang.

— À seule fin de me faire apprécier par des imbéciles ?

— Entre autres, imperator. Puisqu'ils le demandaient… »

J'ai faim d'air vif. Dans le camp vaguent des odeurs de crottin, d'urine et de graillon. Un énorme soupir vide mes poumons.

« Les parts auraient été plus larges, évidemment. »

Par le passé, entre deux guerres, ils redevenaient agriculteurs. J'aurai connu cette Rome-là. Elle est bien morte.

« Quand les soldats se passeront de généraux, le monde sera-t-il meilleur ? Si je le croyais, j'aurais pris une autre décision. »

Flaccus nous a précédés devant ma tente. Je descends de cheval et, d'un geste bref, congédie mon état-major.

« Suis-moi, Quintus. Et toi, Flaccus, aide-moi donc à déboucler cette fichue cuirasse. Avec l'inaction, on dirait que j'engraisse. »

Un cruchon traîne sur la table. Je remplis un gobelet. D'un signe, Quintus refuse celui que je lui tends. Tant pis pour lui.

« À présent que tu connais la situation, que me conseilles-tu ? »

Ses épaules se voûtent. Il cherche un siège. Une boucle de la cuirasse résiste aux doigts épais de Flaccus, qui ronchonne.

« Restez donc tranquille, imperator. »

Si c'en était un, le conseil me paraîtrait bon.

« Quand tu auras fini, va me rechercher du vin. »

Quintus approche un siège de la table, y plante ses coudes. Il me regarde vider le gobelet à longues gorgées.

« Ne t'inquiète pas, dis-je. Ça n'ira pas loin. Pas ce soir. »

Son scepticisme me blesse. Tout me blesse, aujourd'hui.

« Tu ferais bien de te reprendre, Lépide. »

Pour la première fois depuis que nous nous connaissons, je lis dans ses yeux davantage que de la complicité : une réelle compréhension.

« Tu es à la croisée des chemins. Plusieurs voies s'ouvrent à toi. Aucune n'est sans risque. En ce moment précis, une seule question doit te préoccuper.

— Laquelle ? »

Quintus fait craquer ses doigts, pèse ses paroles.

« Quel but poursuis-tu en agissant comme tu le fais ? »

C'est à mon tour de réfléchir. Je pose le gobelet sur la table, renonce à le remplir. Un poids quitte mes épaules. Flaccus emporte la cuirasse.

« Le maintien de la paix suppose un équilibre général entre les différents pouvoirs ! Cet équilibre, je veux le préserver, à tout prix. Octave prend trop de place et Antoine a oublié Rome… Si je demeure immobile, l'édifice va s'écrouler et Rome ne verra pas de sitôt la fin de ses malheurs ! Nous allons, je le crains, vers l'hégémonie d'un seul homme… »

Quintus hausse les épaules.

« Cela te va bien, de dire ça ! N'as-tu pas fait nommer César dictateur ?

— Octave n'est pas César ! Il n'a ni sa générosité ni son aura. »

Le doute, toujours ce fichu doute qui s'insinue dans la moindre de mes décisions, qui lézarde mes convictions si fragiles car si chèrement acquises. Ah, si le pouvoir éclairait les hommes qui le détiennent, au lieu de leur souffler à l'oreille que la raison et la vérité n'y ont aucune part.

« Fais appel à Antoine ! Par le passé, votre alliance a fonctionné. Pour rétablir l'équilibre qui t'est si cher, il suffit de déplacer un poids.

— Antoine ? Ha ! Il se fiche pas mal de Rome ! C'est un carnassier, uniquement soucieux de ses appétits. Au moins, Octave a le sens de l'État, ne serait-ce que pour le mettre à son propre service. Et puis quoi, j'opposerais ces deux fauves ? J'ai passé ces dernières années à prévenir cette confrontation. Quitte à me faire dévorer tout cru, ce serait aller à contre-courant de ce que je recherche ! Pourquoi crois-tu que j'ai conçu ce triumvirat ? »

Sur la table, Quintus prend un gobelet vide, qu'il remplit avec une lenteur étudiée. Son esprit agile cherche à contourner l'obstacle.

« Tes scrupules t'encombrent, Lépide. Ils l'ont toujours fait. »

Songeur, il porte le gobelet à ses lèvres.

« Les voies du pouvoir sont de deux types... »

Il marque une pause. Sa pensée se précise.

« La voie droite, c'est celle d'Antoine. Il fonce à travers tout, quoi qu'il en coûte – à lui-même comme à ses adversaires. Cette voie ne va pas sans violence, souvent

aveugle, ni sans le courage ou l'inconscience que réclame cette violence… La voie tortueuse, c'est celle d'Octave. En toute circonstance, elle épouse les méandres de la fortune et se préoccupe peu d'honneur et d'intégrité. Patience et violence peuvent servir ses buts sans aucune contradiction. Au total, elle exige plus d'intelligence que de courage… Voilà les deux voies. »

J'attends sa conclusion, même si je la connais.

« Te reconnais-tu dans l'une de ces deux voies, Lépide ? »

Une terrible lassitude m'écrase.

« Non. »

Quintus sourit à la toile du plafond.

Accrochée à son support, la cuirasse vide me ferait presque croire que, déjà, Lépide a disparu, qu'il a quitté la scène en y laissant sa défroque.

« J'aimerais en inventer une autre, de voie…

— Ou revenir à une voie ancienne ? Tes ancêtres ont si bien servi la République… J'ai du mal à croire que cela t'indiffère. »

Un autre gobelet ne me fera aucun mal. Je me ressers. Quintus m'imite. Nous offrons une libation à Neptune.

« La République est morte, Quintus. Mais tu as raison sur un point : cela me chagrine. Il faudrait créer un nouveau système. La tâche est immense. César aurait pu, peut-être… fût-ce au prix d'une dictature.

— Tu vois ? On n'en sort pas !

— Mais toi, Quintus ? À force de lire les philosophes… »

Il rit.

« Crois-moi, ils butent tous contre un mur.

— Lequel ?

— Celui du monde tel qu'il est. »

Je suis loin d'être saoul et pourtant, un vertige me prend. Le monde est si grand et je me sens si petit. L'hubris dont parlent les vieux Grecs n'a-t-elle pas, dès le départ, obscurci mon jugement ? Les dieux aveuglent ceux qu'ils veulent perdre. Faute d'être fort, je me suis cru malin.

« Ma principale erreur, Quintus, je la connais. »

Il lève son gobelet. Nous trinquons.

« Et quelle est-elle, imperator ? »

Le vin, ce soir, ne me consolera pas.

« J'ai parié sur l'intelligence… »

Quintus acquiesce.

« C'est une erreur, dit-il. Mais pas une faute. »

Nous buvons. Flaccus a posé sur la table un pichet plein. Pourtant, nous n'y toucherons pas.

*

Le vent souffle du nord. Au murmure continu des vagues, il mêle une rumeur de colère et de clameurs. Autour de la tente résonnent des courses précipitées. Tout de suite, je sais qu'il se passe quelque chose d'anormal. Et presque aussitôt, la certitude m'envahit : il est là, à l'intérieur de mon camp. Pourquoi m'en étonnerais-je ? La venue d'Octave était écrite dans les astres et son dessein aussi lisible que les constellations.

Flaccus fait irruption, toujours aussi inaccessible à la peur mais mesurant le risque à son juste poids. Quintus le suit de près.

« Il est là, imperator ! »

Je sais déjà mon rôle. D'abord, revêtir ma cuirasse.

« Fort bien… Et que fait-il ? »

La cuirasse me semble soudain plus légère qu'hier.

« Il harangue les hommes, imperator. Et ils l'écoutent ! »

Octave orateur, voilà un spectacle à ne pas manquer. Avec sa gestuelle empreinte de raideur et sa voix de fausset, comment s'y prend-il pour séduire la soldatesque ? Il y aura là, pour moi, quelque enseignement à tirer.

Flaccus serre les boucles de ma carapace. Mon corps se ramasse, prêt à bondir. Je tâche de concentrer la colère qui est en moi, de canaliser sa force. Moi qui, par nature, hais la violence, il me tarde à présent de sortir, d'aller à la rencontre de cet ennemi, de relever son défi.

« Comment est-il entré ? »

Quintus est venu avec quelques cavaliers. Je remarque aussi deux de mes officiers les plus fidèles, originaires d'Utique comme leurs hommes.

« Par la porte. Il n'a pas dû parlementer. Le nom de César fait toujours des miracles, il n'oublie jamais de s'en servir. »

Mon poing s'abat sur la table.

« Que sait-il de César ? C'est à peine s'il l'a connu ! »

Croient-ils en ma colère ? Si ces hommes m'ont suivi jusqu'ici, je préfère penser que je le dois davantage à ma compétence qu'à mon caractère. Chez les gens de mon espèce, l'emportement n'est qu'une faiblesse.

« Allons donc écouter ce qu'il a à nous dire. Après tout, ne l'oublions pas, jusqu'à nouvel ordre, Octave est encore notre allié ! »

Nu-tête, je sors de la tente le premier. Ma petite escorte m'emboîte le pas. Il n'y a pas loin à marcher. Un attroupement s'est formé non loin de l'autel. À grand-peine, nous nous frayons un passage parmi les légionnaires qui continuent d'affluer. L'ensemble compose un auditoire vaste et bigarré. J'y reconnais, en grosse majorité, des natifs de la métropole, mais également les soldats de Plennius. Méfiants ou indifférents, les auxiliaires numides demeurent à l'écart. Flaccus me précède, maintenant. Aidé de trois centurions, il fend la foule agglutinée autour d'une estrade improvisée avec des planches et des madriers. Certains ont escaladé les chariots du ravitaillement, d'autres n'ont pas craint d'envahir les abords de l'autel.

« Place ! Place ! » hurle Flaccus.

Soudain, sans que les cris de mon garde y entrent pour quelque chose, tout se tait autour de nous. Une puissante vague de silence noie les bruits du camp. Seuls la mer et le vent bravent encore la voix grêle de l'orateur. Pour l'apercevoir, je dois jouer des coudes car mon escorte n'avance plus.

Droit comme une lance, le teint livide mais les yeux pleins de feu, Octave parle. Ses gestes sont rares, mais chacun d'eux est théâtral, appuyé. Dans sa cuirasse, il en imposerait presque. En outre, il est venu seul, ou à peu près. Moi-même, je me surprends à admirer ce courage aussi indéniable que calculé. Car la force de sa conviction ne repose jamais sur le hasard.

Longtemps, la teneur de son discours m'échappe. Je n'en saisis guère que des bribes. Peu importe, je peux remplir les blancs. Il y est question de « fierté romaine », de « fidélité à César », de « gloire sans partage », d'« union des énergies », de « grandeur de l'empire » et de « paix dans l'honneur ».

Mots creux qui, dans ma bouche, feraient rire ceux qui les boivent.

Pas dans la sienne.

Les soudards l'écoutent, fascinés. Sur leurs trognes attentives, je reconnais la puissance des rêves que d'autres rêvent à leur place. Tous se sentent compris – c'est sans doute vrai – et respectés – rien n'est plus faux. Octave l'a bien senti : il enfonce le clou, pétrit cette pâte humaine avec le secret mépris que lui procure sa connaissance instinctive des masses. Lui, du moins, sait à qui il s'adresse. Lui, du moins, ne désire que ce qu'il peut saisir.

« D'ici, je peux facilement l'abattre, imperator. »

Flaccus n'attend qu'un ordre de moi. Je sais qu'il le fera.

« Non… On ne contre pas une parole avec un pilum. »

Octave s'épuise, la sueur colle ses cheveux, mais le discours touche à sa fin. La foule se lâche. Partout, ce ne sont que vivats et cris d'enthousiasme. Des légionnaires veulent hisser leur nouveau héros sur un pavois. Il les arrête. Il n'a pas terminé. Je ne sais s'il m'aperçoit dans la cohue. Pour lui, le moment est venu de porter le coup décisif. Je l'attends.

Ça commence. Octave dresse mon portrait. Il se veut drôle, tout en laissant percer une once d'indignation. Ma prudence bien connue devient, au mieux, de l'indécision, au pire, de la couardise. Mon peu de goût pour la violence se mue en mépris pour l'âme guerrière. Le pas vers la fourberie et la paresse devient aisé : il le franchit. Les premières huées montent.

Elles me sont destinées mais, curieusement, la masse ignore ma présence pourtant voyante. Octave agit d'ailleurs comme si j'étais absent. Autour de moi, mes fidèles resserrent les rangs. Malgré leur courage, ils ne pourraient faire barrage à cette houle humaine.

« Il faut partir, imperator », souffle Flaccus.

Fasciné, je demeure immobile. Les cris de ralliement s'ajoutent aux cris de joie. Ils semblent monter d'une énorme poitrine. Octave triomphe, tente mollement de calmer la foule domptée, conquise.

« Attention ! »

Octave a fait un pas de côté. Un javelot file à travers l'espace et va se ficher dans la toile d'une tente. Un de ses officiers déploie les pans de son manteau, d'autres dressent leurs boucliers pour faire obstacle aux traits suivants, qui n'arrivent pas. Lorsque Octave reparaît, un de ses séides montre à tous un point de sa cuirasse. Un impact creuse le métal.

« Bien joué », gronde Quintus.

Le projectile ne vient pas de chez nous. Je le sais aussi bien que lui.

L'effet est immédiat. La soldatesque crie à la trahison. On réclame vengeance. Cette fois, Octave accepte l'hommage des hommes qu'il a séduits. Au risque de perdre l'équilibre, il grimpe sur un bouclier.

Quintus profite du délire ambiant pour commander une retraite précipitée. Personne ne nous arrête. Une fête sauvage se prépare.

Octave m'a vaincu sans même m'affronter.

Tandis que nous regagnons ma tente, Quintus donne des ordres. Pour ma part, j'en suis incapable. Il nous reste une quarantaine d'hommes sûrs, ses cavaliers et quelques-uns de mes Africains.

« L'argent d'Octave circule déjà ! » lance-t-il, amer.

Tout va très vite, comme dans un mauvais rêve. Les premières tentes sont démontées. Le camp commence à se vider. Les officiers ne réagissent pas. Au contraire, la plupart dirigent la manœuvre. Avec une curiosité paresseuse, les auxiliaires numides regardent passer les légionnaires qui, par cohortes, avec armes et bagages, commencent à gagner le camp d'Octave.

Galienus arrive, hors d'haleine. Il commande la légion d'Utique.

« Je tiens encore mes hommes, imperator ! Ils te demeurent fidèles. Ordonne qu'ils s'opposent à ce honteux exode, et ils marcheront ! »

Flaccus m'a apporté mon casque. Je pourrais le coiffer.

« J'apprécie ta loyauté, Galienus... »

Comprendra-t-il ma décision ?

« Je t'en supplie, Lépide. Montre-toi aux troupes ! Tes ennemis prétendent que tu es mort ! Dès que mes hommes te verront, ils te suivront ! »

Parler me demande un immense effort.

« C'est trop tard, Galienus. Je m'en voudrais de faire couler le sang de mes amis. Il y a de meilleures causes que celle de Lépide. Les dieux ont clairement fait leur choix. Puisque je suis leur interprète, j'aurais mauvaise grâce à contester leur arbitrage. Il m'arrivera ce qu'ils ont décidé. »

Galienus accuse le coup. Son regard me sonde. Dans le mien, il lit toutes les réponses qu'il cherche. Cela me soulage. Il s'incline.

Avant de partir, l'officier me salue. J'ai conservé son respect. C'est pour moi une victoire inattendue. La plus belle, peut-être. La dernière.

Je me tourne vers mes derniers fidèles. Aucun d'entre eux n'est resté par intérêt. Tous savent que leur vie et la mienne sont liées. Tous l'acceptent.

Sans doute est-il encore trop tôt pour désespérer des hommes.

« Messieurs, il me reste à vous remercier de m'avoir servi. J'ai tenté de gouverner du mieux possible, pour le bien de Rome, en donnant à chacun ce qui lui revenait. La Victoire a fait un autre choix. La véritable noblesse impose qu'on se plie à ses verdicts. Je vous libère donc de mon commandement. Que la fortune vous soit favorable ! »

Personne ne souffle mot. Plusieurs s'inclinent. J'en vois un qui pleure.

« N'ayez pour moi aucune crainte. Je sais ce qu'il me reste à faire. »

Enfin, tous se pressent autour de moi. Les adieux sont brefs, émus.

Quintus pose sa main sur mon épaule.

« La clémence d'Octave étant ce qu'elle est, je vais disparaître un bon moment, avec mes hommes. Le monde est vaste. Sois prudent, Lépide !

— Nous reverrons-nous ? »

Un sourire fait trembler ses lèvres.

« Je crois bien, ami. Octave n'est pas idiot. Pourtant, je parierais mon glaive que tu ne chercheras pas à sauver ta peau.

— Puissent les dieux t'entendre, Quintus. »

Il rit.

« S'ils n'entendent pas le grand pontife, qui entendraient-ils ? »

Nous nous serrons la main.

« Adieu, Quintus !

— Au revoir, Lépide… Ne t'inquiète pas.

— M'inquiéter ? »

Il me lance un dernier regard malicieux.

« Je saurai toujours où te trouver ! »

Puis il s'éloigne, rejoint ses hommes et prend le chemin des écuries.

Un dernier homme est resté. Flaccus.

« Adieu, imperator. Ce fut une joie et un honneur de te servir. »

Dans son salut, il met toute l'émotion qui sied à un vieux soldat. Une tristesse sans bornes m'envahit. Je sais ce qu'il va faire. Je sais aussi que personne, les dieux compris, ne pourrait l'en dissuader. C'est ainsi.

« Ton souvenir ne me quittera pas, Flaccus. »

Il s'incline puis, sans un regard, disparaît.

J'ai encore échoué. Car avant ce soir, le sang d'un ami aura coulé.

*

Des soldats ivres, désœuvrés, me cherchent. Pour plaire à leur nouveau maître, ils comptent bien me faire un mauvais sort. Nombre d'entre eux portent encore les signes distinctifs de mes légions. En chemin, je croise des groupes débraillés, qui hurlent des imprécations entre deux chants paillards. Mais s'ils étaient encore en état de reconnaître qui que ce fût, peu d'hommes ont vraiment vu mon visage. Moins encore s'en souviennent. Parader devant les troupes n'a jamais compté parmi mes plaisirs. Tous connaissent mieux mon profil : puisque j'ai battu monnaie, j'existe encore sur les pièces, dont je ne doute pas que, sous peu, Octave les fera refondre.

La gloire de ce monde est éphémère.

Peu me chaut de mourir. Pour ma sécurité, j'ai commis une énorme imprudence. Il fallait partir sur l'heure, fuir les ors de ma tente et quitter le camp sans me retourner. Mais je ne pouvais abandonner le corps de Flaccus à mes ennemis. Un esclave est venu m'avertir. Il s'est jeté sur son glaive, comme mon beau-frère. Brutus avait certes plus de philosophie – mais pas davantage de dignité. Pour moi, Flaccus illustrera toujours la vraie noblesse des humbles, qui se passe de titres et de louanges. L'homme ne parlait pas beaucoup. Jamais je n'ai su de quelle ville il était originaire.

Pour son passage au royaume des ombres, un grand pontife a prononcé les prières exactes, qui plaisent aux dieux. C'était le moindre hommage. Dans mon coffre, j'avais retrouvé la toge grise, celle des deuils. Malgré l'émotion, ma voix n'a pas tremblé, je n'ai commis aucune erreur dans les formules. Puis j'ai ordonné à trois esclaves de lui creuser une tombe digne dans l'enceinte du camp déserté. Cette sépulture convient à un vieux soldat.

Va en paix, cher Flaccus.

Moi aussi, je vais en paix. Un seul regret me poursuit. Pressé par le temps, j'ai négligé de laisser un message à ma chère Junia et à mon fils. Je sais que ma mémoire leur demeurera chère. Je crains juste que l'annonce de ma mort leur inspire un désespoir cruel et injustifié. Comment pourraient-ils comprendre la sérénité qui m'habite au moment d'aller vers mon destin ?

Je marche seul, sans arme ni escorte, discrètement vêtu tel un simple citadin. À Messine, beaucoup portent le deuil – le mien vaut bien le leur. Personne ne me prête attention, personne ne m'arrête. Sur cette route, je goûte la sensation retrouvée de plonger dans le flot de la vraie vie.

Le camp d'Octave grouille d'une activité débordante, alors que le mien s'est vidé comme un corps se vide de son sang.

La violence du contraste me cause un léger vertige. Dans les prairies aux alentours, des cohortes entières de ralliés attendent qu'on leur assigne un emplacement. En attendant, ils allument leurs feux au bord des fossés. Quelques pêcheurs du littoral leur vendent des poissons. Parmi eux, combien dirigeaient les galères de Sextus ? Les voilà revenus aux affaires. L'argent de la trahison circule au vu de tous. Les hommes auront toujours faim, le reste n'est que détail.

S'il veut durer, ou grandir, l'homme de pouvoir doit le savoir.

Tout cela n'est plus mon affaire.

Dans l'enceinte du camp, la presse augmente. Les gens se hèlent et se cherchent. Par-dessus les têtes, j'aperçois les aigles des légions plantées en bosquets denses. Parmi elles, l'une ou l'autre m'est bien connue. Celle de la légion d'Utique y figure en bonne place. La tente d'Octave se dresse derrière cette haie symbolique.

La proximité du chef justifie les premiers contrôles. Les soldats qui montent la garde ne participent pas à la fête. Un homme m'arrête :

« Où vas-tu ? »

Nous nous observons. Il note mon vêtement de deuil – j'ai omis de me changer –, tandis que je fixe la garde bien astiquée de son glaive.

« Je souhaite voir Octave, ton général. »

Le légionnaire me toise.

« Ici, sache qu'on l'appelle César ! Qui es-tu ? Et à quel titre désires-tu le rencontrer ? »

Mon sourire lui déplaît.

« Dis-lui que Lépide, son collègue, voudrait lui parler. »

Durant quelques instants, il tergiverse. Ce personnage humblement vêtu, sans arme et sans escorte, peut-il être le puissant personnage qu'il prétend ? L'homme choisit d'y croire. Aussitôt, le glaive sort du fourreau. Il va le lever sur moi. Je demeure de marbre. La mort ne m'effraie pas.

« Qu'est-ce qui se passe, ici ? »

Un centurion s'est approché. L'homme baisse son arme.

« Cet homme dit être Lépide… L'ennemi de César ! »

Cette phrase devrait me blesser. Elle me fait rire.

À son tour, le centurion hésite. Décidément, ma démarche surprend.

Un groupe d'hommes vêtus de manteaux rouges fend l'attroupement qui s'est formé. Les soudards s'écartent, avec respect et force murmures.

« Que personne ne porte la main sur le grand pontife ! »

Cette voix, ferme et claire, je l'ai reconnue tout de suite.

« Le premier qui le touche sera crucifié ! »

Splendide dans sa tenue de général, Agrippa me rejoint. Il me salue avec une déférence non feinte. Je lui rends volontiers son salut.

« Heureux de te revoir, Marcus Vipsanius !

— Moi de même, Marcus Aemilius. Que viens-tu faire ici ? C'est peu de dire que nous ne t'attendions pas…

— Je souhaite parler à ton chef. »

Agrippa me considère d'un regard aigu, dénué de toute hostilité. Il hoche la tête et sourit.

« Je rends hommage à ton courage, Lépide. Il en faut, pour venir seul ici, dans de telles conditions.

— Je n'ai aucune leçon de courage à te donner, Agrippa. Sache que j'ai toujours estimé l'homme et le général. Je ne vais pas cesser maintenant. »

Le compliment le touche, car il en devine la sincérité. Le temps d'un bref conciliabule à mots couverts, Agrippa envoie un homme devant puis, d'un geste amical, m'invite à l'accompagner. Ses officiers nous suivent, quelques hommes en armes forment un double cordon jusqu'à la tente d'Octave.

« Il ne t'attendait pas. Ou du moins pas si vite. »

Cela, je m'en doute. Moi-même, je suis en train de me surprendre. La défaite m'inspirerait-elle davantage que toutes les victoires ?

« Ma visite va le satisfaire, je crois. Du moins s'il me laisse parler. Car au fond, rien ne l'y oblige. »

Agrippa reçoit mes paroles avec bienveillance.

« Octave est intelligent. Ne le mésestime pas, Lépide. Il t'écoutera si les intérêts de Rome l'exigent. »

Je hausse les épaules.

« De Rome, oui… »

Agrippa fait fi de mon ironie. Peut-être lui a-t-elle échappé. La droiture de son caractère confine parfois à la candeur.

Nous voilà arrivés devant la tente. Agrippa s'arrête, soulève un pan de toile et m'invite à y pénétrer. Lui-même ne me suivra pas.

« Entre, Lépide. Tu es annoncé. »

Le regard que nous échangeons pourrait bien être le dernier. Mais en vérité je n'en ai cure. Advienne que pourra. J'entre.

Sous la tente règne une pénombre veloutée. Une odeur légèrement âcre alerte mes narines. Aussitôt, je comprends la raison de cette atmosphère confinée, où les bruits du dehors parviennent amortis. Octave souffre d'une de ses habituelles crises de migraine. Seul, il a pris place sur une chaise curule, à prudente distance du jour qui tombe, telle une colonne de lumière, depuis une ouverture percée dans le toit. Malgré la demi-obscurité, je distingue le drap froissé de sa couche. Il vient de se lever. Sur la table, j'aperçois des linges humides et un bol rempli d'eau.

« Bonjour, Octave ! »

Il garde le regard rivé au sol.

« Pour toi comme pour tout le monde, ce sera César. »

Je demeure muet. Il ricane.

« Pour toi, je serai toujours le parvenu de Velitrae, n'est-ce pas ? Ta noblesse me fait bien rire, Lépide ! Elle participe de ta faiblesse. »

Il masse avec deux doigts ses tempes douloureuses. J'avais cru que le silence me coûterait, or il n'en est rien.

« Que viens-tu quémander, toi qui n'es plus rien ? »

Cette fois, il lève la tête et me considère en plissant les yeux. Une sueur malsaine lui baigne le front. La souffrance avive le feu de ses prunelles.

J'ai décidé de lui tenir tête. À ma manière.

« Plus rien, vraiment ? »

Mon aplomb commence à me divertir. Agacé, Octave balaie d'un geste mon début d'objection. À moins qu'il ne l'accepte à contrecœur ?

« Soit ! Tu es encore grand pontife.

— J'avais cru comprendre, en effet.

— Jusqu'à ta mort, Lépide. Jusqu'à ta mort… »

Il n'a qu'un mot à prononcer. Notre isolement est factice. Autour de cette tente, des hommes dévoués à sa cause n'attendent qu'un claquement de doigts pour dégainer l'épée. Pourtant, je doute qu'Octave se délecte de ce pouvoir-là. Au contraire, sa mine s'assombrit.

« Crois bien qu'il m'en coûterait peu ! Mais on ne tue pas un grand pontife. Ça porte malheur. Seul l'invisible mérite qu'on le craigne. »

La remarque de Junia me revient à l'esprit. Elle avait raison.

« Surtout, quel serait mon gain ? Je le sais bien, va, que tu ne crains pas la mort ! Qu'aurais-tu à y perdre, d'ailleurs ? Les gens de ta race se cachent derrière la longue théorie de leurs ancêtres. C'en est lassant ! Alors non, ne compte pas sur moi pour t'assurer une quelconque gloire posthume. »

Cet homme me devine comme je le devine.

« N'attends de moi aucun merci, Octave. »

C'est plus fort que moi. Si je reconnais son intelligence et même son cran, cet ambitieux calculateur ne m'inspire que mépris.

« Je n'ai que faire de ta reconnaissance, Lépide ! Si je te laisse la vie sauve, c'est parce que je respecte ton sacerdoce et que je crains les dieux. Rien d'autre. De toute façon, tu as cessé d'être un danger. Car si ta propre mort ne t'effraie pas, celle des autres te répugne. Comment veux-tu qu'on te respecte ? Sans cela, crois-tu que je serais venu te défier dans ton propre camp ? La violence, il a même fallu que je m'en occupe moi-même ! Faute de quoi, j'aurais perdu le bénéfice d'une victoire si facile !

— Le coup du javelot, c'était bien trouvé. »

La flatterie l'indiffère. Aucune vanité n'encombre son immense ambition.

« C'était minable, au contraire ! Et je t'en veux pour cela, Lépide. Par les temps qui courent, j'ai besoin d'adversaires

susceptibles de nourrir ma gloire. Car sans la gloire, on n'arrive à rien.

— Attends qu'Antoine revienne. La noix sera plus dure à croquer.

— Chaque chose en son temps. Antoine aura son tour. Entre nous soit dit, celui-là ne t'a guère soutenu.

— Le contraire m'eût étonné. Je n'y comptais pas.

— Tu n'es pas idiot, Lépide… Juste tiède. »

Un rictus déforme son visage émacié. S'amuserait-il ?

« Sais-tu pourquoi le pouvoir ne te sourit pas ? »

Je crois bien le savoir. Mais j'évite de répondre. Il se lève, va jusqu'à la table, trempe un linge dans le bol d'eau, s'en tamponne le front.

« C'est simple. Si tu sais exercer le pouvoir, tu ne l'aimes pas assez ! »

Il regagne sa chaise, y reprend place en soupirant.

« Tu crois que le pouvoir se mérite. C'est faux, Lépide, archi-faux. Le pouvoir se donne à qui sait le prendre. Or toi, tu sais gérer, tu sais parler… Mais tu ne sais pas prendre et cela te condamne. Certes, tu nous as été utile, mais dès maintenant, tu as fini de servir. À partir de ce jour, j'annexe tes provinces et assume toutes tes attributions. Ne m'objecte pas que c'est illégal : je le sais aussi bien que toi. Par contre, outre ta charge de grand pontife, je te laisse tes biens et ne poursuivrai ni ta famille, ni tes amis, pourvu qu'ils n'entreprennent rien contre moi. Il va sans dire que je te veux loin de Rome et du Sénat. Tu te retireras dans le Sud, en Campanie par exemple, quitte à revenir quand je l'exigerai… »

Cet homme croit me dépouiller, alors qu'il m'allège, qu'il me désencombre. Je me découvre sans haine. La sérénité la plus absolue me gagne. Je tente de la dissimuler, par pur souci des convenances, mais quelques signes de cet avènement intime doivent transpirer, se lire sur ma face. Peu à peu, en moi, le mépris se métamorphose en indifférence, voire en pitié.

« Ce que tu me prends, je venais te le donner, Octave.

— Alors nous sommes d'accord. Il ne te reste plus qu'à disparaître.

— J'ai une propriété, à Circei.

— L'endroit m'importe peu. Car tu vas disparaître, de toutes les façons possibles. J'ai besoin d'espace. Compte sur moi pour effacer jusqu'à ta mémoire. Qui tient le pouvoir, tient l'Histoire.

— Tu fais des mots, Octave ? Une leçon de ton cher Cicéron ? »

La pique porte. Il l'apprécie en fin joueur, sûr de sa victoire.

« Ne porte pas de jugements que je pourrais te faire regretter, Lépide. Laisse-moi l'Histoire et retourne à ton obscurité. Elle convient aussi bien aux pleutres qu'aux honnêtes gens. »

Tout est dit. Il n'a nul besoin de me chasser. Je prends congé sans son assentiment. Dans mon dos, je l'entends qui murmure :

« Tu es libre. On ne touchera aucun cheveu de ta tête. »

Avant de sortir, je me retourne. Octave a regagné sa couche. Il va s'y allonger, un linge humide emmaillote son crâne.

« Au fond, que m'as-tu retiré, Octave ? »

Ma question le prend au dépourvu. Pressé de me voir partir, il répond :

« Le pouvoir. »

Je ris.

« Le pouvoir, Octave, c'est du vent ! »

Il ferme les yeux, pose sa tête en sueur sur un coussin de brocart.

« Le vent, Lépide, souffle où il veut. »

D'un geste las, il me congédie.

Le triumvirat a vécu.

Devant la tente, je respire enfin. Le poids qui m'écrasait les épaules depuis si longtemps s'est envolé. Il me semble voir un aigle tournoyer très haut, là-bas, dans le soleil. Tout sourire, Agrippa vient à ma rencontre.

14

La nuit avait été aussi brève que chahutée, et la journée de travail épuisante. Sept heures durant, Jérôme avait joué au taquin dans les notes du code civil, insérant et déplaçant les paragraphes en corps huit selon les directives impressionnistes d'un magistrat cachetonneur. À midi, il voyait déjà double. Ce soir, faute d'énergie en suffisance pour nourrir son inspiration, il laisserait Lépide marcher seul sur la route de Circei et, plus sûrement encore, Bénédicte Gardier attendre son sauveur sur la moquette de la chambre 307. Sa fatigue était telle qu'il envisageait sans déplaisir la perspective d'ouvrir une boîte de cassoulet plutôt que de cuisiner avec toute l'attention requise la superbe noisette d'agneau qui l'attendait dans le réfrigérateur.

Aussi prit-il le chemin le plus court entre l'arrêt de tram et les séductions domestiques de son appartement. Arrivé au coin de la rue, Jérôme mit du temps à repérer le personnage qui, debout au pied de l'immeuble, recensait d'un air placide les noms inscrits sur les boîtes aux lettres. Ses vêtements clairs tranchaient sur la grisaille générale des maisons de rapport, fumées aux hydrocarbures depuis plus d'un demi-siècle. Les mains dans les poches et le nez au vent, l'homme paraissait attendre quelqu'un.

De fait, Jérôme avait vu juste. Lorsqu'il fut à deux mètres, le grand échalas blond, son ample duffel-coat blanc boutonné jusqu'au cou, s'avança et lui réserva un accueil des plus distingué.

« Bonsoir, monsieur Walque ! Belle ponctualité ! Enchanté de faire enfin votre connaissance. »

D'où ce type le connaissait-il ? L'homme lui serra la main avec douceur puis, en quête de justification, ouvrit le haut de son manteau et fouilla une poche intérieure. Il en sortit une carte plastifiée, revêtue d'une photo, d'un ruban tricolore et de sceaux officiels. L'objet fit un passage éclair sous le nez de Jérôme avant de regagner aussi sec l'endroit d'où il était parti.

« Commissaire Michel. »

L'homme avait du métier. En tout cas, il maîtrisait à la perfection l'art de prévenir les inquiétudes qu'il inspirait :

« Rassurez-vous, monsieur Walque ! Mon intrusion n'a d'autre but que glaner quelques informations ou, plus exactement, recueillir votre témoignage sur certains faits qui nous intéressent… »

Il s'interrompit, fit une grimace presque aussi distinguée que sa personne, ferma les paupières et, enfouissant son nez dans un vaste mouchoir de fine batiste, éternua sèchement.

« Atchoummm ! »

Pendant qu'il se tamponnait le blair avec une mine désolée, Jérôme observa que, pour un flic, il portait des vêtements plutôt salissants. Politesse pour politesse, il déverrouilla la porte du rez-de-chaussée et invita le policier à le précéder.

« Donnez-vous la peine d'entrer, inspecteur. »

L'autre le gratifia d'un sourire onctueux.

« Merci. Commissaire, si vous voulez bien. »

Tandis qu'il le suivait, Jérôme constata avec étonnement, puis irritation, qu'il avait eu la berlue. Le duffelcoat n'était pas blanc comme il l'avait d'abord cru, mais d'un beige clair tirant sur le mastic. Faute d'une meilleure explication, Jérôme mit son erreur sur le compte de la fatigue. Le pantalon de toile, par contre, était bien blanc, de même que la cravate et le veston.

« Vous habitez au deuxième, n'est-ce pas ? »

Toujours bien renseignés : le numéro habituel. Devant lui, l'homme gravissait les marches avec souplesse et légèreté.

« Pardonnez ma curiosité, mais tant pis si j'abuse… Vous remettrez-vous un jour au roman policier ? »

En d'autres lieux, on lui posait souvent cette question. Encore un ancien de la PJ, se dit Jérôme. Car les serviteurs de l'ordre issus de la grande réforme privilégiaient les sciences exactes.

« À vrai dire, je ne sais pas trop, commissaire. L'argument policier n'a jamais été pour moi qu'un alibi et, ces derniers temps, j'avoue avoir un peu de mal à cerner le nouveau cadre. Paresse documentaire, j'en ai bien peur. C'est peut-être idiot, mais j'ai besoin de croire en ce que j'écris…

— Croire est toujours un choix, monsieur Walque.

— Sans doute n'est-ce pas innocent de ma part, vous avez raison. Chacun ses coquetteries. Mais dites-moi, aurais-je l'honneur de vous compter parmi mes lecteurs ? »

L'autre renifla avec grâce, se remit à explorer les poches de son manteau. Il devait chercher son mouchoir.

« Entre autres, monsieur Walque. Entre autres. Déformation professionnelle, je pense. C'est que, pour bien faire notre boulot, rien ne devrait nous échapper. En principe, du moins. Vous savez, nous sommes ce que l'on pourrait appeler des lecteurs compulsifs. Les livres ne constituent pourtant qu'une petite fraction de notre matière. D'ailleurs, beaucoup de collègues n'ont pas ce loisir ni cette compétence. Dans notre branche, nous sommes un peu, faut-il le dire, des originaux. Ou des privilégiés ? »

Arrivé sur le palier en avance sur son hôte, le commissaire attendait. Il avait défait le dernier brandebourg de son duffel-coat. Jérôme atteignait le milieu de la volée quand la lumière crue de la lampe – le propriétaire avait changé l'ampoule la semaine précédente – accrocha un reflet métallique. Il faillit rater une marche. Sous le manteau du policier, Jérôme venait d'entrevoir, incrustée de pierreries, la garde ouvragée d'une épée. Son regard chercha celui du visiteur, qui le considérait de ses grands yeux bleu ciel, légèrement amusés.

« Un problème, monsieur Walque ? »

Jérôme se massa les paupières.

« Un peu de fatigue, je pense. »

Le commissaire dodelina du chef.

« J'y suis sans doute pour quelque chose. On a beau dire, la police impressionne. D'ailleurs j'ai moi aussi mes petits moments d'étourderie. Ce n'est pas un atout, dans notre profession… »

Il se garda de développer, pinça ses narines entre deux doigts. Un nouvel éternuement s'annonçait. Sans hâte excessive, le commissaire récupéra son mouchoir sous le duffel-coat. Chassant de la main un pan du vêtement, il exposa au regard de son vis-à-vis le lourd pistolet chromé qui pendait à sa hanche dans un étui de cuir. Les plaques de crosse étaient en bel ivoire. Arme personnelle, décida Jérôme – au passage, il avait cru reconnaître un Beretta neuf millimètres.

« Atchoummm !

— À vos souhaits.

— Merci. Veuillez m'excuser. »

En tout cas, la semaine prochaine, il prendrait rendez-vous chez l'ophtalmologue. La fatigue n'excusait pas tout.

« Mon allergie qui revient, désolé. C'est le climat. »

L'homme dégagea ses narines en produisant une note veloutée de clarinette. Ils pénétrèrent ensemble dans l'appartement. Jérôme ôta son blouson. Le flic garda son duffel-coat.

« Je vous écoute, commissaire. »

Le désordre de la veille régnait au salon. Jérôme avait laissé la pièce en l'état. Un large sourire aux lèvres, le visiteur fit le tour de la table basse et, saisissant le goulot entre deux doigts, souleva la bouteille de trappiste où stagnait un fond de bière.

« Toujours le souci du détail piquant ! »

Devant la perplexité de Jérôme, le commissaire résolut d'en venir aux faits. D'une large poche appliquée, il sortit une photographie brillante, un peu froissée.

« Reconnaissez-vous cet individu ? »

Jérôme avala de travers. La quinte de toux qui en résulta lui permit de résister à l'envie pressante de se frotter les yeux. Déformée par la proximité de l'objectif, la bouille livide de Gérard Butte remplissait le carré de papier.

« Oui, n'est-ce pas ? »

L'autre insistait. Jérôme opina.

« Sous quel nom s'est-il fait connaître ? »

Jérôme ouvrit la bouche sur une réponse qui ne voulut pas sortir. L'air lui manquait. Il avait beau s'employer, les sons demeuraient coincés au fond de sa gorge, soudain sèche comme du parchemin. C'était à la fois idiot et vexant. Pour débloquer le mécanisme, l'idée lui vint d'amorcer la pompe. À cet effet, il attrapa la bouteille de trappiste sur la table basse et s'envoya cul sec le fond de bière que Butte avait négligé de boire.

La bourde ! Le commissaire leva une main bienveillante.

« Pas de mal, monsieur Walque... Nous ne sommes pas dans un de vos livres, encore moins dans une série télévisée. Personne ne va jouer au petit chimiste. Nos services se passent d'empreintes. De toute façon, l'individu que nous recherchons n'en laisse jamais – ou alors de plus théâtrales. Son dossier est bouclé depuis Mathusalem. Pour tout dire – et ne le répétez pas autour de vous, ça ferait jaser –, nos procédures se signalent par une certaine... simplicité de bon aloi. La charge de la preuve, notamment... »

Jérôme n'écoutait plus. À force de se racler la gorge, il parvint à émettre quelques couinements significatifs.

« Gé...rard... Butte ! »

L'homme haussa un sourcil, hocha la tête.

« Tiens ? Une nouveauté. Je prends note. »

S'il possédait un calepin, il évita de l'utiliser. Au lieu de cela, il sortit de sa poche une deuxième photographie.

« Dans ce cas, si je ne me trompe – et ça n'arrive jamais –, vous avez dû rencontrer son acolyte habituel. »

Médusé, Jérôme reconnut le portrait qu'on lui présentait. Il se remit à tousser, fit oui de la tête.

Peu à peu, sa voix revenait.

« Vincent Blaise ! » gargouilla-t-il.

Le commissaire, à son tour, examina les deux photographies. Son expression hilare se mua en rire franc.

« *Blaise et Butte* ! Ha-ha ! Pas mal ! »

Dans l'esprit de Jérôme, une petite lumière commençait à percer les épaisses ténèbres qui régnaient. Il lui restait encore pas mal de chemin à parcourir jusqu'à la clarté. Par contre, le commissaire arpentait avec aisance un monde où l'obscurité semblait n'avoir jamais eu droit de cité. A priori, il s'agissait pourtant du même. Du moins Jérôme s'accrochait-il à cette conviction.

« On ne peut dénier à ces pieds nickelés une certaine forme d'humour, s'esclaffa le policier. Depuis le temps, je devrais être vacciné, mais ils arrivent encore à me surprendre ! Si tous les petits escrocs de leur acabit avaient autant d'esprit, c'est sûr, on s'ennuierait moins dans nos bureaux… »

Visiblement satisfait, il rempocha les photographies. Ensuite, il avisa le fauteuil voltaire – seul siège à ses mesures – et, couvrant ses genoux du bas de son manteau, y prit place.

« N'allez pas croire que je m'installe ! Je m'en veux presque de vous déranger ainsi, monsieur Walque. Sachez que je serais déjà parti si je ne vous devais pas, à tout le moins, un début d'explication. Ne serait-ce que pour vous épargner certains désagréments toujours possibles.

Pour ma part, je sais déjà tout ce que je dois savoir. Ce petit complément d'information excusera, je l'espère, le caractère affreusement cavalier de ma visite. »

Jérôme toussota, posa ses fesses au bord du canapé.

« Vous connaissez donc ces... ? »

Le commissaire eut un sourire angélique.

« Et comment ! Je ne vais pas vous brosser leur portrait en pied, cela prendrait trop de temps. Pour faire simple, ces indécrottables sont des délinquants d'habitude, ce qu'on appelle vulgairement, dans notre jargon, des multirécidivistes. Rien de très grave à leur passif, soyons de bon compte. Dans leur milieu, c'est à peine s'ils méritent qu'on les qualifie de *seconds couteaux*. En général, je laisse ce genre de menu fretin à mes inspecteurs. Mais ces deux-là, je vous l'avoue, eh bien : ils m'amusent ! »

Jérôme voulait en savoir davantage.

« Des escrocs, disiez-vous ? »

Le commissaire recula sur son siège, croisa les bras.

« Pas exactement... Si ce n'est qu'ils promettent beaucoup et tiennent très peu. En fait, ils œuvrent dans les marges d'une certaine délinquance en col blanc. Chez eux, toute l'attention va aux détails de l'exécution, leur art s'exerce en périphérie de la sphère criminelle proprement dite. Bref, tout ce qui est tortueux les ravit et, à force de raffinements inutiles, leurs infractions finissent par flirter avec le subliminal. D'où une impressionnante série de ratages dus à autant de plans foireux. Ce qui ne les empêche pas de prendre leur petit business très au sérieux. Car ces joyeux drilles ont une tendance certaine à surestimer leur talent.

— Vraiment ?

— Prenez leur prétendue affaire éditoriale... »

Si le commissaire avait l'air de s'amuser, Jérôme, bien au contraire, sentait croître en lui une insidieuse appréhension.

« *Au commencement était le verbe !* C'est leur devise, pourrait-on dire, même si la propriété intellectuelle n'y trouve pas son compte. Certes, ils n'y mettent aucune majuscule, mais je vous prie de croire qu'ils prennent la phrase au pied de la lettre, quitte à en faire une lecture passablement pervertie. »

Le commissaire prit un air de confidence.

« Entre nous, leur entreprise de gaudriole imprimée, qui se voudrait subtile, nous fait tous rire – même si ces petits malins nous croient incapables d'apprécier la plaisanterie. Vous pensez bien, monsieur Walque, qu'il n'y a pas là matière à fouetter un chat ni surtout déranger un fonctionnaire de police. L'époque des censeurs est fort heureusement révolue. Il y a belle lurette que nous ne nous dérangeons plus pour de telles billevesées. »

Son regard bleu ciel, soudain, jeta des éclairs.

« Mais l'affaire change de nature dès lors que certaines règles essentielles sont sciemment enfreintes ! »

Impressionné, Jérôme frissonna.

« De quelles règles parlez-vous ? »

Le commissaire s'adoucit, prit une longue inspiration.

« L'histoire est éternelle, monsieur Walque. Où serait le besoin d'une police s'il n'existait pas de malfrats ? À travers le monde court une frontière invisible. Je ne parle pas de celle qui sépare le Bien et le Mal – un nombre incalculable d'individus la franchissent tous les jours dans les deux sens, avec des conséquences très diversement accaparantes pour nos services. Non, je parle de la frontière qui forme la ligne de démarcation entre *ce qui se peut* et *ce qui ne se peut pas*. Violer cette frontière revient à menacer un équilibre fondamental, qui ne saurait être rompu.

— J'ai du mal à vous suivre.

— Eh bien, monsieur Walque, pour utiliser un vocabulaire que vous maîtrisez, disons que, très récemment, nos deux aigrefins ont trempé dans une affaire d'évasion très malvenue. Entre-temps, la situation est rentrée dans l'ordre, c'est vrai. Mais pour le dire en deux mots, sans entrer dans le détail, ils ont extrait de certain lieu clos quelqu'un qui n'était pas censé en sortir – ou du moins avant très longtemps. Et il semblerait que cette dangereuse cavale ait abouti chez vous, dans cet appartement. »

Un moment, Jérôme fut tenté de redemander au policier sa carte de service. La plaisanterie continuait-elle ?

« Je… Je crois comprendre. »

Rien n'était moins vrai, Jérôme était perdu. Le commissaire en semblait conscient. Il décroisa les jambes, se pencha vers lui.

« Si mes renseignements sont corrects – et ils le sont –, nous devrions vous féliciter. En exposant certaine… erreur commise par le dénommé Butte dans le cadre du délit dont je parle, vous avez mis fin à notre problème plus promptement que nous n'aurions jamais pu le faire. »

Au contraire de Gérard Butte, ce type-là n'avait pas du tout l'air d'un fou. Plutôt le contraire, même. Un brin original sans aucun doute, mais son naturel posé, ennemi de toute agitation, plaidait en sa faveur, pour ne rien dire de son langage châtié.

« Mais alors, inspecteur… ?

— Commissaire.

— Pardon. Mais alors, commissaire… ? Vous devez savoir… »

L'homme ouvrit les bras, sourit.

« Nous savons, bien sûr !

— Vous savez ?

— Nous savons que vous travaillez pour eux ! »

Jérôme oublia de s'étonner.

« C'est notre métier, monsieur Walque. Votre fierté dût-elle en souffrir, vous n'êtes que le dernier en date de leurs pigeons. De toute façon, il n'y avait pas matière à poursuite. Nous classons à la pelle quantité d'affaires bien moins vénielles. Soit dit en passant, sous ce rapport précis, je ne vous cacherai pas que j'ai quelques craintes concernant les émoluments qui vous sont dus. Par contre, j'en ai beaucoup moins pour le texte en cours de rédaction. Vous risquez d'ailleurs d'être surpris… »

L'autre rassembla sa grande carcasse, se leva.

« Je risque d'être surpris ? »

Pour la première fois, le visiteur eut l'air très légèrement confus. Il fronça les sourcils, cogita un instant.

« Oubliez ce que je viens de vous dire, monsieur Walque. Puisque vous êtes dans la branche, sachez seulement que la littérature n'est pas toujours…

— Pas toujours ? »

Le sourire du commissaire brilla comme une mandorle.

« Du vent ? »

L'homme se remit à fouiller ses poches.

« Si ce n'est que le vent attise *aussi* les incendies. Il en est de très esthétiques. Certains s'avèrent même salutaires. »

Il avait trouvé ce qu'il cherchait. Ce n'était pas un mouchoir. Radieux, il tendit à Jérôme une carte de visite.

« Si jamais vous croisez un membre de notre duo, appelez ce numéro. Peu importe l'heure, quelqu'un vous répondra. »

Un peu absent, Jérôme prit la carte. N'y figuraient que les nom, prénom et grade du commissaire, et une série de chiffres.

« Sur ce, permettez-moi de prendre congé ! Vous m'avez d'ailleurs l'air passablement fatigué. Ce qui se conçoit… »

Les fines allusions du policier n'intriguaient plus Jérôme. Son esprit logique s'était mis en vacances.

« Je connais le chemin. À bientôt, monsieur Walque ! »

Le grand échalas blond avait gagné le hall. Jérôme tenta de le suivre, mais celui-ci marchait trop vite. Son pas léger n'éveillait aucun écho dans la cage d'escalier.

Un bruit familier monta du rez-de-chaussée.

« Atchoummm ! »

Puis la porte claqua.

Jérôme tombait de fatigue. En plus de l'achever, cette étrange conversation lui avait coupé l'appétit. Pourtant, avant de se jeter sur son lit, il se souvint qu'il avait oublié de relever le courrier. L'idée absurde qu'un pli des Éditions B & B l'attendait peut-être dans sa boîte aux lettres lui traversa l'esprit. Il avait toujours haï l'incertitude. Persuadé qu'il descendait pour rien, Jérôme se consola en évoquant la perspective d'une bonne nuit réparatrice et la douceur apaisante de son matelas.

Quand il parvint au rez-de-chaussée, le pit-bull le guettait derrière sa porte. Assuré de son impunité, le courageux animal l'abreuva d'injures typiquement canines. Jérôme frôla l'infarctus.

« Ta gueule, sale clebs ! »

Aussitôt, un pas vengeur retentit dans l'appartement.

« De quoi ? De quoi ? »

Un trousseau ferrailla, une clé tourna dans la serrure.

Jérôme était prêt à débattre avec le chien, pas avec le maître. Jugeant la journée assez fournie en incidents idiots, il sonna une retraite immédiate. Des ailes lui poussaient dans le dos. Quand la porte s'ouvrit, Jérôme dépassait le palier du premier étage.

Dans le courrier, il ne trouva que des factures.

15

Sentinelles avancées de la grande ville, les premières barres banlieusardes se profilaient à l'horizon. Elles raclaient le plafond plombé de ce mois d'octobre venteux mais avare en pluies. Au même moment, en manière d'adieu, les dernières fermes de l'Île-de-France piquetaient leurs fenêtres de lueurs tremblotantes. Bientôt, ces survivances de l'ère pré-industrielle s'effaceraient devant la marée pavillonnaire des maisonnettes en kit et autres clapiers modulaires censés satisfaire l'*homo sapiens* dans sa quête obstinée de propriété.

Le soir tombait avec nonchalance. Dans les coulisses du firmament, le soleil invisible pliait bagage à l'anglaise, trop honteux de sa prestation du jour pour conférer à son coucher une quelconque solennité. Profitant de sa dérobade, le ciel et la terre essayaient des cocktails variés de gris qui, avec la lenteur propre aux crépuscules, teintaient indifféremment les campagnes rases, les bois dévêtus et les bourgs engourdis.

Dans cet univers ralenti, le train fonçait tel un démenti. À son bord, la dominante carmin du décor écrasait la concurrence de couleurs plus gaies. Complets sombres et tailleurs stricts colonisaient les fauteuils. Entre eux, les conversations étaient rares. Cela pianotait sec sur les tablettes et les ordinateurs portables. Les rares touristes se sentaient intrus. Même les bébés observaient un silence respectueux. L'atmosphère suait le sérieux compassé d'un conseil d'administration. Jérôme voyageait pourtant en seconde classe. Sans doute un effet de la récession, se dit-il.

Depuis le départ de Bruxelles, il tâchait de distraire sa préoccupation. Le dernier état du manuscrit reposait sur ses genoux, fraîchement imprimé. Parfait exemple de simulacre. Car au lieu de parcourir les dernières pages ou, au minimum, s'en donner l'apparence, il observait par la fenêtre le paysage qui défilait à toute allure. Jérôme commençait à connaître. À chacun de ses voyages, il s'était fait un jeu de repérer, entre Nord et Somme, les taches claires des petits cimetières britanniques semés dans les champs. Aujourd'hui, il les avait tous ratés. À l'approche de Paris, il tenterait une fois encore d'apercevoir le clocher tronqué de Saint-Denis, ce qui, curieusement, ne lui avait jamais réussi – à la longue, Jérôme avait presque fini par se demander si la nécropole royale était tombée dans la cuvette du Stade de France, dont la gigantesque lunette blanche couronnait les parois ovales.

Ce voyage inopiné, il l'avait entrepris sur un authentique coup de tête, sans réfléchir au moindre plan d'action. Levé bien avant l'aube, il avait réservé à prix d'or, via Internet, une place dans le Thalys de l'après-midi. Aucun bagage n'était nécessaire. Au bureau, il avait négocié avec le chef-correcteur l'octroi immédiat d'un demi-jour de congé, engrangeant du même coup les dividendes d'une relation sans nuages avec cet homme posé, féru d'ordre et de ponctualité. À midi sonnant, Jérôme avait salué la compagnie et s'était engouffré dans le métro, direction Gare du Midi. Dans une échoppe sous les voies, il avait picoré un sandwich au thon. Le train était parti à l'heure.

Durant tout le trajet, il s'était interdit de ressasser les derniers événements. Dans le tableau d'ensemble, quantité d'éléments juraient entre eux ou se chevauchaient au mépris de la logique la plus élémentaire. Il avait renoncé à y mettre de l'ordre. Pour autant, il espérait toujours saisir un premier fil et, en le bobinant, sortir du labyrinthe absurde dans lequel il avait mis les pieds sans le savoir. Aborder les problèmes un par un constituait la seule solution. Et puisqu'il n'apercevait aucune cohérence dans leur succession, celui auquel il pensait en priorité valait bien les autres. La veille, le commissaire Michel avait fait allusion à ses doutes quant à la solvabilité des Éditions B & B. En sautant dans le premier train, Jérôme entendait bien donner une réponse à cette première question : avait-il travaillé pour le roi de Prusse ?

Saint-Denis demeura invisible. Tandis que la motrice ralentissait en vue de Paris-Nord, Jérôme endossa sa veste, plia le manuscrit en deux et le glissa dans une poche intérieure. Au moment de descendre sur le quai, il se demanda s'il ne ferait pas un crochet par la place d'Italie, histoire de rassurer son éditeur quant au livre promis qui, malgré les récentes tribulations de Lépide, tardait à prendre une forme définitive. Mais son impatience reporta ce débat qui, au fond, cachait un faux-fuyant des plus manifeste. Jérôme pressa le pas. Au risque d'emboutir d'autres voyageurs distraits ou affairés, il zigzagua au petit trot vers l'entrée du métro. S'il avait bon souvenir, il lui fallait trouver d'urgence la ligne 4, direction Porte d'Orléans.

Les couloirs souterrains exhalaient leur éternelle odeur composite de cuisine froide et de caoutchouc brûlé. L'heure de pointe vespérale s'annonçait. Par chance, le trajet était direct. Comme d'habitude, Jérôme préféra voyager debout. Néanmoins, la fatigue accumulée de ces derniers jours conférait aux strapontins une séduction inédite, à laquelle il résista. Dès avant la station Saint-Michel, il se tenait déjà derrière les portières, prêt à bondir sur le quai.

Lorsqu'il retrouva l'air libre, la lumière déclinante découpait sur ciel de papier gris la silhouette massive de Saint-Germain. Chaque fois qu'il longeait l'église en traversant le quartier – ce qui n'arrivait pas souvent –, Jérôme éprouvait la sensation bizarre de pénétrer dans un monde en deux dimensions, à la fois familier et éternellement neuf, soit la planche hors-texte n° 113 de son Lagarde & Michard (XXe siècle) : *Saint-Germain-des-Prés, un des hauts lieux de l'existentialisme*. Le mirage se dissipait vite. Ce soir, c'était vers un autre duo éditorial, certes moins littéraire, que le menait son pas décidé.

Personne ne flânait sur les trottoirs. Les touristes en quête de réconfort prenaient d'assaut cafés et restaurants. À la fois solitaires et conscients d'autrui, les autres bipèdes marchaient vite, selon un ballet réglé avec une mystérieuse précision. Les groupes se formaient et se défaisaient à chaque carrefour.

Tandis qu'il avançait, Jérôme se sentait porté par une force étrangère à sa volonté. Pourtant, au même moment, la notion d'une mission importante, à lui seul dévolue, mettait à l'épreuve son sens exacerbé de l'autodérision. Entrer dans le club très fermé des Thésée, saint Georges, Siegfried et autres pourfendeurs de nuisances mythologiques n'entrait pas dans son plan de carrière mais, en attendant, amis ou ennemis, il comptait bien surprendre dans leur repaire les responsables des Éditions B & B – et, si nécessaire, leur faire rendre gorge pour la plus grande gloire de la littérature de divertissement et l'épaisseur passagère du portefeuille de Jérémie Straube.

Contrairement à la Santa Casa, l'hôtel de maître ne s'était pas envolé depuis son passage. Au lieu de l'emporter jusqu'à Lorette, des anges paresseux avaient juste sablé la pierre blonde de la façade et astiqué la plaque en cuivre de la société immobilière. Le numéro à trois chiffres brillait du même éclat. Pour consulter la liste des entreprises locataires, le visiteur devait d'abord accéder à la cour intérieure. Comme Jérôme ne connaissait pas le digicode, il pressa d'un doigt ferme le bouton de la sonnette.

Aucune réponse ne vint. Jérôme eut un moment de doute. En France, les bureaux ouvraient et fermaient plus tard qu'en Belgique. Résolu à forcer toutes les défenses, il colla son épaule droite contre le mur et laissa son pouce sur le bouton.

L'interphone graillonna :

« Voilà ! Voilà ! C'est pour quoi ? Parlez fort ! »

Jérôme s'exécuta :

« Bonsoir ! J'ai rendez-vous aux Éditions B & B ! »

L'interphone se mit à siffler, chuinta, puis se tut.

« Allô ? » cria Jérôme.

Un tumulte confus reprit possession du haut-parleur.

« B & B ? Connais pas. »

D'un coup, Jérôme reconnut la vanité de son entreprise. Il avait escompté surprendre. Le stratagème tombait à plat.

« C'est pas sur ma liste. Mais je suis nouveau, ici. »

L'espoir releva illico la tête et Jérôme avec lui.

« C'est au premier ! Des éditeurs ! » hurla-t-il.

Avec un peu de chance, l'autre feuilletait un registre.

« Ah ! C'est pour visiter ? »

Il avait dû mal comprendre. Pour une fois, la technique défaillait à bon escient. Jérôme hésita, pas son interlocuteur. Un bourdonnement se fit entendre et la porte se déverrouilla.

Flanqué d'un berger allemand – ou alsacien – sans muselière mais tenu en laisse, le vigile, un solide gaillard chauve en treillis écussonné, semblait pressé de réintégrer la loge du concierge. Les clameurs commentées d'un match de football ou de rugby filtraient par la porte entrebâillée.

« Vous pouvez y aller, c'est ouvert ! Pour les conditions, voyez l'agence si ça vous intéresse. Et n'oubliez pas d'éteindre en sortant. Les anciens locataires avaient trafiqué le compteur, alors je dois faire attention, vous comprenez. »

L'homme et son chien brisèrent là. Le molosse tirait sur sa laisse. Il devait aimer jouer à la baballe, ronde ou ovale.

Jérôme traversa la cour mal éclairée et gagna l'entrée de l'immeuble proprement dit. La main sur la poignée, il se sentit gagné par une excitation fiévreuse, où se mesuraient crainte et curiosité. Pour *savoir* enfin, tenter d'y voir plus clair, il devait surmonter son appréhension et suivre son instinct.

La porte grinça en pivotant sur ses gonds. Peu sûr de lui, Jérôme pénétra dans le hall et, sur sa gauche, trouva un interrupteur. La lumière de la suspension révéla un espace en tout point identique au souvenir qu'il en avait gardé. Le guichet de la réception était toujours fermé. Par contre, sur les murs, il remarqua aussitôt les rectangles plus clairs, surtout ceux qui rythmaient la montée de l'escalier vers le premier étage. Les gravures botaniques et pompières avaient disparu.

Le valet automatique referma la porte derrière lui. Jérôme fit silence. Aucun bruit ne troublait la quiétude sépulcrale du bâtiment. Devant lui, en plus de soutenir le plafond stuqué, un pilastre affichait une collection de petites plaques en faux cuivre déclinant l'identité des firmes locataires. Cela lui rappela les ex-voto de certaines églises patronnées par un saint guérisseur. Jérôme approcha. Là aussi, des vides accrochaient l'œil. L'espace réservé au premier étage était libre. N'y subsistaient que les trous des vis dans le plâtre repeint de frais.

Avant de poser le pied sur la première marche de l'escalier, il bascula l'interrupteur de l'étage. Un lustre s'alluma sur le palier. Dans cette maison, Jérôme n'avait jamais visité que le bureau de Vincent Blaise. Qu'y trouverait-il ? Tout le temps que dura son ascension, il tenta sans y parvenir d'imaginer ce qui l'attendait là-haut. Aussi, obéissant aux injonctions d'une inexplicable superstition, préféra-t-il pousser au préalable la porte des trois autres pièces qui donnaient sur le dégagement.

Elles proposaient le spectacle à chaque fois identique de locaux nus aux murs vides et blancs. Sur les parquets cirés, Jérôme chercha en vain les habituelles empreintes de meubles pesants ou le chemin d'usure des semelles. La peinture fraîche écrasait tous les parfums. Aux fenêtres ne pendaient ni voilages ni rideaux. Jérôme termina son inspection par une kitchenette aussi propre et nette que les pièces déjà explorées. Rien ne traînait par terre et sur les appuis de fenêtres, ni papier ni objet. Aucune trace d'un récent déménagement.

Restait à inspecter le bureau de Vincent Blaise. Jérôme s'y résolut, le cœur battant et les jambes molles. Il traversa le couloir, manœuvra doucement la poignée de cuivre.

Partagé entre déception et soulagement, Jérôme soupira. Comme les autres, le local était vide. Bibliothèque, bureau ministre, sièges, présentoirs, cadres aux murs : tout avait disparu, prêtant au lieu un surcroît d'espace absent de ses souvenirs. Pour unique mobilier, la pièce n'hébergeait qu'un téléphone solitaire, incongru, déposé à même le sol au centre de la pièce. Jérôme croyait le reconnaître. C'était un vieux modèle à disque et fourche autonome, moulé en bakélite. Le fil toilé traçait une diagonale sur les lames cirées du parquet.

Il n'y avait rien à glaner ici.

Jérôme alla jusqu'à la fenêtre. Sur le boulevard Saint-Germain, les lampadaires allumaient leurs globes. Dehors, le monde poursuivait sa course tranquille vers la nuit.

Que fichait-il dans cette pièce, dans cet immeuble, dans cette ville ?

Ce fut alors que le téléphone sonna.

Aigre à souhait, le timbre mécanique le fit sursauter. Un premier mouvement l'incita à déguerpir, quitter sans se retourner ces lieux désolés. Le vigile s'inquiétait-il ?

La sonnerie continuait. Le vacarme lui vrillait les nerfs. Il décida de mettre fin à cette torture, s'accroupit et décrocha.

« Allô ? »

Pour toute réponse, une voix lointaine, étouffée, produisit un genre de feulement à la fois rythmé et inarticulé. Sur le moment, il se demanda si son ouïe ne lui jouait pas un tour pendable.

La ligne était très mauvaise. Mais l'autre n'en avait cure et débita derechef, sur le même ton, la même comptine obscure.

Jérôme demeura coi. À l'autre bout du fil, une femme inconnue scandait à bouche fermée un message incompréhensible. Il commençait à soupçonner une blague salace. Rien de vexant, dès lors qu'il ne pouvait en être la victime désignée.

« Excusez-moi, je ne vous comprends pas bien. »

La réaction fut immédiate, presque violente. La femme glapit dans le téléphone : elle s'énervait.

Jérôme tâcha de se concentrer. De son côté, contre toute attente, l'inconnue parut se calmer, surmonta sa colère et, par deux fois, recommença depuis le début son étrange monologue, toujours aussi cryptique. Jérôme changea le combiné de main.

Tout cela lui rappelait vaguement quelque chose.

Mais quoi ?

Apeurée, l'inconnue gémissait maintenant de plus belle. Chez elle, le désespoir succédait à l'énervement. Elle suppliait.

« Pardon ? »

Alors, tel un autobus lancé à pleine vitesse, la vérité le renversa d'un coup. Jérôme vacilla, dut s'asseoir sur le parquet.

Il comprenait. À la fois tout et rien.

Son imagination s'emballait.

« Bénédicte ? »

De l'autre côté, la femme partagea sa stupéfaction.

Jérôme suait comme un bœuf. Il s'essuya le front.

« Lieutenant Gardier ? »

Malgré tous les obstacles – qu'il imaginait d'autant mieux qu'il les avait décrits –, la voix lointaine fit écho à son incrédulité.

« C'est bien vous ? »

Par onomatopée, la femme confirma.

« Je… »

Jérôme avait vidé son sac de mots. Complètement désorienté, il se trouvait dans l'incapacité la plus absolue d'aligner l'une après l'autre deux idées cohérentes. Tout ceci n'avait aucun sens, il allait se réveiller, sortir de ce stupide cauchemar.

« Je vais voir ce que je peux faire ! »

C'était vite dit.

Déjà, il culpabilisait.

Puis il raccrocha. Très doucement.

Des voitures klaxonnaient sur le boulevard Saint-Germain. Un autobus passa. La sirène d'une ambulance hululait.

Ni Blaise ni Butte n'avaient lu ce chapitre.

Jérôme tourna la tête vers la fenêtre. Assis sur le parquet, il ne voyait qu'un rectangle de ciel gris fer, éclaboussé d'ocre par-dessous. La nuit tombait sur Paris.

Dans la poche intérieure de sa veste, le cahier plié en deux pesait soudain plus lourd.

Et cela, il ne l'avait ni prévu, ni écrit.

16

Paris achevait d'allumer ses feux. Intimidées par l'agressive concurrence de toutes ces lumières fixes ou vibrionnantes, les étoiles avaient renoncé à se montrer. La lune elle-même peinait à faire son trou dans un ciel de tôle noircie où couraient les reflets orange de l'éclairage public.

Dans la cohue du boulevard Saint-Germain, Jérôme avançait vers la Seine. Seule la mécanique de la marche mobilisait son attention. Chaque pas constituait une victoire, puisqu'il l'éloignait d'un lieu maudit, dont il comptait bien éliminer jusqu'au souvenir. Chaque pas l'éloignait aussi de toute pensée un peu élaborée, de toute ébauche de réflexion. Car Jérôme n'aspirait plus qu'à être un corps en mouvement, lancé à travers les rues de la ville sans autre préoccupation que son propre fonctionnement.

Laissant derrière lui le palais Bourbon, il traversa le fleuve sur le pont de la Concorde. En dégageant le ciel et l'espace urbain, l'ancienne place Louis XV rendit à Jérôme un minimum de sérénité. Si le monde perdait sa cohérence, du moins conservait-il intactes des parcelles de beauté. Disséminées autour de l'obélisque et des fontaines, les colonnes rostrales imitées de l'antique évoquaient la demeure d'Antoine où, sans en avoir l'air, Lépide avait tenté de sauver ce qui restait de la République. Sur l'écran noir de la nuit, par-dessus l'hôtel de la Marine, Jérôme projeta l'imposante silhouette du mont Circé. Nul doute que le triumvir déchu avait aimé en faire le but de ses promenades, au voisinage de la mer immense et des plages abandonnées.

Comme lui peut-être, Jérôme déplorait ce soir l'effacement brutal d'un ordre immémorial des choses – et des certitudes qui en avaient constitué le socle. Comme lui sans doute, dans le secret de son âme, il avouait son inaptitude et son incompréhension. Ne lui restait guère, pour sa consolation, que la faculté de dire l'une et l'autre. Face à l'absurdité, son courage flanchait.

Mais un problème très concret surnageait dans ce naufrage de la raison. Aucun sophisme ne l'exonérerait jamais de sa responsabilité. Car il n'y avait pas à sortir de là : tout à l'heure, il avait fait une promesse sans réfléchir à la possibilité de la tenir.

Les grilles du parc des Tuileries étaient encore ouvertes. Le trousseau de clefs à la main, un gardien pressé de finir sa journée anticipait la fermeture. Non loin de l'entrée, Jérôme avisa une poubelle. Elle ferait l'affaire. Après avoir plié le cahier en deux, il y jeta le manuscrit et s'éloigna.

Pensait-il s'en sortir par une pirouette aussi formaliste ? En son temps, Ponce Pilate avait essayé. Non, rien à faire, c'était juste une lâcheté de plus, qui ne résolvait rien.

Les parterres bêchés du parc voisin exhalaient une fraîcheur humide mêlée de gaz d'échappements. Jérôme releva le col de sa veste. Ses narines picotaient. Juste à temps, il récupéra son mouchoir et, avant d'éternuer, trompeta bruyamment dans le tissu. Ce geste anodin remua en lui un souvenir récent. Le contenu de sa poche fit le reste : un petit rectangle blanc venait d'atterrir en voletant sur les dalles du trottoir. Jérôme s'accroupit et ramassa la carte de visite du commissaire Michel.

Il n'y avait pas à tergiverser. Aucun scrupule de bon sens ne pouvait plus le retenir : ce temps-là était définitivement révolu. Incapable d'agir par lui-même, Jérôme allait s'en remettre à l'autorité d'un spécialiste. Après tout, ce qui lui arrivait ne pouvait qu'être lié aux agissements délictuels de MM. Blaise et Butte.

Jérôme s'accota au fût de bronze d'un lampadaire tricéphale et, dégainant son portable, composa le numéro inscrit sur la carte, dont le préfixe lui parut exotique. Son calme l'étonnait lui-même car, à l'accoutumée, téléphoner le rendait nerveux.

Il obtint la communication. Les premières mesures d'un chœur puissant et solennel résonnèrent dans l'écouteur.

Hallelujah, for the Lord God Omnipotent reigneth !

Jérôme reconnut le *Messie* de Haendel. D'office, le central automatique l'avait placé sur musique d'attente. Le morceau retenu témoignait d'une belle originalité, plutôt surprenante pour un service de police. En règle générale, le correspondant était prié de patienter sur des tubes de Mozart ou de Vivaldi.

The kingdom of this world is become the kingdom of our Lord...

Jérôme attendit donc. En fait, ce coup de téléphone le distrayait. En outre, la musique était de qualité. Le responsable des télécoms avait choisi une version pour mélomanes avertis.

En pleine reprise, une voix masculine fit discordance.

« Allô ? Département des affaires internes, inspecteur Hellet à l'appareil. Que puis-je pour vous ? »

Jérôme prit son élan.

« Mon nom est Jérôme Walque...

— Je vous écoute, monsieur. »

L'homme parlait fort, car l'enregistrement continuait à tourner. Le chœur des anges montait encore en volume.

L'inspecteur Hellet dut faire le même constat.

« Ho ! Vos gueules, les gars ! On ne s'entend plus ! Il y en a qui bossent, ici ! »

Le majestueux canon s'émietta en un brouhaha confus. Dans le silence restauré, un violon solitaire dérapa.

« Ah, c'est mieux ! reprit l'inspecteur. Veuillez nous excuser. Cette musique d'attente, ça fait une éternité qu'on devrait en changer, mais personne n'y pense jamais. Je vous écoute... »

Décontenancé, Jérôme dut presque réfléchir.

« Heu... Je voudrais parler au commissaire Michel. »

Il y eut un bruit de papiers remués.

« Il est absent pour le moment.

— Absent ? »

L'autre eut un petit rire.

« Enfin, jamais vraiment. Mais il a tendance à courir un peu partout. Certains prétendent qu'il se disperse. »

Son interlocuteur continuait à brasser de la paperasse.

« Ah, voilà ! Je me disais aussi. Il a laissé des instructions vous concernant. Je les retrouve à l'instant.

— Me concernant, vraiment ? »

L'autre toussota. Jérôme supposa qu'il lisait un registre.

« Mmmoui, je vois. Rassurez-vous, monsieur Walque !

— Je ne suis pas inquiet. »

Là, Jérôme crânait un tantinet.

« Tant mieux ! Sachez que votre affaire est entre d'excellentes mains. On s'en occupe déjà. Le commissaire va vous rappeler très vite. Surtout, gardez votre appareil allumé.

— Il connaît mon numéro ? »

L'inspecteur redoubla de prévenance.

« Ne vous inquiétez pas pour ça. Ni pour le reste. »

Tant d'amabilité méritait, au moins, un genre de merci. Jérôme ne trouva rien à dire.

« Bonsoir, monsieur Walque ! »

Là-dessus, l'inspecteur raccrocha.

Incapable de tenir en place, Jérôme reprit sa déambulation au hasard des rues. Plus que jamais, il se voulait un anonyme perdu dans la foule, à la rigueur une paire d'yeux anxieux de s'absorber dans la contemplation de spectacles anodins et répétitifs. Mais au bout de la rue Royale, l'église de la Madeleine dressait son fronton de temple romain. La figure de Lépide revint le visiter.

Cette fois, il imagina le premier retour à Rome du grand pontife vieillissant, négligé par tous les gens en vue et pourtant digne jusque dans son exil. La capitale de l'empire, se disait Jérôme, n'avait pu sembler alors plus étrangère, plus incompréhensible à cet homme, que Paris l'est ce soir pour moi.

Qu'était-il venu faire ici ?

Bruxelles lui manqua soudain et, pêle-mêle, les paysages brabançons de sa jeunesse, les trajets en bus vers le collège, les promenades champêtres avec son grand-père…

Tant de chemins parcourus pour aboutir dans ce majestueux cul-de-sac.

Il commençait à s'apitoyer sur lui-même.

Quelqu'un, quelque part, songeait à briser sa solitude. Dans une poche de sa veste, le portable bourdonnait. Il prit l'appel.

« Allô ? Monsieur Walque ? »

Jérôme reconnut la voix du commissaire.

« Lui-même. »

Surpris par la qualité de la ligne, il fut tenté de jeter autour de lui un regard circulaire, pour découvrir où se tenait le policier.

« Mon inspecteur m'a passé le message.

— Il a fait vite !

— C'est son métier. »

Jérôme tenta de rassembler ses idées.

« Alors voilà, je vous explique la situation en deux mots... »

D'autorité, le commissaire lui coupa le sifflet.

« Pas la peine, monsieur Walque. J'ai lu les rapports de mes inspecteurs. La situation m'est parfaitement connue.

— Mais... ?

— Jusque dans ses détails les plus... croustillants – c'est le mot que vous utiliseriez, je pense. Alors ne perdons pas de temps, voulez-vous ? J'ai fait le nécessaire. Vous avez de quoi noter ?

— Oui, bien sûr, mais...

— Pour un écrivain, c'est bien le moins. Bon... Un train vous attend à la gare du Nord. Il part dans un peu moins d'une heure, ce qui vous laisse le temps de l'attraper si vous marchez vite. Je vous donne le numéro du quai, de la voiture et du siège. »

D'une main tremblante, Jérôme récupéra son calepin et son stylo à bille. Il nota les trois numéros. La nervosité le rendait maladroit. Au terme d'un faux mouvement, le stylo lui glissa des doigts et alla rouler dans un avaloir d'égout, où il disparut.

« Vous avez pris note ?

— Oui, mais le billet ? »

Le commissaire poussa un soupir indulgent.

« Ne vous attachez pas à de tels détails, monsieur Walque ! Ayez un peu la foi, que diable ! Vous qui goûtez le domaine anglo-saxon, vous devez avoir entendu parler du *leap of faith*...

— Vaguement.

— C'est bien suffisant. Entre nous soit dit, je vous ferai remarquer que rien ne vous oblige à prendre ce train. La décision vous appartient, à vous et à vous seul. Mais si nous continuons à discourir, la question ne se posera bientôt plus. »

Jérôme se mit en marche.

« Excellent choix, monsieur Walque ! »

Après l'opéra, il devait remonter la rue La Fayette, qui menait droit à la gare. Au carrefour de la chaussée d'Antin, Jérôme attendit que le feu passe au rouge. Il traversa au pas de course, à contre-courant d'un banc de mélomanes en grand uniforme. Des kakemonos annonçaient une représentation d'*Orphée aux Enfers*.

« Ne traînez pas. Il vous reste cinquante minutes ! »

Pour abattre un peu moins de trois kilomètres. D'un œil inquiet, Jérôme consulta sa montre. Il avait fait changer la pile.

« Vous n'aurez pas à regretter votre décision, monsieur Walque. Un jour ou l'autre, il faut toujours assumer les conséquences de ses actes… ou de ses écrits, car ça vaut aussi pour les écrivains. »

Sur ces mots, le policier coupa la communication.

Dans la rue La Fayette, Jérôme retrouva un semblant de paix intérieure. À chaque carrefour, la longue voie rectiligne lui permettait d'évaluer la distance qui lui restait à couvrir. La peur de rater son train refluait. Pour autant, il veillait à maintenir la cadence. Ainsi, sur le trajet, rien ne put le distraire de son objectif. Il ignora les devantures éclairées des magasins, la façade lointaine de Notre-Dame de Lorette, les grands arbres dénudés du square Montholon et même, en presque fin de parcours, le gros gâteau minéral de Saint-Vincent-de-Paul posé sur son plat de verdure.

En réalité, il marchait dans un tunnel.

La sortie était proche. Au terme du boulevard de Denain, la grande verrière de la gare du Nord luisait sous le ciel parisien telle la rosace d'une cathédrale laïque. Une bise frisquette rôdait entre les immeubles de rapport. Pourtant, Jérôme transpirait. Un sentiment mélangé gâtait son soulagement. Sur la route de Bethléem, les rois mages avaient su, en gros, où les menait l'étoile. Pour sa part, Jérôme ignorait tout de sa future destination.

Cette inconnue ne l'empêcha pas de forcer l'allure. Au pas de charge, il franchit l'entrée principale de la ruche ferroviaire. Sous l'immense toit vitré, le grand tableau des trains au départ le renseignerait sur les plans du commissaire Michel.

Son espoir fut déçu. Immobiles, les volets mécaniques du tableau n'affichaient ni villes ni heures. Le système devait être hors service pour la soirée. Des haut-parleurs diffusaient en continu une bouillie de messages inintelligibles, censés pallier ce déficit.

Le temps pressait. Jérôme courut jusqu'à son quai. L'endroit était aussi désert qu'il pouvait l'être dans une gare pleine sinon d'employés et de voyageurs. Un train y stationnait, portières ouvertes et tous feux éteints. Rien ne bougeait aux alentours. Aucun contrôleur ne surveillait l'accès aux rames, aucune lampe ne brûlait à l'intérieur des compartiments.

Il remit à plus tard la chasse aux informations. Par bonheur, les numéros des voitures étaient bien lisibles. Jérôme repéra la sienne et, d'un bond, monta à bord. En remontant le compartiment vide, il comprit qu'il voyagerait seul. Car dans quelques minutes, le train allait quitter la gare du Nord.

Jérôme trouva son siège à la lueur de l'éclairage extérieur. La place jouxtait une fenêtre. Il s'y laissa tomber. En fait, il aurait pu s'asseoir n'importe où. Un papier était glissé dans le filet, au-dessus de la tablette rétractable. Jérôme examina le document. Les cases pré-imprimées du formulaire étaient presque toutes vierges, à l'exception d'un tampon aux armes de la société de chemins de fer et la mention de son nom et de son prénom. La signature d'un obscur fonctionnaire attestait que le voyage avait été payé. Aucune destination n'était précisée. Résigné, Jérôme plia le document en quatre et le glissa dans une poche.

L'agitation des jours précédents, la succession de mauvaises nuits, les émotions variées et la course jusqu'à la gare l'avaient épuisé. Le fauteuil se révélait très confortable. Au moment d'embarquer, il avait omis de noter en quelle classe il voyagerait. Sa nuque creusa la molle fraîcheur de l'appui-tête.

Quand les portières de la rame se fermèrent en chuintant, Jérôme sentit que ses paupières les imitaient. Le wagon s'ébranla. Il ignorait où il allait, commençait à s'en ficher un peu. Cette fois encore, Saint-Denis demeura invisible. Car lorsque la basilique illuminée s'encadra dans la fenêtre, Jérôme dormait déjà.

17

Bien plus que le silence, l'absence de mouvement le réveilla. Secousses et vibrations avaient cessé d'agiter le compartiment. Le train ne roulait plus. Jérôme ouvrit les yeux, étira ses bras, bâilla à se décrocher la mâchoire. Chose étrange, il se sentait en pleine forme. Pourtant, dormir assis sur un siège n'était pas, et de loin, son exercice favori. Vaincu par la fatigue, il s'était assoupi sans plus se préoccuper du terme de son voyage. En conséquence, il ignorait absolument où il se trouvait. Derrière le carreau de sa fenêtre, le paysage observable ne livrait aucun indice susceptible d'éclairer sa lanterne.

Rien ne ressemble davantage à un quai de gare qu'un autre quai de gare, surtout quand il est désert. En tout cas, ce quai-ci ne lui rappelait aucun souvenir. Ou plutôt, avec ses abris carrelés de jaune pisseux, ses néons dignes d'une morgue pour indigents et les vitres sales de ses auvents, il proposait un condensé de ce que Jérôme avait jadis connu en matière de haltes ferroviaires. Réduisant les vues à quelques clairières de lumière artificielle, la nuit renforçait encore ce sentiment mitigé, mêlant l'inédit et le déjà-vu. Il guetta en vain une annonce ou le passage d'un contrôleur. En l'absence d'information contraire, il décida que le train avait atteint son terminus.

Lampes éteintes, le compartiment baignait dans la même pénombre qu'au départ de Paris. Quand il descendit sur le quai, l'éclairage électrique lui fit plisser les yeux. Il huma un air vif, revigorant, que chargeait un fond d'humidité. S'il y en avait eu, les autres passagers avaient dû quitter les voitures et vider les lieux avant son réveil. Le contraste avec le quai voisin n'en était que plus remarquable. De l'autre côté des voies, un train bondé dégorgeait une foule turbulente de voyageurs.

Observés à distance, tous affichaient un curieux air de ressemblance. Tandis qu'il boutonnait sa veste, Jérôme décoda son impression : c'étaient des militaires en uniforme, coltinant valises et sacs. Ils rentraient sans doute à la caserne après un congé. L'écrasante majorité d'entre eux portaient le treillis verdâtre de toutes les armées modernes. Quelques officiers en tenue de sortie anthracite semaient des olives noires dans la cressonnette. L'un d'eux s'abrita derrière un auvent, alluma une cigarette.

Jérôme nota la veste à parements ponceau et le pantalon passepoilé de la même couleur. L'uniforme lui était inconnu. Sauf erreur de sa part, ce gradé et ses frères d'armes – dont deux sollicitaient le feu de son briquet – n'appartenaient ni aux forces de la République ni au croupion de l'armée belge. C'étaient peut-être des sapeurs-pompiers ? En tout cas, la troupe causait français, comme l'indiquaient certaines plaisanteries grasses lancées d'un groupe à l'autre. Cela se bousculait au pied des escaliers.

Sur son quai, Jérôme chercha en vain un panneau ou un tableau de service. Pour apprendre le nom de la ville où il venait de débarquer, il allait devoir se fournir ailleurs, dans la salle des pas perdus, par exemple.

Une longue passerelle couverte enjambait les voies. En plus de desservir les quais, elle menait à la gare proprement dite. Jérôme n'avait d'autre choix que l'emprunter. L'ouvrage bourdonnait d'échos métalliques où voix et pas se fondaient dans une rumeur de volière. S'il dédaignait les quais en contrebas, le vent s'en donnait à cœur joie parmi les colonnes torsadées et les poutrelles aux sinuosités végétales. Jérôme respira son haleine iodée. À mi-chemin, au lieu de continuer vers la gare, le gros des voyageurs quittait les hauteurs de la passerelle et, bifurquant vers la droite, descendait un escalier à claire-voie.

Sans réfléchir à ce qu'il faisait, Jérôme suivit le mouvement. Un panneau émaillé indiquait la sortie réservée aux usagers des tramways. Plus loin, sur un écriteau blanc, des lettres noires à demi décollées composaient le mot TAXI. Bientôt, bon dernier, Jérôme franchit un portillon et déboucha sur une vaste place illuminée, battue par les rafales.

Une statue trônait au milieu d'un parterre gazonné. Elle figurait un corsaire emplumé, du moins s'il fallait en juger d'après l'ancre marine échouée sur le socle et le sabre d'abordage avec lequel le fougueux personnage coupait de belles tranches de vent. Jérôme dressa l'oreille. Derrière le mince rideau d'immeubles, une basse de grand orgue grondait, plus patiente et plus massive que les hourvaris sauvages du noroît. D'une architecture hétéroclite, mêlant les styles et les époques dans le respect frileux d'une certaine respectabilité bourgeoise, les maisons de maître rappelaient à Jérôme quelques cités hors du temps, à vocation balnéaire ou hanséatique, telles qu'Ostende ou Anvers. Une fois encore, histoire d'asseoir son intuition, il emplit ses poumons de cet air si particulier, lesté de souvenirs colorés, liés aux villégiatures et aux voyages scolaires de son enfance.

Certes invisible, la mer révélait sa présence à tous les autres sens. Derrière le fragile paravent urbain, à deux rues de distance peut-être, elle étalait son immensité. Jérôme frissonna de plaisir. La tentation de marcher vers elle montait en lui. Très vite, sous le ciel de bitume, il allait pouvoir admirer ses mille reflets brisés, éparpillés à la crête des vagues par les fanaux d'un port inconnu. Apporté par le vent, un fin tapis de sable crissait sous les semelles.

De l'autre côté de la place, les militaires montaient à bord d'une noria de trams. Sans doute désireux de se ménager un dernier moment de quiétude loin de la horde, des officiers s'étaient écartés et marchaient vers une file de voitures à l'arrêt. Dans l'esprit de Jérôme, un soupçon prenait consistance.

Pour rejoindre la station de taxis, le voyageur pouvait faire le tour de la place ou emprunter un raccourci à travers les pelouses, que marquait une trace creusée par l'usage. Selon son expérience, aussi réduite fût-elle, les chauffeurs de sapins se signalaient par un naturel obligeant et bavard, au point de se muer plus souvent qu'à leur tour en intarissables casse-pieds. Jérôme était prêt à courir ce risque. Bientôt, il pourrait situer sur une carte la ville où l'avait dépêché le commissaire Michel.

La pluie avait dû tomber durant la semaine. Alors qu'il traversait un terre-plein entre deux allées, la chaussure droite de Jérôme s'enfonça dans une fondrière. Il jura un bon coup, tâcha de racler sa semelle contre une bordure. Des projections boueuses souillaient le bas de son pantalon.

Entre-temps, la station s'était vidée. Un dernier taxi attendait le chaland près de la borne d'appel. En l'absence d'autres candidats à la course, rien ne pressait. Jérôme ôta sa chaussure et entreprit de nettoyer l'empeigne avec une touffe de chiendent.

Soudain, la godasse à la main et le pied droit en l'air, il s'immobilisa. En plus d'éclabousser la jambe de son pantalon, la boue du terre-plein venait de mettre en branle un cortège d'associations à la fois cohérentes et contradictoires. Les pièces d'un puzzle mental, commencé par hasard quelques jours plus tôt, trouvaient peu à peu leur place. Jérôme apercevait les premiers contours du sujet représenté. S'il rebroussait chemin, ne trouverait-il pas dans la gadoue l'empreinte caractéristique d'une botte droite – ou gauche, il ne savait plus – dont le talon mesurait à peu près six centimètres ?

Il se mit à rire, secoua la tête.

« Pas possible, je deviens zinzin ! »

En tout cas, c'était un début : il parlait tout seul.

Et pourtant non, la folie au sens ordinaire du terme n'avait absolument rien à voir avec ce qu'il vivait...

D'un coup, Jérôme comprit alors que le nom de cette ville lui demeurerait à jamais inconnu. Il pouvait aussi le créer là, sur-le-champ, en choisir la graphie et la sonorité selon son entière fantaisie. Il pouvait même le chercher dans les pages de n'importe quel atlas, pourvu que le réalisme du cadre et du propos n'en fût pas affecté. De toute manière, cela ne changerait rien à l'affaire. Ses ultimes certitudes partaient en capilotade.

L'essentiel se situait sur un autre plan, où régnait une logique à la fois bien réelle et différente de celle qu'il connaissait. Dès cet instant, il lui revenait de la découvrir, voire de *l'inventer*, comme sainte Hélène avait inventé la Vraie Croix.

C'était absurde, bien entendu. Mais à défaut d'accepter la situation, il fallait du moins apprendre à s'y conformer. Et commencer par se rechausser, car l'humidité de la pelouse perçait sa chaussette et lui glaçait la plante du pied.

Au petit trot, Jérôme rejoignit le taxi. Malgré les coups de vent, le chauffeur avait baissé sa vitre pour griller une cigarette. La fumée filait à l'horizontale. Jérôme voulut ouvrir la porte arrière pour se mettre à l'abri. Or celle-ci coulissait le long de la carrosserie. Il se souvint alors qu'en relisant le début du premier chapitre, une possible erreur de perspective l'avait tarabusté. Non, il ne s'était pas trompé ! Avec ce type de portière, moyennant un coup d'œil au rétroviseur extérieur, le bonhomme pouvait s'offrir une vue imprenable sur les jambes de ses clientes les plus avenantes, du moins si celles-ci descendaient par la gauche du véhicule. Seul inconvénient à ce constat, Jérôme devrait supprimer le mot *berline* dans le reste du texte et lui substituer un terme automobile plus approprié.

Le chauffeur illustrait les manières supposées propres à sa corporation. Il était sans nul doute du genre bavard, mais pas spécialement obligeant. Il jeta son mégot et remonta son carreau.

« Sale temps, hein ? Et ça fait des semaines que ça dure. Quand la base et le dépôt fermeront, si ça arrive un jour, je me demande qui voudra encore poser ses fesses dans mon taxi… »

Le bonhomme se tourna vers Jérôme. La casquette à carreaux tenait du poncif, ainsi que la vierge très habillée collée sur le tableau de bord. Jérôme douta. Il saurait vite à quoi s'en tenir :

« Bonsoir ! Pourriez-vous me conduire à l'*Hôtel Moderne* ? »

Les dés étaient lancés. Il retint son souffle.

Le chauffeur sourit, opina.

« Bien sûr, que je peux ! Vous serez le deuxième ce soir. Vu la saison, ça fait de la variété. Des fois, je me demande comment le *Moderne* n'a pas encore mis la clef sous le paillasson ! C'est qu'en automne, voyez-vous, le touriste a tendance à snober le patelin. Notez, on le comprend. Je ferais d'ailleurs bien de me trouver un autre job entre octobre et mars. Des soirs comme celui-ci, je charge surtout des officiers de la base ou du dépôt. Alors qu'ils ont le transport gratuit, allez comprendre !… »

Dehors, les rafales redoublaient d'intensité. Le véhicule à l'arrêt tanguait sur ses roues, le vent jouait de la flûte traversière dans le tuyau d'échappement. Des papiers volaient d'un bout à l'autre de la place. L'homme leva un doigt plein d'autorité :

« Va y avoir tempête en mer ! »

Ils disent tous ça, pensa Jérôme.

S'il s'en remettait à la stricte chronologie, le grain aurait déjà dû s'éloigner vers le large. Il regretta d'avoir jeté le manuscrit.

« Elle est loin ?

— Qui donc ?

— La mer ! »

Le chauffeur repoussa sa casquette.

« Vous n'êtes pas du coin, hein ?

— Je me le demande.

— On peut faire un crochet par la digue, si ça vous dit. Ce n'est pas un grand détour, à vous de voir. Vous avez le temps ? »

Le moteur tournait, le compteur aussi. Jérôme se demanda si l'euro avait cours ici – de même pour sa carte de crédit. En tout cas, on y parlait français sans accent notable.

« Vous disiez que j'étais le deuxième ? »

Le clignotant se mit à battre la mesure, le taxi démarra.

« Tout juste, mon bon monsieur. »

Pas si bavard que ça, le bonhomme – du moins quand il était sûr de tenir la course. Jérôme insista :

« Vous n'auriez pas transporté une jeune femme ? »

Au lieu d'emprunter la grande artère qui filait vers le centre-ville, le chauffeur prit une rue transversale.

« Ça m'arrive. Encore heureux ! »

Droit devant, la rue débouchait sur un mur d'obscurité, que perçait un réverbère auréolé de vapeur. Une fine bruine mouchetait le pare-brise et les vitres latérales de la voiture.

« Militaire ? » suggéra Jérôme

L'homme changea de vitesse, négocia un rond-point.

« On en voit de plus en plus. Le métier doit plaire à un certain genre de bonnes femmes, je suppose. Moi, ce que j'en dis... Mais vous avez raison, la dernière cliente que j'ai chargée à la gare, avant vous bien sûr, c'en était une. Elle allait au *Moderne*. Pas du coin, elle non plus. Dites voir un peu à quoi elle ressemble ? »

Le taxi roulait sur la digue de mer, le long de la plage. Même si l'éclairage ne portait pas si loin, Jérôme distinguait le moutonnement des dernières vagues, qui venaient mourir sur la grève.

Comment décrire le lieutenant Gardier sans tomber dans l'à-peu-près ? Vu les circonstances, l'exercice présentait des difficultés inattendues. Jérôme se lança néanmoins :

« Sous la trentaine... Cheveux très bruns, lisses, pas vraiment courts mais coupés au-dessus du col... Un mètre soixante-dix environ... Plutôt mince... Visage ovale... Traits fins... Nez droit... Officier... Uniforme de sortie gris foncé... Jupe et bottes... Manteau noir jeté sur les épaules... Béret noir... Elle voyage avec une valise à roulettes et une serviette en cuir... »

Pour la couleur des yeux, il l'ignorait.

« Bingo ! C'est pile-poil ma cliente, décréta le chauffeur. Je l'ai embarquée à l'arrivée du premier train de permissionnaires. Si je voulais me manger une baffe, j'ajouterais : super châssis et gambettes aux pommes ! Parce que si c'est votre fiancée, eh ben mon colon, vous devez pas vous emmerder toutes les nuits, sauf votre respect ! Quand les militaires descendent au *Moderne*, c'est qu'ils ont des idées joyeuses derrière la tête, les nanas comme les mecs. Alors j'imagine que vous la rejoignez ? J'ai jamais pu faire le tri, mais si elle est dans la marine, je compatis... »

Via le rétroviseur, il envoya à son client un énorme clin d'œil.

« Non, dans la cavalerie. »

L'autre éclata de rire.

« Pas plus mal ! Le tour de manège doit valoir le coup ! »

Obligeant, bavard *et* casse-pieds. Jérôme ne goûtait pas outre mesure la solidarité masculine appliquée à de tels sujets.

« Vous avez beaucoup d'imagination, grommela-t-il.

— Non, mon bon monsieur, j'ai l'œil ! Vous voyagez léger. Et en cette saison, personne ne vient pour les bains de mer. »

On ne la lui faisait pas. Jérôme se sentit mouché.

Ravi de son trait d'esprit, le chauffeur s'installa dans un silence satisfait. Il pratiquait le caquetage à éclipses. Le taxi atteignit la fin de la digue. Il prit un large virage et laissa le paysage marin à ses ténèbres fouettées par le vent. Le boulevard maritime ouvrait son défilé de hautes demeures patriciennes, dont les fenêtres garnies d'affiches signalaient une épidémie locative.

« On arrive ! » fit le chauffeur.

L'ultime tronçon du boulevard rassemblait les immeubles les plus modernes, les commerces et les complexes de bureaux. Le taxi rétrograda, puis s'immobilisa le long d'un arrêt de tram. Le chauffeur se retourna, annonça le prix de la course – aussi salé qu'une caque de harengs – et encaissa les euros de Jérôme. Par curiosité, ce dernier lui posa une dernière question :

« Vous pouvez me faire une fiche ? »

Le chauffeur ne put cacher son admiration.

« Et en plus, vous rentrez une note de frais ? »

Jérôme s'abstint d'épiloguer. L'homme sortit un carnet à souches et, hochant la tête, s'exécuta. Jérôme ouvrit la portière, prit le reçu et sortit de la voiture. Le taxi baissa son carreau.

« Bonne bourre, Don Juan ! »

Jérôme haussa les épaules et referma la portière d'un coup de coude – on pouvait le faire. Puis il suivit des yeux la berline qui s'éloignait. Non, pas *berline*, corrigea-t-il. Plutôt *monospace*. Mais le mot était tellement moche... Flûte, il laisserait *berline*.

De l'autre côté du boulevard, l'*Hôtel Moderne* ressemblait en tout point à l'établissement qu'il avait imaginé. Forcément, se dit-il. Grâce à une série de frises, l'horizontalité des étages contrebalançait la hauteur de la façade. La construction devait remonter aux années cinquante, quand les nouveaux riches prenaient encore leurs vacances d'été sur le littoral indigène. Avant de traverser, comme il s'agissait tout de même d'un quatre étoiles, Jérôme examina son reflet dans la paroi vitrée d'un abribus proche. Sa veste était un peu froissée mais en séchant, la jambe droite de son pantalon était redevenue présentable si l'on n'y regardait pas de trop près.

Après tout, le client n'était-il pas roi ? De plus, si ses informations s'avéraient correctes – et elles l'étaient –, en cette saison, l'hôtel ne devait pas mettre à la porte les clients à peu près convenables qui avaient l'étrange idée de la pousser.

Lorsque Jérôme pénétra dans le hall de la réception, il compléta la description initiale de quelques plantes vertes, de fauteuils club et de tables basses chargées de revues sur papier glacé. Il tenta aussi de reconnaître la musique d'ambiance, un morceau orchestral sirupeux qui avait dû lui poisser les oreilles dans des circonstances depuis longtemps oubliées. Quant au reste du mobilier, il condensait celui des hôtels moins prétentieux qu'il avait fréquentés dans sa jeunesse lors de voyages familiaux à travers l'Europe, notamment centrale. Le lourd comptoir brun sombre, d'un bois indéfinissable évoquant le chêne, lui rappelait l'un ou l'autre établissement yougoslave ou tchécoslovaque, présentoir à cartes postales vide compris.

Retranchée derrière le meuble, la réceptionniste, bien au contraire, affichait un style très contemporain. Elle se leva, prit appui des deux mains sur le vaste plateau et offrit à Jérôme le sourire le plus radieux de sa panoplie.

« Bonsoir, monsieur ! Bienvenue à l'*Hôtel Moderne* ! »

Jérôme questionna la fiabilité de sa chronologie. Cette réceptionniste-là était blonde comme les blés et sa raie au milieu, tirée au cordeau entre deux chutes luxuriantes de cheveux bouclés, excluait tout recours à une quelconque perruque. Bref, il ne pouvait s'agir de Sophie Opalka. En outre, d'un coup d'œil oblique, il put vérifier que l'employée portait des bas couleur marine et des escarpins bleus à talons aiguilles mieux assortis au tailleur que l'attirail de sa prétendue collègue. Quant au maquillage, plutôt épais, il échouait à transformer le visage rond, un peu slave, en l'ovale très légèrement peinturluré qui caractérisait les sœurs jumelles de la chambre 307.

Sa vigilance sonna le *all clear.*

« Que puis-je pour vous ? »

Jérôme lui répondit sans hésiter :

« Je voudrais une chambre pour la nuit. C'est faisable ? »

La jeune femme opina.

« Mais parfaitement, monsieur ! Nous pouvons vous proposer un choix très varié, dans une gamme de prix très large.

— Avec une baignoire, si possible. »

La jeune femme pianota sur le clavier de son terminal. Jérôme en profita pour étudier le grand tableau où pendaient les clefs. Sa myopie le desservait. Les chiffres demeurèrent illisibles.

« C'est tout à fait possible, monsieur. Dans cette catégorie, je puis vous proposer la chambre 405. »

Jérôme mima la contrariété.

« Vous n'auriez pas quelque chose au troisième ? C'est idiot, mais j'en ai gardé un très bon souvenir. »

La jeune femme se composa une moue désolée.

« Cet étage est en travaux, malheureusement. »

Très professionnelle, elle fit défiler un écran.

« Tiens ? La 307 est occupée. Il doit s'agir d'une erreur car les transformations sont toujours en cours. Cinq chambres sont déjà prêtes mais cela complique le service d'étage.

— Dans ce cas, n'en parlons plus.

— Je vous donne la 405 ?

— Avec la vue sur la cathédrale ? »

La jeune femme lui adressa un sourire de connivence.

« On reconnaît l'habitué !

— N'exagérons rien.

— En règle générale, on nous demande la mer.

— Qui est démontée, ce soir. »

L'employée pouffa.

« Bien, je vous inscris. Vous remplirez la fiche plus tard, il n'y a pas urgence. Monsieur… ? »

Jérôme se sentait d'humeur badine.

« Straube. Jérémie Straube.

— Vous n'avez pas de bagage ?

— Non. C'est une sorte de pèlerinage improvisé. »

Elle n'était pas payée pour être curieuse.

« Vous trouverez des objets de toilette dans la salle de bains. Si vous le désirez, l'hôtel fournit une trousse de première nécessité. Je peux aussi faire cirer vos chaussures et nettoyer votre pantalon. C'est compris dans le *room service*.

— Je m'en souviendrai, merci.

— Bon séjour chez nous, monsieur Straube ! Voici votre clef.

— Merci.

— J'espère seulement que… Mais ne le prenez pas mal ! »

La jeune femme eut un sourire gêné.

« J'allais dire une bêtise.

— Dites toujours.

— Avec un prénom comme le vôtre… »

Jérôme mit une bonne seconde avant de percuter.

« Aucune jérémiade à craindre, mademoiselle ! Jusqu'ici, j'ai toutes les raisons d'être satisfait. »

Tout de même, il évita le clin d'œil. D'habitude, il ne se connaissait pas tant de prévenance envers les inconnues.

« Je suis confuse. On doit vous la faire souvent, j'imagine.

— Détrompez-vous. Ces derniers temps, les gens n'écrivent plus Jérémie qu'avec un *y*. Quand ils écrivent. »

Cette fille l'avait à la bonne. Il poussa donc son avantage :

« Tant que j'y pense... Une de mes cousines descend souvent dans votre hôtel, en cette saison...

— Voulez-vous que je vérifie ?

— Ce serait gentil.

— Comment s'appelle-t-elle ?

— Gardier. Bénédicte Gardier. »

En quelques clics, la réceptionniste trouva la réponse.

« Tiens ? C'est amusant !

— Vraiment ?

— Oui, c'est justement votre cousine qui occupe la 307.

— À l'étage en travaux ?

— L'avantage, c'est que personne ne la dérangera.

— Sauf si je passe la voir.

— Bien entendu. Ne faites pas attention au chantier ! »

Elle jeta un coup d'œil au tableau.

« Mais votre cousine est sortie pour la soirée. »

Jérôme s'abstint de préciser qu'il le savait.

« Si vous la voyez, ne lui dites rien !

— Vous comptez lui faire la surprise ?

— Tout juste... Elle appréciera !

— C'est entendu, monsieur Straube ! »

Sur un petit signe de tête complice, il prit congé et se dirigea vers les ascenseurs.

« Monsieur Straube ! »

Avait-il oublié quelque chose ? La réceptionniste gesticulait.

« Sur votre droite, les ascenseurs ! »

Pourtant, il le savait.

Jérôme soupira, fit demi-tour.

« J'aurais vraiment dû me relire...

— Pardon ?

— Rien. Je suis distrait, merci !

— Pas de quoi, monsieur Straube. Bonne nuit ! »

Si tu savais, pensa-t-il.

Quand les portes de l'ascenseur se fermèrent derrière lui, Jérôme sut qu'il était arrivé à la croisée des chemins. Après une hésitation, il finit par presser le bouton du quatrième. La belle assurance de tout à l'heure fondait à mesure qu'approchait le moment inéluctable où il lui faudrait prendre la situation à bras-le-corps. La sonnerie de l'étage le tira de sa réflexion. Les portes coulissèrent et Jérôme se retrouva dans un couloir aux lampes tamisées. Si le plan de l'hôtel respectait la logique des numéros, sa chambre devait donner sur le boulevard. La réceptionniste avait d'ailleurs confirmé la vue sur la cathédrale.

Question placement, la 405 semblait répondre au critère formulé. Jérôme déverrouilla la porte. Les rideaux étaient tirés. Dans l'obscurité de l'entrée, il tâcha de se rappeler de quel côté du chambranle il avait placé les interrupteurs. Il tâtonna, crut trouver son bonheur à droite, puis se souvint du passage pertinent et chercha à gauche. Le plafonnier s'alluma par à-coups, révélant une pièce raisonnablement vaste, d'allure sévère mais confortable. Puisqu'il le connaissait, Jérôme ne perdit pas de temps à dresser l'inventaire du mobilier. Il venait de décider que l'hôtel appartenait à une chaîne internationale, et donc que toutes les chambres disposaient d'un ameublement standard.

En fait, il visitait la 405 dans un but très précis. Campé devant la fenêtre, il écarta les rideaux. En effet, à quelques détails près, elle encadrait un panorama urbain semblable à celui de la 307. Cinquante mètres plus bas, le boulevard étirait sa tranchée lumineuse ponctuée d'arbres dénudés. Vers la gauche, les tours ajourées de la cathédrale dressaient leurs flèches livides contre le drap noir du ciel. Mais un autre détail l'intéressait, qui n'avait rien de commun avec le panorama. Avec difficulté, il souleva la poignée de la fenêtre. Au début, il ne parvint qu'à faire jouer l'abattant. À force d'insister, il trouva enfin le moyen d'ouvrir le vantail en grand. Immédiatement, le vent lui gifla la face, tenta de le repousser. Prenant appui des deux mains sur la tablette, la pointe de ses chaussures coincées sous le radiateur, Jérôme se pencha au-dehors et passa en revue les fenêtres du troisième étage. Normalement, celle de la 307 devait se trouver juste en dessous, décalée vers la droite.

Les rideaux semblaient tirés. Gêné par les reflets de l'éclairage public, Jérôme n'arrivait pas à déterminer si une lumière, vive ou discrète, brillait dans le mince interstice. Sa chaussure gauche glissait, il eut peur de tomber. Minuscule, un passant avançait tout en bas, sur le trottoir. Si l'homme levait la tête, il risquait de prendre Jérôme pour un candidat au suicide.

Le vertige lui noua l'estomac, sans compter que sa posture contre nature lui chassait le sang aux tempes.

D'un brusque coup de reins, le cœur battant, il se jeta en arrière et retrouva la sécurité de la chambre. Non, il n'allait pas jouer les Zorro de service et descendre un étage suspendu au bout de quelques draps de lit.

Quelle heure était-il ? Quand avait-il situé le retour à l'hôtel de Sophie Opalka ? Justement, il ne l'avait pas fait…

Par la porte ou par la fenêtre, il n'y couperait pas : Jérôme devait à tout prix pénétrer dans la chambre 307.

Au minimum, s'en rapprocher.

Ensuite, il improviserait.

Jérôme emprunta l'escalier de service. Faute de savoir lequel lui servirait, il essaya de mémoriser chaque détail du décor. Au troisième étage, il reproduisit le cheminement du lieutenant Gardier entre les portes de l'ascenseur et celle de la 307. Enfin, parvenu au terme de sa reconnaissance, il se figea sur place.

Le carton *Ne pas déranger* pendait au bouton.

Tout ceci n'était-il pas le fruit paradoxal d'une illusion ? Son imagination l'avait-elle emmené aux frontières de la folie ? Au contraire, évoluait-il dans un rêve étrangement logique ? Dans le rêve d'un rêve ?

Collant son oreille contre le battant, Jérôme tenta de percevoir un signe de vie. Hélas, ce qui valait pour les portes en carton d'un garni n'avait pas cours dans un hôtel étoilé. Rien ne filtrait à travers l'épais panneau. L'idée classique lui vint alors de jeter un coup d'œil par la serrure, mais le modèle installé comportait un cache amovible prévenant toute indiscrétion. En dernier ressort, Jérôme se mit à plat ventre sur la moquette du couloir et, sous la porte, tenta de distinguer un fin rai de lumière.

Un balai isolant ou un paillasson bouchaient la vue. Il en fut pour ses frais.

Que faire ? Son réservoir d'idées était à sec.

S'il frappait à la porte, Bénédicte Gardier – à supposer qu'elle fût bien présente dans cette chambre – ne pourrait lui répondre de façon à être entendue. En mettant les choses au mieux, elle pourrait peut-être ramper jusqu'à l'entrée et taper des pieds contre le battant – en morse, si elle y tenait. Mais que se passerait-il si, entre-temps, Sophie Opalka se pointait au bout du couloir ? Jérôme était sans arme ! Quant à pénétrer dans la chambre par des moyens extra-légaux, en crochetant la serrure ou en cassant le chambranle, il n'y fallait pas songer : ce genre de prouesse excédait de loin sa force et ses capacités.

Et tout ça au conditionnel…

Appeler la police ? Il n'était sûr de rien et l'idée de finir dans un asile, même fictionnel, suffisait à l'en dissuader.

Alerter la réception ? Que pourrait-elle faire sinon appeler elle-même la police ? Et puis, quoi qu'il en eût, rien ne l'assurait absolument que la blonde préposée n'était pas de mèche avec Sophie Opalka. Peut-être faisait-elle partie de l'équipe de couverture, déployée afin d'assurer ses arrières ? Dans ce cas, il s'était bel et bien trahi avec ses questions sur sa prétendue cousine ! Mais alors, pourquoi avait-elle confirmé l'occupation de la chambre 307 par Bénédicte Gardier ? Rien ne l'y avait obligée…

Jérôme pesta. Quand on pondait des récits tordus, tout devenait possible. Ça lui apprendrait, tiens, à se lancer dans l'écriture sans scénario préalable, un minimum charpenté !

En définitive, si cette histoire reposait sur un début de réalité, il ne fallait surtout pas donner de faux espoirs à l'infortunée Bénédicte. Déjà, l'épisode du téléphone pouvait s'apparenter à un genre raffiné de torture mentale. Même s'il n'était pas responsable de tout, Jérôme en avait assez fait comme ça. Sans aucun doute, c'était la première fois de sa vie qu'un personnage lui inspirait autant de mauvaise conscience.

À pas de loup, incertain et contrarié, il se retira.

Sur le chemin de sa chambre, Jérôme tenta de faire le point. Sans même parler de la réalité de ce qu'il vivait, il avait beau retourner le problème dans tous les sens possibles, la même conclusion finissait toujours par émerger : il ne ferait pas l'économie d'une confrontation avec Sophie Opalka. Mais puisque celle-ci trimballait un pistolet automatique, l'aborder face à face était exclu. Par conséquent, Jérôme devrait la prendre par surprise et ne lui laisser aucune chance de prouver l'expertise qu'il lui avait donnée.

Les portes ouvertes des chambres en réfection lui soufflèrent alors une ébauche de plan. Le seul possible, en fait.

Situées de part et d'autre du couloir, entre l'ascenseur et la chambre 305, toutes constituaient d'excellents postes de guet. En outre, leur disposition et l'orientation des portes permettaient à un assaillant de bondir dans le dos de son adversaire. En vue de la chambre 307, Sophie Opalka devrait obligatoirement marquer un temps d'arrêt pour sortir sa clef et ouvrir la porte. S'il voulait augmenter ses chances de succès, Jérôme devrait profiter de cet instant où elle aurait les mains occupées. Il fallait donc choisir la chambre accessible la plus proche, soit la 303, dont les chiffres dévissés avaient laissé leur contour sur le bois verni.

Jérôme poussa la porte et bascula l'interrupteur, à gauche du chambranle comme tous les autres. La chambre démeublée proposait la même disposition que la 405 et, probablement, la 307. Cette similarité autorisait les répétitions. Jérôme tâcha de se calmer. Les possibilités défilaient dans son esprit comme un film en accéléré. Il en testa plusieurs, mima quelques mouvements, effectua les pas d'une étrange chorégraphie. Ça prenait forme.

Il ne lui manquait qu'une arme ou, plus exactement, un objet contondant. Les peintres et les tapissiers avaient laissé traîner un matériel des plus divers mais Jérôme ne trouva pas ce qu'il cherchait. Les manches des pinceaux étaient trop légers, les pots de peinture trop lourds et peu maniables. Il se souvint alors des chantiers qu'il visitait avec son père après le départ des corps de métier. Durant la journée, ces gens mouraient toujours de soif.

« Une bouteille... »

Il suffisait d'y penser. Dans un angle de la pièce, abandonnée parmi les seaux, une canette en verre brun posait sa candidature. Jérôme s'en empara, alla verser dans le lavabo de la salle de bains le fond de bière qui achevait de s'y éventer. Il soupesa l'objet, le prit par le goulot et effectua quelques moulinets. Une bouteille de mousseux eût été trop pesante, trop solide et, pour tout dire, trop dangereuse. Au pire, celle-ci se briserait s'il tapait trop fort. Tout de même, c'était là une terrible responsabilité...

Des chiffons épars jonchaient le sol mis à nu. Tous embaumaient le white-spirit. Les peintres s'en étaient servis pour nettoyer leurs brosses et leurs pinceaux. Jérôme choisit le plus grand et, avec une sûreté de geste qui l'étonna, emmaillota la bouteille sous plusieurs couches de tissu. Il fixa l'étoffe autour du goulot, avec un élastique trouvé sur l'appui de la fenêtre.

Ainsi, il était aussi paré qu'il pouvait l'être. Car la chambre 303 n'avait rien de mieux à lui proposer.

Par l'interstice entre battant et chambranle, il pouvait surveiller la fin du couloir. Jérôme sortit et alla placer toutes les autres portes dans une position approchante. Ensuite, il gagna son observatoire, éteignit le plafonnier, approcha un escabeau, s'y assit et, sa matraque serrée dans la main droite, entama sa faction. Il ne regarda même pas sa montre. Le temps ne comptait plus.

*

Le roupillon piqué à bord du train l'avait requinqué. En outre, l'excitation de l'attente fouettait son adrénaline. À aucun moment, la fatigue ne vint compromettre sa vigilance. Les minutes passaient. Parfaitement immobile, Jérôme guettait sa proie sans douter un seul instant qu'elle se présenterait.

Un bruit lointain, à peine audible, parvint à ses oreilles. Jérôme suspendit sa respiration. L'avertisseur de cabine venait de lâcher sa note cristalline. L'ascenseur s'arrêtait au troisième étage ! Plein d'espoir et d'appréhension, Jérôme se mit à suer. Il ne voyait que deux explications : une employée aux horaires nocturnes venait préparer les quatre chambres libres en vue d'une prochaine occupation ; dans le cas contraire, il ferait bientôt connaissance avec Sophie Opalka, de retour d'expédition.

Les lampes du couloir s'allumèrent, chassant le demi-jour des veilleuses. Cette fois, le doute n'était plus permis.

Les ouvriers avaient arraché la moquette du couloir jusqu'au numéro 300. Sur le ciment de la chape, Jérôme reconnaissait à présent le martèlement régulier, à la fois sec et sourd, d'une paire de bottes à talons hauts. Il reconnut aussi le refrain d'une scie qui, ces derniers jours, passait souvent à la radio. La femme approchait. Jérôme se leva, colla son œil contre l'interstice. Le gond lui rafraîchissait la pommette.

Le buste droit et l'œil rieur, Sophie Opalka arborait un sourire triomphant. Elle avait desserré la lavallière sur le col ouvert au premier bouton. L'éclat de son regard et la carnation rosée de ses joues racontaient les flûtes de champagne qu'elle avait dû écluser en conclusion à la petite fête. Deux, décida Jérôme. En tout cas, c'était certain, elle avait baissé la garde. Il contourna la porte.

Elle lui présentait son dos, maintenant. Le manteau plié sur le bras droit et la serviette à la main gauche, elle cherchait quelque chose dans une poche de sa veste. Jérôme profita de sa position pour observer à l'aise les plus gracieux détails de sa silhouette et apprécier l'élégance de son maintien. Décrire, c'était bien, mais voir était encore mieux. Pour autant, il ne perdait rien de sa concentration, nota que l'étui du pistolet était fermé et le long rabat de cuir fixé par un bouton-pression. C'était là le défaut de l'uniforme de sortie : on n'exposait pas son artillerie dans les cérémonies et les réceptions, c'eût été malséant.

Jérôme sourit. S'il agissait vite, Sophie Opalka n'aurait pas le temps de dégainer son Beretta. En outre, elle avait ôté le béret noir, qu'elle portait roulé sous une patte d'épaule.

« Alors, lieutenant ? On a été sage ? »

Elle parlait fort. Bien entendu, aucune réponse ne franchit la porte en sens inverse. Jérôme imagina le désarroi de Bénédicte.

« Je ne vous ai pas oubliée. Vous allez voir ! »

Enfin, elle avait trouvé ce qu'elle cherchait. Le manteau et la serviette l'encombraient, le carton pendu au bouton la gênait. Elle tenait la clef de la main droite, l'introduisit dans la serrure.

Jérôme se ramassa sur lui-même, s'apprêta à bondir. Le goulot de la bouteille lui creusait la paume.

« Si vous promettez d'être gentille, je... »

La porte grinça. Sophie Opalka n'eut pas l'occasion de finir sa phrase. Jérôme lui tomba sur le paletot. Il la poussa brutalement à l'intérieur. Avec sa main droite, l'espionne parvint à toucher le cuir du rabat mais, au même moment, le corps de la bouteille lui caressait sèchement l'occiput. Au lieu de casser, l'objet rendit un son creux, assez semblable à celui que produisaient les silencieux dans les films de gangsters. Sophie Opalka heurta de plein fouet le chariot à linge, lâcha la serviette et le manteau. Ses mains gantées agrippèrent les montants du chariot, glissèrent le long du métal. Pétrifié, Jérôme suivit des yeux sa lente chute, sur les genoux d'abord, puis sur le flanc, toute résistance abolie. Elle s'étala avec la grâce balourde et un brin décevante d'un sac de patates. La jupe relevée jusqu'aux fesses découvrait ses jambes. À l'inverse, ses paupières descendirent sur un regard étonné, partagé entre incompréhension et scepticisme.

Elle avait son compte. Jérôme lâcha la bouteille, qui alla rouler sous le lit. Le plus dur était fait.

Le carton *Ne pas déranger* avait glissé à terre, mais la clef était restée fichée dans la serrure. Pendue à l'anneau, la rondelle oscillait encore en cliquetant contre le cuivre de la rosette. Jérôme alla fermer la porte. En lui, la tension refluait.

Il en oubliait presque Bénédicte Gardier.

« Mmmmmm !!! Mmmmmm !!! »

Allongé au pied du secrétaire, le lieutenant se tortillait avec un bel entrain. Jérôme s'approcha. Au premier coup d'œil, il vérifia ce qu'il avait déjà constaté à propos de Sophie Opalka : à savoir que l'écriture ne rendait pas toujours justice à l'imaginaire. C'était d'autant plus vrai que, dans ce cas précis, la copie ne valait pas l'original. Quant à la Gwendoline de John Willie, elle pouvait carrément aller se rhabiller. Jérôme était sidéré autant que surpris. Certes en jolis sous-vêtements, mais dans une pose a priori peu flatteuse, Bénédicte Gardier lui semblait illustrer à la perfection les avantages d'une beauté sans apprêt sur la féminité caricaturale des bimbos du petit écran et autres pin-up de magazines.

« Mmmmmm !!! Mmmmmm !!! »

Ces considérations sexistes intéressaient fort peu le lieutenant, qui se démenait comme une diablesse dans un bénitier.

« Mmmmmm !!! Mmmmmm !!! »

Jérôme eut l'impression de se réveiller.

« C'est fini ! Je vous détache tout de suite ! »

Elle se calma aussitôt, attendit.

« Laissez-moi faire… »

Prenant la jeune femme par les épaules, il la mit sur son séant. Ensuite, il attaqua sans réfléchir le réseau de cordes qui lui maintenait les bras liés dans le dos. Une mauvaise surprise l'attendait.

« C'est serré à mort, dites donc ! »

Ses ongles courts et ses gros doigts ne l'aidaient guère. Même en s'appliquant, Jérôme n'arrivait à défaire aucun nœud. Sa maladresse l'agaçait. Les cordes tendues offraient peu de prise. À d'autres endroits, réunies en faisceaux, elles opposaient une résistance concertée à ses initiatives désordonnées.

De plus, sans oser le reconnaître, il commençait à se sentir troublé. Bénédicte Gardier avait la peau douce et le raffinement sans ostentation de sa lingerie favorisait toutes les distractions.

Penser à Aurore ne faisait qu'aggraver les choses.

Jérôme sentit qu'il devait se reprendre. Dans le cas contraire, il donnerait raison à Gérard Butte ! Cette pensée l'aida.

« Désolé, je n'y arrive pas ! Il faudrait un couteau… »

La jeune femme secoua la tête et reprit son tapage.

« Mmmmmm !!! Mmmmmm !!! »

Elle se dévissait le cou pour le regarder en face, lui présentait son menton avec insistance.

« Mmmmmm !!! Mmmmmm !!! »

Jérôme comprit enfin ce qu'elle voulait.

« Excusez-moi, vous avez raison ! »

Bénédicte se tut et garda la pose. Jérôme pinça entre pouce et index un coin retourné du chatterton et tira doucement. Le bâillon se décollait avec lenteur, d'un seul tenant. La peau des joues s'en séparait difficilement, comme à regret. Puis les lèvres apparurent, déformées par la traction. La jeune femme grimaçait de douleur et d'impatience. Aussi Jérôme préféra-t-il écourter son supplice. D'un coup sec, il arracha le reste de l'adhésif.

« Gmoummm !!! »

(« Aaaaïe !!! », avec les sous-titres.)

Ouvrant un large bec, Bénédicte l'aida ensuite à extraire la culotte détrempée qui lui obstruait la bouche.

Enfin, elle put aspirer une goulée d'air.

« Aaah ! Ça fait du bien !!! »

Jérôme avait espéré un merci. Il surmonta sa déception. Tandis qu'avec des mimiques de poisson rouge dans son bocal, Bénédicte Gardier goûtait l'incommensurable plaisir d'ouvrir et de fermer la bouche à volonté, même pour ne rien dire, il tenta un nouvel essai de déballage, aussi infructueux que le premier.

« Nom d'un chien ! On jurerait du fil de fer ! »

Il se sentait floué. Au cinéma, les héros de service détachaient les belles captives avec deux doigts de la main gauche s'ils étaient droitiers. Celles-ci mettaient, il était vrai, beaucoup de patience et de bonne volonté à attendre leur intervention.

Bénédicte avait ramené sous elle ses jambes entravées et considérait d'un œil torve le corps inerte de Sophie Opalka.

« Laissez tomber pour le moment ! dit-elle. Ligotez d'abord cette salope avant qu'elle ne revienne à elle. Et retirez-lui son arme. Vous savez vous servir d'un pistolet automatique ? »

D'une voix cassante, elle prenait le commandement.

Habitude d'officier, se dit Jérôme.

« Dépêchez ! Elle m'a eue par surprise mais je la crois capable de tout. Si je me trompe, je ne tiens pas à le vérifier. »

Allongée sur le flanc, Sophie Opalka montrait l'innocent minois d'une belle au bois dormant, peu en rapport avec la crainte qu'elle inspirait. La perruque n'avait pas bougé. Les poils de la moquette avaient l'air de lui agacer les narines : Jérôme crut voir remuer sa lèvre supérieure. Les paupières, par contre, demeuraient closes comme le volet de fer d'une épicerie en faillite. Elle ne sortirait pas des vapes avant un sacré bout de temps.

Rassuré, Jérôme se pencha sur elle. Son regard glissa le long de ses jambes, plus nerveuses que celles de Bénédicte. Le chariot à linge avait roulé sur quelques dizaines de centimètres. L'ourlet s'était coincé dans une charnière, tirant la jupe au-delà des cuisses. Contrairement à la légitime propriétaire de son uniforme, Sophie Opalka portait sous le collant une culotte ivoire. La symbolique traditionnelle s'en trouvait donc inversée au point de produire un anti-cliché : la méchante en blanc, la gentille en noir.

Original, pensa-t-il.

Jérôme ouvrit l'étui et en dégagea le Beretta. L'engin l'impressionnait. Il ignorait comment expulser le chargeur. Soucieux d'éviter une fausse manœuvre, il balança l'arme sur le lit.

« La ligoter, je veux bien, mais avec quoi ? »

Bénédicte Gardier fronça les sourcils.

« Je ne sais pas, moi, débrouillez-vous !

— Les ceintures ?

— Mauvaise idée ! Vous voyez bien que ça ne tient pas. »

Sophie Opalka renifla. Une de ses bottes glissa sur l'autre en produisant un léger couinement. Plus mal à l'aise que jamais, Jérôme évoqua la possibilité de lui administrer un deuxième coup de bouteille sur le cassis. L'idée lui soulevait le cœur.

« Dans ma valise ! s'écria Bénédicte.

— Hein ?

— Ouvrez ma valise, là ! »

Tel un automate, Jérôme s'exécuta.

« Vous voyez le soufflet, sous le couvercle ? Il y a deux paires de collants neufs dedans. Attachez-la avec ça, vite ! »

Jérôme trouva les accessoires en question, déchira la cellophane des emballages et s'agenouilla près de Sophie. Il la mit sur le ventre, lui croisa les mains dans le creux des reins, remonta les manchettes de son chemisier et lia solidement ses poignets avec le premier collant.

« Serrez fort ! Cette bonne femme est un poison ! »

Après les mains, il s'occupa des chevilles, qu'il entortilla du mieux qu'il put avec le collant numéro deux. Sophie ne broncha pas, Jérôme n'eut aucune peine à la manipuler. Avec une pointe de regret, il décrocha la jupe du chariot et la rabattit sur les cuisses de la cliente. L'ourlet mal cousu avait lâché à plusieurs endroits. Ensuite, un peu inquiet, il tâta l'arrière de son crâne à travers la perruque. Le postiche couvait un bel œuf de pigeon. Légère commotion : elle s'en tirait bien.

« C'est fait ! » annonça-t-il.

Le lieutenant Gardier continuait de donner ses ordres.

« Elle avait un cutter. Fouillez-la ! »

Jérôme explora méthodiquement les poches de la veste militaire, sans rien en retirer sinon une émotion aussi plaisante qu'inavouable. Ça ne s'arrangea pas quand il dut palper certains endroits stratégiques à travers la jupe et le chemisier.

« Elle a dû s'en débarrasser, je ne trouve rien.

— Regardez dans ses bottes !

— Pour ça, il faudrait que je la détache. »

Surtout, Jérôme savait qu'à part une clé de stockage, il n'y découvrirait rien d'autre qu'une paire de soyeux mollets.

Bénédicte perdait patience.

« On ne va pas y passer la nuit ! Ça fait des heures que je suis ficelée comme une saucisse et, croyez-le si vous pouvez, j'en ai vraiment ras la cafetière ! Essayez encore, merde ! »

Jérôme revint à Bénédicte. Il se remit au travail, chercha du bout des doigts un nœud moins dur que les autres. Au passage, en suivant le trajet d'une corde, il effleura un bonnet du soutien-gorge.

« Dites donc ! N'en profitez pas, hein ? Et arrêtez de mater en douce. Je vous ai vu à l'œuvre avec l'autre ! »

Jérôme se récria.

« Si je regarde ailleurs, ça va devenir compliqué ! »

Il parvint à retenir le « miss Mortadelle » qui lui brûlait les lèvres. Jolie, sans aucun doute, mais plutôt mégère.

À nouveau, elle explosa :

« Non mais je cauchemarde ! C'est des doigts que vous avez, ou des boudins blancs ? Vous le faites exprès ? »

Excédé, Jérôme faillit se poser la question et, au prix d'un mensonge, lui resservir le boudin sous une nouvelle définition.

Elle soupira, ses épaules se tassèrent.

« Au téléphone, c'était vous, je suppose ? »

La voix s'était radoucie.

Aussitôt, Jérôme regretta ses vilaines pensées. Son silence valait réponse, du moins pour Bénédicte Gardier :

« Merci », murmura-t-elle.

Tout vient à point qui sait attendre, songea-t-il.

« Excusez-moi, je suis énervée.

— Pas de quoi, vraiment. On le serait à moins.

— C'est humiliant, vous savez.

— Je m'en doute un peu.

— À part ça, vous avez aussi un nom ? »

Jérôme s'autorisa un sourire.

« Straube. Jérémie Straube... »

Il poursuivit sa délicate exploration. De temps en temps, malgré la chaleur qui régnait dans la chambre, Bénédicte frissonnait. Elle devait être chatouilleuse. Et Jérôme avait les doigts froids.

« Sur vos chevilles, c'est moins serré. Je pourrais essayer de ce côté.

— Ça ne m'avance pas.

— Au moins, vous pourriez marcher.

— Ne jouez pas sur les mots ! »

Bénédicte souffla, hocha la tête.

« Non, il faudrait un objet coupant... »

Jérôme s'en voulut. Pourquoi n'avait-il pas imaginé une suite avec kitchenette équipée et couteaux-scies dans les tiroirs ?

Mais ce qui était écrit, était écrit.

Il n'y avait pas à revenir là-dessus.

Ce fut comme si Bénédicte l'avait entendu.

« Vous avez de quoi écrire ? »

Jérôme revit l'avaloir des Tuileries.

« En principe, oui. Mais là, non. »

Bénédicte réfléchissait. Un double sillon prolongeait la racine de son nez, chiffonnait son front où perlait une goutte de sueur.

« Sur le secrétaire ! »

Jérôme sursauta.

« Le questionnaire de satisfaction ! Il doit y avoir un bic publicitaire posé dessus ! Avec la pointe, ça va aller tout seul ! »

Jérôme se leva, trouva sans peine le stylo à bille. Il rejoignit Bénédicte et, tout de suite, testa la méthode. Elle avait vu juste : insérer la pointe à l'intérieur des nœuds les plus serrés n'exigeait aucune dextérité particulière. Il suffisait ensuite de pousser la carcasse profilée à travers la boucle pour l'élargir.

À partir de là, tout alla très vite. Jérôme défit une bonne vingtaine de nœuds, du plus simple au plus sophistiqué. Les cordes détendues mollissaient, relâchaient leur étreinte et descendaient par poignées autour du torse de Bénédicte. Quand ses bras et ses mains furent libres, elle exigea de finir le travail elle-même. Il restait de quoi faire. Indéniablement, elle semblait plus habile à dénouer des cordes qu'à recoudre des ourlets.

Jérôme l'observait. Pas dupe, Bénédicte tolérait sa curiosité. Elle ne s'interrompait que pour masser ses poignets meurtris ou gratter le sillon rouge d'une marque.

Mais sa tolérance avait des limites, Jérôme le sentit. Tandis qu'en plusieurs étapes, elle retrouvait avec bonheur et soulagement la station debout, il fila dans la salle de bains. Il en ressortit avec un peignoir blanc.

Dans cette initiative, Jérôme avait vu la manière la moins hypocrite de se dédouaner. Un peu dépité, il constata que Bénédicte ne l'avait pas attendu. Elle s'était précipitée sur sa valise et avait enfilé un tee-shirt kaki, marqué au sigle d'une académie militaire. Une fois encore, il se fit la réflexion qu'elle possédait de bien jolies jambes et que les bottes leur allaient à merveille. L'air très absorbé, la jeune femme démêlait les cordes, qu'elle bobinait soigneusement en grosses pelotes.

Jérôme vint se placer derrière elle.

« Seriez-vous galant homme, monsieur Straube ? »

Avec des grâces de princesse, le lieutenant Gardier se laissa vêtir. Ensuite, avec la pointe de sa botte droite, elle administra un léger coup de pied à son ex-geôlière, histoire de vérifier que celle-ci demeurait aux abonnés absents.

« Héroïne de bureaux… Merci du conseil ! »

Sophie Opalka ne remua pas un cil.

« Toi, ma cocotte, tu ne perds rien pour attendre ! Je vais te faire goûter à ta propre cuisine ! »

Elle s'accroupit devant elle, la prit par les cheveux, lui leva la tête. Méduse était sûrement moins charmante. Le postiche tenait aussi bien que la couronne de serpents. Aux lisières de la conscience, les paupières toujours fermées à double tour, Sophie Opalka grimaça, produisit un nouveau grognement.

« Dire que la salope a bouffé mon dîner ! C'est vexant. »

Jérôme fit un deuxième passage par la salle de bains. Il en revint avec un verre d'eau rempli à ras bords.

« Je pouvais utiliser le minibar. Mais merci quand même ! »

Afin de prouver sa reconnaissance, Bénédicte vida le verre à longs traits, s'essuya la bouche.

« J'en oubliais que je crevais de soif ! »

Jérôme avait ouvert la serviette, farfouillait à l'intérieur.

« En parlant de cuisine... », commença-t-il.

Ses doigts reconnurent la forme d'un rouleau.

« Tiens, j'ai retrouvé le chatterton. »

Bénédicte avait ramassé une des ceintures et tâchait de fermer le peignoir, trop échancré à son goût. Elle partit d'un léger rire.

« Laissez-le-moi ! Cette garce est une vraie commère. J'ai bien envie de lui mettre un bouchon ! »

Au fond de la serviette, Jérôme trouva ce qu'il cherchait.

« Malgré tout, la commère tient ses promesses ! »

Il souleva le couvercle de la gamelle. Un fort arôme de chocolat s'en échappait. Les yeux de Bénédicte étincelèrent.

« Donnez ! »

En quelques bouchées voraces, elle engloutit la part de gâteau. Alors qu'elle se léchait les doigts, son front se plissa.

« Mais... ? »

Elle le dévisagea. Quelque chose la tracassait.

« Comment pouviez-vous savoir... ? »

Jérôme se sentit redevable d'une réponse. Il en avait trop dit. Cependant, la vérité s'avérait absolument irrecevable pour tout autre que lui. Faute d'alternative, il préféra donc fuir un peu plus avant dans la fiction. Après tout, raconter des bobards constituait sa principale activité, pour ne pas dire son métier.

Il se dressa sur ses ergots.

« Jouons franc jeu, lieutenant ! »

Jouer, c'était bien de cela qu'il s'agissait.

« Au point où nous en sommes, il devient nécessaire de tomber le masque. J'en sais beaucoup plus que je ne suis autorisé à vous le dire. Et cela depuis le début ! »

Il avait trouvé le ton adéquat, pète-sec à souhait.

Bénédicte Gardier ouvrit des yeux ronds.

« Attendez ! Vous voulez dire que... ? »

Jérôme lisait en elle comme dans un livre ouvert. Ça devenait presque amusant. Des répliques de vieux nanars français en noir et blanc se bousculaient dans son esprit. Cette fois, il était loin, le temps du roi Priam et de ses trous de mémoire.

« Oui, c'est bien ce que je veux dire, lieutenant ! »

Il se rengorgea, toisa la jeune femme d'un regard dur.

« Commandant Straube, du service action ! »

Les vraies présentations étaient faites. Complètement décontenancé, le lieutenant Gardier en avait perdu sa langue.

« J'aurais préféré garder le silence sur ma réelle implication, mais puisque vous m'y obligez, vu les développements... »

Le texte venait tout seul. Ce n'était pas du Giraudoux, mais le propos ne visait qu'à l'efficacité.

« Sachez que je suis en mission ! »

Bénédicte Gardier se décomposait à vue d'œil. En quelques heures, elle avait touché sa ration décennale de coups de théâtre. Dans le lot, celui-ci était encore le moins déplaisant. Au passage, Jérôme regretta de s'être donné un grade aussi modeste, mais la vraisemblance, même battue en brèche, gardait certains droits. À preuve, le lieutenant avala l'énorme couleuvre sans sourciller, avec l'empressement typique des subordonnés envers leurs supérieurs hiérarchiques. La discipline faisait la force des armées.

Leur faiblesse aussi, parfois.

« Vu la tenue, je vous dispense de salut ! »

C'était cruel, cela. Rouge pivoine, Bénédicte leva le menton et se mit au garde-à-vous. Consciente du grotesque de sa situation, elle évita quand même de faire claquer ses talons.

« Puis-je compter sur vous, lieutenant ? »

Pour les nœuds, Bénédicte Gardier n'avait pas le talent de Sophie Opalka. La ceinture mal serrée glissa, le peignoir s'ouvrit. Dessous, le tee-shirt flirtait de justesse avec l'élastique du collant. Jérôme parvint à garder son sérieux – et même sa concentration.

« À vos ordres, mon commandant ! » glapit le lieutenant Gardier, mort de honte mais résigné à boire la vinasse jusqu'à la lie.

La vie militaire réservait de tels moments, propices aux exercices d'humilité. Et encore, Bénédicte n'avait pas vu la traînée de chocolat qui maculait sa joue gauche.

Tout en jouant la comédie, Jérôme réfléchissait à la meilleure manière de clore ce vaudeville avec placard et protagoniste en petite tenue. Le catalogue B & B venait de perdre un titre. Dès lors, puisque les apparences semblaient à peu près sauves, l'heure de prendre congé avait sonné. Il avait assumé les conséquences de son écriture. Au bout du compte, il avait redressé une situation inique, volé au secours d'une damoiselle en péril et, surtout, tenu la promesse qu'il avait imprudemment faite.

Une fois dehors, il pourrait ôter la fausse barbe du roi Priam.

Avec une pointe de nostalgie anticipée ?

En tout cas, il n'attendrait pas les Grecs. Si du moins la guerre de Troie avait bien lieu cette fois-ci.

Restait à soigner sa sortie de scène.

« J'assurais votre couverture, lieutenant ! Nous savions ce qui risquait de vous arriver. Désolé d'avoir dû retarder mon intervention, mais l'arrestation de cet agent ennemi – il désigna Sophie Opalka – nous mettait dans l'obligation de temporiser pour obtenir le flagrant délit. C'est chose faite et la police va bientôt prendre le colis en charge. D'ici là, je vous confie sa garde… »

En catimini, chaque fois qu'il détournait le regard, la jeune femme altérait son garde-à-vous et, du bout des pouces, tentait de repousser sur ses cuisses les pans libres du peignoir.

Jérôme se mordit les joues pour ne pas sourire.

« Je terminerai par un conseil qui sera aussi un ordre formel ! Mon intervention doit rester secrète. Officiellement, le mérite de cette capture vous reviendra, à vous et à vous seule. Croyez-moi, ce sera tout bénéfice pour la suite de votre carrière. Me suis-je bien fait comprendre, lieutenant Gardier ? »

Bénédicte rectifia la position. Le peignoir se rouvrit.

« Parfaitement, mon commandant ! »

Jérôme faillit balancer un mot historique, du genre : « Lieutenant, je suis content de vous. »

Mais il jugea la situation assez ridicule.

Bénédicte haussa des sourcils prudents.

« Permission de parler, mon commandant ?

— Accordée. Je vous écoute. »

Cramoisie, la jeune femme chercha ses mots.

« Hum… Et bien voilà… Heu… Tout à l'heure… »

Là encore, Jérôme avait un coup d'avance.

« Certains de vos propos ont dépassé votre pensée ? La situation était différente ! N'en parlons plus, lieutenant. Repos ! »

Illico presto, Bénédicte renoua la ceinture à glands.

« Allez donc vous habiller. Et essuyez-vous les joues, il y a du chocolat dessus. Rappelez-vous la devise du militaire : de la tenue en toute circonstance ! Surtout en présence de civils… »

D'une main preste, Bénédicte effaça les traces de son dîner. Jérôme vit alors qu'elle serrait les cuisses depuis un moment et esquissait des pointes de petit rat. Puis il comprit.

« Rompez, lieutenant ! »

Bénédicte Gardier ne se fit pas prier. Marmonnant une excuse, elle se rua dans la salle de bains.

Sophie Opalka commençait à se réveiller. Impuissante, elle gigotait sur la moquette en poussant des ahans. Les collants neufs de Bénédicte passaient avec les honneurs leur test de reconversion. Sur le lit, à côté du pistolet, un rouleau de chatterton et cinq pelotes de corde ne demandaient qu'à resservir.

Dès qu'il les vit, Jérôme se rendit compte que, dans le feu de l'action, il avait négligé le fil du téléphone et les cordons électriques des autres appareils. De son côté, le lieutenant n'avait pas songé aux ciseaux à ongles ou de couture dont s'équipait tout bagage féminin digne de ce nom. En cette circonstance comme en d'autres, on appelait cela l'esprit de l'escalier.

Entre eux, il y avait match nul.

Avant de fermer derrière lui la porte de la chambre 307, Jérôme entendit rugir la chasse d'eau. Une tasse de thé et un verre d'eau. Elle avait pourtant beaucoup transpiré. Encore une catastrophe évitée. Somme toute, il avait bien géré l'affaire.

L'ascenseur fut lent à venir. Jérôme sortit de sa poche le stylo à bille publicitaire et, appuyant le carton contre le mur du couloir, remplit consciencieusement sa fiche signalétique.

*

Jérôme n'avait aucune idée de ce qui l'attendait dehors. Il avait seulement la certitude qu'il devait vider les lieux et prendre du champ. Passant par la réception, il déposa sa fiche remplie sur le comptoir et annonça à la blonde préposée, toujours aussi serviable, qu'il allait respirer l'air du large sur la digue de mer.

Tout sourire, la fille lui souhaita une excellente promenade. Il la remercia. Ces gens ne posaient jamais de questions. S'il avait déclaré partir à la pêche aux crevettes, elle lui aurait communiqué l'horaire des marées. Il sortit à l'air libre.

La tempête avait frôlé le continent, puis était allée se perdre vers le septentrion, au pays des ours blancs. Seuls quelques papiers errants et quantité de brindilles mortes arrachées aux arbres témoignaient de sa colère passagère. Perchées sur le toit d'un abribus, deux mouettes insomniaques épiaient Jérôme.

Elles n'étaient pas les seules. Les phares d'un gros quatre-quatre lancèrent des appels. Jérôme cligna des yeux. Le chauffeur alluma l'éclairage intérieur. Jérôme le reconnut.

Le commissaire Michel baissa son carreau, lui fit signe de le rejoindre. Jérôme traversa le boulevard. La portière s'ouvrit du côté passager. Il monta.

« Bonsoir, monsieur Walque ! »

Le policier portait les mêmes vêtements que lors de leur première rencontre. Vu sa grande taille, il conduisait un véhicule en rapport. Pourtant, sa tignasse blonde touchait le plafond et ses genoux frottaient contre le volant.

« Vous avez raison, c'est encore trop exigu pour moi.

— Je n'ai rien dit de tel !

— Vous ne l'avez pas dit, en effet. Alors disons seulement que la vraisemblance a un prix : la police ne roule pas en Rolls.

— Vous devriez essayer le toit ouvrant.

— Il pleut beaucoup en ces contrées. Mais trêve de bavardage, laissez-moi vous féliciter. Bien joué, monsieur Walque ! »

La voiture démarra en souplesse.

« Et pour la suite… ? » commença Jérôme.

Le commissaire vira à droite, vers la mer.

« J'ai fait le nécessaire, ne vous inquiétez pas.

— Je ne m'inquiète pas.

— À la bonne heure ! »

Un sourire énigmatique flottait sur ses lèvres.

« Je dois dire que j'ai beaucoup apprécié votre petite comédie. Avouez-le, vous vous êtes fait un peu plaisir... »

Jérôme ne tenait pas à creuser le sujet.

Le commissaire lâcha un rire bon enfant.

« Vous avez raison. Profitons du moment ! »

Des fulgurations bleues traversèrent l'habitacle. Du côté conducteur, un fil torsadé pendait, coincé entre le carreau et le montant de la portière. Il était relié à l'allume-cigare. Collé sur le toit de la voiture, un gyrophare tournait.

« Je peux aussi mettre la sirène, si vous voulez ! »

Jérôme soupira.

« Pas pour moi, merci... »

Le commissaire lui jeta un regard malicieux.

« Vous êtes sûr ? »

Avec un temps de retard, Jérôme constata que le gyrophare avait changé de côté. Il était posé sur le toit, au-dessus de lui.

« Arrêtez ça, c'est agaçant, à la fin... »

Le commissaire Michel se fendit la pipe.

« Ne perdez pas votre humour, monsieur Walque ! Je sais à quel point la cohérence vous obsède. Je vous taquinais... »

Ses mains reposaient sur le volant.

Le gyrophare avait disparu.

« C'était pourtant très vraisemblable... »

Jérôme contempla la mer. À l'horizon aboli de la nuit succédait, entre ciel et eaux, une fine déchirure de lumière.

L'aube se levait.

« Le monde n'est parfois qu'apparence, monsieur Walque. Et surtout, *il y a plus de choses au ciel et sur la terre...*

— Un autre l'a dit avant vous.

— En êtes-vous certain ?

— Pas tant que ça. Mais demandez à Gérard Butte de vous le présenter. Vous parlez anglais ?

— À votre avis ? *There are more things in Heaven and Earth, Horatio, than are dreamt of in your philosophy...* Satisfait ?

— Vous n'avez pas l'accent d'époque.

— Ha-ha !, s'esclaffa le commissaire. C'est *vous* qui me dites *ça* ? J'aurais dû le faire en araméen. »

Il pilotait d'une seule main, passait les vitesses avec aisance, sans le moindre à-coup. Le silence tomba.

Jérôme le rompit.

« Le système Éole, vous y croyez ? »

Le commissaire hocha la tête.

« L'homme a fait bien pire, monsieur Walque. Alors à tout prendre, je préfère quand il singe la nature. »

La voiture quitta la digue de mer. Très vite, Jérôme reconnut le parcours qui menait à la gare.

« Ah non, commissaire ! Je ne vais pas me retaper le voyage en tortillard, même tous frais payés ! »

Le commissaire afficha une expression candide.

« Vraiment ? Vous m'étonnerez toujours. J'aurais cru... Que devient votre dépendance à la logique narrative ? »

Jérôme haussa les épaules.

« Je suis sûr que vous pouvez m'arranger ça. »

Les yeux mi-clos, le commissaire le considéra.

« Je peux, en effet. »

Au loin, des sirènes de police mêlaient leurs hurlements. La cavalerie débarquait à l'*Hôtel Moderne*.

« On dirait bien que cette histoire-ci s'achève… Pas de quoi en faire un roman. Que diriez-vous d'un petit somme, monsieur Walque ?

— Je suis preneur, commissaire ! »

Jérôme fixa le rétroviseur. Leurs regards se croisèrent.

Les yeux du policier lui semblèrent profonds comme la mer.

18

IV

Ce soir, comme les autres soirs des beaux jours de mai, j'arpente avec bonheur les plages désertes au pied du mont Circé. Le gigantesque amer, ami des marins et des voyageurs, écrase de sa masse l'étroit passage de sable blanc, serré entre la roche et l'eau. Mais un simple regard vers l'ouest a vite fait de le rendre à son tour minuscule face à la vastitude sans bornes de l'océan. Au loin, les îles Pontines s'embrasent telles des poussières en suspension dans le feu ardent du soleil couchant. Ici, l'homme mesure avec exactitude l'infime place qu'il occupe dans ce monde où les dieux eux-mêmes, parfois, s'avouent perdus et dépassés.

Selon Cicéron, qui se réclamait de sa parentèle, Circé appartenait de plein droit à la caste divine. Sous l'éperon qui porte son nom, je foule donc les marches de son bois sacré. En plus d'y situer sa demeure, les gens du cru peuplent les terres alentour de présences légendaires aussi diverses que mystérieuses. Ainsi le plus vieux de mes affranchis assure-t-il avoir visité, jadis, le tombeau d'Elpénor. Mais le grand âge ronge sa mémoire et, questionné par mes soins, l'homme a versé quelques larmes sur sa jeunesse défunte, enfuie avec ses souvenirs du lieu. En relisant Homère, j'ai fait plus ample connaissance avec ce stupide compagnon d'Ulysse, mort ici même d'avoir chu d'une terrasse, sans doute un à-pic du mont, après avoir forcé sur le vin de la magicienne. Avec le temps, ces excès de boisson me sont devenus étrangers. Je n'ai plus la jeunesse d'Elpénor et bois désormais plus d'eau que de picatum.

Le soir de ma vie approche et, sans en tirer ni quiétude ni angoisse, je travaille à m'en accommoder. J'ai soixante-neuf ans, âge que n'ont pu atteindre nombre de mes contemporains. Voici dix ans déjà qu'Antoine s'est suicidé, dix ans aussi que mon fils est mort sous la hache du bourreau. Ma Junia s'est éteinte peu de temps après ce terrible malheur. Quant à mon frère Paullus, j'ignore s'il vit encore : Milet est loin et nous avons rompu les ponts. En tout cas, j'aurai tout fait pour cela. Enfin, depuis dix ans, Octave règne seul à Rome, sous le nom d'Auguste qui sied mieux, croit-il, à sa renommée de sauveur universel. Combien de fois en a-t-il changé ?

Par des soirs comme celui-ci, le paysage m'enseigne un peu plus cette paix de l'âme qui, seule, me réconcilie avec la vie. Au bout de tant d'années, mon existence m'apparaît enfin dans toute sa vérité. Point n'est besoin de faire un compte pour décrire ce mélange si peu subtil de grotesque et de sublime. J'ai vécu assez longtemps pour faire le tri de mes rêves et de mes regrets. De ces derniers, il n'est plus rien resté. Quant aux premiers…

Ainsi, je rêve encore parfois à ce que Rome aurait pu être si, à l'époque, j'avais recherché le pouvoir pour lui-même au lieu de le tenir à distance ou, pour mieux dire, m'en absenter. Ces fantaisies ne résistent guère à mon réalisme.

Le régime instauré par Auguste – comme les autres, j'ai fini par lui donner ce nom – s'apparente d'assez loin à ce moindre mal que j'appelais de mes vœux. Au minimum, mon ancien collègue peut se vanter d'avoir restauré la paix civile et, à nouveau, tourné la violence romaine vers des contrées lointaines, dont la prétendue barbarie justifie l'appétit des militaires et des entrepreneurs.

Pourtant, je sens bien que le ver est dans le fruit. Car du haut de ses quarante-trois ans, Auguste n'est pas plus solide qu'Octave et, déjà, certains de ses courtisans évoquent à demi-mot le problème de son éventuelle succession. En prenant sa propre personne pour fonder l'État, il en a sapé le socle avant même de dresser les murs. La solitude du pouvoir contient en germe les ferments de la désunion. Rome avait chassé ses rois, les voici revenus…

En attendant, le nouveau maître du monde voyage en Asie où, prétend la rumeur, il va se faire remettre les aigles autrefois arrachées à Crassus. En plus d'être un politique impitoyable et froid, ce bon jeune homme a décidément le sens du geste symbolique, propre à cimenter dans l'imaginaire ce que les armes ou le calcul lui ont donné. Que peut-on contre un homme pétri de tels talents ? Autour de sa personne, le concert de louanges ne fait que commencer. D'après ce que m'ont confié certains sénateurs de mes amis, Virgile voyage dans ses bagages. Son poème sur Énée, dont on dit grand bien, va sûrement tresser à son protecteur des couronnes très contemporaines. Sur ce chapitre, l'efficacité de la littérature n'est plus à démontrer, j'ai mis bien trop de temps à l'admettre. La leçon m'est donnée chaque fois que je reviens à Rome. Les portraits peu flatteurs qui circulent à mon propos achèvent de m'y discréditer, moi et mon action passée.

Mais tout cela revêt à mes yeux un intérêt des plus médiocre. J'en viendrais presque à hâter moi-même l'exaucement de la volonté d'Auguste. Que Lépide disparaisse donc des mémoires ! À quoi bon freiner l'inéluctable ? Il y a belle lurette maintenant que mes statues ont vidé leurs piédestaux. Mon passé ne m'appartient plus et bientôt je n'aurai plus de présent. Mon ennemi tient sa promesse : peu à peu, le vœu de Messine devient réalité.

Il n'avait pas prévu que cette réalité me conviendrait.

En me laissant le pontificat, Auguste m'a rendu le meilleur service qu'il me rendra jamais. Bien entendu, un homme de sa trempe ne pourrait le comprendre. Sur les routes de Syrie, peut-être croisera-t-il mon cher Quintus, qui a bâti là-bas une nouvelle existence avec quelques-uns de ses cavaliers. Quand il passe par Rome, à la faveur d'un de ses multiples voyages aux fins probablement commerciales, mon ancien conseiller ne manque jamais de venir me saluer. Ses habitudes de discrétion n'ont pas varié, et il déjoue avec la même facilité qu'autrefois la surveillance des sbires d'Auguste. Nous passons alors de délicieuses soirées à Circei, autour d'un cruchon de ce vin que je ne bois plus guère si ce n'est pour effacer ou raviver, selon l'humeur du moment, l'un ou l'autre pan de mes souvenirs. Entre autres sujets, nous évoquons ces religions étranges qui prospèrent dans l'Orient lointain, auxquelles ce féru de philosophie trouve une étrange profondeur, voire un certain attrait.

Mes rares visites à Rome, je les réserverais volontiers, si la chose m'était permise, au Capitole et à mes collègues pontifes. En gros, le Sénat est devenu une chambre d'enregistrement des ordres d'Auguste qui, non content de m'y convoquer par commodité, ne manque jamais de m'y ménager, par factotum interposé, l'une ou l'autre vexation. Les discussions sur notre vieille piété romaine m'intéressent infiniment plus. Au fil des années, de réflexion en méditation, j'ai commencé à questionner, sinon mettre en doute, le bien-fondé de notre formalisme religieux. Peut-être les découvertes de Quintus m'ont-elles mené sur la voie d'une prise de conscience qui, loin de m'écarter du commerce des dieux, m'incite à creuser la signification du contrat qui nous lie ? Bien sûr, le grand pontife ne saurait exposer à la vue de tous les interrogations qui le taraudent – même si elles n'ébranlent en rien sa foi dans l'expression traditionnelle de nos croyances. Tel n'est pas son rôle. Simplement, plus l'échéance de ma propre fin se rapproche, plus l'intuition me vient que, sur les chemins de l'invisible, nous n'avons encore fait que quelques pas prudents vers la lumière.

Que se passerait-il si, au lieu de cohabiter avec les dieux, organiser entre nous, au mieux, des échanges ponctuels et intéressés, nous cherchions vraiment à partager l'univers qui nous est échu, chacun selon notre nature ? Je sais tout ce que cette ébauche de discours peut receler d'apparente arrogance et de profonde naïveté. Pourtant, il me semble que mon sacerdoce me désigne pour mener, du sein des mortels, les premières reconnaissances sur des sentiers que personne ne songe à fouler… Voilà qui ferait rire Auguste. Pour lui comme pour beaucoup, le pontificat n'est qu'une annexe du pouvoir politique, un poste d'ambassadeur auprès de puissances étrangères qu'il importe d'amadouer puisque nous n'égalerons jamais leur force. Chacun sait qu'à ma mort, la fonction lui reviendra…

Ce soir, quoi qu'il arrive, je sais que la plupart des questions posées demeureront sans réponse. C'est le lot de toute vie humaine. Notre ignorance nous maintient sur la route, quand la connaissance nous arrêterait.

D'un pas lent, je marche à la tête de mes gens. Tandis que, les yeux emplis de la lumière mourante du soleil, les oreilles saturées par les cris du vent et le soupir des vagues, notre troupe avance sur le sable, je ne doute pas que le dernier de mes esclaves partage les interrogations de son maître.

Le reste du temps, il est donc salutaire de retourner à la glèbe et d'exercer sur elle le moins contestable de mes talents : celui d'administrateur. Entre le mont Circé et Terracine, aux frontières du Latium et de la Campanie, je gère mes domaines avec passion et curiosité. Faire fructifier ces terres et prospérer mes gens étanche ce qui subsiste en moi de soif du pouvoir. Au fond, je continue ici, sur une échelle certes réduite – et pour ainsi dire à l'écart du monde –, mon œuvre africaine. Pourquoi le nierais-je ? Ce succès me console de bien des désillusions. Il me procure aussi l'aisance matérielle qui permet à la réflexion de se donner libre cours.

Le soleil poursuit sa lente descente à l'extrême bord de l'océan. À cette heure, si nous dépassions la pointe du cap, le temple de Jupiter Anxur nous apparaîtrait dans l'éclat doré de ses pierres cyclopéennes. Mais sans doute préférerais-je tourner mes yeux fatigués vers la mer, dans la direction devinée d'Utique et de Carthage, désormais inaccessibles à tout autre regard sinon celui de mon souvenir, déjà menacé d'oubli. Le thrène monotone des vagues chante à voix basse la mémoire de ceux qui sont morts pour ma cause, dont j'ose croire qu'elle était juste et faisait honneur à mes ancêtres.

Le visage de Flaccus et de tant d'autres braves chevauche un instant les transparences bleues que percent les derniers rayons. Puis les ombres s'effacent en silence, abolies par le temps et nos insuffisances. J'irai bientôt dormir à leurs côtés.

Peut-être te reverrai-je alors, mon fils ? Peut-être pourras-tu m'expliquer pourquoi ta piété filiale t'a fait entreprendre ce que je réprouvais ? Comploter contre Auguste ne pouvait connaître d'autre issue que ta mort. Ne te l'avais-je pas déconseillé, faute de te l'interdire ? Tu t'attaquais à plus fort que toi, à plus fort que nous, pour réparer l'affront fait à un père déjà réconcilié avec son sort. On ne venge pas les gens qui sont sans haine, fussent-ils vos propres parents. Mais au moins, tu n'as pas couvert ton acte de mon nom – alors que nous portions le même. Pour cela, mon fils, je te pardonne encore et à jamais le chagrin que tu me causes et que rien n'efface. Tu aurais pu aussi, dans la fougue aveugle de ta jeunesse, voir dans mon renoncement une forme de lâcheté. Je veux croire qu'à la veille de ton supplice, tu as compris que tu te trompais. Et que cela t'a aidé à mourir en paix.

Seule ta mère aurait pu te dissuader. Ses conseils m'avaient toujours été bénéfiques. Mais il faut croire que le jugement s'érode comme nos sens. Au contraire, elle t'a encouragé dans ta folle entreprise. Ô ma Junia ! Pourquoi, à rebours des puissants et des forts, suis-je resté l'amant d'une seule femme ? Cet indéfectible attachement traduisait-il une autre de mes faiblesses ? Clamait-il mon peu d'appétit à saisir ce que le monde avait à offrir ? Je l'ignore et je n'en ai cure. Pour toi, une dernière fois, je suis sorti de ma retraite. Puisqu'il fallait te défendre et te sauver, je me suis humilié jusqu'à mendier l'appui de mes ennemis. J'aurais fait bien davantage s'il l'avait fallu. Aux calomnies de Mécène, j'aurais répliqué par d'autres mensonges.

À présent que tu n'es plus, je mesure ma perte. Certains prétendent que la vieillesse rétrécit le monde… Pour ma part, je le trouve chaque jour plus vaste, à mesure qu'il se dépeuple de mes amours et de mes amis. C'est sans doute pour m'y confronter que j'aime marcher entre ces deux puissances que sont le mont et la mer, là où la vie se resserre comme une étroite plage et où l'homme s'éprouve tel qu'il est : petit et seul.

Nous approchons du pied de la falaise. Le vent se fait plus fort au détour des rochers, creuse les vagues et soulève par instants des brouillards de sable. Vers la gauche, un point de lumière rousse tremble contre le flanc assombri du promontoire. À distance, je reconnais un feu de pêcheurs ou de vagabonds. Mon intendant devance ma question :

« Nos paysans m'ont averti, maître. Ce sont deux pauvres hères qui campent là chaque soir. Des comédiens en rupture de ban, à ce qu'il paraît. Certains les disent un peu mages, un peu devins. Ils ne font de mal à personne mais, si tu le désires, je puis les faire chasser. »

Ce genre de discours, je l'ai entendu mille fois dans la bouche d'autres intendants soucieux de plaire à leur patron.

« Laisse, Probus. Comme tu le dis, ils ne font de mal à personne. Ce seraient des comédiens ? Voilà qui m'intéresse, au contraire.

— Des histrions, tout au plus. Je crois bien les avoir vus jouer à Terracine, sur le forum émilien.

— Sans le savoir, ils rendaient hommage à mes ancêtres.

— Ce serait beaucoup dire.

— Je me sens un peu las. Crois-tu que ces hommes nous feraient l'honneur de nous accorder un moment leur hospitalité ?

— Ils sont sur tes terres, maître !

— Celles de Circé, Probus... N'offense jamais une magicienne ! »

Il rit doucement.

« Tu as raison, maître. Je n'aimerais pas finir en jambon. Mais à en juger d'après l'odeur, ces hommes mangent du poisson. »

Je renifle un fumet qui me rappelle les popotes de mes campements.

« Nous ne les priverons pas de leur repas. Nous pourrions même les inviter à nous suivre, s'ils sont aimables et ont de l'esprit. »

Probus s'incline avec sa déférence coutumière.

« Il en sera fait selon ta volonté. »

Notre petite troupe se dirige vers le feu, dans lequel crépitent des branches blanchies de sel, récupérées sur la laisse de mer. Les deux hommes sont assis sur le sable et surveillent la cuisson d'un maigre fretin. L'un est long, osseux et sec comme une trique, l'autre petit, râblé et noir de poil. Ils nous observent sans marquer la moindre surprise ni esquisser un geste à notre intention. Pourtant leur calme apparent, je le sens, recouvre une sourde inquiétude que trahit, pour quiconque sait observer, la vivacité de leur regard. Le petit, surtout, semble sur ses gardes et prêt à lever le camp.

« Bonsoir, étrangers ! salue Probus. Mon maître a souhaité vous rencontrer. Faites-lui bon accueil ! »

Les deux compères se lèvent en silence. Le petit sourit de toutes ses dents jaunes et, sans consulter le grand, prend la parole.

« Salut, ô grand pontife. Daigne excuser notre avarice, mais cette pitance échoue par avance à satisfaire nos estomacs. Ce régime, paraît-il, convient à notre métier. À force de manger du vent, nous en faisons beaucoup... »

L'autre opine d'un air lugubre. Son grand front se creuse de rides. Leur numéro m'amuse.

« C'est donc vrai que vous êtes devins ? Car que je sache, je ne porte pas ce soir les insignes de ma fonction. »

Le petit s'incline jusqu'à terre.

« Notre art n'est pas si grand. Ta réputation te précède, ô grand Lépide. Dans ce pays, ton étoile brille encore pour quiconque a de la mémoire. »

En moi, un zeste de vanité enfouie frémit, à tel point que j'oublie de m'étonner. Je m'en ferais presque le reproche.

« Allons donc ! Gardez pour vous vos flatteries. Ici comme ailleurs, il y a bien longtemps que mon profil n'orne plus les pièces de monnaie.

— Pour ce que nous en voyons ! »

C'est le plus grand qui vient de parler. Sa voix respire l'assurance.

« Il ne tient qu'à vous, dis-je en m'asseyant près du feu. Ma table vous est ouverte, si vous m'offrez le plaisir d'une conversation. Les comédiens voient le monde et malgré mon grand âge, je demeure curieux de nouveauté. Si de plus vous êtes mages, comme le prétend la rumeur, je ne trouverai que plus de charme à votre commerce. Mais vous avez un nom, je suppose ? »

Les deux hommes échangent un regard d'intelligence. Le petit invite le grand à se rasseoir comme lui. Puis il fait les présentations :

« Mon collègue a pour nom Blaesus. Dans notre association, c'est lui le financier et l'écrivain de nos spectacles. Il adapte aussi les classiques du répertoire et donne aux poètes les meilleurs conseils. »

Le nommé Blaesus opine avec solennité.

« Quant à moi, on m'appelle Bullatus. Comme mon nom l'indique, je suis vide et gonflé telle une goutte d'eau. N'est-ce pas le destin commun à tous les acteurs ? Nous ne demandons qu'à être remplis ! »

Le grand Blaesus se racle la gorge et soulève une objection :

« Les noms peuvent mentir, noble Lépide. Car pour ma part, contrairement à ce qu'affirme le mien, je ne zézaie pas. »

Bullatus ricane :

« Tu le ferais, si tu causais davantage. »

Autour de nous, mes gens s'installent. Les porteurs de litière ont déposé leur fardeau à la limite de l'estran.

« Fort bien, messieurs… Et que faites-vous ici, dans cette province éloignée ? Il me semble que Rome et ses théâtres conviendraient mieux au talent que je vous suppose. »

Blaesus juge son poisson cuit, il se lève et cueille la brochette entre deux doigts prudents. Bullatus parle pour deux.

« Rome ne veut plus de nous. La foule réprouve notre raffinement. Il lui faut des spectacles plus grossiers que nos dialogues pleins d'esprit.

— Alors vous êtes au bon endroit… Si vous jetez des perles aux cochons, cela devrait ravir les invités de Circé ! »

Même mes esclaves connaissent la légende. Tous rient de bon cœur.

« Plus sérieusement, noble Lépide, nous avons quelques différends avec les vigiles, pour des raisons si mesquines qu'elles ne valent pas d'être mentionnées. Tu connais la réputation qu'on fait aux errants, trop fiers pour s'attacher au service de puissants tels que toi.

— Si vous m'exposez les raisons de votre affaire…

— Elles sont trop complexes et bien au-dessous de tes préoccupations. »

Les pauvres ont leur fierté. J'ai appris à la respecter.

« Nous ferez-vous l'honneur, à moi-même et mes gens, d'une petite représentation ? Il sera temps ensuite de rejoindre ma villa par l'intérieur des terres. Car la marée monte et risque de nous mouiller les pieds. »

Blaesus jette la queue de son poisson. Bullatus le regarde. Le long personnage secoue la tête en signe de dénégation. Bullatus approuve son verdict.

« Il est tard, noble Lépide. Notre art de la scène s'accommode mal de l'obscurité qui croît, et nos voix souffrent de l'humidité. Par contre, nous pourrions t'offrir un échantillon de nos autres talents, si peu secrets que tes gens les connaissaient avant de nous rencontrer. »

Le vent forcit, avive le feu sous les braises. Ce qui reste de bois sec pétille. Le souvenir de Junia trouble un instant ma sérénité. Elle craignait tant pour moi les refroidissements. Je serre autour de mes épaules la laine de mon manteau. Sous moi, le sable retient encore la chaleur du jour.

« Et que voyez-vous donc que nos yeux nous cachent ? »

À son tour, Bullatus déguste son poisson. Curieusement, il en croque d'abord la tête sans la cracher.

« Connais-tu, noble Lépide, le lieu où repose Elpénor ? »
Probus s'interpose.
« C'est une légende ! Plus personne ne sait où se trouve cette tombe, à supposer qu'elle ait existé un jour. »
Blaesus secoue la tête avec dépit. Bullatus choisit d'en rire.
« Ton intendant est bien sûr de lui, Lépide ! Et bien ignorant des vieilles traditions. Qu'est-ce que la légende, sinon la poésie de la mémoire ? »
Je lui fais signe de poursuivre.
« Elpénor repose bien ici, chez la sœur de Pasiphaé. Après l'avoir vaincue et séduite, Ulysse voulut poursuivre son voyage vers Ithaque. Mais avant de partir, il jugea prudent de consulter un oracle avisé. Pour rencontrer Tirésias et prendre son conseil, il descendit donc aux enfers.
— Nous savons cela. Mais encore ?
— Patience, noble Lépide… Cette histoire t'apprendra que le séjour des morts s'ouvre non loin d'ici, aux portes mêmes de ton domaine. Car tandis qu'il cheminait vers Tirésias, Ulysse croisa l'infortuné Elpénor, tombé saoul du haut des terrasses de Circé. As-tu relu Homère ? »
Ma mémoire est encore bonne.
« Oui… Elpénor réclame à Ulysse les honneurs funèbres dont il fut privé. Sur quoi Ulysse accède à sa demande. »
Bullatus apprécie, hoche la tête.
« Parfois, les chemins détournés du pays des ombres s'ouvrent à ceux qui les connaissent. Ils en rapportent des enseignements utiles aux mortels. »
Son regard étincelle dans la pénombre. Je sens mes gens pendus à ses lèvres. Même la mer semble se taire pour mieux entendre son récit. De mon côté, je reconnais tout l'art du comédien.

« Seriez-vous, messieurs les acteurs, des amis d'Orphée ? »
Blaesus s'insurge :
« Ne moque pas, Lépide, les mystères qui te dépassent ! »
À côté de moi, Probus se raidit. La colère le gagne car on me manque de respect. D'une pression sur son bras, je l'invite à garder son calme.
« Je ne moque pas… Je m'informe ! »
Bullatus plaque sur ses tempes ses cheveux noir de jais. Il me considère avec une bienveillance complice.
« Non, Blaesus, ce Lépide-ci ne se gausse pas. Il a moins de raideur que son père et davantage d'esprit. »
Cette fois, je ne puis masquer un soudain étonnement.
« Mon père ? Que vient-il faire dans cette histoire ? »
L'homme me jauge du regard, comme s'il mesurait la confiance qu'il peut m'accorder avant de confier son secret.
« Ton père ? J'ai croisé sa route.
— Impossible, vu ton âge et ta condition !
— Je dirais même que je l'ai très bien connu. Une rencontre a suffi. »
Il sourit. M'en dira-t-il davantage ?
« J'ai connu bien des mortels, Lépide. Et j'en connaîtrai davantage encore. Presque tous se croient uniques mais tous se ressemblent et se confondent dans la même grisaille. Quand nous les en sortons, la plupart regrettent de l'avoir quittée… Alors crois-moi : ne regrette rien. Comme ton père, tu n'étais pas fait pour l'éclat des ors et des miroirs, juste pour celui des aurores et des fontaines. César est devenu dieu, Auguste le sera bientôt. Antoine, lui, était un héros et un amant. Toi, tu n'étais qu'un homme. »
Ses propos décousus de diseur de bonne aventure ressemblent, en moins cryptiques, aux oracles fumeux de toutes

les sibylles. Une fois encore, j'y reconnais le talent d'improvisateur d'un authentique comédien.

Surtout, je ne lui parlerai ni de Junia ni de mon fils. Ce serait le lancer sur un sujet encore trop douloureux, susceptible de provoquer chez moi une colère dont je ne veux absolument pas. Leurs chères ombres se passeront fort bien de ce ventriloque.

« Me voici donc condamné à l'obscurité ? »

Se doute-t-il qu'elle me convient ?

« Un jour, quelqu'un tentera de t'en extraire. J'ignore s'il réussira. »

Sa prophétie me semble peu audacieuse.

« Par les dieux, tu m'intrigues, Bullatus ! Et je t'avouerai que ta science me trouble, si elle ne me convainc pas. Par quels moyens prétends-tu percer les secrets de la destinée ? Voilà qui pique ma curiosité… »

Le reste de son poisson a refroidi. Il le jette dans la braise.

« Comment te dire ? »

Blaesus lui secoue le bras avec insistance. Mais Bullatus demeure insensible à sa subite alarme. Son regard sonde l'obscurité du rivage.

« Il y a plus de choses au ciel et sur la terre, Lépide… »

Il se lève, chasse le sable de sa tunique rapiécée.

« … que n'en rêve ta philosophie ! »

Au loin, un brasillement de feux mobiles progresse rapidement le long de la plage. Pareille vitesse ne peut qu'être le fait d'une troupe à cheval, galopant torches au vent. Blaesus charge un balluchon sur son dos. De son côté, Bullatus jette du sable sur le feu. Son compagnon l'arrête d'un geste.

« C'est inutile, ils nous ont vus. »

Les points lumineux grossissent à vue d'œil. On n'entend pas encore, par-dessus le fracas des vagues, le roulement lourd des sabots sur la grève.

« Nos routes se séparent ici, noble Lépide. Car voici les ennuis dont je te parlais. Nous autres comédiens vivons une vie d'errance et d'aventure.

— Qui sont vos poursuivants ? Je pourrais parlementer avec eux. J'ai un certain talent pour cela.

— Nous le savons. Il te manque juste le pouvoir.

— J'ai le pouvoir des mots. »

Bullatus, lui aussi, empoigne son maigre bagage.

« On appelle ça littérature, ô grand pontife. Et comme tout pouvoir, ce n'est guère plus que du vent. »

Cette fois, le tumulte de la cavalcade parvient à nos oreilles. Les deux hommes filent vers le couvert des arbres, sur les premières pentes du mont. Très vite, leurs silhouettes se fondent dans les ténèbres végétales. Ne reste bientôt plus d'eux qu'une double trace sur le sable clair.

« Que Circé vous soit hospitalière », murmuré-je.

La troupe montée ralentit à notre approche, les chevaux piaffent et se mettent au pas. Dans la pénombre grandissante, je distingue le chef des vigiles, homme de haute et noble stature, dont le long manteau blanc couvre le dos de sa monture. La lueur des torches et celle de notre feu mourant sèment de doux reflets sur la longue épée qu'il porte au côté.

Je n'ai jamais vu cet officier.

Personne ne prononce une parole. Le chef des vigiles guide son cheval d'une seule main, scrute avec un sourire les soubassements du promontoire. Puis son regard revient sur moi. Il me salue avec élégance. Lorsqu'il relève la tête, ses longs cheveux blonds glissent sur ses épaules.

Quelque chose me dit que nous nous reverrons.

Je ne l'apprendrai pas de sa bouche, car il tourne bride et, d'un signe de la main, invite sa troupe à le suivre. Les chevaux repartent, se mettent au trot, puis au galop. La lumière des flambeaux s'en va avec eux. Ils remontent la plage en direction de Terracine. Déjà, mes gens allument leurs propres torches aux braises de ce qui reste de feu.

« Drôles de gens », dit Probus, pensif.

Il a fait apporter la litière. Mais je désire marcher.

« De qui parles-tu ? »

Légèrement humide, le sable colle à mon manteau. Il m'aide à le secouer.

« Des cavaliers, maître. Sûrement la nouvelle cohorte urbaine de Terracine. Déplacer tant de gens pour deux vagabonds, quoi qu'ils aient pu faire… C'est dire si le pays est calme. Auguste y travaille.

— Oui, il faut lui laisser cela. »

Nous nous mettons en route. Bientôt, derrière la dune, j'apercevrai la première lanterne de ma propriété, là où finissent mes terres et logent les chevriers. À l'ouest, sous les ténèbres accumulées, ne subsiste plus qu'un mince rai de lumière, comme si une bougie brûlait derrière une immense porte.

« Ces deux comédiens…

— Oui, maître ?

— Crois-tu qu'ils sachent où se trouve la tombe d'Elpénor ? »

Probus réserve sa réponse. Sans doute se demande-t-il si je plaisante.

Moi-même, je l'ignore.

« Il y a beaucoup de grottes oubliées sous cette montagne. Vu la manière dont ils se sont évaporés, je parierais que ces deux-là connaissent le patelin comme personne. Alors la tombe d'Elpénor, pourquoi pas ? Quant au passage vers les enfers, il faudrait relire Homère. »

Le vent du large balaie la plage et gonfle la toile de ma litière. Les esclaves peinent à la maintenir droite. Pour les aider, je ferais bien d'y prendre place, mais j'aime sentir sur ma face le souffle vivifiant d'Éole.

« Ce Bullatus a prononcé une belle sentence, ne trouves-tu pas ? Attends que je me souvienne… Il y a plus de choses au ciel… ? »

Probus est le plus lettré de mes affranchis. Je le soupçonne de taquiner la muse à mon insu. Il a bien tort de me le cacher.

« Il y a plus de choses au ciel et sur la terre, que n'en rêve la philosophie.

— C'est cela. »

Je tourne et retourne la phrase dans mon esprit. Elle me plaît.

« On n'attend pas tant de sagesse d'un cuistre. »

Probus hausse les épaules.

« Sagesse d'emprunt, maître. Les comédiens n'inventent rien, ils ne font jamais que répéter des phrases lues ou entendues. »

Moi aussi, je hausse les épaules.

« De bien belles phrases, tout de même. »

La lanterne brille derrière un mince écran d'oyats. Personne ne m'attend à la villa et pourtant je n'ai de cesse d'y arriver. Autour de nous, le vent rôde comme un chien curieux. Bientôt, il retournera d'où il est venu, se couchera sur la plage pour y dormir. Il souffle où il veut, assure Auguste.

Moi, Marcus Aemilius Lepidus, grand pontife de Rome, ex-triumvir et ancien consul, ami fidèle du divin Jules et, comme tous ceux de ma lignée, serviteur contrarié de la défunte République, je marche vers la lumière de ma demeure. Et je commence à rentrer dans mon obscurité.

* *
*

19

Toujours assis dans la voiture, Jérôme tâchait de combler l'abîme qui venait de se creuser entre ses souvenirs et la réalité. En compagnie de son grand-père, il avait souvent dirigé ses promenades vers l'aérodrome champêtre de Gosselies où, par les beaux après-midi d'été, bourdonnait le moteur d'un monoplan solitaire, lancé dans des acrobaties d'insecte à travers le ciel immense. À présent, la ville de Charleroi avait mangé Gosselies et tentait de faire croire au touriste, en anglais de surcroît, que le sud de la capitale avait débordé jusqu'en Wallonie. Sur la piste du *Brussels South Charleroi Airport*, une succession de moyen-courriers irlandais atterrissaient et décollaient sans interruption. Toute une province de son enfance avait sombré, engloutie à jamais sous une couche de modernité.

Pour lui aussi, cette matinée aurait dû marquer un retour. Mais faute de repères, Jérôme n'avait pas osé pousser une pointe jusqu'à la vieille maison, dont il espérait qu'elle existait encore. Il avait caressé l'idée de la montrer à Aurore. Or, aujourd'hui, il n'était plus certain d'en retrouver le chemin. Le parking express où il patientait couvrait peut-être l'ancienne chaussée qui, autrefois, avait longé le grillage rouillé du champ d'aviation.

L'horloge de bord indiquait onze heures. Si le vol en provenance de Kastrup n'enregistrait aucun retard, l'avion toucherait le tarmac dans douze minutes. Avec sa débrouillardise coutumière, Aurore avait concocté un itinéraire aérien en dehors des couloirs battus qui reliait à moindre coût et dans le désordre, si Jérôme avait bien lu, Toronto, Nuuk, Reykjavik, Copenhague et Charleroi. La trésorerie tatillonne et peu généreuse de son administration ne pourrait que la féliciter. Lui-même se réjouissait de participer au rapatriement, en qualité de dernier maillon. Les parents de sa bien-aimée les attendaient pour un déjeuner-dîner (biffer la mention inutile selon la nationalité) à Valenciennes.

Bien décidé à ne perdre aucune miette de ce retour, Jérôme quitta la voiture très en avance et, le cœur battant mais léger, se dirigea vers le hall des arrivées. Puisque tous les avions ou presque volaient sous les couleurs de la même compagnie, scruter le ciel s'avérait inutile. Le tableau d'affichage lui donnerait davantage d'informations.

Quand les premiers passagers du vol franchirent les portes du contrôle, Jérôme avala sa salive et retint sa respiration. Son attente fut brève. Elle était là ! Aurore avait repéré de loin son imposante silhouette et agitait la main droite. Avec l'autre, elle remorquait une grande valise à roulettes dans laquelle un illusionniste aurait pu lui demander de prendre place pour un numéro d'escamotage. Par peur de renverser l'un ou l'autre vacancier, Jérôme parvint à se retenir et évita de courir.

Tout de suite, il vit que son amie avait pensé à lui. Au lieu d'endosser une épaisse doudoune et chausser d'éléphantesques après-ski, la frileuse Aurore avait choisi de voyager dans son ensemble en tweed marron, un cadeau de Jérôme dont elle avait toujours trouvé la jupe « quand même un peu courte », mais qui couvrait presque trop, au goût de l'intéressé, ses jambes gainées de fin nylon noir (« ces trucs-là, ça coûte cher et je les démolis aussi vite fait »). Quant aux bottes, il ne se demandait plus d'où lui était venue l'inspiration pour dessiner cette partie de l'uniforme fièrement porté par le lieutenant Gardier.

Il l'enleva littéralement de terre, la serra entre ses bras. Les effluves d'une croissanterie voisine lui creusaient l'appétit.

« Bonjour, mon ours ! »

Le poids plume sut calmer les transports de son ursidé.

« Tu m'étouffes, là ! »

Jérôme avait la gorge nouée de plaisir et d'émerveillement. Il la déposa avec précaution. Elle leva la tête pour le regarder.

« Tu as vu ? J'ai fait un effort ! »

Il ne se contentait pas de voir. Sur le moment, Jérôme envia Çiva et ses quatre bras. Le nez enfoui dans les cheveux de son amie, il respirait son parfum à pleins poumons. La tête lui tournait un peu. Elle lui faisait toujours cet effet-là.

« Bonjour, petite dame blaireau ! » lui souffla-t-il à l'oreille.

Jugeant que l'effusion avait assez duré, Aurore se dégagea. Elle ne restait jamais très longtemps au même endroit. Revenu de son émotion, Jérôme s'empara de la valise. L'engin pesait une tonne. Cette fois encore, elle rapportait de son périple une bibliothèque complète d'ouvrages pour la jeunesse – sa spécialité – introuvables sous les latitudes nord-européennes.

« Tu es garé loin ?

— Non, tout près. »

Tandis qu'ils marchaient vers la voiture, Jérôme se permit enfin un commentaire élogieux.

« Tu es jolie à croquer, comme ça ! Ce n'était pas trop inconfortable, pour le voyage ? »

Aurore lâcha un petit rire.

« Juste assez. Mais j'étais sûre que ça te ferait plaisir ! »

Jérôme tâcha de réguler son enthousiasme, qui était réel. Avec cette fine mouche, mieux valait survoler certains sujets et pratiquer à leur égard l'art plus ou moins subtil de la litote.

« Et tu ne t'es pas trompée ! »

Il déverrouilla la voiture, souleva le hayon. Le rouleau de corde à linge encombrait le coffre. Il le repoussa dans un coin. Aurore l'aida ensuite à hisser son bagage.

« Figure-toi que je lis ce que tu m'envoies, mon ours ! Tes goûts sont comme le diable : dans les détails. »

Quel rapport ? s'interrogea Jérôme. Deux jours plus tôt, il lui avait envoyé *Du vent* par courriel. A priori, même revue par ses soins, l'histoire de Lépide recelait peu de détails vestimentaires susceptibles d'orienter un choix de garde-robe.

« Dois-je comprendre que tu as lu le manuscrit ?

— Hier soir, dans ma chambre d'hôtel. Le cadre idéal ! Moi, je n'arrivais pas à dormir, alors… Tu comptes le finir bientôt ?

— Le finir ?

— Je n'ai reçu que quatre chapitres.

— Ça tombe bien, il n'y a que quatre chapitres !

— Ah ? Alors, ça se termine en queue de poisson. »

Jérôme était perplexe. Il avait pourtant, lui semblait-il, soigné la chute de son récit. Faudrait-il la revoir ?

Il décida néanmoins qu'aujourd'hui, rien ne viendrait gâter la fête. Galamment, il ouvrit la portière du côté passager. Quand Aurore prit place dans la voiture, il se découvrit une indéniable complicité avec certain chauffeur de taxi. Mais lui, du moins, avait la permission de regarder – en tout cas, il aimait à le croire.

Aurore dut le sentir car elle tira sur sa jupe.

« J'ai enfin compris ton histoire de ceintures et de peignoirs. Tu en as, de drôles d'idées ! J'ai d'abord tiqué mais, après, ça devient presque drôle. Surtout l'épisode du téléphone... »

Jérôme s'était installé derrière le volant.

Le sang lui afflua violemment au visage.

Il venait de comprendre !

Les noms des fichiers se ressemblaient d'autant plus que les deux textes partageaient un titre identique ! Vincent Blaise l'avait d'ailleurs inscrit au programme désormais caduc des sorties de janvier. Au moment d'annexer le fichier à son courriel, Jérôme avait dû confondre les répertoires, qui commençaient l'un comme l'autre par la séquence « DV ».

Quel imbécile !

À première vue, Aurore n'y trouvait rien à redire. Au contraire, elle avait l'air de découvrir avec amusement une facette jusque-là occultée des élucubrations de son scribouillard. Jérôme se souvint de la remarque de Jérémie. Les femmes, disait-il, avaient moins d'œillères. Surtout, elles ne prenaient pas la littérature au pied de la lettre. C'était heureux. N'empêche, s'il voulait couper court à tout malentendu – et il y tenait –, Jérôme allait devoir mettre les choses au point et se fendre d'une explication.

Mais il n'y avait pas urgence. Entre Charleroi et Valenciennes, une petite heure de route leur permettrait de rattraper deux mois de nouvelles et potins. Quant au rouleau de corde à linge – il avait pensé l'offrir à son amie qui, contrairement à lui, disposait d'un jardin –, il attendrait une occasion plus appropriée.

Aurore se mit à l'aise et croisa les jambes. Jérôme comprit alors qu'il avait donné à Sophie Opalka cette ravissante partie de son anatomie. Les gambettes de Bénédicte étaient un peu plus rondes mais moins galbées. Il ne résista pas à la tentation de poser la main sur son genou. Une faim de douceur l'y invitait.

« Tu m'as manqué, tu sais ! »

Peut-être serait-il allé plus loin, si son téléphone n'avait émis le signal caractéristique d'un texto en phase d'arrivée.

« C'est qui ? » demanda Aurore.

Jérôme consulta l'écran de l'appareil.

« Jérémie… Qu'est-ce qu'il veut encore ? »

Il accéda au message, afficha le contenu :

Salut, vieux frère !
Comment vas-tu ? Bien, j'espère.
Dis donc, tu ne m'aurais pas fait une bête blague ?
C'est quoi, cette note de l'Hôtel Moderne ?
Moi, ça ne me dit rien. Je ne sais même pas où c'est.
Mais pour une nuit, c'est hors de prix !
Et je ne te dis pas la note de téléphone !

En plus, ils me facturent une clef…
L'écriture sur la fiche ressemble à la tienne.
Si c'est toi, tu m'expliqueras ?
Jérémie

Jérôme pressa le bouton du démarreur. Le moteur partit au quart de tour. Une file se formait à la sortie de l'aéroport.

Il souriait. Aurore lui jeta un regard malicieux.

« Une bonne nouvelle, mon ours ? »

Il eut envie de l'embrasser, remit ce moment à plus tard.

« En quelque sorte », murmura-t-il.

Il l'aimait. Cette certitude lui suffisait.

Même si c'était la seule.

Avant d'empoigner le levier de vitesses, sa main droite caressa la cuisse d'Aurore. Elle fronça les sourcils.

« Dis donc… N'en profite pas, hein ? »

Quelqu'un d'autre lui avait dit ça – mais sans sourire.

Et Jérôme partit d'un énorme éclat de rire.

Woluwe-Saint-Pierre
septembre 2015

Remerciements

Aux lectrices et lecteurs de première(s) ligne(s) : Fabienne, Juliette, Magali, Benoît et Joseph. C'est toujours un exercice ingrat, mais tellement stimulant pour le scribouillard solitaire, douteur et susceptible.

À MM. Jean Giraudoux, Stéphane Mallarmé, Jean-Baptiste Poquelin, Publius Terentius Afer, Raymond Devos, François Rabelais, Georges Remi et William Shakespeare pour leur amicale participation.

Pour les curieux...

On ne saurait trop recommander la lecture de l'un des trop rares ouvrages consacrés à la personne de Lépide. Je pense surtout à Lépide, le triumvir *(2004) d'Annie Allély, mais aussi à* Lepidus, the Tarnished Triumvir *(1992) de Richard D. Weigel et, du côté de la fiction, la vision sympathique mais plus traditionnelle – et passablement augustéenne – d'Alfred Duggan dans* Three's Company *(1958).*

Éditions Belfond
12, avenue d'Italie
75013 Paris

Canada :
Interforum Canada, Inc.
1055, bd René-Lévesque-Est
Bureau 1100
Montréal, Québec, H2L 4S5

ISBN : 978-2-7144-5826-1

MIXTE
Papier issu de sources responsables
FSC® C003309
FSC www.fsc.org

Composé par Nord Compo Multimédia
7, rue de Fives, 59650 Villeneuve-d'Ascq

Imprimé en France
par JOUVE, 1, rue Docteur Sauvé, 53100 MAYENNE

Numéro d'impression : 2446374L
Dépôt légal : octobre 2016